佛心道为

山水悟道诗词鉴赏

黄莽 编著

北京燕山出版社
BEIJING YANSHAN PRESS

图书在版编目(CIP)数据

　　佛心道为:山水悟道诗词鉴赏/黄莽编著. - 北京:北京燕山出版社,2018.1
　　ISBN 978-7-5402-4967-0

　　Ⅰ.①佛… Ⅱ.①黄… Ⅲ.①诗词-作品集-中国-当代②诗词-诗歌欣赏-中国-当代 Ⅳ.①I227②I207.2

　　中国版本图书馆 CIP 数据核字(2018)第 031478 号

佛心道为:山水悟道诗词鉴赏
FO XIN DAO WEI SHAN SHUI WU DAO SHI CI JIAN SHANG

编　　著	黄　莽
责　　编	王梦楠
责任校对	甄　飞　杜　睿
封面设计	中诗协文化传媒
社　　址	北京市丰台区东铁营苇子坑路 138 号(100079)
网　　站	http://www.bjyspress.com/
微　　博	http://e.weibo.com/u/2526206071
电　　话	010-65240430
传　　真	010-63587071
印　　刷	廊坊市博林印务有限公司
开　　本	700mm×1000mm　　1/16
字　　数	285 千字
印　　张	22
版　　次	2018 年 6 月第 1 版
印　　次	2018 年 6 月第 1 次印刷
定　　价	69.00 元

出版发行：北京燕山出版社

版权所有　　翻版必究

作者简介

黄莽 号山水悟道,字泓子,别称诗道,崇尚"佛心道为",诗词活动家,祖籍安徽金寨县,2012年旅居北京,以诗为生,出版为辅至今,曾创办中国诗词协会并担任会长,现任中诗协文化传媒、中诗协研究会、中诗协官网法人等,发表《一天学会格律诗》《诗人是贵族》《诗词音律由来对应表》等,已出版个人著作《梅花吟》《山水悟道诗词选集》《诗韵乾坤》《高山流水集》,主编大型公益书籍《当代诗词三百首·鉴赏》《当代中华诗词精选》等,迄今策划主编三百余种图书,创作《厚德金寨》《月初妆》《飞花流月》《福地灵山》等多首歌曲。

创作年鉴

◆1993年春开始打工之路,先后辗转于江苏、浙江、上海、深圳等20多个省市;干过油漆工、木工、饭店服务员、酒店门童、广告业务员、网管、理发师等。

◆2010年出版《梅花吟》诗词集。

◆2011年3月中国文联出版社出版《山水悟道诗词选集》,所获稿费全部捐助于贫困儿童和癌症患者冯娟、古欣燕等。

◆2011年9月28日世界中华品牌"孔子诞辰日"活动中获"最受喜爱的传统诗词奖"和"世界中华美德典范"荣誉。

◆2011—2013年主编大型公益书籍《当代中华诗词精选》《当代诗词三百首·鉴赏》等。

◆2011年8月由中华诗词网等多家单位联合授予"传统诗词发扬特殊贡

献奖"。
- ◆2012年中国言实出版社出版《诗韵乾坤》诗词集。
- ◆2012年9月指导"国家体育总局"诗词吟唱文艺汇演,其中有世界滑雪冠军韩晓鹏,双人滑冰冠军申雪、赵宏博等。
- ◆2013年至今担任中华诗词网/论坛特聘高级顾问,陇南诗词学会、醉翁亭诗社、中国女子书画院、徐涂艺术馆、深圳厦石书画院等多家文化顾问。
- ◆2013年《皖西日报·大别山晨刊》报道《黄莽:传承中华古诗词文化》。
- ◆2013年起至今担任《百诗百联》大赛评委。
- ◆2013年任原总政艺术局"全军书法骨干诗词培训班"老师。
- ◆2014年中央共青团中青网采访报道《让国学点亮青春,传承与发展中著华章担道义》。
- ◆2015年10月由总政主办的全军《诗情墨韵》诗书展,《游长沙抒怀》诗书与李铎、李翔、陈联合、吴震启等老师在解放军八一美术馆展览。
- ◆2015年11月人民网、新华网、《半月谈》等报道《黄莽:一位励志的北漂诗人》,海外版报道《首先要做一个诗人》。
- ◆2012—2017年通过金寨在线、腾讯公益、轻松筹、春雨公益协会等多次资助贫困山区儿童和重大病患者。
- ◆2012年起先后在湖南、江西、安徽、中央电视台、新闻联播等均有个人事迹报道。
- ◆2016年至今起担任春雨公益协会监事长。
- ◆2011—2017年向全国大学图书馆等赠送图书上万册。
- ◆2015年代表诗词界参加央视春晚"福送万家"系列活动。
- ◆2015年被《诗词中国》评为"最具网络影响力诗人"。
- ◆2017年担任中国楹联学会艺术委员会培训班导师。
- ◆2017年担任江苏省高校文学联盟专家顾问。
- ◆2017年创办中诗协文化传媒、中诗协官网、中诗协研究会。
- ◆2018年1月被八雅文化网授予"中国传统八雅文化传承人"荣誉称号并担任顾问。
- ◆2018年3月荣获国际"诚信形象大使"。
- ◆2018年担任金寨县地方志研究人才库特邀嘉宾。

多家纸媒采访报道黄莽的成长经历和刊登其诗词作品

黄莽获奖证书等

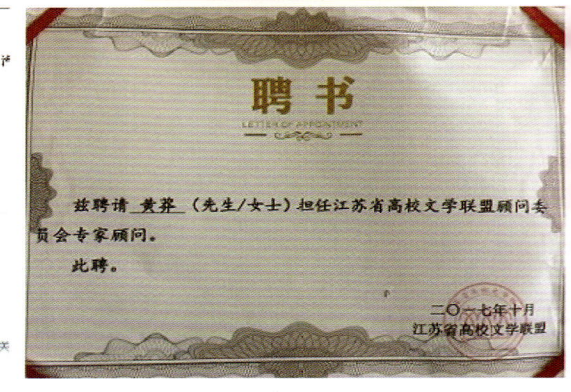

证书及报道

社会各界来信

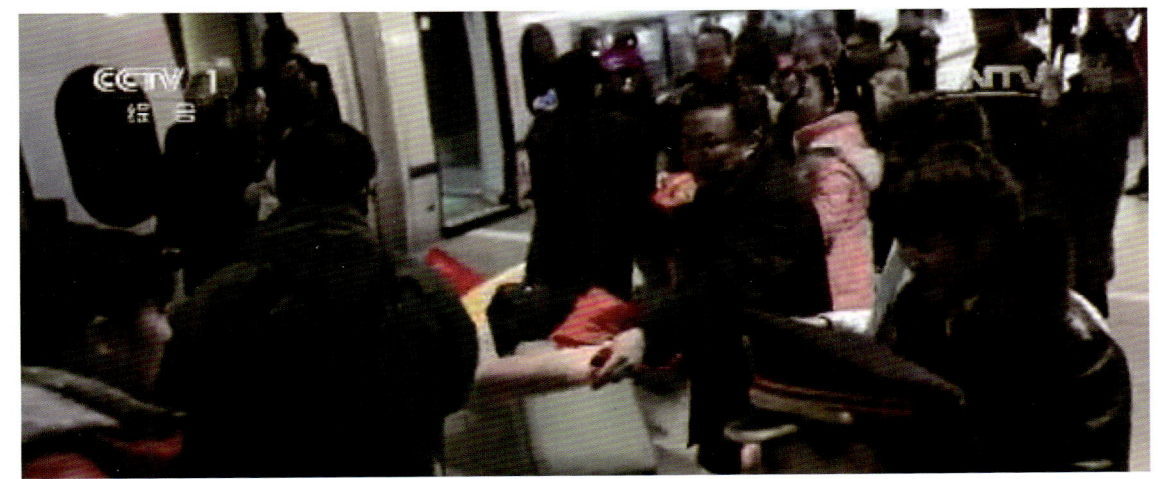

黄莽应邀代表诗词界与各界人士参加 2015 年春晚"福送万家"活动

2012年黄莽应邀指导国家体育总局诗词朗诵《文艺汇演》

黄莽与世界奥运冠军韩晓鹏

黄莽与赵宏博、申雪合影

黄莽应邀代表诗词界出席"2015年涉县女娲祭祀大典"

第一届《百诗百联》湖南电视台采访　　　　江西铜鼓县新闻联播

 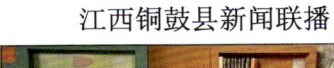

全国热线联盟采访　　　　　　　六安电视台《读书》栏目采访

荣获"诗词中国·最具网络影响力诗人奖"2016年6月18日新闻联播

黄莽应邀为诗词爱好者们讲解诗词创作

2016年由中国人民大学发起的"全国大学生夏令营·体验学习传统文化"在涡阳老子天静宫举办，黄莽应邀与师父李福、师兄黎尚谷等为来自全国20多名硕士、博士生们讲课

黄莽在少林寺　　　　　　黄莽与少林寺书局主编

黄莽与任法融道长

黄莽与李光福道长等人士

黄莽与黄信阳道长

黄莽在武当山与阳厚道长、杨立三老师

黄莽与师兄们

黄莽与86版《西游记》
如来佛祖扮演者朱龙广

黄莽与胡孚深博士

黄莽与清华班的老师以及同学们

黄莽应邀为"全军书法骨干诗词培训班"讲解诗词创作

全军书法骨干诗词培训班·湖南长沙橘子洲头留影

《诗情墨韵》研讨会

全军书法骨干诗词培训班采风合影

佛心道为

题记：华夏之文，道乃源。《周易》《山海经》《黄帝内经》无不体现道家文化，而《道德经》更是浓缩之精华，道家而非道教，以道行天下，自尧舜禹始之。道化万物，儒家、法家、佛教、道教、兵家、纵横家等无不在道家文化基础上开枝散叶，"道"乃百派之祖，千百年来生生不息者唯"道"也！今读《道德经》体悟赋之。

道为何者？象帝之先、物之始也！大爱无言，大美于心，大善若水，大道至简。道有言：言之有物，察之有行，静知其思，动知其所，故清而明，正而远，浩而壮，是为道

书法：黄 莽

也。不为知之也，故而无名之始。人之不死，故而不知。死之留名，终显其德。古今之伪道谬圣，皆阳以善美之言、仁义之行，障人心眼，欺世而盗名，而阴填其欲壑，逞其淫威，实乃巧诈奸猾之徒耳。外善而内恶，为无德之名。

生若穷兮非己之错，穷若一世乃己之过。运不济兮行善而顺，福若薄兮修德则厚。善若善兮何为善？至纯至真也。无耻之人，心必龌龊；无品之人，行必猥琐；无德之人，言必有辱。君子曰：人不负我，我不负人。枭雄曰：宁可我负人，不教天下人负我。道者曰：宁可人负我，吾亦不负人。祸从口中出，修身先修口。言勿乱于世，行不忘道，动不忘德，静不忘修，人之本也！

孔子尚不知老子其美，曰其孤独。夏虫不可语冰，弟子不知孔子言。凡俗焉知圣人之道乎！孟子污张仪，其名扫地，吐血而不止。道：

儒之本也。儒者：道之末也。阴阳家忌讳殊甚，令人拘束恐畏。儒家渊博而不得机要，令人劳顿，其成效甚微。墨家主张节俭，但令人难以持守。法家严厉，薄恩寡惠而毁仁义道德。

孔丘问道，取仁义礼教化世人。孟轲取圣开智，歪风盛行。董卿迎合帝王，取信之术。皆巧言取利，利令智昏。纯纯至真，何须信也！五常教化，乃自欺欺人。

封民之口，众不敢言、行必有虚，此乃暴政残虐。禁令百出，乃国君不仁。普天之下，以神为宗。天下之国，以教而起。天下之学，莫过于道。华夏之本，源道而有之。道者：上古纯真朴素，中古渐而弃之。

当今之世，虽科技日新月异，天下繁昌，然亦物欲横流，价值多元，民生各有所乐也。时人皆慕权财，好色利，以市道交。观彼交乎人者，或以权论道、或以财论能，或以富炫世，或以名量实；有甚者，以美帅贱泼闻达于网络。凡官者富者、名者美者、贱者泼者，悉广受捧赞，诸"二代"之象塞人耳目，可谓烈矣！而真圣贤之才，竟志囿于穷困，时乖命蹇，常为市井之徒所贼。此科技之害乎？或政理之失乎？抑人多之祸耶？业界重技而轻道，尚名而忽德，规则弃之、何道之有？塔尖明珠，德之厚也！故世俗诟鄙，尊古而学，又识之浅陋，乃德不厚也！

大道废、天下乱，轻则灾、重则绝。行大道，天下纯纯也。弃道者，不知处世立业；违道者，商奸政腐、伦理失常。道载万物，可循环，可再生。道非神：乃自然之规律。尊道，悟道、行道、守道，世界方和谐安定，地久天长也！

中华文化，道为其源。南杨北赵，死于己手，英雄之恨，岂不悲乎！润之治国，施道于民。四旧之风，于文物论错也！以民风之论乃功也。秦以法治，夜不闭户，路不拾遗。六国遗官，妄自颠覆，长生而不得，始有坑术。《论语》只可半取而施之，用全则国毁。汉唐隋制，唐风宋雨，秦汉远去。以左居之，尚武之族，鲜有烹之。诸子百家，应道而生。夫子之言似江海之水，取《周礼》而行于道，中庸之智慧，千古又几人？子曰：不行中庸之道，小人也。此言非也！子又叹曰亦不能为之。然孔子之德，编著整理典籍，广开教育之先风，规范礼仪言行，此举之圣也！鲁批中庸为墙头之草，社会之毒瘤。静而思之，始觉中庸似天平之中点。昔日邓公改革之初心，不亦此乎？社会演变，人性扭曲，道德沦丧，不读古人书，不行古人礼，文明月损东山，日落西山，星沉沙河，悲乎！朝代更替，起落往复，若以道为本，则国之盛也，民之幸也！

华夏之贵族，自汉而亡。华夏之兴：儒释道法之融合。自非强也必受制于人，人如此，行商如此，国亦如此。谓之人权则权兮，谓之纯兮则真兮，谓之虚兮则假兮，谓之学兮则求兮。世间之事，凡无生有，有生一、一生二、二生三、三生万物，皆为道也！道不明，不以为人。明道而行，如鱼得水。道乃万物，不容道者三界必弃之。

种有几，可衍生。物种之精，万物于道，道乃微。《至理》法门，行可得道。谷神不死，绵绵不绝，用之不勤，玄妙之境。万物水育，性若水而长久，性若刚则易损。至柔者上，至刚者下。若以长兮，应以道之。若存若亡、笑而曰之，不为道兮。道宗自然，故分天道、地道、人道、世道，熟知其道，往而畅之。天若无道，地亦无道，故而天下坏人不尽，恶事不止。人若无道，则世黑乱，故数数然而为利也。男女之道，若阴阳不分，则世道不清。

君子常被欺，小人常被辱。是以君子不可辱，小人不可欺也！君子以心交故而诚，而以诚见欺则失道；小人以利交故而伪，牟利甘受辱。君子安贫乐道非不能富也，而世以为不能；小人假义逐利名非真仁义也，而世以为仁。得君子之心非道莫能为也，取小人之心而色利足矣。行道不易，简之曰行，故而德。德乃无为，是以不争、不辩、不博而行之，故而无欲为圣。圣人之行，行于沟壑，博而不争，巧而不辩，不善其美，是为道。博而广，知而精，驰骋纵横，取之于太虚，施之于黎庶，故曰伟人。

昆虫因破茧化蝶而美丽，牡丹因浴火重生而富贵，人因纯真朴实而厚德。圣人以思想传播于世，神以灵魂而寄托于世。以无为之心做有为之事。做人做事莫相欺，坑蒙拐骗鬼神知。寻真谛，如是观。众生相，乃自知者明，以无象而示人。不着于相，无相亦万象，乃无为无相。初心不改，又何须珍惜？正如："明镜亦非台，何处惹尘埃。"

青春年华如初恋，快马扬鞭应逐梦，人生哪得净少年，心有所想亦要所向。诗人既可僧服道袍，手甩佛尘，天地对弈。汉服而背手，骑梅花鹿，饮梅花酒，仰面朝天，穿街过市。似神仙，也不离俗体，如水镜先生，竹林七贤。诗者：风骨也！文辞为风，神旨为骨。其言行有德，化而为风，形诸文字；其气美多姿，聚而为骨，蕴乎神旨。为诗之道，心必有大爱，情生于万物。诗人：天地为家，故无家。诗穷而后工，穷且益坚，不坠青云之志；老当益壮，宁移白首之心？悲乎！善莫为将，弱莫为兵，智以为谋。上国：物施于邦而怨，恩施于邦而恨，物之于邦而亡。行仁德乃国之上策，国之不强，民则不立；民若自强，国则自立。食之有物，居之有所，言而有信，则民如河川归海。君王仁德，民之福也！国之存亡，系于君王。

秋雁高飞呼其友声，秋虫嘶嘶待其重生。朝饮玉露暮观星，天下浑浑是太平。圣居灵源，俗羁尘世。得道升仙七十有一，市井不明。吾今于世，业尚未成。凤栖于桐，江汇于海，水化为霖，霖泽众生。中古之后，淳朴不再。吾今于世，与道同行。世若流沙，外和内散。世风日下，人心不古。龙若灭宗，何其悲哉！呜呼！吾在九天观坤舆，九天之外是太清。

身在凡尘，道在心中，利他而为，道之所器。入俗悟道，方能脱俗。身静而心一，故而悟得天地之源。佛心道为：以己之得，而传于人，是为得道；普度众生，世人皆善，是为平等。人之精气神骨，皆是碧落大块之灵秀所生。神依于物，若为其善，先解生存之道。若为道者，须量力而行。

圣人问政于民，孔子尚迷日距。学无止境，世无完人。饮杯中清茗，不贪壶内美酒。交有道之鸿儒，远无义之魑魅。修身悟道，复之千里。聚千山道炁，立万世功德；以一指开天，尽三生业缘。道之行，日复一日兮；道之德，年复一年兮；道之圣，无穷无尽兮。

诗曰：

五千言宇宙，一字著乾坤。
常诵万经首，方知众妙门。

山水悟道黄莽
2018 年定稿于北京

注释：《佛心道为》别名《道德赋》，2012 年因读《道德经》《金刚经》梦中偶得数句记之，后逐渐增加而成此文。

编委会

（排名不分先后）

顾　问

刘　征　　郑伯农　　李　翔　　陈联合　　蒋有泉　　李树喜
星　汉　　熊东遨　　杨逸明　　包德珍　　赵京战　　林　阳
张　驰　　傅占魁

编　委

黄振发　　何胜祥　　黄　龙　　黄守兴　　黄泽云　　胡雪梅
黄飞越　　胡妙聪　　张秀军　　骆　珍　　文　燕　　雷胜龙
黄劲松　　王洪彦　　雷俊花　　叶　青

鉴　赏

包德珍　　谢永旭　　吴成立　　姚育萍　　张金英　　郑万才
戎劲松　　王如玉　　江梦琪　　汪俊辉　　杜先刚　　曾　鸣
袁国乾　　李善效　　左爵水　　王富强　　邱　园　　陶永德
褚联洲　　杨　扬　　将其书　　张　沁　　李　臻　　集　梧
成吉思爽　曼舞江冬　耕云斋主　安之若素

插　图

刘　征　　任法融　　李　翔　　王界山　　梅墨生　　蒋有泉
陈联合　　卢中南　　杨明臣　　龙开胜　　张坤山　　颜振卿
郑小成　　高军法　　童孝镛　　沈一丹　　汪承兴　　廋　石
僧桂起　　张力夫　　张四九　　石义友　　冯克雨　　伍世平
卢军斌　　苟　君　　方正平　　释永信　　陈先郡　　汤晓燕
文　燕　　黎尚谷　　汪　志　　周剑初　　计建清　　黄　莽

目　录

卷一　五言律诗

清晨登悬剑山/3
灵　山/4
纪念刘建封诞辰150周年/7
甲午年生辰有寄/8
海南行/9
赠诗友/10
京　中/11
记　梦/12
送友人石静波(新韵)/12
新　村/13
赠浪卷云舒/14
无　题/16
落　花/17
夏日偶得(诗韵新编)/18
天堂寨/19
新疆行/21
感　怀/23
野　花/24
怀友人张力夫/25
西北之行作/27
事久兄来访/28
寒江雪诗友来访/29
遣　怀(新韵)/30
赠紫贝含珠/31
游戒台寺/32
赠李姐并祝贺诗集出版/33
游婺源篁岭/34
咏　琴/36

卷二　五言绝句

道/39
题郭晶《崇山峻岭秀，明月清风柔》图/40
夜宿霸王岭/41
雨中梅花/42
他乡客/43
海南诗友聚会/44
现实里的爱情(诗韵新编)/44
题《鹦鹉图》/45
观事久君书《兰亭序》/46
游　历/47
猪/48
绝　句/49
洛阳水席唱和/50

我有一张琴/53
习《仙翁操》有感/54
与庄子对话/55
黄鹤楼/60
忆/61
思　归/63
游岳西四首/65
相思漫三首/66
孤　旅（诗韵新编）/67

和孙书中诗友《甲午闰九月十七日》/68
游婺源石门山大峡谷/69
琴友王妃/70
春　节/71
丁酉夏诗一首/71
春/72
秋夜弄琴吟/73

卷三　七言律诗

新年有寄/77
观　潮/78
与友游新世纪公园/79
海大荷塘散步/80
圆明园150周年祭/82
梦游敦煌/83
拜九龙山玉皇大庙有感/84
鸥/85
咏　月/87
游隋唐城遗址植物园/88
金刚台/89
文登行/94
《当代诗词三百首》付梓感怀/95
全军书法骨干诗词培训班之赠各位老乡/98
贺汉诗协会成立十周年兼寄周拥军兄/99
中国梦/101
贺安徽省诗词学会在中华诗词论坛开版——步陆世权会长韵并赠首版阚新兰/104

步韵李文朝会长《来太湖县考察诗乡有感》/105
和傅占魁老师《丙申年寄同仁》/106
敬和汪俊辉老师《海上五日》/107
长城怀古/108
丙申年生辰酬答众诗友/110
丙申年生辰感怀/111
无　题/113
游三清山/115
步韵养根斋老师《新春寄语》诗/117
参加《诗词中国》有感/117
临屏即兴和汪俊辉《丁酉春客武夷源禅云居》/118
全军书法骨干诗词培训班之赠陈联合老师/118
题皇藏峪/119
北　漂/121

卷四　七言绝句

网上偶遇/125
桃花流水/126
寄伊人/127
黄　山/127
游黄山/128
春　柳/129
园林一隅/130
海地维和英雄/130
三亚风情/131
遣　怀（新韵）/132
无　题/132
月季醉人/133
绝　句/134
希拉里发表涉南海言论/135
无　题/136
李小龙/137
游九龙山有感/138
诗酒共馨梅/139
梦醒有感/140
夜宿大别山农家/141
逢秋不见秋/142
云水禅心/144
玉　山（新韵）/145
梦李白/146
遇知己/147
岳麓书院有感/148
题　己/149
题诗人/150
无　题/151

荷塘月色/152
无　题/152
习琴曲《秋风词》作/153
题楠溪江/154
乙未年秋谒娲皇宫/155
中国责任/156
琼中行/158
无　题/158
寄　情/160
无　题/161
遣　怀/161
无　题/162
卢沟桥二首/162
中国梦·昭苏军马场/163
赠姬旭弟/163
游长沙抒怀（新韵）/165
甲午年春记事/166
李　白/167
癸巳杂诗三首/169
拜玉台/171
新　茶/172
怒放的生命/173
题铜鼓仙人现掌峰/174
应胡盼盼之邀游皖西茶园/174
游青海湖/175
秋/176
重游悬剑山/177
重游长安/178
戊戌春日所见/179

卷五　古风系列

铜鼓行/183
行路难/187
行路难/190
桃源慢/193
扬州行/194
天堂寨/197
人言海水深/201
春游老虎山作/202
毛主席诞辰120年有感/203
南游归来/206
赠计建清大师/210
思佳人/211
寻女友不遇/212
咏青钱柳神茶/213

卷六　填　词

清平乐·游扬州/219
水调歌头·风/219
菩萨蛮·倚梅听雨/222
菩萨蛮·红枫/223
长相思/225
菩萨蛮/225
如梦令/226
捣练子·写真/227
清平乐·问山/228
鹧鸪天·女人如烟/228
江城子·辛卯年哭紫衣/228
采桑子·春日/229
浪淘沙·学诗/230
西江月·离别的秋天/231
江神子/232
鹊桥仙/232
蝶恋花·忆/234
虞美人/235
虞美人/236
破阵子(变格体)/238
步韵李清照《点绛唇》闺思/239
八声甘州·归去来兮/239
龙吟曲·钓鱼岛之歌/241
鹧鸪天·游黄浦江/242
青衫湿·异地恋/244
长相思慢/245
多丽·关岛伊人/247
雨霖铃·伊人说/248
仿写《钗头凤》步陆游韵/249
游龙凤鸣/252
游龙凤鸣/254
清平乐·游新汴河景观带有感/255
玉楼春/256

卷七 现代诗文

写在"新月社"重启时/261
你是今时的人间四月天/261
断　章/262
与君书/262
北京的雨/263
江　湖/264
无题四首选二/265
名利客/266
乡　愁/266
离　别/267
飞花流月/268
月初妆/268
文学之路——龙儿的忧伤/269
关于照片和日期/270
致青春/271
生　活/272

附　录

附录一
　　写好旧体诗的几个关键/274
附录二
　　一天学会格律诗/277
附录三
　　绝句律诗常用格律/288
附录四
　　平水韵表/292
附录五
　　诗词音律由来对应表/304
附录六
　　山水悟道说诗/305
附录七
　　诗中趣事/307
附录八
　　诗人的精神/312

跋

诗道论——记当代诗词人物黄莽/322

卷一 五言律诗

佛心道为

书法：李　翔

清晨登悬剑山

云雾苍山掩,悠然野径寻。
悬崖垂白练,飞鸟入幽林。
谁得真经去,空留宝剑吟。
登高方识远,天地纳于心。

2009 年

注释 悬剑山:位于安徽省皖西金寨县境内,原名二仙山,相传麻姑道人和黄龙真人在此修仙炼丹,详见演义小说《封神演义》。后反清名士陈伯卿手持宝剑在此起义,改名悬剑山。

鉴赏 这是一首描写登山野趣、写景抒怀的五言律诗。诗人的表现手法富于变化,将写景、叙事、议论、抒情融为一体,时而描写,时而用典,时而抒怀,时而说理,将人生的丰富含义囊括在清晨登山之中。

首联从"望"而起。"云雾苍山掩",属于倒装句,理顺了应该为"苍山云雾掩",是刚到悬剑山时所见之景象。因为苍山云雾缭绕,

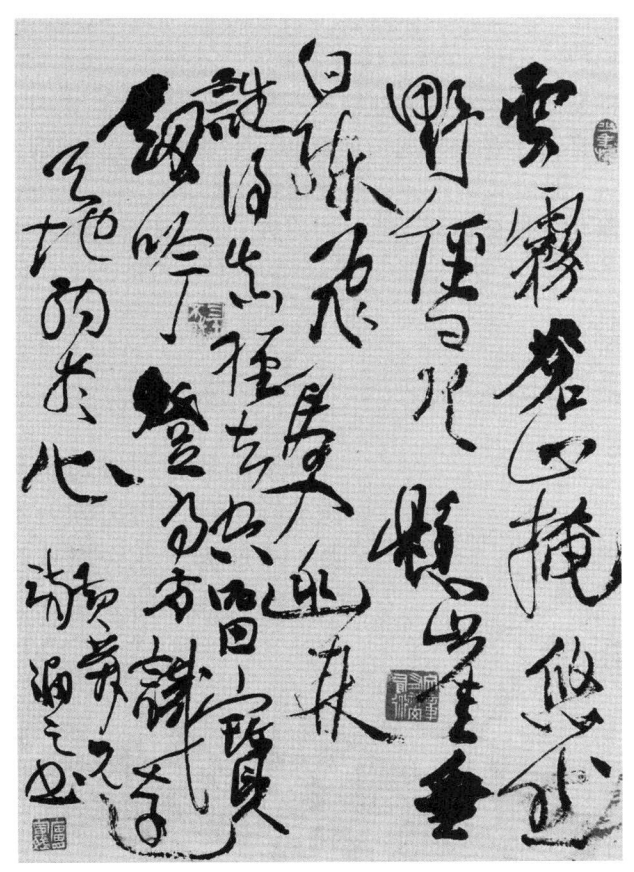

书法:卢军斌

使得诗人有一种探索之心,故有了下句的"寻"字出现。此"寻"是悠然的,是高兴的。随着诗人"寻"入苍山野径,一幅"悬崖垂白练,飞鸟入幽林"的图景便出现在眼前。此情此景,是"寻"的结果,也是入苍山野径获得的喜悦。试想,不入苍山野径,哪来的飞瀑飞鸟?此苍山,是人生道路上的苍山;此喜悦,是人生道路上的喜悦。前两联皆写所见所闻,动静结合,属于实写。

颈联以流水带出此山的相关典故,给人留下深深的疑问,是黄龙真人、麻姑道人,还是手持宝剑的陈伯卿?又或是后来登山之人获得了真经呢?由此发出尾联"登高方识远,天地纳于心"的登山感慨,也是对人生的感悟。至此诗也从颈联的一抑,转向了一扬,诗味浓浓,颇耐吟咏。"识"字下得十分精彩,意义深广。固然,站得高,方能看得远,但若"看"而无"识",境界平平。一个"识"字,诗意全新。正因有"识远"的慧眼,才有"天地纳于心"的宽广胸襟;也因有"天地纳于心"的壮志胸怀,才有"识远"的睿智。上下两句互为因果,是极具哲理的名句。

这首诗的宗旨:山色绮丽,水光潋滟,却是一片自然,自能使人心灵净化,精神超然。整首诗浑然天成,语言自然,含义深刻。

(包德珍、蔡伯如、张金英、郑万才)

灵 山

云山接海隅,石栈通星月。
涧濑诉千秋,松涛歌万阕。
佛心需道为,龙脊堪凌越。
长住亦成仙,何人来访谒?

2015 年 11 月 9 日

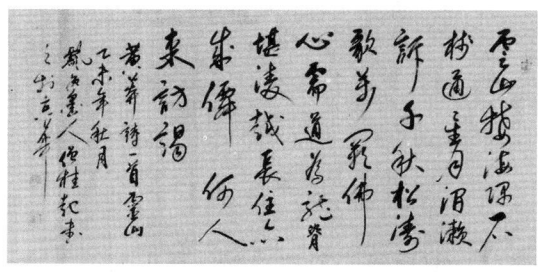

书法:僧桂起

注释 **佛心需道为**:原句为"利他而为,道之所器,乃佛心道为"。通常指做人要有佛的心肠,遵循道的自然规律,也就是"用无为之心态去做有为之事"。
龙脊:灵山景点之一。

鉴赏 这首诗采用入声韵,具有魏晋之风、奇崛高古之气。全诗情景交融,既有山水诗之幽雅娴静,亦有游仙诗之超然妙悟。

灵山位于江西省上饶市境内,是国家级风景名胜区,此处自然环境独特,地质构造复杂,地貌类型多样,也是道、佛二教圣地,被道家列为"天下第三十三福地"。最早记载于《山海经》中,被称为海上蓬莱。此山相传是玉皇大帝侍女小晶的化身;又因山脉连绵起伏犹如一位侧躺入睡的江南美女而被世人赞誉为"睡美人",历代名人王安石、辛弃疾、韩元吉等对灵山多有诗文赞美。

首联开篇即紧扣题中的"灵"字工对造境,以气贯势,作者把所见中的实景无限放大,虚实结合,集浪漫、想象、夸张于一体。山是云的故乡,云是山的衣裳,云山相依,宛若人间仙境。那云那山绵亘千里一直到海边,在那悬崖峭壁上修建的长长栈道,在云里穿梭,像是可以前去摘星揽月的道路。王维"太乙近天都,连山接海隅"和马祖常的"石栈通星汉,银河落水渠"之句,诗人信手拈来,巧妙融合,并赋予新的生命,可谓化典无痕。

水是山的灵魂,树是山的饰品。颔联采用拟人的手法,穿越时空,宁静致远,深情地赞美了灵山涧流清澈,长流不断,苍松高挺,风中吟啸,通过"诉"与"歌"两个字既形象又传神地表达了出来。佛道的文化悠久,积淀深厚,令古今之乐游者慕名而来,对灵山福地的水声和松涛百听不厌,流连忘返。含而不露地将宋代欧阳修《晚泊岳阳》诗"一阕声长听不尽,轻舟短楫去如飞"的妙境融入其中,有"胸中自有水晶宫,不怕醉乡无畔岸""为我一挥手,如听万壑松"之神韵。这两联不仅写景并赞美灵山,也寄寓了此次采风诗友到达,古老神奇的灵山之水似在默默倾诉静候,风里的阵阵松涛如在豪歌相迎的意思。

颈联转入抒写登山之感,以佛心道为而教化世人,以龙脊可以凌越予人希望,佛心需要道的不断修炼,灵山山水的净化与升华,当登峰造极,汇聚宇宙万物的精气神之后,生命的境界从此得以超越,富含理趣。山应文而厚重,山应景而引人。历代文人墨客流连忘返,是诸多隐士、修道成仙者的乐园。在对仗上作者以"佛心"对"龙脊"是以大对大,同时也从侧面表现了灵山的山川相缪,郁郁苍苍;钟灵毓秀,风光旖旎,让人自然而然地想到唐代常建《题破山寺后禅院》中"山光悦鸟性,潭影空人心"一句,尘世的一切物欲和烦恼到此已荡然无存。

尾联想象奇特,设问作结,似神来之笔,寄予美好的期待。写长时间在此居住得道成仙的胡昭、葛洪等,诗人向往之,若长住于此亦可修道成仙,那美丽的小晶就会时时来拜访诗人,或是写诗人修道成仙后,谁来拜访自己呢?是单指仙女小晶来访呢,还是天下文人墨客来访或是世上神仙圣贤都会来访?其实,答案已藏在前三联的描写与抒议之中。不过物我两忘,如庄周梦蝶,变得妙趣横生了。如此一问,既有期待,也有自信;既有悬念,也有肯定;扑朔迷离,让人捉摸不定,浮想联翩,可谓匠心独运,耐人寻味。诗人不写自己拜访灵山,而是跳出窠臼,反"客"为"主","主""客"合一,是一种大胆的突破。

摄影:黄 荞

整首诗写得空灵玄异,惊绝妙心,修短在手,去留随心,使蕴藉者蓄隐而意愉,英锐者抱秀而心悦,应为当代山水诗的典范之作。(谢永旭)

附上饶灵山诗一组:

夜宿灵山

疏星垂旷野,皎皎月当空。竹隐农家乐,花香主客融。
何来登福地,最喜舞清风。但愿长相守,美人时入梦。

游灵山

福地多灵气,清风脚下吟。偏爱灵山雨,静听天籁音。

别灵山

山在九天外,泠泠环佩声。谁吹离别曲,断我梦中行。

一、远望灵山如在云端,若隐若现,那凿刻的栈道仿佛可以连通星月。多么巍峨的一座灵山!不仅如此,它还钟灵毓秀,山涧欢唱,松涛阵阵,可谓人间仙境,难怪被道家誉为福地。

二、夜宿灵山,却颇有山野妙趣,你看那皓月当空,疏星低垂,一丛修竹掩映着农家乐,几缕花香甜美了主客的心。美景入心,美人入梦,醉在斯地,不复思归。

三、灵山的雨与别处比起来,更添几多空灵和俊逸,就好似一曲天籁，余音绕梁。

四、如此美景，怎能令人看个够？只是离别在即，纵然心中有万般不舍，也得踏上归程。这组诗歌从游、住、听、别等角度描绘了灵山的秀美风光，不由人心生向往。诗歌格调清丽、用词唯美精准，灵巧又不失典雅，是歌咏山水的诗歌佳作。倾情推荐共赏！（闲云落雪）

纪念刘建封诞辰150周年

独钓天池雪，查山第一人。
心尖悬日月，眼底摄昆仑。
志载南盟血，情滋北国春。
英雄藏锐气，以笔著精神。

2016年1月1日

注释 南盟：指南方同盟会。

鉴赏 此五言律诗为纪念刘建封老先生诞辰150周年而作，题意鲜明，为逝者而歌。

首联"独钓天池雪，查山第一人"。"天池钓叟"乃刘建封老先生之雅号。光绪三十四年（1908），东三省总督徐世昌派爱国官员刘建封任勘界委员，到延边进行实地踏勘，勘查奉天（今沈阳）、吉林两省界线兼查长白山三江（松花江、鸭绿江、图们江）之源。因此为"查山第一人"。作者直明讴歌主人翁，予读诗者开宗明义之感。

颔联与首联顺势而接，与颈联彼此呼应。"心尖"对"眼底"，"日月"对"昆仑"，"悬"对"摄"，对仗极妙！心尖与眼底是人体脏器中最重要和敏感的部位，在此形容有强调之妙。意指刘建封老先生心系日月山河，胸怀天下。

1908年5月28日，刘建封率队临天池并用了四个多月的时间，踏遍了长白山的山山水水，查清了长白山的江岗全貌和三江之源。为天池十六峰命名，写出了著名的《长白山江岗志略》《长白山设治兼勘分奉吉界线书》等著作；拍摄《长白山灵迹全影》，绘制长白山江岗全图。并欣然写下著名诗篇："白河两岸景清幽，碧水悬崖万古留。疑似龙池喷瑞雪，如同天际挂飞流。不须鞭石渡沧海，直可乘槎向斗牛。欲识林泉真乐趣，明朝结伴再来游。"此诗足见其文学功底深厚，其高尚情操亦为后人所敬仰！

颈联就如人体部位，支撑着颔联，亦彼此相通。"志载南盟血，情滋北国春。"无论对仗、平仄都极佳，一目了然。此联讴歌刘建封老先生为了中国的革命事业奔走南北不畏艰辛所做出的贡献。颔联、颈联总结了刘建封老先生辉煌不朽的一生。他于1905年加入中国同盟会，与孙中山、黄兴、宋教仁、章太炎、廖仲恺、陈其美等辛亥革命先驱交往甚密。1909年，刘建封出任长白山安图县首任知事，移民垦荒，发展农业；铺路筑桥，开辟交通；兴办工商，创立学堂；始创林警，保护和开发当地丰富的林业资源。他还兼任松（花江）图（们江）两江林政局森林警卫队统带，为他日后发动起义创造了有利条件。1911年10月10日，武昌起义爆发，刘建封得悉立即在安图响应举义，宣告成立"大同共和国"，并通告中外。他激情满怀，引吭高歌："桐叶一落天下秋，梅花一放天下春。试问秋兴共多少，毕竟不如看花人。"并自名"大同"以明志。

读到尾联"英雄藏锐气，以笔著精神"，自然是总结。刘建封老先生一生事迹堪称轰轰烈烈、不朽传奇！虽辞世已久，但作者敬其浩然正气，佩其不朽文采，故作此诗篇一为敬仰，二为广推之，为后人所景仰学习，壮哉我中华！（戎劲松、王如玉）

甲午年生辰有寄

华夏西洋景，诗心依旧真。
长城墙下客，楚国北漂人。
黑夜听风雨，红颜问鬼神。
石窗还有否，苦苦待来春。

2014年7月

注释 红颜：这里指的是英俊潇洒的少年。石窗：指贺知章。

鉴赏 首联"华夏西洋景"为所见所思所感，透着一种忧虑。诗人的某种独特感受倾注在景物描写之中，透露出面对华夏的繁荣景象，触景生情，使读者从思想上受到感染，同时表明诗人的诗心一如既往地执着。

颔联紧承一、二句，"长城墙下客"，透露出思乡的情怀，带有含蓄的意味，道出了天下游子共有的情怀。"楚国北漂人"，诗人在异乡深深眷念着自己的故乡与亲人，说明诗人属于有梦想的北漂一族，在北京干着喜爱的事业，并为之奋斗。

颈联表面写诗人举止与言行，"黑夜听风雨"，表明诗人心绪不宁，余思萦绕难以去怀,从"红颜问鬼神"的这种精神状态,不正说明他思乡与用情之深?这两句诗把其复杂的矛盾心情注入形象鲜明的画面,不难看出,其中隐现了诗人对生活的感受。但此联的真正意图,是为尾联做铺垫。

尾联写感慨与期待,感慨当前时代下是否还有贺知章。也只有苦苦等待来春了,此情此景,倍添孤寂之感,蕴含着失意、漂泊无依之感。期盼着来年的春天会有喜悦之情与丰收之果。

黄莽近照

通观全诗,以生日抒怀传情,寄寓诗人的感慨余思,写得直率平易,然洋溢着出自肺腑的一片至情,"红颜问鬼神"的奇想,完全是由想象落笔,为情造文,使无可奈何的情思得以表现,一种痛苦的思乡思亲人之执着于此可见,所谓一字一泪,点点滴滴,都是诗人纯情所化,颇具特色。(姚育萍)

海南行

题记:甲午年从北京到新疆壮游至广东,由深圳转道入海南,拜见包德珍老师以及四野、得一、三竹儿、南国英子等诗友,以此记之。

早慕岭南去,今朝有幸逢。
谒师寻大道,访友问仙踪。
潮起天边月,云随海底龙。
琼山瑶水路,足下意生风。

2014 年 4 月

鉴赏 诗中抒写诗人游海南的观感,笔调清新,描写省净,写得连环承转、意脉相连,而且迂徐从容,曲尽情致。在构思上,不用典故来支撑诗架;在语言上,不用艳藻来求其绮丽;在抒情上,不用泼墨来露出筋骨。全诗淡雅而含蓄、平易而炽热,风格属盛唐山水诗中独具一格的诗篇。

首联诗人情来笔至,借景抒怀,很早就仰慕岭南的风景,今朝总算有幸相逢了论坛几位诗友。一"慕"一"逢",诗人将万端感情和敬慕已久

黄莽于海南采风

联系起来,妙合无垠。

领联拜师以求更高的人生追求,"大道"乃中华道家哲学术语。访友是为了更高的追求,表现了身心放松、愉悦的心情。笔调似有古体,语言朴素,寄情于景,而意在言外,这种委婉含蓄的构思,善于引导读者在平易中入其胜境,然后体会诗的旨趣,而不以描摹和辞藻惊人,因此造语不求形似,而含比兴,重在达意,耐人寻味,为引出下句做铺垫。

颈联诗人运用显隐、远近、高低、虚实诸对称之艺术手法,尤见海南神韵,构思极妙,看似写潮起连天、潮与月连的景象,云动龙王布雨,表面写海南天气特点,实则反映了作者对海南的包德珍老师等诗友的崇尚之情,心潮翻涌与月相会了,原来深藏不露的诗友出现了,此联以景写事,一联多意,回味无穷。

尾联看着海南的山水美景,仿佛置身于天上神仙之所,不禁让人神往,脚下生风而步履轻盈起来,心情更是愉悦,感觉不虚此行。

盛唐山水诗大多数歌咏隐逸情趣,都有一种悠闲适意的情调,但各有独特的风格和成就。这首诗是海南行中写会晤,具有盛唐山水诗的共通情调,但风格娴雅清警,艺术上与王维的高妙、孟浩然的平淡都不类同,确属独具一格。读来舒畅自如,饶有韵味。(姚育萍)

赠诗友

题记:诗友江湖竹琴,原名将其书,竹琴传人,由重庆万州来京。

知君今日来,昨夜把诗裁。
江湖行不尽,怡海筑琴台。
寂月花间酒,酬风扇底杯。
京城多妄事,聊寄蜀公怀。

2012 年 7 月 28 日

注释 怡海：作者早期在北京居住的地方。蜀公：指宋朝范镇（zhěn），他住在许下，在居住的地方造了一个很大的厅堂，取名长啸。堂前面有个荼蘼花架，每到春季花朵盛开的时候，就在花下宴请客人，约定说："如果有飞花落到酒杯里就喝一大杯。"有时说话笑闹吵嚷的时候，微风吹过，那么满座的杯子都会落入花瓣，当时叫作"飞英会"。虽然生活在闹市之中，但是能在车马喧嚣处找到一点只有隐者才有的快乐。妄事：不可多言或者是不可说的一些事情。

鉴赏 此首作品"偷春格"，又有古风格调。本诗抒写朋友之情，但格调高雅，不落俗套而别有一番韵味。

首联写琴友即将到来，头夜便做了迎接准备，虽有些仓促，然亦可见心切。朋友非一般之交，乃雅友知音，今得两琴相悦，何其快哉？王勃《滕王阁序》有言："杨意不逢，抚凌云而自惜；钟期既遇，奏流水以何惭？"然也。接下来诗人并未写两人弹琴论曲之事，而是闲话人世江湖之难，唯"乐琴书以消忧"，清静微热的晚上，作者与琴友在花间边摇扇，边畅快地喝酒闲聊。当说及京城妄事，则以蜀公飞英会的典故暗示两人超越世俗、与世无争、乐得琴趣的闲逸洒脱。全诗语言恬淡自然，颇有山水田园诗的妙致。（谢永旭）

京　中

山海锁都城，白云天外生。
问君何所得，回首哪堪鸣。
早晚勤挥笔，春秋醉忘名。
悠悠千古月，默默踏征程。

2012年4月

黄莽抚琴近照

鉴赏 流落京中饱尝辛酸，郁郁之气荡溢不平，不为世人所理解，而日月可鉴，内心泰然。一段不平的感情、一种人生的高尚洋溢诗中，意味深长！（将其书）

记 梦

桃柳依依树，庭前三五聚。
小池映晚霞，紫蝶伴风舞。
君去断弦琴，客来飘细雨。
落花写雁丘，泪染情千古。

2014年5月28日

鉴赏 首句中有《诗经》的味道。结句中显个性。此首清婉，情思幽深，乃招牌的乐府风格。该首仄韵，"紫蝶"一句偏柔弱，"君去"一联开合用得好，是《诗三百》中"昔我往矣，杨柳依依"的手法。（将其书）

送友人石静波（新韵）

青山新雨后，一路任云闲。
临水别君意，折春寄柳安。
舟争行万里，日落已江南。
何事再相聚？东篱把酒欢。

2008年

鉴赏 这是一首描写与友人游山玩水之后离别的诗，描述了送别的场景，表现了诗人对朋友的深厚情谊。这首五言，稳重而厚味，整体浑然，尤其是颈联，景语亦情语。

首联写雨后游山玩水，天高云淡，与友人悠闲愉悦的心情。颔联点明主题：写送别的环境，我们在这里即将分手，无限情谊陌柳依依，折一枝春天里的柳枝送与友人，惜别之情，溢于言外。充分表现了诗人与友人的缱绻情谊。颈联用"舟争""日落"生动地表现了友人此去一日到江南的场景，顺水而下，一日行万里，也暗示友人急切回家之心情，所为何事，诗人并未点明，或有难言之隐，我们就不去揣测。早上登船，而夕阳西下时就到家了。尾联诗人见远去的友人,似自问,我们何时能够重逢,再次把酒篱笆小院,那是多么的欢乐啊!

此诗与李白《送友人》"青山横北郭,白水绕东城。此地一为别,孤蓬万里征。浮云游子意,落日故人情。挥手自兹去,萧萧班马鸣"一诗颇有异曲同工之妙。而这首《送友人》也写得意致缠绵,表现了诗人诗情婉约和豪放洒脱。(谢永旭)

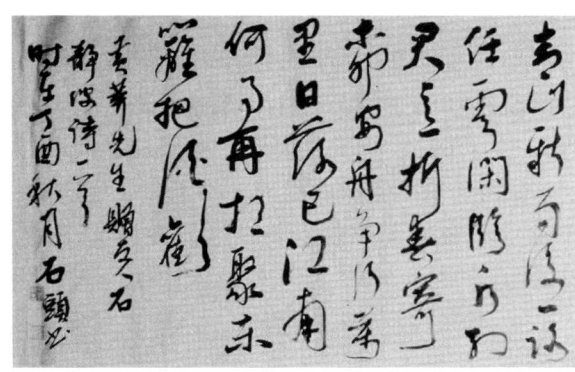

书法:石义友

新 村

禾田新育苗,垄上野花撩。
玉露催荷壮,清风拽水摇。
小楼三五卧,绿柳万千娇。
舒袖悠然至,农家压酒聊。

2010 年

注释 压酒:将酒汁压出,李白"吴姬压酒劝客尝"。

鉴赏 这是一首描写田园风光、表现新时代农村美好生活的诗作。诗人以轻松自如的笔调、愉悦舒畅的心情将一派迷人的田园风光呈现在读者面前,令人耳目一新。

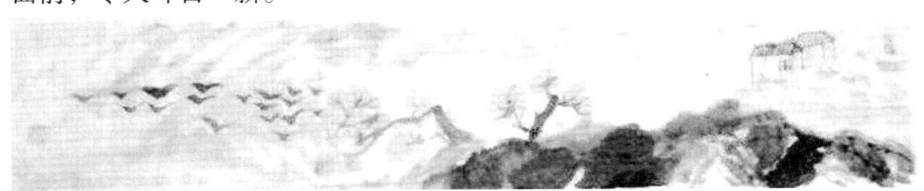

绘画:黄 荞

首联一下子就把读者的视线拉到最具农村特色的农田里：禾苗青青，长势喜人，孕育着美好的希望。阡陌纵横，野花飘香撩人，充满着动感与生机。"撩"字的使用很有独到之处，一方面写出了野花的身姿摇曳艳丽，撩人心扉；另一方面表现了诗人对这一景象充满着难以言表的喜悦之情。

颔联落笔轻盈。晶莹的晨露凝结在清香的荷叶上，熠熠生辉。荷叶下是一汪透亮的湖水，清风拂过，水波荡漾，摇曳生姿。"催"与"拽"用得十分巧妙，"催"字让人仿佛看到荷花在晨露的滋润下不断生长的态势；"拽"字使人觉得清风如一个顽皮的孩童，在戏弄着湖水。在诗人眼里，这"玉露""清风"都充满着活力，"催"和"拽"将这两个事物人格化了，显得生动有趣。

颈联数词的巧妙安排，似蜻蜓点水般，却让人感到新农村的新面貌、新气象，不由得心生喜悦之情。（张金英）

赠浪卷云舒

相隔三千里，新章每所闻。
松江冰挂树，楚地水生云。
太白舞金殿，希夷伴鹤群。
秋花堪忍落？暖酒待余君。

2010 年

注释 浪卷云舒：原名张云舒，吉林长春人。
希夷：指希夷先生陈抟，字图南，自号扶摇子（871—989），宋太宗赐号希夷先生，唐末、五代隐士。

鉴赏 从古至今，歌颂友谊的诗篇不胜枚举：李白的"桃花潭水深千尺，不及汪伦送我情"大气深沉，将友谊之深厚表现得淋漓尽致；他的"孤帆远影碧空尽，唯见长江天际流"则表现了友情之眷恋、友情之绵长，千古传诵。王昌龄的"洛阳亲友

黄莽近照

如相问,一片冰心在玉壶"将友谊的纯洁象征为冰心一片透明无瑕。高适的"莫愁前路无知己,天下谁人不识君"和王勃的"海内存知己,天涯若比邻"则充满着豁达与乐观。

这首赠友诗自有它的独特之处,这首诗不是临别相送,而是隔屏赠送,将松江、楚地两处诗人的友情写得飘逸而醇厚,既让人感到神仙般的文人之交、君子之交,又让人感到两地诗人的友情醇香而深厚。

首联直接交代诗人与云舒兄相距遥远,但是两人心心相通,不管是谁出了新作,双方都会知晓,相互拜读,相互切磋。两人的友情是建立在诗文交流的基础上的,是真正的君子之交,散发出兰花般淡淡的馨香。

颔联描写了两位诗人所处的环境:浪卷云舒住在松花江边,这儿每到冬天,冰花挂满枝头,真是一派"千树万树梨花开"的奇妙景致。"挂"字给读者以无限的遐想,仿佛看到了雪花在漫天飞舞,纷纷扬扬飘落枝头,凝成晶莹剔透的冰花玉屑,整个世界成了粉妆玉砌的白色世界。位于江淮流域的楚江常常水雾漫天,潮湿的天气迷迷蒙蒙,缥缈的云烟慢慢地从水平线上升腾而起,这就是诗人所处的楚江大地。"生"的使用富于动感,让人感到水面上云雾飘浮之动态,形象地表现了楚江的地域特点。

颈联对仗整齐,诗人自比希夷,将好友比作大诗人李白。"太白舞金殿"形象地表现了云舒兄才华横溢、潇洒纵横、不拘一格、浪漫洒脱的气质,就如诗仙李白一样。"舞"字刻画了一位傲视权贵、唯我独尊、桀骜不驯的诗人形象。"希夷伴鹤群"则是诗人自喻,表现了自己过的是闲云野鹤般的悠闲、淡泊的生活,与世无争,为读者刻画了一位飘逸洒脱、与山水为伴、与云鹤为友、寄情诗词的诗人形象。潇洒的太白、飘逸的希夷之间有着非同一般的共通之处,所以,诗人与云舒兄是性情相投的文友,相互欣赏。

尾联"秋花堪忍落"笔转直下,值得深品。正当两人情浓意真之时,秋天的花儿怎能飘零了呢?真是太不解风情不谙人意了!实在令人扼腕叹息。在这个时节,诗人还要暖酒盛情款待好友呢!看到诗人的热情,秋花怎么舍得落下呢?秋寒是否会被诗人待客的热情驱散呢?在这里,诗人巧妙地运用了反衬的手法,委婉地抒发了两人的友情之浓郁,真是神来之笔!

整首诗立意鲜明,诗人的表现手法灵活多样,巧妙地融叙事、写景、抒情于一体。最妙的是比喻、反衬等修辞手法的运用,更是增强了语言的表达效果,新颖独特,自然而然地表现了醇香的友情,这在以往的赠友诗中也是少有的。(张金英)

无 题

峻岭渡飞云，乾坤有化分。
人间多苦难，天上少仁君。
野草溪边绿，幽兰松下芬。
红颜随老去，不忍俗尘群。

2011 年

鉴赏 "苦难出诗人。"这是谁的命题，我已记不清了，但读了黄莽的《无题》之后，我强烈地感受到，只有历经沧桑而又胸藏乾坤的神来之笔，才能这般行云流水、直率从容。他是松间隐士，诉说滚滚红尘之外的宁静与悠闲；他又是云端智者，透解芸芸众象之中的禅道和玄理；他更是肝胆挚友，共品微微醉意之后的痛畅和情义。首联用比兴的手法着笔，总写人生有命，造化随缘，归宿不一。与鲍照的《拟行路难》开篇之句"泻水置平地，各自东西南北流"不谋而合。

"人间多苦难，天上少仁君。"诗人先用杜少陵悲天悯人苍茫凄怆的笔调低吟深叹，转而又以李太白笑傲天下的旷达气概品君点俗，举重若轻，气度非凡，艺术性地阐述了"从来就没有救世主，也不靠神仙皇帝"的至真名理。珍惜而又蔑视苦难，把命运牢牢掌握在自己手中。既写了自我的身世际遇，也反映了现实生活中的普遍现象。若没有丰富而深刻的生活阅历和独到而细腻的感悟是写不出这样的佳句的。"身世两悠悠，漂泊知何许？"当您多少了解了诗人坎坷的人之初、世之初，以及他那"少年恃险若平地"的传奇阅历和剑胆琴心的诗书生涯，您就不会惊叹仅近而立之年的诗人，竟有如此的睿智和深邃。"浪子不幸诗人幸。"磨难谁都想远避，但当它不期降临时，有人颓废，有人退却，有人怨天尤人。只有生活的强者、造化的奇人，才将磨难释变成得天独厚的教科书，才让命运的弃儿涅槃为时代的宠儿。

年轻的诗人寄寓京城，身涉嚣尘，心中却执念着一池清水芙蓉，梦呓那"野草溪边绿，幽兰松下芬"超凡脱俗的诗酒野庐。野草纵绿溪边，幽兰即芬松下又有何妨？作者写野草与幽兰并以此自比，明暗结合，那是一种不媚俗不迎俗的淡定和超然。"兰生幽谷无人识，客种东轩遗我香"，"松花酒熟何处游？瑶草自绿春岩幽"。古人遁世归隐的飘逸闲适，无时无刻不在呼唤着红尘中人。然而,峻硬的现实能"不为稻粱谋"吗?能"不忍俗尘群"吗?任凭红颜渐逝,少年老去,你又能奈何呢?一般红颜皆喻女子,此诗中红颜比少年。李白曾诗"红颜弃轩冕,白首卧松云";王安石也题"自从红颜时,照我至白首"。黄莽应熟读先贤佳句,此处信手拈来,用法妥切,将诗人"红颜易老,功名难就"那种惆怅而又纠结的心境抒发得含而不露,余味绵长。

全诗用韵采用人辰辙,而人辰辙韵比较适合表达细腻的情感,忧愁淡而不伤;诗人对诗词用韵、音律掌握得很好,起承得法,转合自然,古味十足。既寓情于景又直抒胸臆,将景、事、情、理融为一体,实在是难得的上乘之作。(王俊辉)

落 花

春风兼细雨,流水荡花魂。
三月多情苦,经年不厌烦。
曹公怜绛草,词帝笑黄幡。
玉笛何人弄,梧桐作客言。

2012 年

注释 曹公:指曹雪芹。绛草:指神绛草,黛玉的前身。词帝:指唐李后主李煜,李煜在中国词史上占有重要的地位,被称为"千古词帝"。

鉴赏 这是一首借物抒怀的五律诗。诗人每一句诗中都有用典,且用典巧妙,与整首诗形成一个完美的合体。

摄影:黄 莽

首句"春风兼细雨",一个"细"字,可谓精妙,写出了春雨的特征,同时也令读者联想起唐代诗人刘长卿的《别严士元》中的名句:"细雨湿衣看不见,闲花落地听无声。"接下来的一句"流水荡花魂",令人想起黛玉葬花中的花魂诗，萌生一种"落花有意，流水无情"的伤感。

第三句令人想起杜牧的诗句"多情却似总无情"，一个"苦"字用得妙不可言，既写出花之落苦，也抒发人之情苦，读之令人感叹。第四句接上句说出苦之态，一句"经年"用得好，道出情苦之累。诗人不愧为习佛悟道之师，寥寥八字看似写三月落花，实则道出众生之苦。

第五句是全诗的转折，由花及人，"曹公怜绛草"令读者恍然大悟，原来第二句的花魂是为这一句的黛玉埋下伏笔。此时的红楼和黛玉已经不仅仅指《红楼梦》里的人物，而且指芸芸众生为一情字所牵，一个"怜"字用得奇妙无比，既写出红楼之怜又超脱红楼之怜。第六句借李煜与黄幡之典写出诗人对落花的理解：一个"笑"字道出诗人境界，世间之情如黄幡，如落花，转瞬即逝。令人想起李煜的名句："流水落花春去也，天上人间。"黄幡有两种解释：一种是佛教认为人离世，置黄幡，悬在刹上取离苦得乐、得生十方净土之意；另一种则指皇家旗帜。诗人借黄幡进一步说明情为空之理。

第七句则从想象的时空回到当下，用"玉笛"之声代表红尘，说明世人难断"情"字。此句令人想起李白折柳典故："谁家玉笛暗飞声，散入春风满洛城。此夜曲中闻折柳，何人不起故园情。"读到此，方恍然大悟，原来诗人所困的不仅是男女之情，还有浓浓的思乡之情。第八句结句乃整首诗的诗眼。"梧桐作客言"，一个"客"字道出一种在他乡为异客的无奈，而一个"言"字则道出诗人的心志，虽在他乡也要立言，以诗为言。正像易安居士的词"梧桐更兼细雨"，点点滴滴也是心声。

综观全诗，可谓句句精妙，用字奇巧，借落花抒发一种情怀，不仅是男女之情，更兼有浓浓乡情、亲情。无论是构思、运笔、意象、意境、用典都独具特色。（杜先刚）

夏日偶得（诗韵新编）

溪水向东去，云从壑底升。
柳林烟袅袅，陌上草青青。
日暮群鸥返，天垂一舸横。
闲时归故里，煮酒唤邻翁。

2010 年

鉴赏 无论是作文,还是写诗,创作上都有以情寄景、以景传情的说法。大致讲来,就是作者先将自己的主观情感寄托到客观具体的景物上,用心刻画,再通过所描摹景物意境上的延伸,传递作者欲表达的心情。诗贵含蓄,写景种种,其实都是为心情所驱,最终亦是为了表达心情。

这首《夏日偶得》就是这样一首以情寄景、以景传情、情景交融的诗。诗人利用溪流、云烟、柳林、野陌、鸥鸟、暮日、横舸等景物烘托,巧妙地把自己的乡恋倾情吐露,使读者备受感染,这也是文学艺术的魅力所在。

首联开门见山,夏日偶得,就是为"情"。"曾经沧海难为水,除却巫山不是云",云水,情之所喻也。缘来缘往,情灭情生。情随溪水东去,情亦壑底生发。

颔联承上,借助"柳林、陌上、青草、袅烟"传递"今宵酒醒何处?杨柳岸,晓风残月""渭城朝雨浥轻尘,客舍青青柳色新""离离原上草,一岁一枯荣""青青河边草,绵绵思道远"等信息,诉说情之离愁缠绵、情之淡泊清高、情之生生不息。意境扑朔迷离,令人浮想联翩。

颈联转述情之所向,"日暮、江天、鸥返、舸横","日暮乡关何处是,烟波江上使人愁",鸥鸟栖息,横舸落照,正是游子思归。

尾联情结由思绪展开,"故里、煮酒、邻翁",童真依依,乡情浓郁,自然而然。"美不美,故乡水,亲不亲,故乡人",心情系故土,思乡最切切。

通观全诗,景象生动,意境优美,文字流畅,气脉清晰,情景交融,言简意赅。以景寄情,以景传情,把漂泊游子的思乡情结展现得淋漓尽致。(曾鸣)

天堂寨

停车寻野趣,万壑送凉风。
乔木葳蕤错,奇花烂漫中。
银河三叠落,古道一关雄。
追忆吟天问,悠悠满目空。

2004 年

注释 **天堂寨**:位于安徽金寨县,古时称多云山等。**天问**:屈原之作,相传屈原出使齐国路过此地而写下千古名篇。

鉴赏 这首诗以景怀古,乍看起来,是一首绝妙的春日即景小诗。作者笔下秾丽的天堂寨之景,犹如一幅色彩绚烂、富有生趣的图画。近景,乔木茂盛、奇花烂漫;远景,银河瀑布,古道舒展。空中,伫于万壑中八面受风,凉风习习,多么惬意可人。整个画面,有动有静,有声有色,花香水汽仿佛从画中溢出,给人以身临其境之感。读者从诗人描绘的优美画图中,获得了赏心悦目自然美的享受。

这首诗难道仅仅是描写自然风光?如果作者单纯是写景,那么用《春景》之类的题目,岂不更贴切而达意?为什么偏偏选取"天堂寨"为题呢?诗人着力描写的既非"烟村南北黄鹂语,麦垄高低紫燕飞"(王庭珪《二月二日出郊》)的村野田家之景,也非"袅袅城边柳,青青陌上桑"(张仲素《春闺思》)的郊外之色,而是具有典型的现实意义的他热爱的故乡。这首诗描写的焦点,以"天堂寨"为主题,意在让读者由此去寻求题旨。

首联"停车寻野趣,万壑送凉风"才十个字,就把一幅生动的画景形象地凸显出来。层次分明,空旷,有立体感。景色是宽广的,画面是清晰的。由此拉开序幕,崇山峻岭,令人耳目一新。

颔联"乔木葳蕤错,奇花烂漫中"。"葳蕤""烂漫",更是一幅江淮山水国画,乔木茂盛交叉着生长,奇花遍地,色彩绚丽,充满了浪漫情怀。以奇花异卉、茂林修竹自然景物的陪衬,突出天堂寨之大之美。真不愧有"华东最后一片原始森林、植物的王国、花的海洋"的美称。

颈联"银河三叠落,古道一关雄"。眼前的瀑布飞流直下,如九叠屏风三叠水,瀑布成串,飞流直下,有"通天瀑"之美称,落差七十六米,是皖西第一高瀑。这就是有名的"金寨飞流瀑布"。古道边隘,意蕴悠长,如英雄般昂然傲立护卫着家乡人民。古称"吴楚东南第一关",气势雄伟壮观。

绘画:廖 石

尾联"追忆吟天问，悠悠满目空"。当年屈原出使齐国，翻越大别山在此山写下《天问》，此联诗人借典抒怀。道家认为世间万物浑然一体，万物相和同于一道，"空"是组成宇宙的一部分并与万物相和。一张白纸作为物质是存在的事物，是有。而纸上是空的，了无一物。让人自然想到齐白石老人于纸上落墨成虾是建立在空的基础上，偌大一幅画面只有两只虾，这是艺术家要给虾以空间，给欣赏者以想象的余地。于是，在我们眼里，满纸活灵活现，一派生机勃勃的气象，有无相生，无画处也成妙境，这妙境无疑得益于空的灵气，使读者顿然醒悟了诗人"满目空"的含义。追忆着过往发着感慨，朝天吟唱，欣喜悠然，品味着满目的生机盎然。

这首五律，画外有音，意余象外。读者如深入一层去体会，便能领会到言在此而意在彼，达到了"作者得于心，览者会其意"（《一瓢诗话》语）的艺术效果。（姚育萍）

新疆行

题记：甲午年应陈善军、闫汝明友之邀，前往新疆采风，记之。

西域常闻鬼，三山似大神。
君行千里路，雪化一壶春。
黄口驾飞马，骄阳原上尘。
帐中天地事，今古笑谈人。

2014 年 4 月

鉴赏 这是一首描写新疆四月，冰雪融化，跃马扬鞭、驰骋草原，畅叙友情的五律。基调欢快，感情真挚，有着历史的厚重感，发人深省，值得玩味。

首联容量大，内涵丰富，留有余味，为尾联生波。西域常闻鬼：西域始终是一个令人

摄影：黄 莽

感兴趣的地区。自张骞凿空以来与中原政治、经济、文化和交通紧密相连，既有友好往来，也有军事对峙。东西方之间，各种势力时分时合，加速了各民族之间的融合。因为地处亚欧大陆中部，战略地位极其重要。时至今日，暗势力依然蠢蠢而动。"鬼"字出现在诗中，突兀，实在不多见。静下心来琢磨，一时还找不到合适的字，不由得佩服作者用词精准。

三山似大神：三山，是指北部阿尔泰山、南部昆仑山、中部天山。新疆地貌概言之是"三山夹二盆"。二盆即南边塔里木盆地、北边准噶尔盆地。大神：震鬼也。言外之意是，不管你暗势力如何兴风作浪，我自岿然不动，含有鄙视之韵味。笔锋刚韧有力，表达了作者对维护国家安定团结的情怀。

颔联工稳，饱含深情，为全诗生色。"化"字可谓诗眼也，有实有虚。君行千里路：读者不妨试想一下，当年张骞、班超、法显、唐玄奘，餐风露宿，鞍马劳顿，朝不保夕，累月经年的情景。面对现在交通发达、便捷，人民安居乐业，生活富裕，我们更应该懂得珍惜。雪化一壶春：新疆地处内陆、高原，常年降水稀少，属于干旱地区。天山一带植被的生存都依赖于雪水的滋润，春天的来临完全取决于天气变暖。四月，塞北的春天悄然来临，严冬渐去，人们的喜悦之情溢于言表。作者正逢其时，以诗人特有的笔触记录下这一时刻，全诗的点睛之笔油然而生。读来清新自然似春风扑面，语言看似平淡无奇，实际上绝非如此。这种"平淡"着实来之不易，说明作者拥有善于捕捉艺术形象用来描述客观事实的深厚功夫。

颈联一转，动感强烈。黄口驾飞马，骄阳原上尘：草原上，丽日下，骏马成群，怎不叫人跃跃欲试？黄口：典出《淮南子》卷十三《氾论训》。本指雏鸟的嘴，借指儿童；古代户役制度称小孩为黄，隋代以不满三岁的幼儿为黄，唐代以刚出生的婴儿为黄。后来，十岁以下儿童皆泛称"黄口"。驾飞马：游牧民族的孩子早早就会骑马，在草原上飞奔，这联属于实写所见之景，很有画面感。

尾联写亲密无间的友情。帐中天地事，今古笑谈人：脱胎于杨慎的《临江仙》"古今多少事，都付笑谈中"，但基调是积极的、高昂向上的。因为前面做了铺垫，可谓首尾呼应，化典无痕，水到渠成。不由得让人想一探究竟，几个好朋友都谈论了什么？抑或魏晋风流，余味无穷。（袁国乾）

感　怀

少年多苦难，大道与谁同。
又是北飘雨，可怜花落东。
百川流向海，五岳醉听风。
神鬼且为友，沉吟山野中。

2014 年 7 月

鉴赏　这首诗作于 2014 年 7 月，原标题为《甲午年感怀》。诗人为什么感怀？感怀什么？读者若要理解这首诗，就得从了解诗人的人生经历开始。

本诗作者黄莽先生是一位富有传奇色彩的诗人。他青少年时期经历了长达十六年的打工生涯，历尽了与其年龄极不相符的也是同龄人没有经历过的苦难。当人生略有起色，正值 2000 年的第一个甲子，回首自己曾经走过的坎坷历程，又怎能不感慨万千呢？

"少年多苦难，大道与谁同。"诗人黄莽先生，号山水悟道，最崇尚"佛心道为"。首联诗人把人生起点与道家智慧联系起来，这也是诗人倾心悟道的有力例证。东汉女史学家班昭《东征赋》有云："遵通衢之大道兮，求捷径欲从谁？"诗人年少，历经诸多磨难。面对磨难，诗人发出了与班昭同样的人生思考：我的人生理想应该在哪呢？一句发问，振聋发聩。足见诗人人穷志不穷，有志不在年高。于是，在风雨飘摇之中开启了人生追求——北漂。

"又是北飘雨，可怜花落东。"颔联承首联之后，抒写北漂的道路并不是一帆风顺的。有风也有雨，有笑也有泪。通过六年的努力打拼，终于像一棵长大的树，开始开花结果。虽然事业上有了长足的进步，但迎来新世纪的甲子也就意味着人到中年，那花季雨季的青春已雨打风吹去，随水东流，颇具"无可奈何花落去，似曾相识燕归来"的意味，令人叹惜，令人感慨。

"百川流向海，五岳醉听风。"颈联意思一转，柳暗花明。经历了这么多的风风雨雨和不懈的追求，好像悟道一样，人生有了参悟。听觉通达了，视野开阔了，胸怀宽广了，该明白的一切都明白了，豁然进入了一个更高的境界，正如林则徐所自勉的那样："海纳百川，有容乃大。壁立千仞，无欲则刚。"这也符合诗人自己常常所说的"登高方识远，天地纳于心"的道理。此时诗人的理想也有了进一步的升华，不仅仅局限于个人的前程和荣辱，做得更多的是传承和发展古典诗词这样的传统文化，热衷公益事业，面向社会，服务社会。2015年11月人民网、新华网、《半月谈》等报道的《黄莽：一位励志的北漂诗人》一文足以证明这一点。

"神鬼且为友，沉吟山野中。"尾联在前三联的基础上总合了诗人对未来生活的追求和向往。诗人把道家的思想糅入诗人的情怀，像庄子不屑于惠施、陶潜不屈于权贵一样，彰显了诗人的清心寡欲和淡泊人生、自由行走于天地之间的豁达情怀。这样的生活也正是诗人孜孜追求和无限向往的理想生活。诗人在这一联中所运用的笔法与班昭的《东征赋》"乃遂往而徂逝兮，聊游目而遨魂"一句有异曲同工之妙。

综观全诗，诗人着眼当前，回顾以往，展望未来，以现实主义和浪漫主义相结合的表现手法，充盈着老子的思想和智慧，浸透了诗人的阅历和感悟，典藏含蓄，意蕴隽永，活脱脱地再现了一个隐者的情怀。（李善效）

野　花

江南多物种，独赏乐重重。
乱石丛中绿，烟村陌上彤。
随风飘万里，逢雨驻千峰。
无欲争名册，凡间伴鹤农。

2011年

鉴赏　这是一首咏物诗，不过这个物是不知名的野花。诸位都知道写咏物诗难处有二：一是难以刻画入微并形中见神；二是富有寄托，寓言外之意，发人深思，并非易事。显然此诗属于后者。本来嘛，要问野花什么颜色、花朵多大、何时开花，我也无从谈起，漫无边际，但它们却无处不在！或许因为太过平凡了，以至于我们都熟视无睹了。直到现在我脑海里也没有野花具体的形象，耳畔倒是响起邓丽君的歌声："记着我的情，记住我的爱，路边的野花你不要采。"

"江南多物种，独赏乐重重。"江南雨水丰沛，有利于各种植物的繁殖生存，当然，野花也不例外。作者之所以钟情于此，一方面出于对大自然的无限向往；更重要的是野花既给人以美感，又使人获得一种启示，增长奋发的勇气。由物及人，现代语的"草根"就是指在平凡的岗位上，干出了超乎常人的业绩。他们在逆境中默默工作，不坠青云之志，永葆一股浩然之气。

"乱石丛中绿，烟村陌上彤。"此联工稳，刻画得细致入微，语言清新、朴实、自然，耐人寻味。乱石丛、陌上，可见生存环境的恶劣，绿、彤，依然展现亮丽的一面。读者请注意，吸引大家的应该还有弥漫在空气中野花的芳香，常言道"家花没有野花香"。换言之，路过时，正是野花的香气引来人们的青睐。

"随风飘万里，逢雨驻千峰。"此联工稳，笔锋一转，却小题大做，极远大之势，为末联做铺垫，可谓奇思妙想。如果上联侧重的是点，那么这里侧重的就是面。野花尽管饱受风雨清洗，依然漫山遍野。懂点生物学知识的都知道，植物可以借助动物、风、水等外界力量传播种子。

"无欲争名册，凡间伴鹤农。"末联升华，借物抒怀，把自己置身其中，无欲无求，无名无分，照样装扮祖国的大好河山，唯有得到有识之士的眷恋。

对照作者自身的经历，这首诗又何尝不是作者内心世界的诠释呢？可读出诗人对于世俗名利地位的淡泊和对自然界一花一草的热爱。甚至于稍纵即逝的事物，他都能以诗人敏锐的目光和独特的视角捕获与抓拍成句，令人读了有飘飘出尘之感悟。（袁国乾）

怀友人张力夫

笔下力千道，二王传与君。
清风撩醉意，皓月伴流云。
独闯京华梦，惯听新旧闻。
何堪常北望，徒寄小诗勤。

2011 年

鉴赏 从标题上很容易理解，这是一首怀念友人的五律。同样是五律，也同样是怀念友人，自然而然地会让人不由得想起杜甫的《天末怀李白》。我不知道诗人是否从杜甫的诗中得到过灵感，抑或是巧合，但我却在诗中发现了他们的相通之处，虽然两首诗的谋篇角度和写作手法略有不同，却有一种思想贯穿其中——对友人的深切思念和对友情的真挚之情。

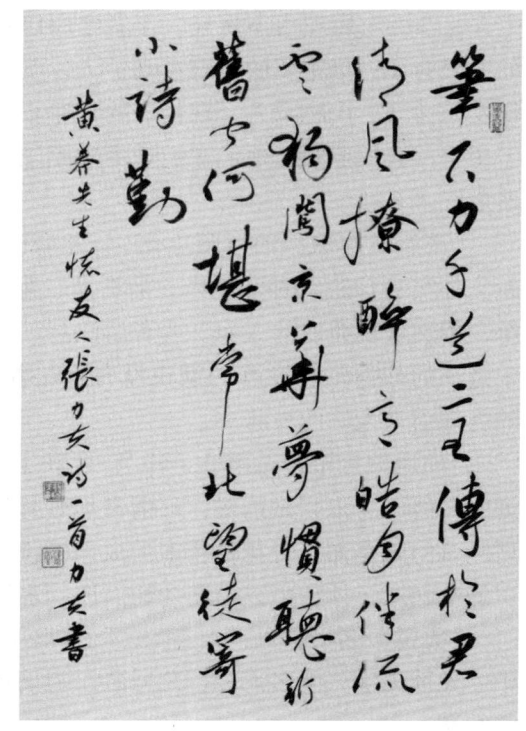

书法：张力夫

首联："笔下力千道"虽然以孤平起句，然对句"二王传与君"却不动声色地以"传"字救起。寥寥二句，已明确地交代了诗人的这位友人张力夫先生，应该是一位书艺精湛的书法家。何以见得呢？诗人一句话就道尽了——"笔下力千道"！力千道，既可以理解为张力夫先生功夫深厚，有力透纸背、入木三分之遒劲笔力，也可以阐释为张力夫先生师法二王，有着精益求精、练笔不辍的可贵精神！第二句"二王传与君"虽有流于奉承之嫌，但联系首句却又有着不同的意义，我们与二王相隔千年何以传法呢？这必然是书法家日夕不断地揣摩二王的笔意，从而在精神上与二王产生了共鸣才可以达至，这就是神而明之的艺术境界，这岂是短时间可以完成的？可见其在书法上所下功夫之深！短短十个字竟然能表达出如此多的含意，诗人果然深谙古人炼字之奥义。

颔联："清风撩醉意，皓月伴流云。"此二句中一位风流俊逸、豪放洒脱的儒雅书法家形象跃然可见！有道是书如其人，其书法必然也是如癫张醉素般，笔意纵横，充满天然灵动之妙趣。这一联既写人品，也状其书风。一语双描，不落俗套。

颈联："独闯京华梦，惯听新旧闻。"这一联比较有意思，我想诗人是有把模棱双关大法进行到底的架势啊！从字面上看好像是说友人的状况，但好像也可以理解为诗人在诉说自己的境遇。这跟杜甫在《八阵图》中的"遗恨失吞吴"的手法有着异曲同工之妙。

尾联："何堪常北望，徒寄小诗勤。"结得似乎很平淡，然平淡之中却蕴含着诗人强烈的思念之情，如火山般喷薄欲出！正如那首歌唱的"一切尽在不言中"！综观整首诗，没有说一句思念的话，然思念之情却溢于言表，这个情形与李易安的"莫道不销魂，帘卷西风，人比黄花瘦"又何其相似呢？同样是相思，同样不说出来，含蓄得让人拍案叫绝，真可谓"不着一字，尽得风流"。（李臻）

西北之行作

草木春秋叹，时光岂待斟。
仙翁多在野，政客偶行吟。
莫道千般苦，求同万物音。
随风西北舞，宇宙自玄心。

2015年7月

注释 仙翁：指陈抟老祖，这里泛指成仙之人。

鉴赏 这是一首关于即将旅行的感叹之作，作者以道家思想贯穿其中，无拘无束，逍遥自在。标题为《西北之行作》，内文不写所见之景，显然这首诗是作者即将去西北旅行之前所写。

黄芬于青海采风

首联化"草木一秋"和"时光不等人"之句，一个"叹"字表明人生一世，青春易逝。"时光岂待斟。"人生如白驹过隙，忽然而已。杜秋娘在《金缕衣》里写道："劝君莫惜金缕衣，劝君惜取少年时。花开堪折直须折，莫待无花空折枝。"这首诗的含意比较单纯，反复咏叹强调爱惜时光，莫要错过青春年华。从字面看，是对青春和爱情的大胆歌唱，是热情奔放的坦诚流露。然而字面背后，仍然是"爱惜时光"的主旨。因此，若做"行乐及时"的宗旨看似乎低了，做"珍惜时光"看，便摇曳多姿，耐人寻味。而作者这联看似平淡，却含意单纯，可以用"莫负好时光"一言以蔽之。

颔联以道家的修炼之人与官场上的人做对比，那些追求自我超脱的人，如仙翁陈抟老祖就再三拒绝高官厚禄；对句看似轻描淡写的一笔，却颇具讽刺，那些官场上的人攀风附雅，不过是说一套做一套而已，他们哪能理解或者真正做到道家的思想呢?！身在朝中，又怎么能无拘无束，偶尔吟诗作赋，又怎么能和那些真正得道之人相比？

颈联一转交代旅行当中或者人生路上有千般磨难，又或是有不同见解，但"君子和而不同"，以求同存异追求人生梦想和世间的真理，也不失为一种好的方法和心态。

尾联"随风西北舞"写出了作者放荡不羁、旅者自乐的心态，"宇宙自玄心"写出了人生只有超越自我，才会达到天人合一，那将会达到至臻的境界，这就是道家所说的顺应自然、尊重自然。

整首诗对比强烈，伤而不怨，以一种无为的心态面对生活，追求自己心中所想，并付诸行动，乐哉悠哉！（江梦琪）

事久兄来访

君迎旭日升，我望夕阳落。
同住一条街，往来三五阁。
新茶语绕香，皓月飞云矍。
鹤性有何求，邀明山水乐。

2009 年

注释 **事久**：原名张事久，号四九，师古斋主人，安徽金寨南溪镇麻河人，书法家。**鹤性**：指高洁的性情。

鉴赏 这是一首仄韵五律，节奏欢快，语言顺畅，整体透着淡泊名利、仁者乐山、智者乐水的情怀。

首联有宋代李之仪的《卜算子》"君住长江头，我住长江尾……"之意。此联交代了方向，表明友人住在东边，诗人住在西边。看见冉冉升起的太阳和夕阳西下就想到了你，看似平淡，却感情醇厚。颔联继续交代，点明两人相住的距离。"同住一条街，往来三五阁。"虽然你我同住一条街，往来不过三五户人家，这种缘分，这种环境，能够时时相见，真是一件值得高兴的事情，并为转结做了很好的铺垫。

颈联"新茶"上市在3月，"皓月"表明是夜晚。这联呼应主题，友

绘画：李 翔

人来访，品茶望月，好不快哉！尾联道出来访原因。"鹤性"：唐代杨巨源《和卢谏议朝回书情即事》："超遥比鹤性，皎洁同僧居。"明代范景文《客有询近状者书此以答》诗："鹤性知人傲，花枝近水妍。"诗人以"鹤性"交代两人高洁的性情，兴趣相投，所谓"物以类聚，人以群分"。相邀诗人明天游山玩水，放飞心情。

这首五律前三联对仗工整，尾联一问一答，使原本叙事诗不再累赘，轻松活泼。综观整体起承转合自然，节拍紧凑，层次分明，语言干净利落，读之爽然。（江梦琪）

寒江雪诗友来访

初入京城楊，就闻君眼前。
北风裹尘起，南日照枫眠。
诗酒平生乐，乾坤一梦穿。
击杯邀月舞，影乱动苍天。

2011 年

注释 **寒江雪**：原名杨扬，河北承德人。

鉴赏 此作表情达意深婉有致，句法灵妙流动，见情见性，娓娓道来，如在眼前，实为酬赠佳作。

"初入京城楊，就闻君眼前。"首联点明写作背景，经了解，二人同来京不久，公司竟只一路之隔。正如诗句中写的"初入京城楊，就闻君眼前。"虽平平而起，却又一字难易，丝丝入扣，字字切题，浑然一体。

颔联承接上句，描写事情发生的时间。北风渐起，枫叶犹红，当是秋末冬初景象。一冷一暖各有所指，且对仗工稳，相映成趣。

颈联笔锋一转，由景转情，乃舒襟抱于诗酒，寄情怀于乾坤。中国几千年的文学史上，诗与酒结下了不解之缘。杜甫《饮中八仙歌》中"李白斗酒诗百篇"，苏子瞻之"共将诗酒趁流年"，诗人借酒抒发人生感慨，以酒寄情，托物言志，咏成不少千古佳作。诗酒不分家，成为亘古不变的话题。"诗酒平生乐"言简意赅，尽言此间之趣。"乾坤一梦穿"乾者为天，坤者为地，乾坤代表世间万物，此句潇洒超脱。着一"梦"字，大有人生如梦，若幻若真。着一"穿"字，意味勘破，贴切传神。

尾联："击杯邀月舞，影乱动苍天。"豪放飘逸，跌宕生姿，酣畅恣肆，描写酒后诗人旷达洒脱、坦荡无羁之态。李太白有"花间一壶酒，独酌无相亲。举杯邀明月，对影成三人"，此联大有异曲同工之妙。太白独饮，而此刻诗人对酌，此中乐趣太白所不及也。

整首诗立意鲜明，感情细腻，景语情语转换自然，起承转合皆见章法。表现了诗友间诚挚真率之情，实为难得的佳作。（江梦琪）

遣　怀（新韵）

秋风瑟瑟环，待到百花繁。
别就三千梦，得来一日闲。
问余何所去？峻岭见诗仙。
赠我陶公句，柔云飘向南。

2010 年

鉴赏　这是一首借景抒怀、充满浪漫情怀的诗。在章法结构上颇具匠心。诗中写景和抒情的内容参差穿插，跌宕回旋，用笔极为灵动。如首联二句用写景起兴之后，颔联忽然宕开去做一追叙，紧接着又月"一日闲"一笔挽回。颈联再次写景，因前二联已提供了一定的心理背景，故这儿的景具有创新、象喻的性质。末两句情极细腻，具有委婉含蓄的特点。

首联时至秋日，秋风瑟瑟，萦绕周身，带着一股凉意。若是叹秋，则是伤感的。然而诗人并没有停留于伤感之中，笔锋一宕，意境顿时开阔，"待到百花繁"。总算等到了百花盛开的季节，到处是盎然的生机，渲染出一种宁静柔美的气氛。

颔联告别了城市的喧嚣，迎来了一日的空闲。"三千"与"一日"用了反衬的手法，"一日"更能渗入人心。以避尘世之纷繁，强调了"闲"字，这也正是诗人向往闲适生活的写照。让读者感悟到了诗人的高情逸致。诗人在此有意略去了对众多思绪的叙写，而留下一片空白让读者去填补，使想象的空间进一步拓展了。

颈联"问余何所去"，使读者自然而然想到曹植"丈夫志四海"，而诗人却强调友人间重在"知心"，后句紧跟而上的是诗人独处崇山峻岭之中，竟然见到了诗仙李白。诗意含而不露，但读者已心领神会了。这句使诗人的精神境界升华到一个更高的美学境界。赞诗人独特创新，毫不为过。

尾联让人想起唐代李白《登单父陶少府半月台》诗："陶公有逸兴，不与常人俱。筑臺像半月，迥向高城隅。"诗人情不自禁地把他心目中理想化的图景，投射到柔云"采菊东篱下，悠然见南山"，充满了浪漫主义色彩。杜甫曾称赞张九龄《感遇》"诗罢地有余，篇终语清省"，此联堪与张九龄的那句相媲美。不但意象丰饶，而且富有想象空间。且用典贴切自然，情趣盎然。

综观此诗，诗人所要表现的对返璞归真的隐逸生活的向往和钦羡，与主题是吻合无间的。此诗"工致修洁，时有逸气"，如果借这句话来形容这首小诗，也是十分允当的，由此可见一斑。（姚育萍）

赠紫贝含珠

身卧天涯远，清名常耳闻。
韶华虽不再，文笔却惊云。
菡萏中原子，梅红岭上君。
同怜修道苦，一路有书芬。

2011 年

注释 紫贝含珠：原名朱运超，海南人。

鉴赏 这是一首赠友互勉的五律，语言朴实亲切，清新流畅，感情真挚自然，容易引起读者的共鸣。

首联写诗友远在海角天涯，却美名远播，时常耳闻，表达了作者对诗友一生为人清正的赞美之情。

颔联巧用典故，写诗友虽然青春不再、年事已高，但诗文笔力却不同一般，且研究成就颇丰。此联嵌入复句对仗，转承神妙，心有灵犀，才思敏捷，可见作者律诗功力之深。

颈联以植物中有君子之称的菡萏与红梅作喻，委婉含蓄地抒写友人和自己的高洁情操、淡雅情怀。荷，"出淤泥而不染，濯清涟而不妖"；梅，

"忽然一夜清香发,散作乾坤万里春"。正如作者所云:身在凡尘,道在心中。此联将"君子"二字分开,各入一句之中,别具匠心,可谓妙哉!

尾联写作者与诗友感慨世风日下,志同者寡,修道艰苦,不过人生有溢着清香的书卷相伴相随,也不失悟道行吟之大乐。"海内存知己,天涯若比邻",彼此相慰,心声呼应,何其从容!(谢永旭)

游戒台寺

题记: 2011年秋末来北京出版《山水悟道诗词选集》,抽空游览了戒台寺。

古刹禅音远,今来楚国人。
林中寒露重,径上冷风频。
卧野连山色,斜阳照佛身。
凡间藏圣境,窥得几回真。

2011年

鉴赏 本诗是首记游的五律,写寺实为道禅,语言质朴精练,技法娴熟,言约旨远。

首联起句点题,以禅音代指钟声,"古""远"二字既描述了戒台寺的历史悠久,也写出了钟声的深沉旷远,仿佛穿越时空,响彻今古,招引无数的修道者"闻声"慕名而来,"今来楚国人"顺意相承,诗人以楚国人自比,庄重安定,似乎真是被禅音吸引而远道前来游观,妙句天成,自然流畅。

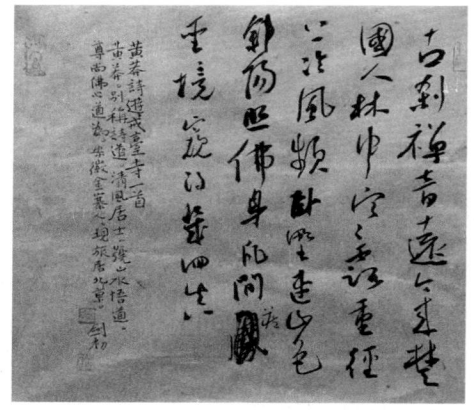

书法:周剑初

颔联和颈联对仗工巧灵活,从视觉与触觉、远近的角度兼带拟人的手法描写山寺远离尘世,林深径幽,林中寒露凉重、冷风频吹、路上行人稀少、原野平旷与山色相融,夕阳之下佛像闪着金辉的别致秋景,处处都在凸显戒台寺的与众不同。正所谓:"深山藏古寺,云里悟禅音。"

尾联直接抒情,"藏圣境"三字表达了诗人偶然之游却发现凡间有如此古刹的惊异、赞美与向往,"窥得几回真"也点出了戒台寺的神秘莫测,诗人是日来去匆匆,游兴未尽,一游难尽其中玄妙的微憾。

全诗"寻声律而定墨","窥意象而运斤",意脉畅通,挥洒自如,自得其法。(谢永旭)

附戒台寺诗:

游戒台寺

次第山门迎客到,紫烟缭绕沁帘栊。
五松阅尽千年史,一代高僧却梦中。

赠李姐并祝贺诗集出版

冰国雪纷飞,诗词耀紫薇。
窖中藏玉液,书内识心扉。
秋瑾担仁道,豫山恃笔威。
京城频北望,恰借这良机。

2011 年

注释 李姐:本名李雪莹,北国诗社社长。豫山:鲁迅笔名之一。

鉴赏 此诗为庆贺诗友文集出版而作,贺诗虽难写,而整首却顺畅自然,感情充沛,借典无痕,衔接有度,不落窠臼。

"冰国雪纷飞,诗词耀紫薇。"首联上分句亦写时间,地点亦隐含相赠者北国诗词首版冰雪晶莹的名字,颇多妙趣。下分句"紫薇"从"耀"字来看,当为紫薇星之意。杜甫有诗言:"紫微临六角,皇极正乘舆。"紫薇为吉星也是主星,光亮最强亦代表文采,言诗词中一颗闪耀的亮星出现,借指文集出版。此联一"耀"字炼字尤是工稳。

"窖中藏玉液,书内识心扉。"颔联为读罢文集的感触。品诗词如品酒一样的甘醇,自书中的字里行间,感受情怀。表达出诗人此刻的欢喜之情及对友人情同一心的深情厚谊。

"秋瑾担仁道,豫山恃笔威。"颈联借秋瑾、鲁迅两个不同的正面人物,言作者集两种精粹于一身,是对文集的赞许之意。表情达意深婉有致,句法灵妙流动,平易中见深远,朴素中见高华。

"京城频北望,恰借这良机。"尾联应知二人神交已久,一直未能相见。一个"频"字刻画传神,含蓄蕴藉、余韵无穷。结处道来趁此出版诗集良机,相聚京华,把酒言欢。

此首诗笔法轻灵,抒情婉转,意趣含蕴,对诗友文集出版之喜悦溢于言表,情深意切,实为佳作。(杨扬)

游婺源篁岭

但闻玉笛声,不见竹相迎。
两岸青山出,中间碧水生。
曹门居隐地,徽派晒秋名。
追梦桃源境,闲来爱此行。

2016年12月10日

注释 篁岭:原因竹多而得名。曹门:这里特指此处篁岭村落曹氏人家。晒秋:晒秋是一种典型的农俗现象,具有极强的地域特色。由于地势复杂,村庄平地极少,只好利用房前屋后及自家窗台屋顶架晒、挂晒农作物,久而久之就演变成一种传统农俗现象。这种村民晾晒农作物的特殊生活方式和场景,逐步成了画家、摄影家追逐创造的素材,并塑造出诗意般的"晒秋"称呼。

鉴赏 初看这首诗的题目,不禁让人想到王维的《竹里馆》一诗:"独坐幽篁里,弹琴复长啸。深林人不知,明月来相照。"这首诗有景有情、有声有色、有静有动、有实有虚,对立统一,相映成趣,表现了清幽宁静、高雅绝俗的境界。所不同的是,黄莽的这首五律表现的是一座距今近六百年历史的徽州古村——婺源篁岭。这首诗是诗人游婺源组诗中的一首,展现了古村的原始风貌及当地的民俗习惯。如何将这座古村的特点展现出来,诗人的裁剪艺术由此可见一斑。

首联先声夺人,完成了听觉到视觉的转换。诗人开篇即写所闻所感:"但闻玉笛声,不见竹相迎。"也许这种开篇会给人一种突兀的感觉,但这正是作者的匠心所在,诗人寻访篁岭,首先听到的是笛声悠扬,而因竹多而得名的篁岭,却不见风吹竹林。诗人由这个最初的印象,由竹而笛,由笛入题,足见用心。想象中的篁岭与所见的真实面貌大相径庭,那么,篁岭的真实面貌到底是怎样的呢？这就给读者设置了一个悬念，激起其阅读的欲望。

颔联巧妙化句，点出地形特征："两岸青山出，中间碧水生。"篁岭属典型山居村落，民居围绕水口呈扇形梯状错落排布。"两岸青山出"化用李白的山水诗《望天门山》"两岸青山相对出"之句，将这座古村落依山而立的地形特征表述得十分形象——高耸的青山是篁岭古村的倚靠，将这座山村装点得清新自然，超凡脱尘。"中间碧水生"将古村之水的地理位置交代得很清楚，尤其"生"字得精妙，仿若看到水口中的碧水汩汩而出，绵绵不绝，缓缓流淌，滋润着篁岭的居民。这座依山傍水的古村，可谓山清水秀，孕育着古村落的居民。

颈联写了篁岭的古风民俗和建筑格局。此村为曹氏的避乱之地，故为"居隐地"。此地保存良好的徽式古村落格局，有原汁原味的古村落风貌及民情民风，此民俗闻名中外，是农家喜庆丰收的"盛典"，并演化成此地的象征性符号，亦被文化部评为"最美中国符号"。此联的"居隐地"和"晒秋名"采用错综对，"居地"与"秋名"都是名词性词组，在上下联错开位置相对；"隐"和"晒"这两个动词也是错开位置相对，使得文理更加通顺。

尾联紧承颈联，以"桃源境"定义此地，并抒发内心的淡泊情怀。桃源境是归隐之所，此地亦是，说明篁岭就如梦中的桃源一般，令人向往。诗人游篁岭，正是追梦桃源，见到了篁岭的一山一水、民风民俗、村落格局，就如同游览了梦中的桃源一样，真神游也！"闲来爱此行"直抒胸臆，表达了此行的惬意情怀。爱此行，正是爱篁岭的情感体现，正是追求桃源般淡泊的生活方式。有此行，方才领悟到篁岭的魅力所在。诗以"相迎"起，以"此行"结，首尾呼应，气韵贯通，极见风致。

全诗层层递进，脉络清晰，气顺神出。如果说王维的《竹里馆》给人一种绝俗的况味，那么，这首《游婺源篁岭》则给人一种古朴的味道，让人心驰神往，也想到篁岭走一遭，领略篁岭古村落原汁原味的风貌，感受那一番独特的民俗文化。（张金英）

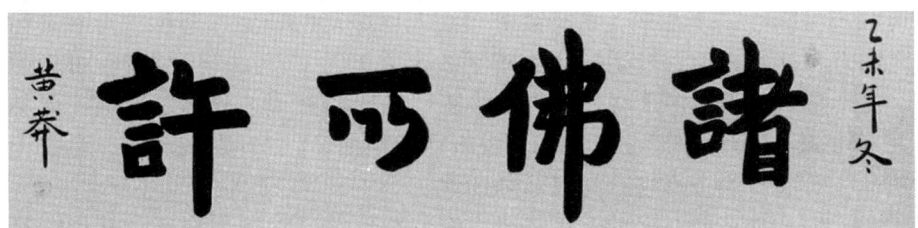

书法：黄　荞

咏 琴

太古有遗音，七弦调玉琴。
梧桐斫岁月，龙凤绕山林。
轻抚如春雨，狂操似炼金。
谁能明此物，天地可同心。

2017 年 1 月 16 日

鉴赏 这是一首咏物诗，语言平实，娓娓道来，不狂不躁，似行云流水。

首联含典无痕，写琴之久远，琴声之妙为上古之乐器也！琴相传为伏羲见凤凰栖于梧桐而制，本为五弦，后周文王和周武王伐纣，为鼓励士气，各加一弦后，后世皆称"七弦琴"。第三句交代琴多为青桐（统称为梧桐）树制作，第四句交代琴有"龙池""凤沼"而发音，这四句皆为写琴之状。作者通过对琴的产生年代、制作过程、部件组成以及发音区域描写出了琴的特点。

颈联写琴之音色特征，在不同动作情况下抚琴所产生的音质也有所不同，此联一快一慢，形成不同音色效果。唐代张祜《听岳州徐员外弹琴》曰："玉律潜符一古琴，哲人心见圣人心。"琴之高雅乃阳春白雪，指间轻抚，信手连绵，如春雨般清音悠扬；忽而萦弦急调，繁音错杂。该联作者并没有详细交代所弹奏之曲目，但如琴曲《心经》《普庵咒》皆可慰藉人心，《酒狂》奔放热情，《广陵散》金戈铁马，场面恢宏，这些琴曲都能够很好地对应该联。

尾联寄情，议论皆喟叹，以承转交错笔法出之。上句"明此物"，下句以"可同心"来相接，言辞委婉，给人以丰富的联想与回味。也写出琴之魅力和神秘之处，行话曰"半首平沙走天下"，"一曲终身习"，可见弹奏古琴是多么不易。该联如古人王维诗"独坐幽篁里，弹琴复长啸。深林人不知，明月来相照"、李白《月夜听卢子顺弹琴》"钟期久已没，世上无知音"等表示知音难遇，托以咏琴述之。

咏物之诗，多以比兴而寄于情。作者这首前三联皆为平淡，然尾联对琴高度赞叹之余，又融入知己难求之意，可谓一语双关。（江梦琪）

卷二 五言绝句

书法：颜振卿

道

题记：受天静宫住持师父李福之命，为中国人民大学发起的全国大学生夏令营体验传统文化的二十来名博士生讲解诗词，到达天静宫拜谒老子和师父，小住十日有感作：

五千言宇宙，一字著乾坤。
常诵万经首，方知众妙门。

2016 年 8 月

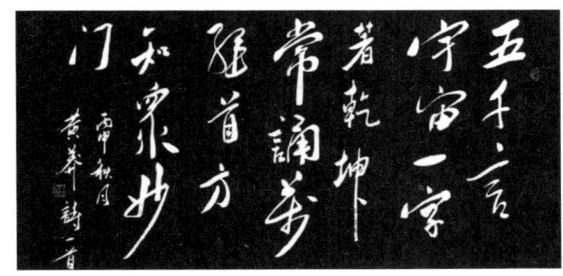

书法：黄 莽

[鉴赏] 这是作者黄莽丙申年拜谒道教祖庭天静宫住持所写的一首寓意深刻、耐人寻味的宗教悟道诗，因而被住持李福赐予当代"诗道"称号。

此诗首联错综对，转结流水对，从头至尾都在写老子与《道德经》。首句写《道德经》上下篇五千言，论太虚轮回，包罗众生万象；承句点题，以一个"道"字说尽天地人伦，古往今来。道家之"道"与儒家之"道"截然不同。儒家之"道"无非"仁义礼智信，忠孝恭俭恕"；而道家之"道"却是物我为一，不分彼此，于立身致福，皆未数数然也，追求的是一种绝对的思想精神自由，言行肉体自由，若夫乘天地之正，御六气之辩以游无穷者而无所待的境界，或许就是人类理想的终极社会。

"一字著乾坤"实乃真知灼见。关乎道，老子《道德经》第一章即言："道可道，非常道，名可名，非常名。"凡夫俗子对道的理解千差万别，深浅不一，诸家各派也是见仁见智，众说纷纭。大道之深，非常人所能悟也；大道之广，各家或观其一隅。大道似近而远，似远而近，如雾岚之高山，高山之雾岚。老子早已告诉世人，道超言绝象，不可定义名状，言有尽而意无穷。

诗的第三句既写了人们对老子《道德经》的痴迷热诵，也阐述了《道德经》在世界文明史上的地位。《道德经》被称为万经之首，是中国历史上第一部完整的哲学著作，作为案头必备书籍，值得我们每一个中国人崇尚景仰，并常去深入地研读。据说老子仙逝合土之时，好友秦佚吊之，三号而出，颂悼文曰："老聃大圣，替天行道，游神大同，千古流芳。"此亦足见老子与其哲思在当时和对后世的影响。据目前相关统计，《道德经》的发行量和译本仅次于《圣经》，几百年来，老子《道德经》的外文译本总数近500种，涉及17种欧洲文字，译成外国文字的《道德经》曾数次风靡欧洲。我们从众多的西方思想家、文学家、学者、政治家和企业家身上，都可以清晰地找到老子的思想基因和精神风骨。在德国，平均每四家就有一本《道德经》。

结句所云"众妙门"即《道德经》中的"有无实虚"之道，"同出而异名，同谓之玄。玄之又玄，众妙之门"。其实无论万事万物从哪个门进来，结局都是一样的。"上善若水"，老子教导世人务必一生向善行善。"人法地，地法天，天法道，道法自然。"唯有成为至人，方可知其玄妙。老子以寄言出意、随说随扫的方式，向人们描绘了大道亦真亦幻的情形，表达了他体认大道的感受，使我们处苍茫世间在无所适从的情状下，懂得该如何去亲近大道、沟通大道、体悟大道。

可以说，老子与其道，如同一口数千年的古井，幽深、澄澈，仿佛可以一眼望到底——因其至纯极净，卓尔超然。这种无与伦比、撼人心魄的深邃旷远，映照了世间万象、宇宙时空，让尘界之来者惊异叹服。

黄莽作品向来语言质朴简练，此诗亦然，但以诗写道，以道论诗，诗中寓道，道中有诗，诗道相合，物我皆忘，则让人颇为惊艳了，一个"道"字真可谓了得，"孔德之容，唯道是从"，妙语破的，境界全出。

（谢永旭）

题郭晶《崇山峻岭秀，明月清风柔》图

行舟三万里，明月作君陪。
山向云中去，云从天上来。

2011年

注释 郭晶：当代书画家，中国女子书画院院长。

鉴赏 这是一首题画诗，简单明了，转结句两个"云"的出现并没有影响意境，这种句式叫作连环套勾。在作诗上有浪漫主义和现实主义两种思维，此是第一种诗性思维。有的人在现实主义的诗性思维中缺少自信和大家的眼光，把本来很好的句子改坏了。画龙点睛与画蛇添足用的是两

支笔,即神来之笔和庸夫秃笔。有一种书法叫作狂草,像张旭的《肚痛帖》,一个书法大家下笔的时候必须胸有成竹,笔走如风,根本不允许你去想那字应该怎么写才叫入法,狂草全凭大脑神速思维写意而成,当然这要有极高的天分和造诣,这就是诗外功夫。学诗全在一个悟字,聪明绝顶的人一点就透,凡天分不足者好谈格调,这是袁枚说的。有些人作诗镂心刻背,腐气十足,使全诗毫无生气,丧失性灵,这首诗一入目便满纸性灵,光芒夺目。

此作有李太白的浪漫、大诗人的气象,转结出语空前。这首诗已经无可非议了,剩下来的就是天意了,好作品要经过历史兴衰的洗礼,留下来的都是大浪淘沙中的闪光的金子。(戎劲松)

夜宿霸王岭

精楼小驿安,明月透窗栏。
天际流星雨,清风欲扫峦。

2009年

注释 霸王岭:位于海南省昌江县境内,中国最大的热带雨林。精楼:装修精致的房子。安:安顿下来,安全。

鉴赏 这是一首写景的诗,品读着这首精致的小诗,仿佛心灵也得到了栖息。这霸王岭的小木楼,在诗人笔下显得小巧而别致,在深山之中显得温馨而浪漫,让每个疲倦的人都想停下来歇一歇。它就像我们的人生驿站,当我们走累的时候,这深山之中的小木楼就是我们心灵的依靠。首句的"安"字巧妙地传达出了这些意思,而且韵味十足。

这首小绝首先勾勒的就是深山中的小楼,以景说事,自然而然地交代了久居闹市的人们度假求静的事情,紧扣题目。接着,诗人用清新的笔触描写了霸王岭的夜景。诗人依然立于小楼,一句"明月透窗栏"让人浮想联翩:明月高悬,在深山的夜晚中显得更加明澈,更加静谧美好,如此美的月色悠悠地透过窗栏,洒在室内,给人带来美好的享受。紧接着,诗人把视角继续放开,由近及远,远至天际,想象着满天流星的美轮美奂。"天际流星雨,清风欲扫峦。"意境更为空灵开阔,显得清新淡雅,将读者带到了霸王山中,一同感受宁静山林给人带来的舒适惬意。

山谷清风拂过山林,扫去了人们的疲惫,人们与这幽静的山林同呼吸,共栖息,感受着大自然的美好。(张金英)

雨中梅花

傲骨迎霜雪,赞余多少诗。
无情风雨坠,心碎泪谁知?

2009 年

鉴赏 自古以来,但凡写梅花的诗篇基本上都是以梅花自喻,表明自己的傲立独世、高洁坚贞的情怀。

本诗中,"傲骨迎霜雪,赞余多少诗"就写出了这层意思,"迎"字很好地表现了梅花不畏严寒的精神,表现了梅花敢于迎接恶劣环境对她的挑战!正因如此,她才备受称赞,"多少诗"都赞不完她的精神。但是,这首诗与其他梅花诗不同的是,诗人紧扣题意,看到梅花在烟雨迷蒙之中备受摧残,联想到冷雨的无情折磨,联想到自身遭遇,不禁黯然神伤。"坠"字一方面写出了冷雨狂风的打击,另一方面也写出了在这种凄风苦雨之中梅花的不堪重负:梅花虽高洁,却常常遭遇狂风冷雨的鞭打!这种境遇,非常人所能承受。人们看到的都是梅花外在的坚强不屈,而雨中梅花的心碎泪流却无人知晓,这种孤独感受无人体会,很有陆游《卜算子·咏梅》中"驿外断桥边,寂寞开无主"的凄凉。

诗人以雨中梅花自喻,感慨雨中梅花的境遇,意在感慨自身的人生境遇,读来令人掬一把同情之泪,倍感心酸。全诗咏物寄情,全篇融合得体,言简意赅。(张金英)

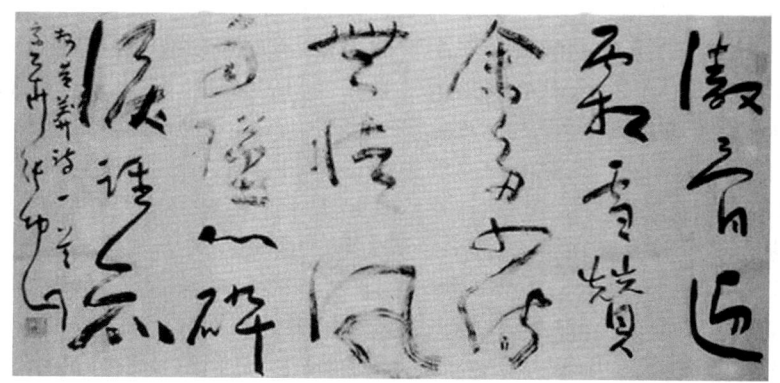

书法:张坤山

他乡客

何事又乡愁,琼花落满舟。
佳期如蝶梦,盼得泪双流。

2011 年

注释 **琼花**:雪花。**蝶梦**:典出庄周梦蝶,这里指时间短暂。

鉴赏 这是一首怀乡诗,思乡之惆怅跃然纸上。该诗用典无痕,语句行云流水,用情至深,一泻千里。

起句"何事又乡愁",就直抒胸臆、叩问有声,"什么事又让诗人因为思念故乡而暗自生愁?"一个"又"字,暗示了多年漂泊他乡,体现了人在异乡的百般愁绪、无限思绪,此句既让人同感心酸,又承上启下。

承句"琼花落满舟",原来这乡愁是来自落满琼花

绘画:方志平

的一叶扁舟。琼花以淡雅的风姿和独特的风韵,以及种种富有传奇浪漫色彩的传说和逸闻逸事,博得了世人的厚爱和文人墨客的不绝赞赏,这时诗人睹物思人,思念家乡的一草一木,而自己不就像一叶扁舟,正在异乡漂泊吗?真是情景交融、托物传情。

转句"佳期如蝶梦",这里诗人巧借蝶梦这个典故,来表现诗人虽时时想回到久违的故乡,但为了生存、生活,也不可能马上回去,也只不过是个梦幻罢了。

合句"盼得泪双流",一个"盼"字,又把亲人的思念勾勒得丰富又饱满,与"谁言寸草心,报得三春晖"一样沁人心脾、感人至深,富有张力。

此绝句虽寥寥二十字,却把一份乡愁刻画到骨髓里,融入血液中,把一位游走在他乡的人的无奈、苦闷、哀愁的心情抒发得浓郁浑厚,笔法老到,含典深刻,别具匠心,令人赞赏。(成吉思爽)

海南诗友聚会

相邀春日里，诗韵浸花香。
偶论平生事，同俦意气飏。

2011年

注释 同俦：犹同伴。三国曹植《节游赋》："浮素盖，御骅骝，命友生，携同俦。"此指同行者。元代宋聚《至元三年六月八日史局赋五言十八韵》："诘朝重赴局，持此诒同俦。"此指同一官署共事者。

鉴赏 这首五绝写于2011年春季，是作者去海南与诗友相聚时写下的诗作。既描绘了一幅闲适恬静的图画，又表现出诗人情趣的淡泊高雅和朋友间友情的淳朴。全诗朴实无华，清新隽永，自然流畅。

开篇一、二句平铺直叙，写诗人应友人热情相邀，在海南的春风里，为姹紫嫣红、鸟语花香的氛围所深深陶醉，正所谓"一年之计在于春"，春天是希望的季节、播种的季节，三五好友在一起谈诗悟道，岂不乐哉！春天更是诗的海洋，古往今来，多少文人墨客都会把春的气息吟唱，此时相聚，诗情画意尽在不言中。

然后三、四句，诗人笔锋一转，由景生情，举杯换盏，对酒当歌，人生几何，那些琐碎的平常事，也不过浮云而已，怎么也赶不上好友们在一起意气风发、豪迈抒怀，友人的热情、做客的融洽，跃然纸上。

此诗描写的都是眼前的景色，叙述的层次也顺其自然，但显得恬淡亲切、意趣十足、感情真挚，富有生活气息，生动传神的气韵贯穿全篇。

（成吉思爽）

现实里的爱情（诗韵新编）

奈何桥上月，曾定今生约。
落拓问佳人，直言门第别。

2011年

鉴赏 这首诗标题为《现实里的爱情》，主写现实生活中的一部分，并不代表所有的爱情，该诗将那些背信弃义的爱情表现得淋漓尽致，可谓一语中的。

爱情是多么美好的词汇，每一个人都渴望自己有一份美好、恒久的爱情，如果能够与自己的白马王子或是白雪公主共度今生，再大的困难也都无法阻挡，因此，我们也由衷地祝愿天下有情人都能终成眷属。那么，现实生活中的爱情往往又会是怎么样的呢？诗人就用这首精致的仄韵五绝，告诉我们他对现实中的爱情的向往、感触与嘲讽……

起承句"奈何桥上月，曾定今生约"。奈何桥在中国道教和民间神话中是送人转世投胎的地点，喝碗孟婆汤，重生人世间，两个有情人在灵魂转世前，能在奈何桥上共赏明月，一见钟情、一见如故，约定今生风雨同舟、相濡以沫、白头偕老，是多么美好的姻缘、多么令人感动的爱情。诗人用"奈何桥"这个意境来布局全篇，既把原来最该纯洁的爱情进行了诠释，又为下文的转结埋下了伏笔，称得上是手法独特、构思新巧、出尘之想。

转结句"落拓问佳人，直言门第别"。"落拓"是此诗的点题之笔，是从理想中回到现实，是从相识来到相知，是从热情转到了冷漠，还看"落拓"亦作"落托"，贫困失意、景况凄凉的意思。唐代李郢《即目》诗："落拓无生计，伶俜恋酒乡。"更能让人体会到人一旦穷困潦倒，当初的佳人，很多也会离你而去，从古至今的"门不当、户不对"的思想，依然根深蒂固。

牛郎织女、孟姜女哭长城、白蛇传、梁山伯与祝英台，这些经典的中国民间四大爱情故事，毕竟也都是些神话故事罢了，而在现实中却夹杂着太多"物质"的干扰，所以说诗人通过丰富的想象、优美的画面、反差的态度，把现实中的爱情演绎得恰如其分、精妙传神，哲理既深刻，又让人深思，引起共鸣，值得赏学。（成吉思爽）

题《鹦鹉图》

深宫娇吐语，弄舌媚人前。
何日囚笼脱，翩飞在九天。

2010年

鉴赏 这是一首五绝题图诗，深得咏物诗的精髓，咏物诗为托物言志或借物抒情的诗歌，它是以客观事物为描写对象，并在描写中兴感、咏叹，以体现人文思想。此五绝在描摹鹦鹉的过程中，寄托了一定的感情，包含着丰富的人生哲理，真正做到了图文并茂。

起句"深宫"原指宫禁之中，帝王居住处，是何等繁华和荣耀，但古诗中"深宫"往往指后宫的皇后、嫔妃、宫娥……幽怨的诗，心酸凄楚、愤懑哀怨，都尽在不言中。此处诗人却用深宫暗喻装鹦鹉的笼子，形象又传神，含蓄而婉转，把鹦鹉在笼子中的娇羞、迎合、无奈……描摹得让人浮想联翩、寄托遥深。

承句是起句的递进与升华，鹦鹉学舌，比喻人家怎么说，它也跟着怎么说，鹦鹉为了在人前娇媚，不惜巧言令色，也许也是一种生存之道吧。大千世事、物欲横飞，若想求其存、善于存，也必然需要欲进而后退，欲得而先失。

转句一针见血、直击要害，什么时候鹦鹉才能从囚笼里挣脱，挣脱束缚，何尝不就是苦尽甘来，正和白居易《鹦鹉》诗"人怜巧语情虽重，鸟忆高飞意不同"描写的一样，以物喻人，寓意深刻，异曲同工呀。

合句等到摆脱一切枷锁后，鹦鹉当然就会翩翩起舞，遨游苍穹，尽显原本的英姿，虽然历经人前媚眉，不堪其辱，终究必将脱胎换骨，功德圆满，诗人也正是用咏鹦鹉来传其情、达其意。

古人很喜欢咏物，咏物诗在古代文学传统中源远流长，此五绝深得其法，表达了诗人对美好生活的向往和追求，富有丰富的哲学思想，是一首托物寓意的佳作，雅俗共赏、回味无穷。（成吉思爽）

观事久君书《兰亭序》

研墨三千石，挥成万古篇。
君言恒笔久，早晚震山川。

2009 年

注释 事久：姓张，金寨县南溪镇麻河人氏。

鉴赏 这首五绝气势如虹，磅礴奔放，是诗人赞赏朋友书写《兰亭序》而作的诗篇，既寄托了朋友之情，又对朋友的书法造诣赞赏有加。

晋穆帝永和九年（353）农历三月初三，"初渡浙江有终焉之志"的王羲之，曾在会稽山阴的兰亭（今绍兴城外的兰渚山下），与名流高士谢安、孙绰等四十一人举行风雅集会。与会者临流赋诗,各抒怀抱,抄录成集,大家公推此次聚会的召集人、德高望重的王羲之写一序文,记录这次雅集,即《兰亭集序》。这篇序言疏朗简净而韵味深长,突出地代表了王羲之的散文风格。且其造语玲珑剔透,朗朗上口,是古代骈文的精品。

"研墨三千石,挥成万古篇。"下笔就以"三千石""万古篇"极具夸张的辞藻来讴歌、赞扬事久君的用功刻苦,诗人并寄托友人也像王羲之那样写出千古佳作。起承句以友人大量的研墨来表达用功之深,真可谓遣词精妙传神,构思别具匠心,因果一脉相承。

"君言恒笔久,早晚震山川。"是与友人对话。功夫不负有心人,只要持之以恒、永不放弃,坚定信念,就会一分耕耘、一分收获,早晚都会迎来属于自己的那片天。此联是诗人对朋友的鼓励,通俗易懂,却感情真挚。

"一切景语皆情语"(王国维《人间词话》),全诗写景又抒情,物境、心境融合为一,浑然一体。语言苍劲有力,音节抑扬变化,意境深情悠远,寄托厚重,感人至深,值得品学。(成吉思爽)

游　历

太行雪满山,秦岭亦同颜。
行到江南地,春风不等闲。

2012 年

鉴赏　这首诗虽名《游历》,但既没有主要景点,又没有歌颂的名胜古迹,却另辟蹊径、引人入胜、饶有韵味,给人以无限遐思、联想与咀嚼。

起句"太行雪满山"是行到太行想到秦岭也是漫天飞雪,这句是引用李白《行路难》中的句子"欲渡黄河冰塞川,将登太行雪满山"。诗人用"冰塞川""雪满山"象征人生道路上的艰难险阻,具有比兴的意味。一个怀有伟大政治抱负的人物,在受诏入京、有幸接近皇帝的时候,皇帝却不能任用,被"赐金还山",变相撵出了长安,这正像是遇到了冰塞黄河、雪拥太行。但是,李白并不是那种软弱的性格,从"拔剑四顾"开始,就表示不甘消沉,而要继续追求。而此处诗人也应该是有与诗仙同样抱负的意味,虽在游历,却也正在追求的路上,一语双关,精妙绝伦。

承句"秦岭亦同颜"。秦岭被尊为华夏文明的龙脉,秦岭南北的农业生产特点也有显著的差异。因此,长期以来,人们把秦岭看作我国"南方"和

"北方"的地理分界线。诗人此处从太行山一跃到秦岭,真可谓构思巧妙。太行山,又名五行山、王母山、女娲山,是中国东部地区的重要山脉和地理分界线,作者从陕西到太行南游祖国的大好河山,太行山、秦岭恰好都具有很重要的地理位置和人文精神,正是承上启下的一处妙笔。

转句"行到江南地"很自然,一过太行,就到江南了,白居易的《忆江南》"江南好,风景旧曾谙。日出江花红胜火,春来江水绿如蓝,能不忆江南"马上就浮现在眼前,美不胜收。此句和下句是浑然一体的组合,感怀深刻,层层递进,尽在其中。

合句"春风不等闲"这句也是化典,"等闲识得春风面","等闲"即平常的、一般的,这里是指用平常的一般的眼光;也就是说,到了江南,春风都不平常了,处处都能陶醉了。联系全诗,也就到了柳暗花明、水到渠成,万象更新了。

此五绝短小精悍,意象虽单调,辞藻虽朴实,内涵却丰富多彩,格调深远悠长,是品学佳作。(成吉思爽)

猪

大梦安然睡,风霜浑不知。
生来享富贵,死去正肥时。

2011 年

鉴赏 这是一首咏物讽刺作品,读来平淡,实则寓意深刻。针对当代社会上存在的一些现象,敲响了"生于忧患,死于安乐"的警钟。

"大梦安然睡,风霜浑不知。"大梦:道家对人生的一种看法。《庄子·齐物论》:"方其梦也,不知其梦也,梦之中又占其梦焉,觉而后知其梦也;且有大觉,而后知此其大梦也。"原意是死为大觉,则生为大梦。我首先想起刘备三顾茅庐,睡足了的诸葛亮醒来吟出"大梦谁先觉?平生我自知。草堂春睡足,窗外日迟迟"的诗句。这里,诗人反其意而用之,颇有众人皆醉唯我独醒之意味,或许这正是诗人创作的初衷吧。后面的顺理成章,既然安然入睡了,外面的风霜雪雨自然就一概不知了。这种现象好比社会、国家,不思进取,没有居安思危的精神,是可怕的!体现了诗人对世间的万事万物都洞悉于心,对人生哲理的觉醒。

"生来享富贵,死去正肥时。"生活中贪图安逸,吃饱了就睡,其结果只有死路一条。真应了那句话：养肥了，就宰！岂不哀哉！读到这里，不由得怦然心动，反省一下自己哪些方面存在问题需要改正。所谓一千个读者心中就有一千个哈姆雷特，这就是诗的魅力。

  这首诗具有含蓄、委婉、温柔敦厚的风格。诗中恳切的期望是摆事实而不是尖锐的抨击，使人容易接纳，乐于改正。《礼记·经解》："孔子曰：人其国，其教可知也。其为人也，温柔敦厚，《诗》教也。……其为人也，温柔敦厚而不愚，则深于诗者也。"孔颖达疏："《诗》依违讽谏，不指切事情，故曰'温柔敦厚诗教也'。"这是说《诗经》中的作品对当代政治虽有所讽刺，但并不那么直接，态度上也不那么尖锐，故能教人温柔敦厚。同时启示诗人创作时注意作品的含蓄美，克服创作中过于浅薄、直露的缺陷。

  诗人号"佛心道为"，努力践行道家最高境界"大道至简"。大道至简即大道理（基本原理、方法和规律）是极其简单的，简单到一两句话就能说明白。所谓"真传一句话，假传万卷书"。这首五言绝句，仅仅二十个字，就诠释了任何人都要有居安思危的忧患意识，也可谓大道至简了。

（袁国乾）

绝　句

一夜梨花暴，风来满院香。
痴情枉作土，唯有草高昂。

2010 年

鉴赏　这是一首因梨花盛开而感叹春光易逝、人生如寄的诗篇。尾句旁逸斜出，通过与小草的强烈对比，让读者感悟出做人的道理。

  首句以"一夜""暴"，不但精确地把握住了春末夏初梨花的特征，而且已暗含伤春之感。因为春天正是万物苏醒之时，而梨花已盛开，说明春天已一去不复返了。正应了唐代岑参《白雪歌送武判官归京》："北风卷地白草折，胡天八月即飞雪。忽如一夜春风来，千树万树梨花开。"

  第二句是前句的答复，以"满院香"应"梨花暴"，读来顺理成章，挺有情致。为伤春之情更浓埋下伏笔。这是因为第一句写梨花盛开之状，第二句写梨花之香。有因才有果，加重了抒情色彩。演绎了从"暴"到"香"，然后到"败"的过程。

  正因为一、二句已暗含伤春之感，因此第三句即以"痴情"二字开头。梨花到头来化作一抔泥土。一片痴情空付枉然,此恨绵绵。由梨花盛开感到人生短促,充满了人生如寄的感慨。争逐于名利,到头来只落得烟消云散,最终也是入土化泥就那么一小方土地。

第四句点明一切终究是浮云,说明富贵一时,昙花一现,终不如草还能"一岁一枯荣,春风吹又生"。诗到收煞处来个首尾圆合,对比照应发端时"一夜梨花暴"的因果关系。小草虽然默默无闻,不与百花争艳,却生机盎然。以草的茂盛来衬托名利的衰败,同时隐含草枯还可荣的意思。意蕴丰足,委婉曲折。借草抒情,通过对比来显意。

这首诗含蕴甚深,有弦外之音,题外之旨,极有韵味。写作的特色是借物抒怀,托物言志,物意结合:写梨花是物,写痴情是意。对比结合:梨花与小草,强烈鲜明。意新语工,足以使人玩味。感染力很强,读之令人深思。(左爵水、姚育萍)

洛阳水席唱和

题记:适值"河洛之春"中国诗词高峰论坛召开之际,四海诗词名家云聚中原,是日也,蒙寒溪幽兰之盛情,宴于清真盛月楼,酒酣兴会,即席唱和,特以记之。

快意邀人醉,春风日下腾。
九都分别后,四海有亲朋。

2011 年

注释 九都:这里指洛阳。

鉴赏 2011 年作者参加"河洛之春"中国诗词高峰论坛活动,席间与诗友们在九都清真盛月楼酒酣兴会,即席唱和。久别重逢,畅叙契阔之情,便压抑不住心头的喜悦,脱口吟出了"快意邀人醉,春风日下腾……"的美好诗句,特以记之。

作者突破此类诗作正面描摹姿态的模式,脱略形体的刻画,重在表意传情。全诗从"唱和"生发,将快意与春风糅合为一体,使二者互为烘托映衬。"快意邀人醉"点明了在诗酒盛气高歌下的热闹氛围,"醉"说明了喝酒尽兴,衬托热闹程度,次句"春风日下腾"将环境与人物心情气氛密切结合;如沐春风般的宜静宜动,诗友们的脸上犹如染上了红彤彤的彩霞，美妙无比，欢快喜悦，觥筹交错。"腾"字用得妙，表明了诗友们欢聚气势飞动。读罢令人思绪升腾，产生共鸣。

三、四两句借景抒情，写与诗友们分别后，境界极为开阔，含不尽之情于言外，使读者想到唐代王勃的杰作《送杜少府之任蜀州》中的"海内存知己，天涯若比邻"。只要我们心灵相通，即使天涯相隔，也会咫尺如邻，四海之内皆朋友。这句使友情升华到一种更高的美学境界。既表现了诗人旷达的胸襟和诗友间的真挚情谊，也道出了诚挚的友情可以超越时空界限的哲理，给人以莫大的安慰和鼓舞。

全诗一气呵成，充满积极向上的喜悦之情。开合顿挫，气脉流通，意境旷达。一改古代送别诗中的悲怆之气，读来豪放激扬，语调爽朗，独树碑石，清新高远。（姚育萍）

附诗友席间唱和诗：

蟾宫醉客： 会心临河洛，其心事牡丹。
时遇花陨落，有幸识幽兰。

司马长风： 洛阳水席美名扬，有幸今朝细品尝。
多谢幽兰真好客，此身不觉在他乡。

杨 立 三： 诗填雅兴盈兰气，酒醉红颜胜牡丹。

渔艇丽人： 美味佳肴水席殊，诸君一醉我来扶。
清风又有幽兰伴，扫得忧烦半点无。

又是秋色： 一会中州不作期，真情自有真心知。
莫问行将何处去，他乡再遇可为诗。

同惬天涯： 两山对峙大河边，一跃龙门石窟天。
疑是神仙齐驾到，蟠桃盛会聚人间。

岭 梅： 一生长觅梦中花，却憾芳踪隐远涯。
心会诗缘同醉酒，牡丹原住在兰家。

浪中行吟： 饕餮佳肴我独殊，浮生好饮累人扶。
幽兰芳约逢珍姐，邀醉频呼有酒无？

夜雨晨露： 春暮群贤聚洛阳，时迁无幸赏天香。
幽兰待客真情意，盛月楼中水席芳。

夜雨晨露：盛月楼中水席殊,开心一醉盼君扶。
此行不怨天香远,梦伴兰馨憾意无。

紫嫣郡主：牡丹水席荡花风,盛气高歌意不同。
犹喜幽兰方出谷,何来骚客醉芳丛。

绘画：黄　莽

我有一张琴

我有一张琴,时时慰我心。
高山君未识,流水到如今。

2016 年 3 月 3 日

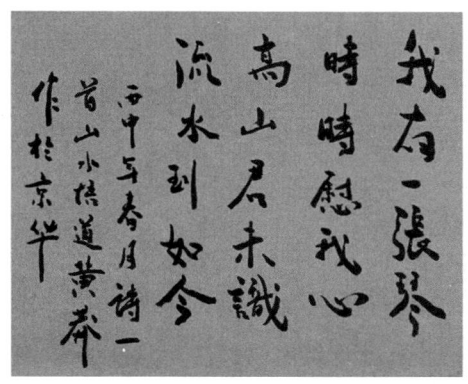

书法:黄 荞

鉴赏 这首诗需静心而读,静下心来读才能领其意知其境。"我有一张琴",起句平朴,仿佛与友人闲话,但听者就会竖起耳朵:琴是用来弹的,你想传达什么给我呢?正好达到了起句的效果,自然而然地传递到第二句的意向"时时慰我心",此句字面亦简单易懂,却含深意,是为表达作者不仅仅拥有一张琴,而且沉浸于美妙的琴音中可以忘却许多世事烦忧,以此抚慰并平静心绪,迎接更好的明天!借琴以言志,衬托出整首诗的核心意思。

转句之个人愚见:高山与流水本合为一首名曲,后明代分为《高山》和《流水》二曲。作者在强调:一起转句的作用;二对应下句;三是重点——高山流水本为古典名曲,寓意深远。智者乐山,仁者乐水,乐山水者情趣高雅,心胸开阔,亦非所有人可明高山之志。

《高山流水》取材于"伯牙鼓琴遇知音",有多种谱本。有琴曲和筝曲两种,战国时已有关于高山流水的琴曲故事流传,故亦传《高山流水》系伯牙所作。乐谱最早见于明代《神奇秘谱》(朱权成书于 1425 年),此谱之《高山》《流水》解题有:"《高山》《流水》二曲,本只一曲。初志在乎高山,言仁者乐山之意。后志在乎流水,言智者乐水之意。"至唐分为两曲,两千多年来,《高山》《流水》这两首著名的古琴曲与伯牙鼓琴遇知音的故事一起,在民间广泛流传。

结句虽为合句,为总结语,然似乎流露出作者淡淡惆怅、怀才不遇之感,又为勉励自己:只要不断向上和坚持,终有发光的一天!后两句恰恰对应"时时慰我心",琴音慰我、我亦自勉之!

整首诗浅显易懂,寓意深刻,正所谓俗可明其意,雅可明其志,当得雅俗共赏,实为好诗也!(王富强)

习《仙翁操》有感

本是凡夫子,偏操月下琴。
一朝明曲意,了却世尘心。

2016 年 4 月 7 日

[鉴赏] 《仙翁操》是讲遇到仙翁陈抟的一首琴曲,也是学习古琴的入门曲,强调不同音色的和谐,掌握了《仙翁操》,就懂得如何调音,懂得音律,是基本功的练习曲。此五绝不仅是诗人学习《仙翁操》的心得,更透露了其对人生的种种感悟。

黄芥抚琴近照

起句写人生在世,从呱呱坠地到白发苍苍,虽然地位、金钱、学识……各有不同,但都不外乎是凡夫俗子,都要经过不断进取、不断拼搏、不断学习……才能有所成就,有所收获。起句可谓一语道破、直抒胸臆、开宗明义。

承句写在这样纷繁复杂的社会,偏偏喜欢在月下抚着琴弦,与天同老,与地同寿,是何等的悠闲自在、洒脱自然。抚琴不仅可以升华自己,还可以感知他人,正所谓琴棋书画陶冶情操。另外,月下操琴也是很有讲究的,月光洒在琴的十三个徽上,这时轻轻地拨弄着琴弦,更会让人感觉到与月光交映生辉、相得益彰。

转句写只有天天练,日日悟,才会明了曲中深深的内涵,才会懂得曲外每个人所感受的不同,而作者在转句正是巧妙地用了一个"明"字,既埋下伏笔,又形象准确地刻画着诗人内心的思想。

结句既打开了"明"的结果,又打开了作者的心扉,一切世俗之心,只有经过彻悟,才会不以物喜、不以己悲,才会沉淀自己,才会超然自己。

全诗短小精悍、意象斑斓、哲理深刻,看似平常琐事,却包罗万象;看似朴实无华,却涤荡心灵。(成吉思爽)

与庄子对话

一

孤灯怜瘦影,无酒画琼杯。
夜半寻鱼饵,雪花飞进来。

二

高歌君作陪,舞剑响春雷。
谁惹北风急,疑为小倩来。

2015 年 11 月 20 日

鉴赏 (一)

一直很佩服庄子的世界同时存在着两个自相矛盾的色调:暗淡与青翠,即外部的世界是暗淡的,像极了深秋季节凋零枯萎,早已没有了生命而随风飘落的树叶,但他内心的世界,到死都是四季常青的,如果也拿叶子来比喻,那么,该是早春在枝头闹着春意的嫩芽,绿绿的,生气蓬勃的。这两种截然相反的意境统一、融合得完美无缺,而且,那份衰败正好成就了他内心的那片苍翠。

绘画:王界山

庄子很好玩,反正,比孔子有意思多了,也潇洒多了。孔子说:"不患莫己知,求为可知也。"这句话到了庄子这里,诗人帮他翻译一下,就变成了:"我的世界没人懂,也无须人懂。"何其霸气!也就是说,我自己的世界,我自己当家做主,我在里面想哭就哭,想笑就笑,想骂就骂,我做自己喜欢做的事情，又不要你们任何一个人来买单，这与你们有什么关系啊！

　　他应该是一个孤独的人，今夜，诗人也和他一样，一个人对着面前的一盏孤灯，穿越千年的时光，与他对话。窗外，大雪纷飞，天地之间一片苍茫，窗内，昏黄的灯光照出诗人消瘦的身影，但是，诗人还是感觉，老天对他不薄，至少，给他留了一个伴：庄子。这个伴在《逍遥游》里天马行空，尽情地抛洒着他的想象，此时，他的世界与诗人的世界，都是纯净无瑕的，诗人大胆地在他的文字里酝酿一段美好的时节。虽然此时，"无酒画琼杯"，但是，我相信，一朵微笑肯定绽放在诗人的唇边，就像春天里那一抹喜人的绿色，渲染了一室无语的寂寞。

　　王国维在《人间词话》中所说的古今之成大事业、大学问者，必经过三种境界，我觉得诗人已经全部达到了。"昨夜西风凋碧树。独上高楼，望尽天涯路。"此第一境也，对应诗中的"孤灯"。"衣带渐宽终不悔，为伊消得人憔悴。"此第二境也，对应诗中的"瘦影"。"众里寻他千百度，蓦然回首，那人却在灯火阑珊处。"此第三境也，这个对应诗题"庄子"。

　　手中没有解忧的杜康，诗人便在空气里画出酒杯的样子，其实，他画的不过是一种安慰，虽然这是在画饼充饥，但是，诗人只是想给自己找点快乐，如此而已。都说，人生不如意事十之八九，而我们所能做的，只能是常想一二，而诗人这种豁达，也算作常想一二了吧。就像庄子，即使穿着带补丁的旧衣，拖着草编成的鞋子，他也不想变成一个绝望的人，所以，就算再苦再难，他也不会轻易地对生活失望。

　　就是这样的季节，深夜，诗人还会想着出门去寻鱼饵，一开门，雪花便"扑簌簌"地飞了进来。看完诗人这一句"夜半寻鱼饵，雪花飞进来"，我不由得莞尔一笑：诗人受庄子影响不浅啊！诗人与庄子没那么具有道德洁癖，他只是做自己喜欢做的事情。我想如果他愿意，能混个中产，但诗人偏不，为什么要为了区区一点生活费而屈从？庄子他靠编草鞋赚点稀饭钱，诗人靠做图书代理出版糊口。记得庄子有一天家里穷得揭不开锅了，去找管水利的小官监河侯借点米，监河侯考虑到庄子的偿还能力，佯装热情：借米好说！我马上要去收税，等我收完，一口气借给你三百金！庄子怒了，但人家是文化人，不玩飙脏话这套，他给监河侯讲故事，说自己碰到一条快干死的小鲫鱼，小鲫鱼说："我是东海的水官，你要是给我一升水就能救我的命。"庄子说："好啊，我正要去吴越，刚好引西江的水来救你。"小鲫鱼说："你这种救法，不如直接去卖鱼干的铺子找我。"那么诗人是这样吗？根据资料查阅，诗人也有过这样的遭遇，当初来北京身上只有20来元，和朋友、亲戚借200元都借不到，这是多么可怜啊！然诗人并没有因此而绝望，他有自己的解脱方式。例如，《庄子与惠子游于濠梁》中记载："庄子与惠子游于濠梁之上。庄子曰：'儵（tiáo）鱼出游从容，是鱼之乐也。'惠子曰：'子非鱼，安知鱼之乐？'庄子曰：'子非我，安知我不知鱼之乐？'惠子曰：'我非子，固不知子矣；子固非鱼也，子之不知鱼之乐全矣。'庄子曰：'请循其本。子曰"汝安知鱼乐"云者，既已知吾知之而问我，我知之濠上也。'"在我看来，庄子之所以会觉得鱼快乐，是因为他自己心里觉得快乐，而且，他本人对于快乐的标准就四个字——"自由自在"，他是能够在心上自由飞翔的人。记得儿时的自己，总觉得应该多与人接触，与人沟通，让别人更多地了解自己，不然，就觉得自己活得很不开心，天空都是灰蒙蒙的，但是，现在长大了，读了庄子，也接触到了诗人这位与庄子对话的人，我才发觉，与人沟通、求人理解实际上是一件非常无奈而且悲哀的事情，因为，需要不停地去取悦别人因而忽略了自己的真实感受，这样一直坚持下去，只会让这种状态最终杀死自己。这首诗的题目是《与庄子对话》，但内容上却不着一字，也从没有谈及对话的内容，其实，诗人与庄子，早已是心有灵犀一点通了，相对无言即是懂得，他们两人之间的交流，根本无须像凡夫俗子一样絮絮叨叨。

印象中，庄子跟鱼很有缘分，《庄子》一书中曾多次提到鱼。比如，《庄子秋水》里有一个典故，说的是庄子一个人在涡水边垂钓，楚王的两位大夫前来请他去当官，造福百姓。他持竿不顾，就给他们讲了一个关于神龟的寓言，两位大夫就这样被他当场打发回去了。在他眼里，官场远远不如泥塘，在官场里，他得顾及圣意，婉言进谏，可在泥塘里就不一样了，他可以欢乐地浑身滚满泥巴，自得其乐，也不怕别人嫌弃他脏。历史上最会钓鱼的就是姜子牙了，不过，姜先生的目的不在鱼，而是钓文王；可庄子不一样，他要钓的是真正的鱼。而且，这个鱼，他完全是为了自己而钓，根本用不着对任何人有什么交代，钓到了，他今天的温饱问题就解决了，钓不到呢，他就换个地方继续钓，可以一直钓到有鱼上钩为止，不会有人嫌弃他没有本事，更不会有人给他白眼，给他小鞋穿。因为，钓不钓到鱼纯属个人行为，鱼上钩了，他高兴，鱼跑了，他也可以高兴，不用任何人来担心。

有人说，孔子是圣人，而庄子是仙人，这个我同意。因为他真的是一个很特别的人，超脱且深不可测，善于讲各种寓言故事，你有时候真的很难想象这样一个淡泊得如同不食人间烟火的人，居然会贫困至此，还要饿着肚子去河边钓鱼充饥，竟然还钓得光明正大，丝毫没有觉得自己活得很狼狈，很失败。

而孔子，他的美味只限于弟子送的束脩，可以说，庄子比之孔子，轻松多了，他的肩膀上没有什么负担，但是，诚如他自己所言，他身处在昏君乱相之间，只能贫穷一生了，他也只有贫穷一生了。好在，这样的生存环境没有摧毁他的内心世界。他就是一个简单的人，所以，可以简单地活。走累了，坐下来，不要求什么琼浆玉液，一杯温温的白开水也能喝得心满意足，欢天喜地。他这一辈子，从来只为自己一人而忙，日复一日，他并不觉得这样的日子空洞乏味，恰恰相反，他一个人过得丰盈无比，充实无比。他的内心世界，别人是永远无法闯入的，哪个人在他门边打着小主意，晃晃悠悠，那反而会被他耻笑，被灰头土脸地扫地出门，而谁都不想丢这张脸，所以，他的内心世界，保护得完美无缺。

暗淡与青翠，在他的世界里和谐而矛盾地对应着，亦各自安好地存在，他说，你们永远不懂得我的快乐，就像白天永远不懂得夜的黑暗是为了期待黎明的到来。

（二）

这首诗写于2015年11月19日夜，北方正下着大雪，诗人孤苦伶仃，北风很猛，夹杂着雪片，诗人一个人觉得很闷，于是扯着嗓门，放声高歌，而且觉得没有听众很败兴致，那么就请庄子、请雪花来一起侧耳倾听吧。唱完了觉得意犹未尽，于是，就即兴舞起了剑，宝剑割裂空气的声音，就像平地里的一阵阵春雷。而最难熬的是寂寞，山里山外，房里屋外，除了那漫山遍野大大小小的花草树木以外，再也找不到其他伙伴了。夜深人静的时候，就是寂寞盛放的时刻，当寂寞弥漫之时，诗人已经自娱自乐、开心得不辨南北了。

诗之一中说的"雪花飞进来"很容易让人联想到唐代诗人杜甫的名篇《茅屋为秋风所破歌》，记得其中有一句是"床头屋漏无干处，雨脚如麻未断绝"。同样是夜晚，同样遭遇着坏天气，可是，两位诗人的遭遇却有着天壤之别，你看杜甫，布衾冷

绘画：王界山

如铁，丧乱少睡眠，人生好不凄惨，可这位诗人，他觉得，这房子破了就破了吧，我唱我的歌，哪怕五音不全，我依旧舞我的剑，且舞得气吞山河。这人比人，真的是会气死人的。不过，别人我不敢说，可是杜甫，就凭着那一句"安得广厦千万间，大庇天下寒士俱欢颜"的心胸与气度，我可以肯定，他要是跟这位诗人比一比，是不会生气的，相反，他如果知道千百年以后，有一位诗人和自己当年一样，在破漏的屋子里过夜，但依旧自得其乐，还在那里又是唱歌又是舞剑的，就冲着这份黄连地里弹琴的心态，杜甫他老人家也一定会非常欣慰地赞叹一句："吾庐独破受冻死亦足！"

"倩"是靓丽、美好的意思，以此字为名的女子，应该是婀娜美丽的，就比如小倩。关于"小倩"，有各种版本的故事。最早的是在蒲松龄的《聊斋志异》，大致上说的是一个美貌女鬼和一个穷酸书生的爱情故事。后来，就被现在的导演翻拍成了各种版本的《倩女幽魂》：有 1960 年邵氏出品的同名电影，1990 年版本是由徐克监制、程小东导演的，王祖贤扮演的小倩；还有最新 2011 年的版本，由刘亦菲和古天乐主演。各种版本里的小倩都如花似玉，让人一见倾心，总之，各有千秋吧！

在这样一个风雪交加的夜晚，谁来敲窗？是风，是雪，还是路过的山人？而那个小倩，到底来了没有？这首诗，自始至终都是诗人一个人在自言自语，诗人能写到庄子，能写到小倩，不光是他自己的想象，相信许多，都是他自己的过往，以及所经历的那些人、那些事。但我也并不是说，读诗的时候，就要在暗处浮想联翩，强行把人对号入座，诗人有自己的故事不假，但他是一个很简单的男子，他写了很多情意绵绵的诗句，如果笔下的所有故事都指向他一个人的话，恐怕他的思绪早已一片凌乱了。

诗人写诗的同时，也是将生活中纷繁复杂的世事变成故事流传的一个过程，更多时候，他用心地安排时间、地点及特定的人物出场，他要把属于他们的故事撰写成诗，把故事背后的真实样子还原过来，并且，他做得乐此不疲，轻车熟路。很多时候，总缩在工作室里是写不出好诗的，他需要经历雪花飞进来的寒冷及却疑小倩来的艳遇。

孤单凄冷的夜晚，千篇一律的孤独，但诗人自觉是快乐的，或者说，他在每一个无人陪伴的夜晚，已经习惯了这种自找快乐的方式，窗外风声、下雪声、敲窗声，在他听来，都是来自大自然的天籁之声。而诗人的快乐也很简单，就是一杯酒一首诗的单调。酒有酒精，所以，喝酒会醉，诗人笔下的诗歌亦是如此，需要一小杯一小口细细地品尝，才能品出其中的滋味与深意，让思绪也浸润在这酒的醇厚里。写诗时，手边一杯酒，于是，那些锦心绣口的传奇，就在酒里横空出世了。（邱园）

黄鹤楼

才出中原境,又登黄鹤楼。
长江携汉水,滚滚向天流。

2012 年 4 月 12 日

鉴赏 此作以地名贯通诗境,将诗情意境委婉含蓄于意脉之中,让你透过诗象去感受诗人情怀,让那些高山大川激荡读者胸襟,让那些千古名胜婉丽读者情操。读来使人产生无限的遐想,给人以无限崇高的梦境启迪。

起承句诗人化用毛泽东"才饮长江水,又食武昌鱼"的诗句。起句兴起就笔剪前川,意境辽阔,断开苍茫。用"才出"一词表露情寄时光岁影一段,用"才出"一词显现分野出两层画面,即暗示千里烟雨风涛已经洗落,万水千山刚刚涉过这样一段经历。用"才出"一词荡开诗人胸襟,托出一位击水攀山的豪杰形象,显得腾空而起,又健步踏来,突然跃出诗象,屹立江山。"中原境"指出地理位置,表明行走路线。神州万里,中原辽阔。此开篇所表达的意境不禁让人想起诗人春节期间发起的中国同梦,这是在践行,这是在承兑,这是在继续。承句"又"字显得非常匆忙,充分显示出一股豪气、一身毅力、一种精神。为实现一个信仰,为完成一个追求,为达到一个目的,丝毫不懈怠,连续而一往继之。黄鹤楼,这里所表示的不是游山玩

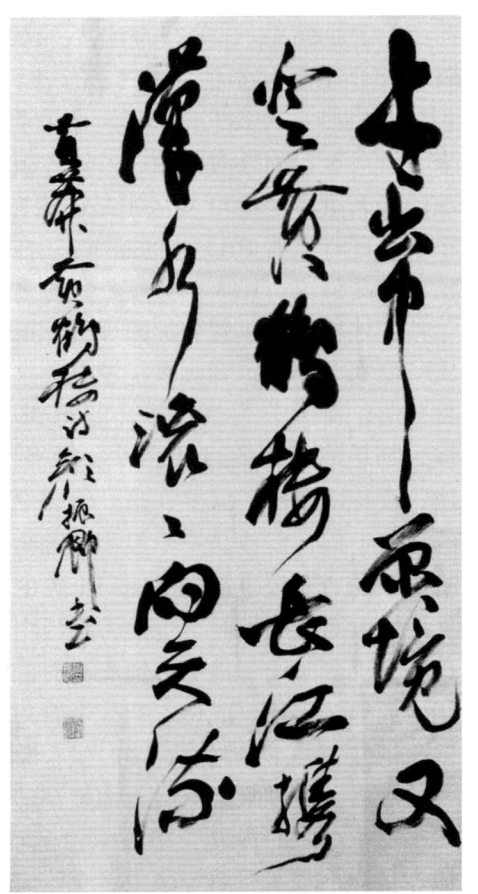

书法:颜振卿

水,是地点借代表示又进一程,又开继新的起点。深一层之意是诗人胸怀祖国美好江山,登上黄鹤楼自然会千古诗涛,荡漾胸襟。我们不可能去浮想联翩,但前一句道出中原,自然诗人会想到逐鹿中原,江山依旧。而第二句再点出黄鹤楼衬托上意,尤为明了其用笔之意。那就是江山如此多娇,引无数英雄竞折腰。

转结句化用袁枚诗句"汉水拍天流",转句诗人将长江汉水呈现在眼前,叙述经历,白描实景。登上黄鹤楼必然是感慨万端,然而诗人不发议论,竟端出长江汉水,想必每个人此情此景有多少景语要说,而诗人所要表达的心境无须言表,通过诗象画面让读者去感悟,领会诗人的心境。这种含蓄不露其意,让读者感觉诸多情绪,这便是景语即是情语的妙到之处,他自己不说,让读者必会产生丰富的联想。从杨慎"滚滚长江东逝水"到苏轼"大江东去",从周恩来"大江歌罢棹头东"到毛泽东"万里长江横渡",诗人岂不壮怀激烈?实现中国梦一腔抱负,伟大宏愿,如长江携汉水奔腾而来。结句诗人真是胸襟万里,多少情感,多少渴望,多少信念,全部倾泻而出,恰似一江春水向东流。诗人从长城走来,带着美好的向往,诗人从中原走来,带着伟大祖国复兴的梦幻,诗人登上黄鹤楼,"惟见长江天际流",磅礴着伟大的时代。

全诗短短二十个字,化句巧妙,用字巧妙,以物写实,以景寄情,博大精深。(陶永德)

忆

夜夜沐春风,醒来爱意中。
而今人在哪?望向广寒宫。

2015 年 4 月 12 日

鉴赏 这是一首爱情诗篇,一般古人写爱情诗都选择中长篇,将其故事娓娓道来。而诗人却选择小绝,昔日的缠绵,今日的孤单,形成鲜明的对比,简单几句即将故事圆满道来,其手法即把故事寓寄于诗象之中,让读者去感悟,去探究。

起兴比赋凝于一笔,情声色汇于一词,虚实相间于一象。在读者面前即刻呈现出一幅幽密甜美的浪漫情感画面。夜夜,天天之晚上。春风,春风借代意境,引申意为温馨、柔媚、恬静的境界。诗人用夜夜叠意,就是

黄荞于金寨观音寺留影

强化浓重意识,使人感到有一股强烈激情跃出画面。天天夜晚如是,如此纯真、如此坚贞、如此挚诚的俊才之心,沉浸于那幽密的梦幻之中。读到此不禁让人想起李商隐的诗句"云母屏风烛影深,长河渐落晓星沉。嫦娥应悔偷灵药,碧海青天夜夜心"。李商隐的夜夜心是写给嫦娥的心中寄语。那么诗人的夜夜沐春风是写给谁?让我们往下看。

"醒来爱意中",顺承起句,圆融诗象,展开意境,描摹情感。道白爱意,舒绽芳情,表明笃意。完整地刻画出爱情初芳的浪漫情操。醒来,即从温柔的梦境醒来,带着甜蜜,带着浪漫,带着寻觅与笃情。此笔直抒感受,直发心声,直求芳容。写出了人性,写出了春心,写出了真美。

转捩敲问,顺结应声。"而今人在哪?"转捩在承含醒来意脉诗象中又拔义而起,把诗情推向高峰。"而今人在哪?"大声呼唤,释放激情,激越胸襟,追求真爱。如此热烈,如此奔放,如此挚求。凡诗者都懂得"激愤出诗人"这个道理。而今人在哪?不正是激昂的情绪吗?不正是那种心中的意浪情涛吗?这种激情击开心堤奔泻而出,方得出在爱情面前去呼唤,你在哪?此一笔宕开心扉,一声高呼,激荡着人性的情感世界。什么叫有诗味,只有写出人们的共鸣才叫有诗味,这种充满真情的语式才叫语境到位,这种通俗易懂的韵声才叫洒脱。

"望向广寒宫"转捩给力,承结自雅。转捩出彩,收煞完美。此转结在艺术上彰显斐然。诗人把呼唤美归转向广寒宫,又将诗象托出新境,真是跌宕起伏,峰回路转。从夜夜沐春风转向广寒宫,一个千古诗人的梦幻世界又摄入读者眼帘。广寒宫无须多解,但寄寓的意境气象万千。那么如何探究诗人的广寒宫呢?诗人又将答案交给读者,让你尽情地去猜想,这种笔法就是诗收意未尽的艺术效果。那么诗人的心中恋人在哪里,他仰望广寒宫,那只是情感寄托,不是仙女,不是神话,就在人间。写到这里借用一句老话,愿天下有情人终成眷属。(陶永德)

思 归

一首乡音曲，谁怜漂泊人。
寒风催日落，可是送来春。

2015 年 1 月 18 日

书法：颜振卿

鉴赏 春往夏至，秋降冬临。苦耐奋争，不觉又是一年。在外漂泊之人，已是身心疲惫，倍感日暮天地寒，千里悲心，孤零空忆，忽闻得一曲乡音，哪里可有故来人？熟悉的乡音是那样的亲切温暖。可怜念尔，独漂羁泊，时下正值春节年关，漂泊之人归心似箭。乡音曲可能是漂泊同乡所唱，或是寒风催落暮日，吹来了乡音，送来了春风，来抚爱温暖漂泊之人。

这是一首思乡怀人之作。"一首乡音曲"起笔凝聚人性共鸣之音，无论是在外漂泊，还是羁旅游玩，或是定居海外，谁人不思乡怀故。起笔用通感手法，把乡音设置在漂泊之人的心灵深处，一有同感，便会产生共鸣。那么，这乡音就是故人来，还是其他信息？我看不是，"乡音"一词，是诗人的情怀与漂泊之人情感的凝结，是两者心灵感应吸引所产生的炽热。乡音，写出了漂泊之人对家乡的怀念与牵挂之情。乡音地域不同，北方的粗犷雄浑，南方的温和细弱，漂泊之人都能懂得，那是来自家乡的呼唤。

"谁怜漂泊人"这一句用敲问式手法回应乡音，使其产生共鸣，这种共鸣突出个性，激扬普遍意义，使诗句通俗易懂，在漂泊的阶层人群里，更有其可读性、可颂性，脍炙人口。乡音与漂泊意脉相连，用乡音的温馨去怜爱、慰藉孤独的身心。"漂泊"一词抓住了事物的本质与特点，特别是揭开了社会一个层面。当今，漂泊在外的求职打工者，浩浩荡荡，千里酸楚，孤寂悲艰，夜闻乡关风雪厚，时听乡山折柳声。"可怜"一词极富深情，由此可以看出诗人是性情中人，如此善感，如此衷情。可怜一是怜悯同情，二是怜爱痛惜，诗人必是后者之情。整个漂泊阶层必会感到，况乃故来人，叹我在天涯，把诗人当作白居易了。这就是诗象的艺术魅力，诗语深深地感染、浸透着漂泊人的情感世界。

"寒风催日落""催"字写出人性化、情感化。诗人没用"风吹"字，如此的话词句就会苍白，就失去内涵。两字寓意不同。这里的"催"字是敦促、驱动。大漠落日圆，有这种意象，但诗人不是单纯写景，而是借景写意。日落，这里是指寒冷的时光，催日落，意思是寒冷的时光岁月赶快离去，不要再使漂泊人承受着凄寒的摧虐。"催"字尤显贵重，饱含深情。此句也正处于诗胆要意之位，转捩在此凝聚情结，拔意诗象，张扬托举意境，使诗韵宕向高潮。"寒风催日落"，仅剩余晖。大寒残冬穷雪，凄风苦雨殆尽。

黄荞近照

"可是送来春"结语仅仅递进转捩意境，用敲问式手法，再将整篇诗象的主旨意识推向高峰。"送"字写出了大爱，写出了真情。诗人没写寄春风。如寄则淡然。"送"尤为温馨，"送"写出了春在漂泊人心中的地位，其分量极为重要，"送"字意义与价值更彰显春的贵重，"送"字伴随"可是"一词，写出了漂泊人对春的期盼与渴望，所以，"春"字就不是自身那么简单了，或许是亲人托春带来的祝福。"可是"一词由此升华，更显得有寓意，写出了漂泊人的心理变化、期盼与等待，变成疑惑与焦虑的心理情结，此句寓意美好，意境深远，突出了诗人的内在心理和开朗性格。

总体看，诗风似陶渊明的朴素自然，也有白居易通俗易懂的风格。表现手法以通感、白描概念、虚实写意为主，语言效果精准，词境沉郁旷达，苍凉凄美。其意境高远，真挚感人。（陶永德）

游岳西四首

一、深秋入岳西

一路青黄色,飘飘雨洗尘。
楼如山起伏,雾隐谪仙人。

二、游司空山

魏晋风留此,禅宗天下闻。
悠悠寻古道,切切又逢君。

三、席间赠诸友

围桌酒几杯,秋爆一声雷。
景色如春日,诗心细细裁。

四、红水崖瀑布

曾引诗仙到眼前,嶙峋石上可听禅。
飞珠溅玉奏天籁,奔向平川结善缘。

2014 年 10 月 7 日

注释 司空山:安徽岳西县店前镇,山上有二祖寺。**古道**:大唐古道。**君**:指李太白。**红水崖瀑布**:位于安徽岳西司空山,山上有少林二祖寺上院和下院,赵朴初题"禅宗第一山",山上并有李白读书台。

鉴赏 《深秋入岳西》写岳西的景,在作者的笔下如仙境重现,而雨中的岳西,更有一种不沾尘的心感,作者借用这一路看到的秋的景色,表达了自己的一颗淡泊之心。

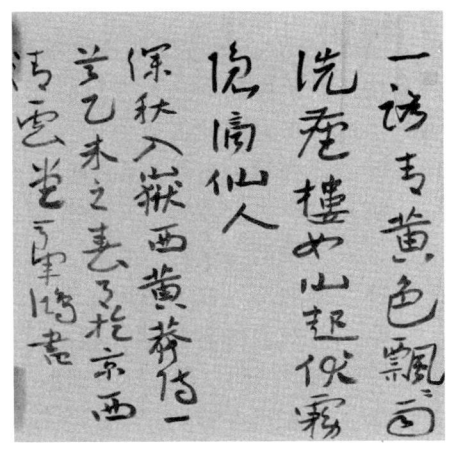

书法:马军鸿

《游司空山》,作者借助魏晋时期的文化道德、汉传佛教的盛行,循着大唐古道的印记,希望能遇到一代诗仙,通过这一系列的"切切",让读者看到了作者的一颗思贤之心、好学之心、明净之心。

《席间赠诸友》,与朋友围桌饮酒,"秋爆一声雷"如春日复苏,引发出诗人的几多诗心,一景一物皆能入诗、出情。

《红水崖瀑布》,作者不写瀑布的美,而是用夸张和拟人的手法,写出诗仙听禅、结缘美景来让读者去领略其中的深意,同时也表达出了作者对红水崖瀑布的喜爱。

四首绝句,韵律完美,结构合理,借景抒情相得益彰。(临风听雪)

相思漫三首

今年春风早,柳树已发枝。
谁借青锋剑,斩断万缕丝。

风吹堤上柳,愁绪漫天飞。
谁织相思网,何时君再归。

夜雨声声急,唯君倍寂寥。
落花随水去,沽酒唤江潮。

2014 年 5 月 3 日

鉴赏 五言短诗比七言更难写,因为要用极少的字迅速将情感扬起,然后快速跌落戛然而止,方有诗味,若不然很容易读起来平淡。这一组诗做到了这一点,因此很有诗味。第一首为五古,二、三两首为绝句。三首作品皆围绕相思为主线,以物传情而抒发诗人的感怀。

第一首春风催新柳,千丝万缕,即使是青锋剑,也是剪不断、理还乱的,令人无限惆怅。柳树与愁,以乐景衬托哀情,更易将惜春之愁和身世之感抒发得淋漓尽致。短短二十字,就有很强的画面感。

第二首柳絮伴着愁绪飞扬,交织在一起,这种情网,表达一种爱意,不仅是流露、倾泻、施舍、馈赠,更是执着的牵挂,不带目的的守望,用情至深,读来感人肺腑。

第三首以豪放之笔发凄伤之怀,既跌宕,又婉转,字里行间充溢着一种惊世骇俗之英气!"落花随水去,沽酒唤江潮。"你去我唤,意象千万。无限大美,任君浪漫。

三首诗相对独立又连为一体,以相思为主旨,表现了相思的流程,一个没有结果的情感故事,委婉而不失苍劲。小处着眼,大处下笔,非常人能及。言简意赅,通俗易懂。

作者按照春日柳树发芽,柳絮飘舞,再到落水而逝的顺序来描摹,是用一种景物写三种不同状态下的心情,抒发相思别离之苦,借物吐露心声,吟来让人唏嘘不已。(江梦琪、渡航、吴戍、耕云斋主、南国英子、梦萦海曲)

孤　旅（诗韵新编）

夜静抚瑶琴,孤心频问月。
月宫玉兔眠,北国又飘雪。

2014年2月19日

注释　玉兔:一指登月"玉兔号",二指月宫中捣药的玉兔。

鉴赏　"夜静抚瑶琴,孤心频问月。"一个在外奋斗的孤旅在这月光如镜的夜晚,望着那冰凉寂寞的世界,搅起了心中的怅惘,便忘不了家的方向,更忘不了深夜的蛩声,勾走那思乡的魂,即便拥有更多的苦涩,又满是希望的时光。

"月宫玉兔眠,北国又飘雪。""月宫"遥不可及,但能提供一种静谧的环境。"玉兔"一语双关,即我国自行研制的登月"玉兔"在安然地享受寂寞,她的寂寞给人们带来的是无限神往。

该诗其妙,由结句凸显出来。"月"与"雪"本不是在静态时空中同时出现的景象,诗中的"飘雪"实现了时空的穿越,以一种时空交错的形态拓展了诗的意境,使得仅仅20个字的绝句一下丰富起来。看似"月"与"雪"存在景象矛盾,但紧紧关联着内在的心境,而这个"飘雪"将时空由静态激活了。

全诗的意境体现在一个"孤"字,整个意象都围绕着它。诗中的"孤"又呈现出几层意境:独摇琴语对清月,之身孤。倾声唯有天知音,之心孤。以"孤意"化作纷纷飘雪进入天人合一,之"道"孤。这便将

"孤"提升到了一个混沌的层面,此刻之孤已超越了所有的凄凉之感。这是"我"的本心回归,真性也!真性之我,已没有分辨。万物皆归于我,大我也!(吴成立、楼外居士)

和孙书中诗友《甲午闰九月十七日》

秋光独自看,又叹菊花残。
月照平林陌,天涯共与寒。

2014年

鉴赏 这首诗,是朋友间的唱和。手法上是以"秋光、残菊、明月、平林"为背景,穿插心中意向,以情结景,抒发情怀,吐露心声,表达了乡友情怀。

首句以漂泊异乡孤独而起,一个"独"字道尽凄凉,奠定了整首诗的基调。古人有"月光浸水水浸天,一派空明互回荡""秋风吹渭水,落叶满长安"等诗句。可谓世相百态,熙熙攘攘,蹉跎岁月,苦辣酸甜,个中滋味,尽在不言中。承句以景烘托,表明时间一晃又是一年,以眼前景象更加渲染了这种凋零气氛。古人咏菊花,留有"宁可抱香枝头老,不随黄叶舞秋风"的名句,以秋菊比喻人格,表达了追求美好的情操以及独向清高、不随波逐流的气节。而作者这里的一"叹",有情操宣泄,也有几分无奈,是经年奔波、面对现实的由衷感触。

转句"月照平林陌"化李白《菩萨蛮》"平林漠漠烟如织"之句,原作为:"平林漠漠烟如织,寒山一带伤心碧。暝色入高楼,有人楼上愁。玉阶空伫立,宿鸟飞归急。何处是归程,长亭更短亭。"在《芥子园画谱》论道墨分五色,产生"平远、深远、高远"。此处的悬月、平林、野陌,何尝不是在渲染这种恢宏?意象展开,又何尝不与"空山新雨后,天气晚来秋。明月松间照,清泉石上流"等关联?空明澄澈,一展崇高志向,清凉情怀。结句"天涯共与寒"几分贫寒,几分孤冷,更带几分独傲。既是作者与朋友的共同勉励,也是作者自我心境的写照。

该作遣词造句简练,文笔流畅,一、三句互为照应,二、四句两两关联,而首尾一"独"一"共"又相互呼应,可谓意象鲜明,情景交融,托物言志,收放自如。整体笔调低沉、冷寒,却表达了同在异乡,惺惺相惜的嘘寒问暖之情。(曾鸣)

游婺源石门山大峡谷

潭寒鱼影瘦，鸟啭谷回音。
问道樵夫答，无为胜有心。

2016年12月9日

鉴赏 这首绝句是诗人赴江西参加"中华诗词婺源采风研学活动"所作，写的是石门山大峡谷的见闻和感受。本诗原为一首五律，作者在最终定稿时只保留了四句，不由得让人想起祖咏写《终南望余雪》的故事，让人敬佩。

起句孟冬天气初冷，诗

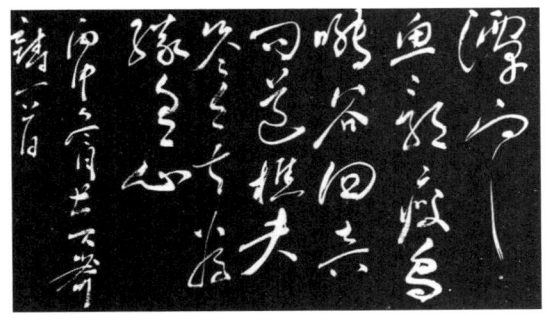

书法：黄 荞

人观察独到而细微，因山高而水寒，潭水涟漪微泛，水中游乐的鱼儿自是纤瘦。次句写深林中的鸟儿欢快啼啭，声音悦耳动听，余音荡谷，久久不息。第三句写迷恋婺源美景、畅游已久的诗人正不知所行何路时，却偶遇一个器宇不凡的樵夫，于是便向樵夫问道——"敢问路在何方"，生动地描绘出了一幅"问樵夫以前路，风飘飘而吹衣"的高士问答图，若能有大师据此泼墨作画来展示一下，则可谓诗画相合、图文并茂了。此句承转也极妙，句中"道"字一语双关，既指道路的道，也指佛道之道，实写问路，虚写问道，诗人遍访天下名山秀水，追求"佛心道为"，胸怀天下，悟道修道，博采众长，其真诚实乃天地可鉴。末句应前句之问，但作结却出人意料，似答非答，"无为胜有心"这五字曲径通幽，写出了道法自然、淡泊功利的最高境界，读罢让人拍案叫绝。诗人之意不在游，而在乎山水之间也。

全诗一、二句对仗，三、四句一问一答，承转灵巧有法，诗中有画，颇得山水诗之精妙，且洋溢禅意，大有古人风范。（谢永旭）

琴友王妃

题记：小年时正开车由北京回安徽，在路上收到琴友王妃发来问候即兴作。

朝闻王妃面，夜饮太池边。
骏马天山上，笙歌会众仙。

2017年1月

绘画：李 翔

鉴赏 这是一首赠琴友表达感激的即兴抒怀之作，短小精悍，叙写的是真人真事，抒发真情实感，堪称绮丽浪漫的五绝。全诗想象丰富，夸张得体，时空交错，转承有序；语言通畅自然，清新俊逸，读来没有任何雕琢之感。

起句写一大早就收到来自琴友王妃的真诚问候，闻其声则如见其人也，诗人心下颇为感动，一股热流顿时涌遍全身，温柔暖心的祝福仿佛在瞬间就消散了深冬时天气的寒冷。次句接着写两人约见后夜晚对酌于太池边，开怀畅饮的欢乐情形，且与首句形成对偶，真个是"葡萄美酒夜光杯"，"更教花与月相随"，"醉罢卧明月，乘梦游天台"。细读又似有屈原《湘夫人》中"闻佳人兮召予，将腾驾兮偕逝"之意，而丝毫没有赵师秀七绝《约客》"黄梅时节家家雨，青草池塘处处蛙。有约不来过夜半，闲敲棋子落灯花"中的那种落寞与惆怅。

三、四句写诗人由此意气风发，灵感顿生，似天马行空，思绪随着琴声飞扬，仿佛骑着骅骝驰骋于美丽壮观的天山之上，天山上云缭烟绕，白雪映照蔚蓝的穹宇，湖水清澈，晶莹如玉，而天上众仙云集，笙歌鼎沸，"九嶷缤兮并迎，灵之来兮如云"，此情此景，信可乐也。

综观全诗，从头至尾叙事，无一字抒情，但句句抒情，寄情于事，句句相扣，充满浪漫主义色彩。（谢永旭）

春　节

怯节恐迟归，囊中稿费微。
思乡如泉涌，念诀驾云飞。

2017 年

鉴赏　这首五言绝句语言率性直白，朴实生动，直抒胸臆，情真意切，句意的衔接也非常连贯通达，是发自肺腑的思乡诗。

首句写年关将近，周围洋溢着过节的忙碌喜庆气氛，由此诗人还乡心切，仿佛"忽闻歌古调，归思欲沾巾"，还恐怕春节期间交通拥堵不便，回去晚了让家里人牵挂担忧，当然内心还有一种更深层的矛盾心情，缺钱害怕过年。次句紧接着正面回答了首句第一个"怯"字，因囊中羞涩，挣的稿费不多，回家是件很为难的事情，因为谁都知道年终返乡过节必定是要把全年的总收入晒出来的，自己不说也躲不过会有人问起的，兜里钱少回去该如何是好？但在诗人灵动的笔下，这种尴尬复杂的情感寥寥数语就表现得淋漓尽致。

第三句笔锋一转，运用比喻，写纵使攒钱不多，但乡情与亲情如泉涌喷发，是无法控制的，不可以钱多钱少来衡量。末句紧承上句表达了诗人感念于此，发挥想象，以夸张的手法，写自己仿佛神仙一般驾着彩云飞向遥远的故乡，瞬间就已经抵达了。

"问渠那得清如许？为有源头活水来。"诗人东游北漂，生活阅历丰富厚实，创作如是之诗自然一挥而就了。全诗结构紧凑，言简意赅。（谢永旭）

丁酉夏诗一首

出得山门久，犹知世道艰。
当年金顶下，学艺尚心闲。

2017 年 6 月

注释　金顶：位于湖北武当山。

鉴赏 诗贵在留白,不要太满,此诗正合此意。一句"当年金顶下",给读者留下很大空白,读者可以展开想象的翅膀思索道也人也,语句看似平淡,但仔细琢磨,平中显奇。诗中人物行动见意,引读者步入诗情之最幽微处,故能不落言筌,为读者保留想象余地,使读者感悟人生哲理之无限辽远、无限幽深。以此见诗家"不着一字,尽得风流"真意。

(曼舞江冬、姚育萍)

春

题记:应中国楹联学会艺术委员会之邀,为"联墨双修"骨干培训班讲解诗词,课间作业以《春》为题作。

桃花含晓露,柳树拽春风。
万里归巢燕,千山入画中。

2017 年 4 月 3 日

附对联一副:
联墨双修承古意;
诗词并举赋今朝。

鉴赏 这首作品清新入味,语言质朴,整首诗如同一幅画面呈现眼前。

首句描写清晨桃花在阳光照射下,花瓣上晶莹的露水闪耀着光芒,一个"含"字形象地写出了桃花瓣上的雨露,这种景象很是清幽;承句以"柳树"写出"春风",一个"拽"字形象地表达了柳树与春相互的关系。柳树因春风而生机勃勃,春风因柳树而显得温

绘画:黎尚谷

柔活泼。一、二句一动一静,鲜活而明快。

转句以燕子归来的景象再次写春之物象,结句一收,前三句的实写就立马生动起来了。

综观全诗,毫无生涩之感,以平常之语炼字炼句,顺畅自然。(江梦琪)

秋夜弄琴吟

莫言闲置久,今夜拭蓬尘。
最爱芭蕉叶,秋风待故人。

2017年8月

注释 拭:擦拭。蓬尘:灰尘。芭蕉叶:指琴的一种,即蕉叶琴。

鉴赏 炎威渐退,玉露生凉,草木摇落,大雁南徙,不觉已是秋天。这首五绝是黄莽先生近日的即兴之作,语言平易近人,承转灵活自然,直抒胸臆,颇具情趣。初秋的某个月夜,诗人整理书房时突然发现许久未弹的古琴落满埃尘,见物而情发,感慨良多,便一气呵成地写下此琴诗。

起句以安慰之口吻说,琴啊,莫要怪我把你闲置得太久了,其实我心里也是非常难受的,因北漂不能时时擦拭抚弄,纵有千言万语也道不尽我内心深处的苦衷。个中无奈与惆怅,只留给读者去思考和想象。

承句说,琴啊,我怎么能够真的忘记你呢,今晚就让我静静地为你拭去这岁月的尘埃,重拾那段如烟的往事吧。北漂创业的艰辛一般人谁体会得到?诗人经历了诸多磨难却常常在深夜里向心爱的古琴倾诉。或许,高山流水,琴是唯一的知音了。

转句诗人点出了自己闲暇之余的最爱,就是这把琴中的"蕉叶"也!蕉叶琴,琴身似芭蕉,琴首蕉叶的叶柄向下弯曲,支撑首部,两侧似蕉叶的叶缘,向下略微翘曲,琴体形态旖旎秀逸,曲折的线条像流动的音韵,优美的身姿表现着文人浪漫的志趣。据我所知,诗人有三床古琴,其中两床"伏羲"制式。"秋风"一语双关,一指《秋风词》,二指寂寥之秋风;"故人"既指物又指人,这两句在抒情上可谓淋漓尽致、尽善尽美了。秋风中,诗人忘我地徐弄轻弹,一如既往的深情陶醉。

全诗以与古琴对白的方式创作,高雅缠绵,言约旨远,并巧用借代比拟,二、四句点题。当然,此诗以物喻人,亦另有所寄。(谢永旭)

行舟三万里明月作君陪山向云中去云从天上来 黄荠诗一首 乙未年冬书

万古是非浑短梦 一句弥陁作大舟 集灵峯寓盖大师诗句弘一法师written 丙申年春月小悟道 黄荠书

桂子初著菊毛然 橘子湖头雄萄 求雁还山啼呼 万岁家乘湘水 万里云 游长沙诗一首 丙申年秋月 黄荠书

书法：黄 荠

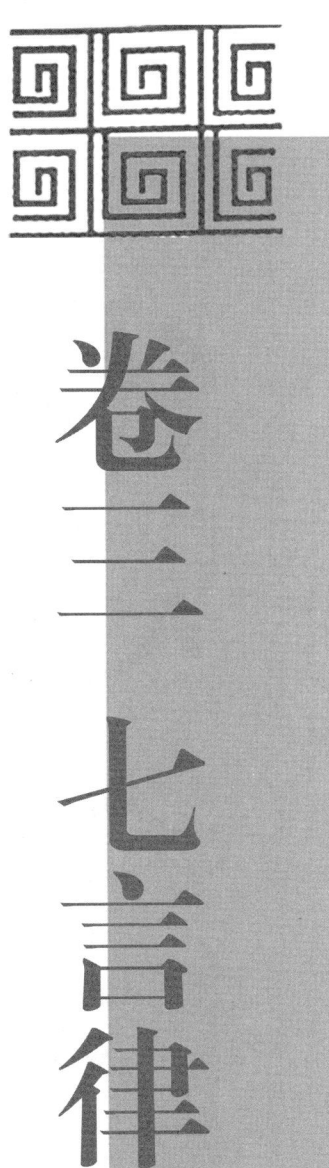

卷三 七言律诗

书法：刘　征

新年有寄

何故寒风昨夜临，梅花吹落向春吟。
赋诗乘兴三千首，邀月相随一片心。
云水依然今梦远，友人还是旧情深。
温壶绿酒待君饮，溪伴松涛调素琴。

2011 年

鉴赏　虎年转瞬即逝，兔年悄然而至。在这辞旧迎新之际，令人感慨良多。山水悟道的一首七律《新年有寄》以不事雕琢的清新笔风，表现了委婉而不失豪放的文人情怀，既有追怀之情愫，又有展望之憧憬，寄托了文人雅致、素洁的梦想。

首联："何故寒风昨夜临，梅花吹落向春吟。"以议论入笔，论中写景，景中含情。作者起笔自然，构思巧妙。袭袭寒风为什么在昨夜悄悄降临呢？吹落了馨香淡雅的梅花，阵阵花香预示着美丽的春天就要来临了。此情此景，令人诗性大发，颂春吟诗，诗潮澎湃，不负大好春光！这种议论式开头与杨万里《晓出净慈寺送林子方》的开头"毕竟西湖六月中，风光不与四时同"类似，却又别出心裁。

书法：张四九

颔联："赋诗乘兴三千首，邀月相随一片心。"紧承首联，转入叙事，简洁流畅。趁着兴致，趁着明媚春光，诗人文思泉涌，赋诗吟春，寄情明月，好不惬意！晶莹之诗心明月可鉴。读这两句诗，很容易受到诗人的感染，心无杂念，唯有皎洁的月儿相随，纯洁的诗情相伴。"赋诗乘兴三千首"采用夸张的手法写出作诗之豪兴，大有李白之风；"邀月相随一片心"委婉绵长，又让人感到如水般优雅柔

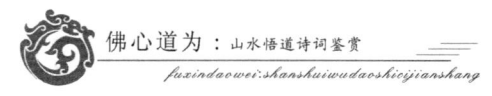

情,真乃刚柔并济,相得益彰。

颈联:"云水依然今梦远,友人还是旧情深。"议论抒情,感慨甚多。以"云水"之"相接"却又"相隔"甚远喻两情相悦却又遥不可及,这永远是一个渺远而美丽的梦。缥缈的云、流动的水依然不停地游离,不停地在诗人心中飘动,摇曳出一个个虚无缥缈的梦幻。"友人还是旧情深"与之对比,反衬出友人情谊之深厚、坚贞而醇香,这友情就像陈酒一般,时间越长越是散发出迷人的甜香味儿,让人品之不尽,值得珍藏。

尾联:"温壶绿酒待君饮,溪伴松涛调素琴。"语言清雅,升华主旨,表现出诗人热情的个性、超凡的情怀与殷切的向往,意蕴悠远。"我"希望有一天能够以好酒款待至交,与之畅怀共饮。溪流伴着阵阵松涛,奏出清脆悦耳的"琴声",让这"素琴"之声为我们的友谊歌唱。这两句诗给人的想象空间很大:一边是"我"与友人觥筹交错,一边是潺潺的流水声伴着风吹过松林的阵阵涛声,天空明月高悬,再也没有如此美好的境界了!而这正是诗人所追求的一种境界。这种境界超凡脱俗,是一种文人追求的简单而又高雅的情趣!

全诗通俗易懂,清新自然,寄寓了诗人新年美好的愿望。诗人下笔不落俗套,叙事简洁明了,写景灵动淡雅,抒情自然而然,议论画龙点睛,景中有情,情中有议。(张金英)

观　潮

月引钱塘震地容,齐奔万马卷蛟龙。
盐官中外客相聚,海庙古今神亦逢。
野陌荻花花正茂,长堤苇絮絮飞浓。
心胸开阔百川纳,坦荡人生任浪冲。

1998年8月18日

注释　钱塘:钱塘江,在浙江省海宁市。荻花:多年生草本植物,生在水边,叶子长形,似芦苇,秋天开紫花。苇絮:芦苇。盐官:最佳的观潮地点。海庙:盐官海神庙。

鉴赏　世界上有两大涌潮现象:一处在南美洲亚马孙河的入海口;另一处则在中国钱塘江北岸的海宁市。海宁潮,又称钱江潮,由来已久,是世界一大自然奇观。观海宁潮,是荡涤人生的最好选择!这首七律将海宁潮的气势、观潮人及堤岸旁的景象都进行了形象的描绘,并抒发了自己对人生的独特感悟。

首联:"月引钱塘震地容,齐奔万马卷蛟龙。"把钱塘江潮的形成及壮观气势写了出来。"震地容"形象地表现了江潮力量的巨大,下句更是进一步表现江潮来临之时的状态,如万马奔腾、蛟龙出海,气势非凡。

黄莽于海南采风

颔联:"盐官中外客相聚,海庙古今神亦逢。"这里点明了观潮的最佳地点,主要以观潮人多衬托出钱塘江潮这一奇观的魅力,同时也表现出人们的观潮热情。钱塘江潮的奇景吸引了众多的中外游客,体现了人们对自然奇观的热爱。

颈联:"野陌荻花花正茂,长堤苇絮絮飞浓。"以江边景物荻花、芦苇作为江潮的点缀,花茂絮浓极富意境,诗意更加盎然,似乎这荻花苇絮也在与江潮同台竞技,展示人生的华彩。同时,作者也以这两种植物间接地交代了最佳观潮时间为中秋之际。

尾联:"心胸开阔百川纳,坦荡人生任浪冲。"是作者由江潮引发的人生思索,这种思索自然而然,由大江的胸怀之广阔想到人之开阔的胸怀,可谓虚怀若谷,海纳百川。有这种胸怀的人坦荡而豁达,在人生路上有如江潮一般有着一股冲劲,这不能不说是作者的自我写照,是作者积极进取的人生观与通达坦荡的人生态度。(张金英)

与友游新世纪公园

江南三月梦飞扬,好景春风几度长?
绿树株株蝴蝶绕,红花簇簇蜜蜂藏。
天空百鸟无争意,湖里千鱼欲斗翔。
踏浪泛舟青酒乐,欢歌缱绻又西阳!

2002 年

注释 **新世纪公园**：浙江省嘉兴桐乡市。**簇簇**：白居易《杂曲歌辞·竹枝三》：“水蓼冷花红簇簇，江蓠湿叶碧萋萋。”《敦煌曲子词·浣溪沙》：“一架紫藤花簇簇，雨微微。”**缱绻**：情意深厚。缠绵。形容感情深厚。**西阳**：夕阳。

鉴赏 这是一首情景交融的好诗！江南春色醉游人，游人与春色融为一体，构成一幅迷人生动的画面。品读这首诗，处处有景，处处含情，是一种美的享受，心情也随之愉悦起来。

首联："江南三月梦飞扬，好景春风几度长？"以自问形式表现了江南春天令人向往的美景。"梦飞扬"既概括了如梦幻一般的江南美景，又传达出诗人对江南三月美景的追寻。"好景春风几度长？"问时令、问游人，春风送来迷人的江南好景。"几度长？"这巧妙一问，问出了下文对美景的具体描绘。

颔联和颈联抓住了绿树、蝴蝶、红花、蜜蜂、天空、小鸟、湖水、鱼儿等景物描绘出一派生机盎然的江南春景图，句式整齐，读来朗朗上口。颔联中的绿树、红花皆植物，环绕它们的是蝴蝶、蜜蜂这些小生灵，绿树、红花的静态与色彩，蝴蝶、蜜蜂的动态与生气，显得和谐美好。叠词"株株""簇簇"的音韵更是和谐美妙。在颈联中，诗人自上而下，从天空到湖里，从"百鸟"到"千鱼"，向我们展示了更为开阔的生机勃勃的春意——好一个"百鸟无争意，千鱼欲斗翔"，这"无争"与"欲斗"写出了鸟儿的悠游自在与鱼儿的活泼机灵，整个画面都充满了动感。

尾联："踏浪泛舟青酒乐，欢歌缱绻又西阳！"重在写游人的感受，亦是诗人游园的感受，踏浪泛舟饮酒，其乐无穷，夕阳西下，仍不愿离去，"缱绻"写出了诗人与友人的友谊，也是对美景的眷恋之情，而这种情怀又衬托出了江南三月的美好，达到了情景交融的最佳效果。（张金英）

海大荷塘散步

霁后湖平不等闲，鱼嬉菡萏叶含颜。
潮风怒怒催椰壮，海鸟双双逐浪顽。
北国潇风琼玖地，天涯丽日蜃楼山。
孩童笑闹榕荫下，簇簇红花不思还。

2010 年

注释 海大：海南大学。霁后：雨后初晴。菡萏（hàn dàn）：荷花的别称，古人称未开的荷花为菡萏，即花苞。菡萏也形容男女相爱之情。琼玖：冰雪。

鉴赏 整首诗用了拟人化的手法将平湖、湖鱼、荷花、椰树、榕树、鸟儿、花儿等景物的不同特色高度形象化，每一种景物都饱含浓浓的情意，展示了海南特有的风情。

首联："不等闲"把平湖在雨后初晴的活力表现了出来，给读者以想象的张力。"鱼嬉菡萏叶含颜"打破了湖的宁静，使得整潭湖都动了起来：嬉戏顽皮的鱼儿、粉嫩含羞的荷花两相映照，给荷塘增添了许多情趣！鱼儿顽皮地逗弄着荷苞，将平湖不平的意境含蓄地表露出来，韵味十足。

颔联：椰树壮、海鸟飞，作者的视野由下而上，由近及远，更显开阔，诗境也随之开阔！一"催"一"逐"将椰树的粗壮长势与海鸟轻盈的飞行特点表露无遗。同时，椰树的"壮"与海鸟飞行的轻盈欢快形成了鲜明的对比，动静结合，画面起伏跌宕。"潮风怒怒催椰壮，海鸟双双逐浪顽。"充满动感与活力。潮风与椰树、海鸟与浪花，构成了海岛特有的风采，它们似"怒"似"嗔"，演奏一曲生命的华章。"怒怒"这一叠词的运用不仅写出了咆哮海风这一特定环境对椰树的"熏陶"，更展示了椰树顽强的生命力，从而寄寓了深刻的思想内涵，表达了诗人对椰树的赞叹之情。"双双"与"顽"写出了海鸟飞翔时的有趣情态，给大海增加了亮丽而丰富的色彩，"顽"字巧妙地表现了海鸟追逐浪花的情形，让人浮想联翩，生发出对自由的向往之情，恰如其分地表达了诗人渴望自由的情感。在广阔的大海上，诗人聚焦于海鸟与浪花之间的"情意"，这种画面的摄取极富艺术性。"潮风怒怒催椰壮，海鸟双双逐浪顽。"紧承起句，向我们展示了海南一派迷人的景致，令人遐想。

颈联："北国潇风琼玖地，天涯丽日蜃楼山。"继续采用对比手法，将北国与南国进行对比，意境更为开阔，凸显南国地域风采。北国已是"潇潇雨雪"，南国依然"丽日当空"，两相对比，更显示出了南国充满活力的景致，从而表达了诗人对南国的无限向往之情，并用"蜃楼山"将自己对南国的美好想象自然而然地表现出来，毫无造作之感。在这里，诗人由描写转入议论与抒情，将海南的美赞到极致！

尾联："孩童笑闹榕荫下，蔌蔌红花不思还。"有了孩童的嬉闹，无疑给荷塘景致抹上了一笔最灿烂的线条！花儿自醉，亦陶醉在这美景之中。"思"字把花儿对美景的眷恋之情表露无遗，同时也间接含蓄地写出了孩童"乐不思蜀"的心情，从而赞美了荷塘美景，令人回味无穷！（张金英）

圆明园 150 周年祭

璀璨文明万象园,奇珍异兽镇家玄。
大清日月山河坠,八国阴阳火海煎。
吾辈炎黄潸泪面,旗人子胄愧苍天。
残垣断壁今犹在,国宝游魂盛世肩。

2010 年

注释 圆明园:坐落在北京西郊海淀区,与颐和园紧相毗邻。它始建于康熙四十六年(1707),由圆明园、长春园、万春园三园组成。有园林风景百余处,建筑面积逾 16 万平方米,是清朝帝王在 150 余年间创建和经营的一座大型皇家宫苑。

鉴赏 圆明园是每一个中国人都必须铭刻在心中的记忆!她的辉煌与毁灭是大清王朝由盛而衰的印证,品读圆明园,就如同阅读中国近代这一段屈辱的历史。要以圆明园的兴衰史来反映中国近代史的辉煌与耻辱,必须掌握好写作视角,这首七律就以独特的视角反映了这一史实,从辉煌、毁灭、羞辱、奋发四方面表现了"勿忘国耻、奋发图强"这一鲜明的主题,洋溢着浓浓的爱国情怀。

首联:"璀璨文明万象圆,奇珍异兽镇家玄。"以全景式概括法表现了清初时期圆明园的辉煌景观,"璀璨文明"是对"万象园"的最佳写照,"万象园"又写出了圆明园这一万园之园的万千气象,而这万千气象是我们祖国灿烂文化的象征,是国人智慧的结晶。"奇珍异兽镇家玄"不仅写出了圆明园这一博物馆的丰富,承接了上句,而且展示了皇家奢华的气派。众多的国宝只为镇皇家庭苑,除了满足皇家的排场之外,一个"玄"字还暗示了这膨胀的私欲种下的隐患,为下文埋下了伏笔。

颔联:"大清日月山河坠,八国阴阳火海煎。"急转直下,山河破碎,江山难保,大清王朝走到了尽头,"坠"字读来令人沉重,清王朝的腐败衰落,使得祖国日月失色、山河呜咽,国将不国必然导致外国入侵,落后势必挨打。以英、法为首的八国联军瞄准了圆明园,如强盗一般闯入园内,洗劫一空,并火烧圆明园。"煎"字让人感到圆明园所受到的巨大痛苦,她已经被折磨得千疮百孔,同时也让人感到祖国正承受的巨大煎熬。

颈联:"吾辈炎黄潸泪面,旗人子胄愧苍天。"将国人见到圆明园毁灭的痛苦以"潸泪面"表现出来，让人感受到身为亡国奴的切齿之恨，而这种愤恨却又那么的无可奈何，只能涕泪。导致这一切的，是那愧对苍天的旗人子胄，是他们的奢侈腐化、软弱让步让强盗如此猖獗。在这里，诗人的情感也自然而然地浸透其中，与祖国同悲。

尾联："残垣断壁今犹在，国宝游魂盛世肩。"诗人从圆明园的历史走出来，看到满目的残垣断壁已经替代了原先的湖光山色，黯然神伤之余，更觉得每个中国人应当自强不息，"国宝游魂盛世肩"极富号召力，读罢令人心灵震颤，热血沸腾，深感肩上的使命。诗人以此作结，巧妙地传达出了豪迈的爱国主义情怀，全诗情感也达到了高潮。（张金英）

梦游敦煌

追风千里绿洲滩，一片荒芜大漠宽。
走石飞沙惊玉宇，狂风暴雨忆楼兰。
琼楼壁画琼楼暖，月下湖中月下寒。
苍顶繁星万物静，抚琴天籁觅和鸾。

2009 年

注释 玉宇：指纯净明亮的天空，也借指宇宙。楼兰：指被沙漠吞噬的楼兰古国。壁画：指敦煌壁画。

鉴赏 整首诗给人的感觉磅礴大气，读罢酣畅淋漓，仿佛随着作者梦游的脚步来到了我国的西部大漠，领略了这规模庞大、内容丰富、历史悠久的佛教艺术宝库。首联给读者放映了西部戈壁的辽阔、粗犷、荒芜的地域特色。"追风千里"一下就把读者的视线拉到了"一片荒芜的大漠"，从而感受到大漠的广阔无垠、荒凉萧瑟，"追"字形象地表现了作者对敦煌大漠的向往之情。

颔联对仗相当工整，"飞沙走石""狂风暴雨"是对敦煌大漠气候特征的描述。"惊玉宇"突出表现了大漠气候条件的极其恶劣；"忆楼兰"含蓄地写出了西域的悠久历史。这一"惊"一"忆"十分传神，让人感到"飞沙走石"的狂虐、楼兰遗址代表的文化，从而增添敦煌的神秘感。

颈联重点表现了敦煌艺术，选择了最具代表性的壁画去展示敦煌富丽多彩的艺术特色，一个"暖"字概括力极强，通过这个字眼儿可以感受到敦煌艺术魅力的经久不衰。沙漠的月亮，特别清冷。山脚前有一泓泉流，汩汩有声。"月下湖中月下寒。"就是对大漠夜晚景象的传神描写，一个"寒"字不仅和"暖"字相互对比，而且写出了敦煌艺术遭到破坏实在令人寒心。这种强烈的对比更加凸显出敦煌艺术的丰富灿烂，也表现出对祖国文化遗失乃至遭到破坏的痛心疾首。

尾联以在沉静的夜色中思索作结，描写了万籁俱寂的大漠夜色。静静的大漠天边似有天籁之音，那是历史的声音，敦煌莫高窟留给后人的永远是一个解不开的谜团。这种表现法有着更为厚重的历史内涵，引人深思。

（张金英）

拜九龙山玉皇大庙有感

远望嵩山作古悠，随风踏日任风流。
花香引客追唐韵，隼猛高旋戏宋侯。
道兴佛昌通幻界，文骚武霸众神收。
苍天有恨应思虑，莫叫臣民地狱稠。

2010年

注释 **九龙山**：在安徽金寨县内。

鉴赏 这首七律作于2010年青海玉树县发生7.1级地震之后，表达了诗人登上安徽九龙山玉皇大庙的所感所思。玉皇大帝是三清之化身，三清与玉皇，犹如先虚无而后妙有，先无极而后有太极，先无为而后有为。因此作者更是怀着十分悲悯的心情，撼怀旧之蓄念，发思古之幽情。

首联："远望嵩山作古悠，随风踏日任风流。"诗人置身于九龙山其间，远望嵩山，百感交集，不禁赞叹大自然的鬼斧神工，能够形成如此美妙的人间仙境，还被这里悠久的人文景观深深折服，确实也该随风追日，洒脱放逸，风雅潇洒，但刚刚过去的地震，又怎能使诗人有心情欣赏此时的美好景致？真可谓"念天地之悠悠，独怆然而涕下"。

颔联："花香引客追唐韵，隼猛高旋戏宋侯。"这联诗人构思精巧、托物言情，用"唐韵""宋侯"暗指写诗词之人，在这鸟语花香、人杰地灵之处，怎么也得让才华横溢的诗人留下笺字呀，而那盘旋高空的凶猛的鸟，却在嘲笑文人墨客，玉树那里都逝去了那么多兄弟姐妹，你们除了吟诗作赋、祭拜神灵，又能做些什么？这样的嘲讽、戏弄，让诗人陷入深思之中，振臂高呼，议论风生，引出下文。

颈联："道兴佛昌通幻界，文骚武霸众神收。"玉皇大帝，是道教神话传说中天地的主宰，他居于弥罗宫通明大殿之中，统领三界十方诸神与四生五道芸芸众生，以及西方极乐世界仙、神、道、佛等宗教并权衡世间一切兴隆衰败、吉凶祸福。因此此联是诗人旁征博引、意味深长地指出：都说一旦道兴旺、佛昌盛，就可以达到另一种精神境界，就可以与天同齐，与地同存……那不论是文坛巨匠，还是武学高师也可以被列入神仙的行列，这些高超修行的事，在玉帝您这都易如反掌，可又为何在这场地震中会死去那么多人呢？

尾联："苍天有恨应思虑，莫叫臣民地狱稠。"苍天，此处代指玉皇大帝，即使玉帝对世人有所怨恨，也不该看着那么多的人顷刻间失去家园，失去生命。最后一联，是诗人声情并茂的感慨，如果真有主宰人间的神灵，更不应该使人民受到那样的磨难和痛苦。

再细细品味这首七律，通过远望、近闻巧妙的布局，又通过神话、凡间鲜明的对比，感受到诗人心怀天下、与民同悲的心境，所以说此诗慧心巧思，情节跌宕，富于变化，含意深远，是一篇别具匠心的诗文。

（成吉思爽）

鸥

夕阳半隐半江红，我自飞天逐浪中。
潮涨山寒迎日月，风停水阔捕鱼虫。
生来不惧世间险，有道谁知地狱同。
若问岭梅和杜甫，屈原遗恨愧悲翁。

2011 年

注释 **岭梅**：指当代诗人傅占魁，湖北武汉人，1947 年 1 月生于湖南桃江，祖籍江西修水。有诗《海鸥》："一掠苍茫写白飙，横天来去自逍遥。偏将素羽投沧海，犹使精魂托碧霄。漂泊不知潮涨落，沉浮哪计雨喧嚣。翩翩但有千秋种，万里长吟动玉箫。" **屈原**：字原，通常称为屈原，又自云名正则，字灵均，汉族，战国末期楚国丹阳（今湖北秭归）人。遭人排挤，怀才不遇而跳江自杀。**悲翁**：指顾况（约 727—约 815）。字逋翁，号华阳真逸（一说华阳真隐），晚年自号悲翁，汉族，苏州海盐恒山（今在浙江海宁境内）人，因作《海鸥》"万里飞来为客鸟，曾蒙丹凤借枝柯。一朝凤去梧桐死,满目鸱鸢奈尔何"诗讽得罪权贵,贬饶州司户参军。晚年隐居茅山。

鉴赏 这是一首写鸥的咏物诗,清代李重华《贞一斋诗说》云:"咏物诗有两法:一是将自身放顿在里面;一是将自身站立在旁边。"也就是说,咏物诗的写法大致有两种类型:一类是无所寄托的单纯咏物,如齐梁时状形写貌的咏物诗;另一类是有所寄托的体物寓意的咏物诗,如屈原开创的《橘颂》那样的咏物诗。这首咏物诗是有所寄托的,并从第二句"我自飞天逐浪中"我们知道用第一人称的手法拟人化是将自身放顿在里面的。诗之立意清楚,层次清晰,意味叠进。

这首诗突出的一点就是咏物诗的格调,咏物咏的仅仅是物的表面,那么这样的作品格调不高;如果咏的仅仅是一些情怀,那么这样的作品,仍不是最佳的作品。那么什么是最好的咏物诗呢?最好的咏物诗,既刻画了物,也把作者的人格写进去,把作者的思想感情写进去。托物咏怀的诗,不容易写好。宋代石曼卿《咏红梅》有句"认桃无绿叶,辨杏有青枝",就曾经遭到大文士苏东坡讥笑。苏老善谈至言名理,他幽默地指出:"石老(称石曼卿)不知梅格在,更看绿叶与青枝。"确实,咏物诗如只是图形摄貌,尽管纤巧细腻,也必然失之意味。石老咏梅,只从枝叶着眼落墨,自然显示不出梅的高雅格调。咏物诗要"入格"方能显露意味。纵观古今有些咏物诗,有的毕肖其形而失却丰姿神韵;有的囿于本物而拘执涸涩;有的卸脱具象而架空立说,都称不上好诗。那么,怎样使咏物诗"入格"呢?梅圣俞的《金针诗话》有一段话,甚有卓见。他说:"诗有内外意,内意欲尽其理,外意欲毕其象,内外意含蓄,方入诗格。"此语堪称真知灼见,外象内理,都要融化于"意"。"意",便是真情实感,便是意境诗味。诗能做到这般毕象尽理,融情会意便"入格"了。梅老道出了一条朴素的辩证统一的艺术法则,甚为珍贵。

这首咏鸥诗其提升格调在于第四句结尾,充分摘选写鸥之诗人的思想意境及其处境,给人留下无限遐思。而在这方面的艺术实践卓有见著者,唐代伟大的现实主义诗人杜甫,素被许誉凤毛麟角。像杜甫写《咏画鹰》"素练风霜起,苍鹰画作殊。耸身思狡兔,侧目似愁胡。绦镟光堪摘,轩楹势可呼。何当击凡鸟,毛血洒平芜",结句则竟以真鹰气概期之。乘风思奋之心,疾恶如仇之志,一齐揭出。可见此诗,不惟章法谨严,而且形象生动,寓意深远,不愧为题画诗的杰作。而咏鸥诗之内涵确实提示了让人去思索咏物诗之格调问题。(包德珍)

咏 月

横空就势夜苍茫,不计春秋论短长。
静若平湖娇影现,谁人弹唱镜中央?
云飞遮面世间黑,玉泻山川疑是霜。
千古沉浮无愧事,清风树下好乘凉。

2011 年

鉴赏 自古以来,"月亮"这一意象就是古诗词中永恒的意象,具有经久不衰的魅力。诗人们或以月渲染清幽气氛,烘托悠闲自在、旷达的情怀;或以月寄托相思之情,抒发思乡怀人之感;或以月渲染凄清的气氛,烘托孤苦的情怀;或以月蕴含时空的永恒……这首《咏月》将写景、抒怀、说理融为一体,内涵丰富,意境悠远。整首诗的情感基调变幻莫测,反映了诗人复杂的心情。月亮这一意象的内涵亦丰富而不单一,值得一品。

首联就交代了月亮是靠着太阳在茫茫的夜空中发光的这一自然现象。月亮在夜空中出现的时间有长有短,自有它的规律,它只因季节而变动,而不随人的意愿而变动。

颔联笔调渐入舒缓,"静若平湖"让人感受到夜空的温馨美好,把天空比作平湖,"娇影"就显现在这静谧的背景之下,让人浮想联翩。诗人想象丰富,将月亮比作柔美的女子,使人心生向往之情。诗人善于动静结合,"谁人弹唱镜中央"把月亮比作一面镜子,划破了夜空的宁静,同时也巧妙地传达出月亮在天空中的神韵与风采,将月亮烘托得韵味悠长而富有人情味。

颈联是全篇的诗眼,"云飞、玉泻"将月亮被云层遮住的情态和月亮的清辉洒向大地的情景描写得十分形象贴切。"飞"字突出了云层的动态,让人觉得云层破坏美的举动是令人难以预测的,当云层遮住了月亮,整个大地一片漆黑,诗人则用"世间黑"来形容这种情形,就不仅仅是写大地的黑暗,寓意深刻,表达了对失去美好的深深遗憾和痛惜之情,同时也巧妙地反映出人世间某些黑暗的现象,但是,黑暗始终是暂时的,阴霾一定会散去!"玉泻山川疑是霜"化用李白诗句"疑是地上霜",将月亮的清辉描写得非常传神。诗人将月亮的清辉比作"玉",虽清冷却极其珍贵。

"泻"字化静为动，使人感受到月光的流动，流到山川上让人觉得像是披上了一层银霜，这种景致真是美得无与伦比。

尾联借景抒情，寓理于景。"千古沉浮"写出了月圆月缺的自然规律，"无愧事"表明月亮所为全是自然而为，问心无愧，其实也是诗人自指，借月亮说明自己无愧于世间的人与事。"清风树下好乘凉"来自"大树底下好乘凉"这一俗语，又是一个双关语，是嫦娥在月亮里的桂树下乘凉，还是诗人在树下乘凉？给人以想象的空间，同时也表现了诗人豁达的人生态度，很有苏轼"但愿人长久，千里共婵娟"的人生态度和良好的愿望，耐人寻味。（张金英）

游隋唐城遗址植物园

梦里故都今日至，城新亦有旧时痕。
凭栏闭目听流水，闻柳飞花落远村。
仙子风中迎客舞，黄鹂枝上代君言。
隋唐依旧豪情在，玉露青云是尔魂。

2011 年

注释 隋唐城遗址植物园位于洛阳，始建于2005年12月，占地面积2800余亩，是以河南豫西地区地带性植物和隋唐城遗址文化为基础，坚持科学保护与合理利用相结合，集科研、科普、文化娱乐为一体的综合性植物园。园内建设了千姿牡丹园、野趣水景园、木兰琼花园、万柳园、岩石园、百草园、梅园、竹园、海棠园、桂花园、芳香园等17个专类园区，20多个休闲娱乐广场，形式各异、造型独特，与之相辉映的30多组亭台、廊架。

鉴赏 这首七律为2011年游隋唐城遗址植物园而作。全诗对仗工整，辞藻工丽，极尽铺排之能事，显示了诗人宏大壮丽、追古抚今的感叹。

首联写追忆，诗人明明知道时过境迁，物是人非，却还是想寻觅一些唐代诗人：一行行诗句所展示的画面，一幕幕鲜活的场景，一个个不朽的精灵。究其原因，是诗人骨子里挥之不去仰慕诗仙、诗圣、诗鬼的情愫。"梦里故都"仿佛带领读者穿越到大唐时代：伴李白短帽轻裘去《春日行》、随杜甫倾国倾城看《丽人行》、共白居易霓裳曲唱《长恨歌》。亲身来体验一下大唐的皇家气派，憧憬着大唐八方来贺的豪情。"今日至"：神往已久的地方终于抵达，喜悦之情溢于言表。"城新亦有旧时痕"说明这里布局格式还有隋唐时期风貌，也充满了浓郁的现代气息，两者合二为一，相得益彰。

颔联写游玩时所见、所闻。"凭栏闭目听流水"中的"凭栏"眺望，湖泊、湿地和大片疏林缀花草地；水系明渠蜿蜒贯通、巧妙连接，灌溉之需，灵动之气兼而有之，岂不妙哉！"闭目听流水"要从两方面去体会：一是流水潺潺、碧波荡漾、水鸟纷飞、鸣叫声不断，野趣盎然，须静下心品味如诗如画的迷人景象；二是应该体会到诗人游玩时间久，需要小憩片刻，来闭目养神。"远"字说明了十几个园林面积广阔，花团锦簇。这里是以乔、灌、花、草合理搭配，形成南北艺术交汇、自然与规则共融、中外园林相结合的植物园。

颈联写所思、所感。仙子、代君言，虚写；风、客、黄鹂、枝，实写。亦实亦虚，抒发了诗人浪漫的情怀。这里摘录曼舞一江冬的点评，弥补我的不足："仙子和黄鹂都属于双关语。牡丹为仙子，李白为仙子，黄鹂为鸟，但是也指杜甫。"真的非常钦佩黄莽诗人的大手笔，自古至今，诗歌一直在用化句，但是真正能用好化句的诗人不多。这一联"仙子风中迎客舞，黄鹂枝上代君言"，化得好，化得妙。总之，唐诗，国之粹也，是诗的长城。它跳跃着中华文化的脉搏，涌动着炎黄子孙的热血；它是中华民族取之不尽、用之不竭的精神源泉；它是凝聚华夏儿女的情感灵魂。

尾联写感叹，"隋唐依旧豪情在"与首联"梦里"相呼应。"玉露青云是尔魂"同时也指出了作者在早晨游历了隋唐遗址中的植物园，所看到的这些花花草草结合隋唐英雄赋予了它们鲜活的灵魂。（袁国乾）

金刚台

金刚台上白云悠，撒豆成兵却落囚。
是否秦王鞭下赶，又疑大禹肋中留。
东西望断一条路，南北连绵百座丘。
凤去龙腾千壑响，银河抖带汇淮流。

2011 年

注释 金刚台：位于安徽省金寨县和河南商城交界处。

鉴赏 金刚台是一个有着深厚的历史渊源、富有神秘色彩的地方，表现出它的历史风貌和人文特色是有一定难度的。山水悟道选择了这一题材，不仅将金刚台的地质景观描写得大气磅礴，而且通过美丽动人的历史神话故事赋予这个地方以深厚的历史内涵。

与众不同的是，诗人没有先描写金刚台的景色，而是先从历史典故入手，激发读者的阅读兴趣，欲探其究竟。诗人缓缓揭开金刚台的神秘面纱之后，再极力描绘金刚台的风貌，不由得让人心生赞叹之情。整首诗读来犹如欣赏一部宏大的历史剧，又像是在欣赏一幅墨香油画，余味犹存。

首联："金刚台上白云悠，撒豆成兵却落囚。"起笔平缓，渐入历史情

绘画：庹 石

境。诗人先描写金刚台上的悠悠白云，金刚台海拔1584米，因奇石纵横、形似金刚而得名，为大别山境内最高峰。诗人没有描写金刚台的全貌，而是抓住具有代表性的白云这一景物来表现金刚台山势陡峭，这种以点带面的

写法不仅表现力强，而且留给人的想象空间很大：这山顶的悠悠白云飘来又飘去，随着岁月的流逝，它看尽了世间的多少风云变幻？紧接着，诗人即以余少保在金刚台起义最终落得元顺帝之囚这一具有神话色彩的历史故事加以渲染金刚台的历史内涵和神话色彩。"撒豆成兵"是传说中散布豆类即能变成军队的一种仙法。旧小说戏曲中所说的一种法术。诗人巧用这一典故着力表现余少保的军师雷五行具有"撒豆成兵"的高超本领，可余少保最终还是落得元朝囚徒的悲惨境地，实在令人生叹、感慨良多。余少保有高人指点，军事强盛，夺取江山已是胜利在望，可是没有按照军师所说的去做，即将到手的江山与之擦肩而过！金刚台也因这历史故事更富有沧桑之感。读这一句诗很容易勾起我们的探究欲望，很想进一步了解金刚台的历史渊源及故事背景。

颔联："是否秦王鞭下赶，又疑大禹肋中留。"继续用典，引用秦始皇修长城和大禹治水这两个古老的传说来写出金刚台的由来，使金刚台更富有神秘色彩。

相传在先秦时期，大别山的主峰不叫金刚台而叫猫头山，远在山海关外。秦始皇修长城时，因当时山海关内外山峦重叠，搬运砖石非常困难，便令手下用九条龙筋制成了一条赶山鞭，第一鞭把泰山赶到神州之东，第二鞭赶华山到神州之西，第三鞭赶衡山于神州之南，第四鞭把恒山赶到了神州之北，第五鞭把禽山赶到了中原。赶完了五座大山，回头一看，还剩下一座猫头山，把它赶到哪里去呢？下人赶紧报说：中原东南有一片内海，海里有条孽龙经常兴风作浪，危害生灵。秦始皇仰天大笑一声，扬起鞭子，要把猫头山赶去填塞内海，镇压孽龙，唰地一鞭下去，猫头山纹丝不动，又一鞭，还不见动弹，第三鞭狠狠地抽下去，将猫耳朵抽掉一只，猫头山还是一动不动。秦始皇怒不可遏，亲谒玉帝，请来八大金刚，将猫头山抬起甩出，填住内海。躲在海底的那条孽龙被压在山下还摇头摆尾地拼命挣扎，将猫头山震得乱晃。秦始皇见此情景，忙从东海借来一根定海神针制伏了孽龙。因猫头山是八大金刚所抬，所以叫"金刚抬"，后来演变为"金刚台"。至今，金刚台上还有一巨石宛若猫头一耳，人称"猫耳石"。诗人用简洁的五个字"秦王鞭下赶"高度概括了这一传说。

金刚台还有一段古老的传说。远古时期，金刚台这地方是东海的一部分，三皇五帝时期，更是连年暴雨，洪水泛滥，百姓苦不堪言。为了治洪水，大禹率领百姓挖山开河，将洪水引入大海，使大地重见天日。但洪水入海后仍不服输，卷起重重恶浪吞掉了不少田园庄舍。大禹见此情景，便

黄莽于河北保定

带着裁山剑和赶山鞭来到昆仑山,砍下一座名叫卓尔金的山峰,赶到东海建堤拦海,使海水退了数百里。大海见卓尔金山拦住了自己的去路,便以铺天盖地之势向卓尔金山压来。在大海的猛烈冲击下,卓尔金山渐渐力不能支,剧烈地抖动摇晃起来,眼看就要倒塌,在这关键时刻,大禹毅然摘下自己的3根肋骨,变成了3根巨大的定山针,从山顶直插到地层深处。卓尔金山有了坚强的主心骨,任凭大海怎样冲击都岿然不动,而且越长越高,像一尊顶天立地的金刚,大禹便把卓尔金山改名为猫耳石,至于那3根定山针,则变成了金刚台上的猫耳石、秤花石、插旗尖三座巨柱似的石峰。诗人也仅用"大禹肋中留"这五个字将这个传说概括了出来。

写诗并不是写故事,故事只是表现诗意的一种手段。"是否秦王鞭下赶,又疑大禹肋中留"中的"是否""又疑"二词写出了诗人的疑问——问金刚台、问传说、问历史……兼而有之,这两个词丰富了诗的内涵,避免了用典的生硬,读来委婉悠长,增加了诗的韵味。

颈联:"东西望断一条路,南北连绵百座丘。"转入对金刚台地理风貌的描写。有着"奇松怪石神斧凿,云遮雾绕天上来"之称的金刚台,坐落在"青分楚豫天地小,气压嵩衡古今雄"的大别山脉中,地处豫皖两省交界处。由北向南，总体地貌依次表现为丘陵垄岗、低山丘陵和中高山。各种地貌相辅相成，组成了青山与绿水一色、奇松与怪石同在的神奇景观。诗人的这一句诗不仅对仗相当工整，而且用气势不凡的词句表现了气势磅礴的金刚台的地质风貌，和前面的神话传说相得益彰，读来荡气回肠，回味无穷。诗人采用的是勾勒式的简笔素描，精准地表现了金刚台的地理位置和特征。

有山就有水，山有多高，水就有多长，山峰之巅，绝壁之上，常可看到一道道山泉、一条条白泽。这山泉、瀑布又汇成长长短短的溪流，隐行于山缝之间，穿梭于卵石之上，或溅起朵朵白花，或拨响叮咚琴弦。琉璃河、陶家河、郑家河、四道河、掉靴河皆从金刚台的崇山峻岭中流出，奔向淮河母亲的怀抱。尾联"凤去龙腾千壑响，银河抖带汇淮流"就形象地表现了金刚台千沟万壑的风采，同时，诗人采用了夸张手法，用"凤去龙腾"着力表现金刚台瀑布以及溪涧的各种声响；又将金刚台的条条溪涧比作银河抖下的玉带，写出了金刚台瀑布的美、山泉的清灵，读来令人浮想联翩。"汇淮流"直接点出千千万万条溪流的归处——奔向淮河母亲。

整首七律，融金刚台的神话故事、地质特征、神奇景色于一体，内容丰富，没有深厚的历史蕴含和文字功底是难以写尽金刚台的风采的。诗人自学成才，尊李白为师，常撰用其韵，这首《金刚台》就是以李白的《登金陵凤凰台》同韵部所写："凤凰台上凤凰游，凤去台空江自流。吴宫花草埋幽径，晋代衣冠成古丘。三山半落青天外，二水中分白鹭洲。总为浮云能蔽日，长安不见使人愁。"该诗虽属咏古迹，然而字里行间隐喻着伤时的感慨。而李白的这首《登金陵凤凰台》又是仿照唐代诗人崔颢的《登黄鹤楼》"昔人已乘黄鹤去，此地空余黄鹤楼。黄鹤一去不复返，白云千载空悠悠。晴川历历汉阳树，芳草萋萋鹦鹉洲。日暮乡关何处是？烟波江上使人愁"所写。李白的《登金陵凤凰台》与崔颢的《登黄鹤楼》相较，可谓"功力悉敌"。其中二联，虽是感事写景，意义比之崔诗中二联深刻得多。结句寄寓爱君之忧，抒发忧国伤时的怀抱，意旨尤为深远。但李白的诗就气魄而言，却远不及崔颢的诗宏伟。山水悟道的《金刚台》与这两首诗相比，都是吟咏某处感事遣怀，格律工稳，但重在表现金刚台的历史文化内涵及金刚台的地理风貌，令人对金刚台心生向往之情，表现的是富有历史文化底蕴的祖国大好河山。三首同韵诗各具特色，耐人寻味，值得细细品味和比较。（张金英）

文登行

君行四海谓何求，不向朝歌云水悠。
携酒登山天欲晚，观星邀月海将秋。
昆仑寻道崖前悟，尘世得真心底酬。
身背游龙腰佩剑，召台放眼几人留。

2012 年 6 月 20 日

注释 **文登**：文登市位于山东半岛东部。**昆仑**：指昆仑山，被誉为"海上仙山之祖"。**崖**：指雕有老子《道德经》上下卷计 6000 余字的圣经山摩崖石刻。**游龙**：琴名。**召台**：秦始皇与百家探讨学术的地方。

鉴赏 热爱祖国的大好河山，是我们中华民族历代文人墨客的光荣传统，文学是社会生活的反映。诗人的这首诗写于 2012 年 6 月 20 日。当时诗人三十二岁，正是而立之年。这个年龄段是人一生中最值得回味的年龄，血气方刚、踌躇满志的年华。诗人寻访的时间是当年初夏之际。文登地处我国山东半岛，与韩国隔海相望。属海洋气候，雨量充沛，尤以夏秋之季最宜人。

首联诗人首先向人们发问："君行四海谓何求，不向朝歌云水悠。"作为一介文人，云游四方，到底是为了什么，为什么不到商朝的古都朝歌去观云看水呢？诗言志。从表面上看，诗人心情淡定，悠然自得。但内心还是"先天下之忧而忧，后天下之乐而乐"的一个热血青年。朝歌：曾是殷纣王定都的名地，但诗人为什么不到那里去呢？原因很明了，因为那里是一个朝代覆亡的地方，最容易引起人们的伤感。还是不去的好。

紧接着颔联二句："携酒登山天欲晚，观星邀月海将秋。"酒能带来喜，也能带来忧。诗人是深谙此领的。苏轼在密州任知州时有"酒酣胸胆尚开张"句；李清照则有"三杯二盏淡酒，怎敌它晚来风急"句。一个地点，两种境况，迥然不同。"天欲晚""海将秋"对仗十分工整。意思是说，我自己带着酒来到这里，天已晚了，形容路途的遥远。"遥远"到啥时候？大海已经进入秋天了。诗人用现实主义和浪漫主义相结合的手法来比喻时光匆匆，时不我待。作为一个青年人应该奋发向上，修身、齐家、治国、平天下。应当有这样的抱负。忽然眼前一亮："昆仑寻道涯前悟，尘世得真心底酬。"昆仑山是山东省境内的丘陵地带形成的山，海拔不是太高,但景致非常美丽,而且它在抗日战争时期是打鬼子最勇敢的地方,中华民族的英雄将帅们在这里留下了可歌可泣的壮丽诗篇,使日寇闻风丧胆。这"地灵人杰"使诗人突然醒悟了。"心底酬"与上句"涯前悟"对仗。看到这些壮丽的自然美景,诗人感到心里一亮,尘世间的纷扰都与我无关了。我来到这里彻底觉悟了。诗人非常崇尚老子,心中自是有"淡泊明志""精神内守"的境界。来到这仙境,诗人不虚此行,用变幻腾挪的手法,把文登的景致写得非常美,非常感人。在尾联中,诗人笔锋一转:"身背游龙腰佩剑,召台放眼几人留。""召台放眼"与首联的"君行四海"相衔接。看到了、想到了"召台"。召台曾是秦始皇东幸巡游来过的地方。距今已2200百多年了。出游要招揽许多幕僚、文人雅士随从。所以,起名为召台。当年天子威仪凛然不可侵犯的地方,现在还有几人在否?在这里诗人想到了清代丞相张英的"万里长城今犹在,不见当年秦始皇"的感叹。写到这里诗人的思绪戛然而止,把来文登的感受抒发得淋漓尽致。

整个诗篇中心突出,主题鲜明,首尾圆合,也就天衣无缝了。(褚联洲)

《当代诗词三百首》付梓感怀

题记:余之所愿,遣有涯之身,不应问国之所给,应问己为社会几何?历经数载,今成此书,感叹赋之:

> 文坛衰盛犹迷惑,谁把冰心着意裁。
> 每读婵娟花佐酒,忽闻将士剑鸣雷。
> 云穷水击三千里,国富诗收四海才。
> 但借红尘比西子,春风拽绿自天来。

2013年9月28日

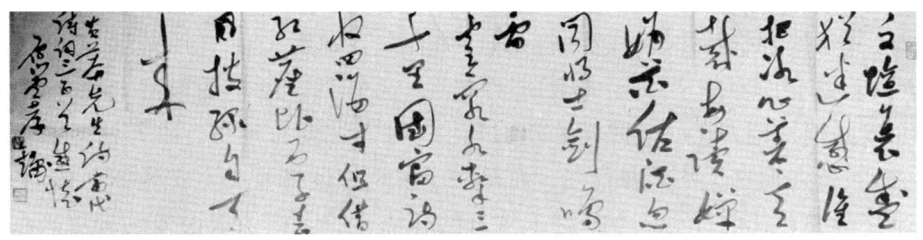

书法:童孝镛

注释 **冰心**：化"一片冰心在玉壶"，也指高洁的志趣，这里指为文学赤忱之心。**婵娟**：这里指月亮。**剑鸣**：剑鸣于匣。

鉴赏 相传魁星为执掌读书人命运以及文坛盛衰的神明，"仰观魁星而得高科，梦魁星之降而夺锦标"。《当代诗词三百首》的编者观古照今，旁征博引，谈史说人，世事沧桑，人情冷暖，皆率真洒脱地流露于诗端词间。

《唐诗三百首》题材广泛，反映唐代的政治矛盾、边塞军事、宫闱妇怨、酬酢应制、宦海升沉、隐逸生活等。是一部流传很广的唐诗选集。唐朝（618—907）290年间，是中国诗歌发展的黄金时代，名家辈出，气象峥嵘，异彩纷呈，唐诗数量多达5万首，唐诗中运转不息的生命之力和千姿百态的生命节奏对后世的影响极其深远。《当代诗词三百首》，只是时下的一个选本，还有很多诗人没有投稿，佳作没有收录。在一个短时期内，有那么多佳作，也是十分可喜的，可见时下传统诗词的复兴。每个编辑的诗词风格、欣赏水平、美学取向等，在选本中都有所体现。此书经历三年的筛选、甄别、编辑才得以问世，让诗词选本找到应有的出路，让中国诗词这一特有的文化元素能看见曙光，个中艰辛可想而知。黄先生的这首诗正表达了对此的慨叹。

"文坛衰盛犹迷惑"，这里的"犹迷惑"是说，似乎让人辨不清是非，摸不着头脑。"谁把冰心着意裁"，冰心：比喻心的纯洁，语出王昌龄《芙蓉楼送辛渐》"洛阳亲友如相问，一片冰心在玉壶"，此处用来形容诗作者性情淡泊，不求名利，内心像冰雪一样，即使有再大的事情也不会惊慌，看到各种变化都要保持淡定，就会精神舒怡心中宁静。"着意裁"是说诗集的编辑颇具匠心："逝水涟漪"挖掘历史的矿藏，抒发思古之幽情；"楼外谈红"则将一部国宝《红楼梦》解析开来，搜剔刳剖，开掘这部古典名著的美学内涵。总之，诗集纵横捭阖，挥洒自如。读者所获得的是审美的愉悦、人生的启迪和丰赡的知识。

"每读婵娟花佐酒，忽闻将士剑鸣雷。""婵娟"指"月亮"，这里是"读"月亮而不是"观"，也不是"望"，这个"读"字是很耐人寻味的；每读婵娟，诗人在《破阵子》里有句："可恨江湖言不得，唯寄清辉慰此生。"诗人在这里不是看月亮，而是想了解、想读懂月亮。花佐酒，佐酒：陪伴喝酒；花前月下，本指游乐休息的环境，后多指谈情说爱的处所。白居易《老病》诗："尽听笙歌夜醉眠，若非月下即花前。"这种环境下的诗情绵意，尽留笔端，惹人酣醉。"吴市碧箫燕肆筑，汉家将士剑气浮。"将士剑，军人魂，本为将帅士卒，后泛指全军人员。将士，《水浒传》第111回："主人将士，叫作陈观。"这个将士是指富翁、显贵。虞世南《从军行》："剑寒花不落，弓晓月逾明。"剑在中国文化与其他文化里涵括的范围不同。剑，笔剑。喻书之雄健，隐而走蛇，出若雷鸣，言男儿豪气冲天，感慨当歌。

"云穷水击三千里，国富诗收四海才。"庄子《逍遥游》"鹏之徙于南冥也，水击三千里，抟扶摇而上者九万里"，行到水穷云渐起，诗人之志向，编者之感怀。盛世阳春歌不尽，国富民强，文人才有大有作为的光景。

"但借红尘比西子，春风拽绿自天来。"红尘来源于过去的土路车马过后扬起的尘土，借喻名利之路。红尘在古时是指繁华的都市，出自东汉文学家、史学家班固《西都赋》的诗句，指的是纷纷扰扰的世俗生活。《红楼梦》开篇："原来是无才补天，幻形入世，被那茫茫大士渺渺真人携入红尘，引登彼岸的一块顽石。"这充满神幻色彩的描写，正是来自佛家的神话故事。看破红尘就是要你有一颗包容万物的心，用你的那颗心去原谅众生，宽恕众生。学佛的每一观念永远不去看众生的过错，你看众生的过错就会永远污染你自己，你根本不可能修行的，也就是说，你永远都看破不了红尘，但是可以再续红尘。"欲把西湖比西子"，以绝色美人喻西湖，不仅赋予西湖之美以生命，而且新奇别致，情味隽永。"红尘"与"西子"则取决于一个人的价值取向，多少飞花似梦，几多云散曲终。作者之所以用"红尘"，是因为作者入俗悟道，曾言"身在红尘，道在心中""佛心道为"，"但借"只不过是寄予自然之物的造化，由此可以得知，这美好繁华社会，迎来的正是"春风拽绿自天来"的春天！也给诗人带来更明媚的发挥空间，分享你我人生之精彩。又或许作者用"红尘"比喻本书只是众多当代人编辑的三百首选本中的一本。

整诗层层推进，环环相扣，道出作者编辑之艰辛、收集诗词过程中之喜悦，寄予了诗词创作的春天的来临，也抒发了作者博爱之情怀！知我者谓我心忧，不知我者谓我何求！（渡航）

全军书法骨干诗词培训班之赠各位老乡

题记：2013年应邀为全军培训诗词课，遇到老乡颜振卿、李有来、童孝镛、倪进翔等有感而作。

久客京华写楚文，何人叱咤笑风云。
铺宣泼墨龙蛇舞，作赋吟诗号角闻。
帐里谁言家国事，书中独慕圣贤君。
平沙落雁操琴处，每遇乡音倍感欣。

2013年10月

鉴赏 这是一首赠诗，既然是赠诗，肯定要交代主题，也就是立意。正如黄彻在《䂬溪诗话》中指出："昔人论文字，以意为主。"整首诗的立意就是借赠老乡诗句抒发个人情志。令人想起杜甫的《赠李白》诗和王维的赠诗《酬郭给事》。

首联诗人交代写作背景，"久客京华"四字概括诗人现状。"久"字说明诗人与老乡已经立足京华，"客"字说明还是他乡为异客。接下来三字"写楚文"，交代诗人在京华的身份。一句楚文用典巧妙，既点出有别京文的兰章（楚文指书法），又道出自己和老乡的身份，我们都是属于荆楚之人，现在客居京城。这个首句既是交代作者自己的身份，又是说明这些老乡在京学习书法诗词的过程。

第二句用"叱咤风云"代表学习骨干，既是自抒胸臆又是表述老乡心迹。一个"笑"字用得妙，写出了一种洒脱不羁的情怀，用"何人"二字引领颔联。

颔联实写军人学习班风采，其中暗含老乡们的风采。第一句用"铺宣泼墨、笔走龙蛇"写出书法的特色，第二句用"作赋吟诗、号角"道出诗词风采，而且"号角"一词用得特妙，令人想起稼轩的词："梦回吹角连营。""号角"一词用意显然，表明了这些老乡的身份是军人。此联命义造境别开生面，并含典"龙蛇"，不露斧凿痕迹，波澜起伏，情趣盎然。

颈联既道出学习班的特色，封闭学习，又点出诗人自身的情志。首句一句"帐里"令人浮想联翩，是指暖帐、帏帐、军帐抑或指当下的学帐（学习班）？接下来诗人对上句读者产生的疑惑做了解释，这一句是整个诗的诗眼:"书中独慕圣贤君。"原来如此:家国事需要读圣贤之书才能更好地为家国服务。此书既指书法,也指诗书,此句既道出对老乡的殷切期望,又表明诗人自身心志,可谓一语双关。

尾联则是借《平沙落雁》这首古琴曲来表达赠诗给老乡的原因,第一句平沙落雁典出湖南回雁峰。传说大雁到此处,不再向南飞。有诗为证:"山到衡阳尽,峰回雁影稀。应怜归路远,不忍更南飞。"说明诗人身在异乡身不由己。操琴处,则是指自己的故乡,走遍天涯不忘当年操琴处(故乡),表达了诗人浓浓的乡情。第二句则道出诗人异乡遇乡音的喜悦之情,这种喜悦诗人只能用赠诗来表达。

综观全诗,诗人很好地把握住了赠诗的写作手法,既有赠人之情也有抒己之志,情景交融,借景抒情,是一篇难得的绝佳赠诗。(杜先刚)

贺汉诗协会成立十周年兼寄周拥军兄

十年苦雨独行痴,何计流言何惧危?
秦汉由来刀剑影,鲲鹏更待夜风时。
赐金酌酒惹人妒,望岳抒怀飞雁知。
纵是前程多险阻,雾中隐隐见幡旗。

2013 年 10 月 24 日

鉴赏 这是一首抒怀诗,在汉诗协会成立十周年之际,诗寄好友,尽诉心志,激励共勉。

"十年苦雨独行痴。"开篇情似井喷,意如泉涌。笔走十载风雨,墨泼胸臆光华,积郁沉闷的一腔酸楚,久载历横的岁月艰辛,倾吐而尽,一泻无余。十年之光凝练笔端,印记身心。十年风雨磨砺,十年探索奋求,竟在一痴之间,竟在一行之瞬,竟在一独之历也。苦雨,这是岁月的日历,这是人生的财富,这是功成的基石。苦雨,使人历历在目,使人感到凄凉与困窘。诗人用"苦雨"这一寒涩的物境,将无形的神感,化作有形的物象,表现得淋漓尽致。

"何计流言何惧危?"豪兴骤起,气势腾空,侠风义荡,何惧他哉。诗笔从容,采取互文手法,振拔而起,互文见意,恰似短兵相接,势如万马奔腾。何计何惧,既有君子之风,又显侠骨英眉,对于流言不屑一顾,对于困难,更不惧危,一派英雄气概。

"秦汉由来刀剑影,鲲鹏更待夜风时。"颔联大笔写意,意识所向无边,思绪广袤横飞。气韵张力十足,文笔涉猎内容蕴藉深厚,充分彰显出诗人心志,充分展示出诗人的豪兴与潇洒的风骚。秦汉由来刀剑影,诗笔风神逸宕,借古拟态,喻说史今。把诗的意境推向一个秦汉之争的历史时空,英雄烈马啸风,亦悲亦壮。给诗境诗象平添了浓郁的色彩,读来荡气回肠,使人似看到独行痴,秉笔疾书,倚马千言,气韵滔滔,曼妙珠玑透玉,白描诗卷精髓,一派文侠之风。承对出神,从秦汉之空转向鲲鹏神鸟,由此可见胸怀。

"赐金酌酒惹人妒,望岳抒怀飞雁知。"颈联,忆写友谊,释放情怀。赐金,张九龄有诗句"赐金分帛奉恩辉",说的是受到皇赏而感恩重。酌酒,王维有诗曰:"酌酒与君君自宽,人情翻覆似波澜。白首相知犹按剑,朱门先达笑弹冠。草色全经细雨湿,花枝欲动春风寒。世事浮云何足问,不如高卧且加餐。"大意是:诗人与朋友相酌对饮,由劝酒而谈及朋友相交,感慨世态炎凉,人情冷暖,人情反复,感到真情难觅的郁闷。我们再看本诗:"赐金酌酒惹人妒。"笔重千金,意胜酒浓。通过诗语,似看到诗人之间来往密切,相互交流体会,写出了一些惊世之作,朋友间把酒品酌,"酌"字双关,一作吟酌美酒,二作斟酌字句,甚妙。然而,自古以来同行是冤家,文人相轻者有之,看到他人比自己强,就会嫉妒,这种人就是小矮人心,因为他自己永远也长不高。诗人相坐对饮,"酒逢知己千杯少,话不投机半句多"。人生得一知己足矣,诗人浮想联翩,把酒遥望山岳,群山起伏,山外青山楼外楼,诗人的情感是内谦的,如此的内心境界谁人知道呢,"望岳抒怀飞雁知"。飞雁知道,一笔写意,山岳飞雁这是写实,但展示的却是诗人的内心世界,通过山与雁来表现寄托无形的心志,委婉含蓄,一个"知"字亦有暗衬之法,雁虽然知道,但还需读者去回味领会了。

"纵是前程多险阻,雾中隐隐见幡旗。"转收笔势振拔,腾空而起,拔意扬情。"纵是",意盖前番,起到总结与宕开作用。前番不叙,看如何递进。前程依然存在许多艰难险阻,独行人在雾中已经隐隐约约地看到,在遥远的前方有幡旗在飘逸。

总体读来,文笔大气,情怀开阔,内容涉猎丰富,借古喻今,典化新意,意象截取贴切,文笔步步深入:在触及世俗上,言辞犀利如锋;在表现情怀上,意识昂扬向上;在叙述友情上,语言炙热亲切;在展示未来上,充满信心与力量。综观全篇,气势豪纵,字不虚行,文辞清刚气正,表现意境生动感人,特别是开篇一吐为快,紧紧抓住情感,读之扣人心弦,为之感佩。(陶永德)

中国梦

曾经几度望前川,腐气横行正义玄。
剑舞黄沙埋旭日,云飞绝塞断琴弦。
修身侧帽复千里,击水攀山又一年。
新梦神州同唤起,春风扑面信为先。

2015 年 2 月 14 日

鉴赏 这是一篇家国情怀之作,以景抒情,诗篇以豪迈的气概、飘逸洒脱的文笔,以"中国梦"为主旨,以游历的高山大川为诗意背景,以个人思想信念为价值,借史典古韵之雅,融今江山之壮阔,抒信仰之情怀,追国富民强之梦萦。张扬正义,痛斥腐败,倡导先进文明。从望高山大川到春风扑面,从剑舞黄沙到击水攀山,无不展示出诗人曾经几度的丰富经历,无不昭示出呼唤正义的精神世界。

"曾经几度望前川":开篇就华笔透迤,情贯江山。曾经几度,此句非常有力度,非常有韧劲,有一种坚韧不拔的精神和毅力,即刻把主人公崇高的精神境界,博大的思想感情用"曾经几度"一语展示出来。那种追求向往,那种虔诚信念,那种无畏渴望全部凝结于"曾经几度"之中,三番不改,五次不退,九次直前,几度不徘徊。"曾经"是不是蕴含典故呢?是不是蕴含了曾经沧海难为水那种情感呢?我看是有的,因为"曾经几度"就是人生的经历。"望前川"一语宕开一个雄奇壮丽的景象。"前川"出自李白名句——"遥看瀑布挂前川",这里的前川是高山大川,是江河瀑布,是万千景象。此起大气,充分展示了诗人博大的精神世界和伟岸的胸襟。

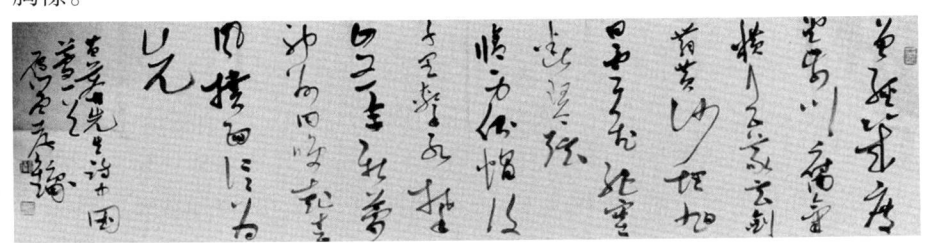

书法:童孝镛

"腐气横行正义玄"：这是逆错承笔，未直接顺接上意，而是逆错回承，再开新意，用另一番意境继续演绎诗人的精神思维。"腐气横行"此句非常辛辣，特别是一个"气"字尤为深刻富有诗意。诗人没用腐败，败只是一种现象罢了，而"气"就是构成了气候，就是说腐败已经形成了一种恶劣的气候，此笔出神。腐气横行已经是横行霸道，肆无忌惮。这样的腐朽气候，正是诗人"几度望前川"的细致观察，这便是逆错承接妙到之处。诗人几度追求的是正义，然而正义玄之又玄，深藏玄奥，是道教追求的境界，其典象博大精深，《阴符经玄解正义》此文有精深论道。横行与正义同出一句诗文，如此对比更显出深渊哲理。可见诗人文笔涉猎博文之广、探究世道经纶之精。在诗人眼里腐气岂可与正义同类，其玄不融也。对其横行必须典章道法，岂可污染前川。

"剑舞黄沙埋旭日"：颔联雄浑苍魂，大有壮士气魄。剑舞在这里代指人的气度、意识、行为及形象做派。"黄沙"代指时间、地点、环境。埋旭日意指沉落日。此句为虚写，是意象思维设定，但意境为实，因为有其客观存在。面对前川，其山河壮丽，无数英雄竞折腰，诗人亦是如此，剑舞黄沙就是奋斗拼搏的写照，就是一种努力进取的精神，就是敢于面对腐气横行的行为而亮剑。这种胆识和豪气，充分张扬出诗人仗义豪侠的个性。

"云飞绝塞断琴弦"：此句是实写夸比手法。云飞到绝塞这都是实景，断琴弦是比喻，此联对仗工丽健朗，意境联想开阔，诗语俊雅宏阔。此联、此景、此意完全是对首联"望前川"的写照。诗人是否去过这些大漠边关，否则不可能如此雄浑大气，如身临其境，飞云过塞，云绕绝崖，折断了诗人的视野，折断了诗人的心绪，白云流韵，折断了琴音。此句动感、视觉、音感并茂，读来朗朗上口，看来栩栩如生，听来绵韵悠悠，此乃堪比千古佳句。

"修身侧帽复千里"：此联笔剪典意，直裁修身含蕴。大丈夫修身、齐家、治国、平天下。"古之欲明明德于天下者，先治其国；欲治其国者，先齐其家；欲齐其家者，先修其身；欲修其身者，先正其心；欲正其心者，先诚其意；欲诚其意者，先致其知，致知在格物。物格而后知至，知至而后意诚，意诚而后心正，心正而后身修，身修而后家齐，家齐而后国治，国治而后天下平。"不做多解。"侧帽"一词，语出《北史·独孤信传》："因猎日暮，驰马入城，其帽微侧。诘旦而吏人有戴帽者，咸慕信而侧帽焉。"而"侧帽"一词在诸多文人笔下皆有引用，如纳兰性德《踏莎行》:"倚柳题笺,当花侧帽,赏心应比驱驰好。"李商隐《病中闻河东公乐营置酒口占寄上》:"风长应侧帽,路隘岂容车。"李商隐《饮席代官妓赠两从事》:"新人桥上著春衫,旧主江边侧帽檐。"晏殊《清平乐》:"侧帽风前花满路。冶叶倡条情绪。"诗人把"侧帽"一词写得极具风流,用得巧妙生动。这种种赏心乐事比起奔波忙碌的生涯来不知强上多少倍,此笔连用两个典故,词语连接自然巧妙,典意融通意境换意,非此而不能表意出诗人的情怀,非此而不能展示出诗人的修养品德,非此而不能彰显诗人爱国的信仰。"复千里":复乃往返也。此一复完整地表述了曾经几度之用意,足以说明诗人的几度不是刻意的虚势,而是必有其行。"修身侧帽复千里"为了信念,为了信仰,为了正义与真理,善良的心灵在千里往复,虔诚的理念在千里追寻,刚直的性情在千里游弋。

"击水攀山又一年":此句写出了经历,写出了沧桑之感,写出了不畏艰辛的追求与渴望。毛泽东:"自信人生二百年,会当水击三千里。""击水攀山"词句华丽优美,内涵意境深远,充分展示出人生的价值,完美昭示出自我取向。此句抽象概念描摹,终结一年经历,但诗人没做自我评价,只是写出了气势,写出了豪迈,写出了坚定的人生信念。

"新梦神州同唤起":此句是时代呼唤,照应主题。其势如玉龙吐珠,情泉喷涌,玉露纷飞。此转凝结全篇意脉,而不重意象,转揆重新宕开,拓拔主旨意境,把诗意推向高峰,为收煞开辟铺垫意象空间。"新"字尤为耀眼,新梦那是曾经几度的追求,新梦那是修身侧帽的渴望,新梦那是击水攀山的信仰。"新"字在此非常有深度,新梦不仅是诗人梦想,更是整个中国崛起之梦,这个梦,该如何去实现,下句自有交代。

"春风扑面信为先":此解完美关合城壁。冬去春来,春风扑面而来,此句"春风扑面"一是时空转换,这是自然规律,二是正义春风、法政时代已经到来了,三是新策更新,总把新桃换旧符。这一句是新气象,回击了腐气横行腐朽之象。信为先。信取自儒家思想。他告诫人们,神州进入了新梦时代。仁、义、礼、智、信,是为人的本分,是诗人追求的真谛,是和谐共处的准则。

全诗化经典神奇,借史意寓今,表现出诗人高深的史学底蕴,其表现手法多样,白描、比喻、夸张,使每个情节转换跌宕起伏,意境连绵,语言效果优美,所表述的内容,词语精准,生动形象,凝练精辟,效果隽朗,在要意部位尤显力度遒劲,整体有苏轼的旷达豪放和李白的豪迈飘逸之风格。(陶永德)

贺安徽省诗词学会在中华诗词论坛开版

——步陆世权会长韵并赠首版阚新兰

北国凝望何处春,抱团取暖物华新。
今逢网络传乡语,始信江淮倍有人。
阔斧劈开混沌地,高山展现自由身。
明朝更是大鹏翼,欣看日升系彩巾。

2015年1月3日

鉴赏 这是一首为祝贺安徽诗词学会在中华诗词论坛开版而写的诗,也是一首步韵的诗,完全按照陆老原诗的韵脚来写的,所以作诗的意图除了祝贺开版之外,还在于表现诗人驾驭文字的手段和运思的巧妙。全诗纯由想象的笔墨出之,围绕一个"贺"字展开,意在突出江淮人才辈出,发扬中华传承文化的精神。

首联:"北国凝望何处春,抱团取暖物华新。"诗的一开头就发感慨,这种感觉也只有离别家乡、奔走仕途的游子,才会对异乡的节物气候有所盼望。言外即谓,如果在家乡,则见惯而不怪了。在这个"何处春"的强调语气中,生动引出诗人的感受,用"抱团取暖"来回应,给读者注入一股兴奋剂,构思新颖别致,彰显凝聚力。"物华新"化句而来,万物的精华都汇集在一起。陆游《冬夕闲咏》"江南又见物华新"。可见诗人颇具匠心。

颔联:"今逢网络传乡语,始信江淮倍有人。"欣闻乡贤网上告知,安徽诗词协会在中华论坛开版,这是何等令人振奋的信息啊,激动之情溢于言表,直抒胸臆,任气慷慨,此联后句有递进关系,"倍有人"表明江淮拥有非常深厚的历史文化底缊,而且历代人才辈出,可谓语淡思顺,格局疏朗,深入浅出,此乃昂扬的一笔。

颈联:"阔斧劈开混沌地,高山展现自由身。"托物寄兴,抒写怀抱。阔斧劈开一片崭新天地,豁然开朗,如高山之巅展现了自由神的形象。作为审美感受的客体,固然是万态纷呈,而作为审美感受的主体,诗人却独取其阔斧劈开之境,混沌之色打底,自由之身挺立,以之作为意象,表现诗情。此联值得玩味的两个地方:一是由景物来营造气氛,形成意境;二是运用象征手法，曲折传情。隐含的意思不言自明，站在高山之巅，放眼远眺，境界辽阔，宣告了安徽诗词协会已立足中华诗词论坛，憧憬一种全新的大道，一个施展自己能力的舞台。这才是作者所要表现的主要思想，富于空间感和动态感。

尾联："明朝更是大鹏翼，欣看日升系彩巾。"抒情感怀，对前途充满了信心，大鹏展翅，扶摇直上九万里。傲视苍穹，直冲云霄。如初升的太阳冉冉升起，欣看霞光万道。托物言志，美好的愿景溢于字里行间。从而将全诗的意境推向巅峰，收得隽永高跷，令人激动与振奋。

"风格就是人。"此诗抒情豪迈的风格与作者追求完美的秉性是同步的，诗中自由身的形象亦寓有作者慷慨洒脱的气质。可以说，阔斧、高山、大鹏、日升，都被诗人个性化了。构句新奇遒劲，有笔扫千军之势，感情高昂，气格健举，不失为贺诗中的佳咏。（姚育萍）

步韵李文朝会长《来太湖县考察诗乡有感》

中华诗教一明珠，轻驾扁舟泛五湖。
问鼎唐风承古意，操琴宋韵展新图。
柳公若在前言悔，文化应遵大道呼。
天下炎黄皆我辈，何愁国梦许蓬壶？

2015 年 10 月 20 日

注释 柳公：指柳亚子。

鉴赏 第一联简练精要地点出中华诗词的重要性。脱口而出，自然却具有一种高华浑融的气象。第二联量体裁衣，各极其妙，这二句把诗题的概要全部收摄，浑成自然。第三联这二句诗既别翻新意，出人意表，又与前二句诗承接得十分自然、十分紧密。在收尾处"大道"二字，也起了点题的作用，把道理与历史融合得天衣无缝，使读者并不觉得它在说理，而理自在其中，运用形象思维来显示文化生活哲理典范。第四联这里有诗人向上进取的精神、高瞻远瞩的胸襟，也道出了只有站得高才能看得远的哲理。诗境壮阔，何愁国梦，戛然而止，余韵袅袅，令人回味不已。

综观此诗，文字如行云流水，层递自然、由境及意而达于浑然一体，极富韵味，诗味盎然，而诵读起来激情昂扬，又"有金石宫商之声"（严羽《沧浪诗话》）。（渡航）

和傅占魁老师《丙申年寄同仁》

漂在京城年复年，为诗无悔自扬鞭。
惯看政客风云舞，莫论佳人昼夜颠。
闹市行吟花佐酒，玉盘烹饪海生烟。
闲来悟道参禅久，常向蓬莱会八仙。

2016年1月17日

鉴赏 这首诗情景交融，在新的一年以超凡脱俗的笔法抒发内心的情感，对朋友充满热情、对生活阳光积极向上。

首联和颔联写出了作者多年北漂的那年复一年的感受。北漂的坚定就是为了诗人喜欢写诗的信仰而从不后悔，打马扬鞭，自我奋发图强，潜心励志。作者对那些政客之间的事情，还有某些美女所作所为的世相不屑一顾。诗人的心里就是想写诗，因为这是由来已久的信仰、追求。

颈联引用宋朝蜀公范缜典故。蜀公居住许下时，在居住的地方造了一个很大的厅堂，取名"长啸"。堂前面有个荼蘼花架，每到春季花朵盛开的时候，就在花下宴请客人，约定说："如果有飞花落到酒杯里就喝一大杯。"有时说话笑闹的时候，微风吹过，那么满座的杯子都会落入花瓣，当时叫作"飞英会"。虽然生活在闹市之中，但能在车马喧嚣处找到一点只有隐者才有的快乐。作者在写作上把月亮朦胧的美、浪漫的情怀充分发挥，将月亮在海上升起用"烹饪"这个动词来比拟，将大海、天空、月亮连接起来，这样的手法如摄影家蒙太奇的手法。此联化典无痕，灵活运用，手法空灵，想着那明月如玉盘那样从沧海升起，熏染起空蒙的烟雾，作者又似厨师，想着把皓月当锅，烹饪美食，抒发了那份潇洒和飘逸的清姿。这联不单出新，更是精彩的一笔，充满了浪漫色彩。

尾联呼应首联，照应主题。经过多少年的参禅悟道加之人生的经历，悟出了许多人生的真理，做人要像仙人一样，潇洒、飘逸、乐观。传说中的蓬莱仙境约上八仙，和他们在世外桃源对弈、饮茶、舞剑、学习会飞的法术，这样的人生是多么美好。此联既是心里的梦想，也是现实中的写照。诗人为我们描绘了生活中朋友相聚、畅谈的诗情画意之场景，寄予美好人生的憧憬。

不容心累,但为诗鸣。超拔君子,刚肠有情。琴心剑胆,捻指相生。山水悟道,静中有声。(戎劲松)

敬和汪俊辉老师《海上五日》

仗剑诗心访海天,宝船迎浪惧何颠。
欣看红日霞光怒,兴抚瑶琴碧水穿。
夏夜长风寻旧迹,京都微信寄新躔。
此身陆地知无有?万古闲愁散作烟。

2016年8月

附:汪俊辉原玉:《海上五日》
四顾茫茫海接天,巨轮孤叶任波颠。
碧绸万里龙王抖,雪浪无垠佛境穿。
偶有浮云遮日影,却无慧眼测星躔。
此航何处蓬莱岸?苦渡回头早化烟。

[注释] **宝船**:指世界最大的十艘豪华邮轮之一"皇家海洋量子号",长348米,宽41米,重达16.78万吨,可载4200名乘客。船上设有室内篮球场、健身房、水上乐园、娱乐场、图书馆、幼儿园、商场和十几家口味各异的餐厅,应有尽有,俨然一座漂动的海上城市。**京都**:北京。**新躔**(chán):日月星辰运行的新轨迹,这里指新的交流方式。

[鉴赏] 这是一首唱和诗,和诗表现了两人相知的深厚情谊,突出了亦师亦友的劝慰共勉,作者通过原玉展开想象,把自己完全融入了海上之行,继而行云流水般地写出了气势磅礴、色彩绚丽的海景和从容淡定、洒脱超然的情怀。

首联起句意向明朗直接,交代人物去处,怀揣一颗诗心仗剑"访"碧海蓝天,宝船在无垠的大海中迎着海浪颠簸而行,风浪再大也没有丝毫惧意,反而是辽阔的大海激发了作者心中那万丈豪情!更有一股侠士仗剑天涯海角的快意人生之感,煞是酣畅!

颔联写有幸观赏到海上红日绽放出的霞光万道之景象,对应原玉"碧绸万里龙王抖,雪浪无垠佛境穿"。作者通过"欣看"对"兴抚","红日"与"瑶琴","霞光怒"呼应"碧水穿",此情此景令人脑海中浮现一派壮阔惬意的画面,让人有身临其境之感,正是"观海则情溢于海"!而"碧水穿"和"惧何颠"可理解为倒装句,顺读为:"颠何惧、穿碧水"。这联作者通过原玉不禁联想到摆上瑶琴抚曲,随着波浪一起一伏,琴音似乎要穿过碧水而抵深海。

颈联突然一转,变为抒写友情,仿似摄影师的镜头切换,上一刻还在做着俗尘之外的雅事,抚琴听海与天亲近,下一刻思想却循着夏天夜晚海风旧时的迹象而去,而此刻远在大海上告知北京的诗人,两人通过微信这种新的交流方式相唱和。"夏日长风"与"京都微信"看似不太工对,个人认为另有说解,夏日长风是实似虚,京都微信乃现代社交网络似虚而实,人生又何尝不是虚实参半?"寻"对"寄","旧迹"对"新疆",对得无瑕,转得颇有深意,既不脱离首颔联的关系,同时又循着一条路径而行,旨在下一句的"合",即总结。

尾联处有端倪,作者自号"山水悟道",知无,是知万法皆空,你能够放得下;知有,是知有佛性。一切众生皆有佛性。有是真有,无是幻象。世间名闻利养、荣华富贵,那都是无,都是一场空,不是真的,不能放在心上。"陆地"与汪诗中"蓬莱岸"皆指人生追求的某种归宿,亦真亦幻,捉摸不定。"万古闲愁散作烟",这世上的烦恼在生死面前都不算什么,只不过是那案前的袅袅青烟随风而散……汪诗中的轻忧淡愁在此荡然无存。

整首诗围绕原玉而作,一、二联主要写汪俊辉老师出行及海上所见之景,笔调开阔自然。三联写交往之情,现代美和古典美结合,把当代流行的微信交流融入古体诗中,别开生面。尾联寄情,同时也呼应了原玉。

(王如玉)

长城怀古

始皇功德应称道,万古长城叹作奇。
劲草悬崖秋色染,疾风穿雾雁来迟。
哪堪战火山河破,谁惹红颜日月悲。
多少栋梁魂在野,双眸望向帝王师。

2016 年

卷三 七言律诗

绘画：杨明臣

鉴赏 诗词可不受时间、地点的限制，正如苏东坡写《念奴娇·赤壁怀古》一样。这首诗是作者写秋高气爽的季节，登上万里长城，心中感慨万千，思绪追古溯今、意象宏伟。

万里长城是中华民族的象征，古往今来，多少文人墨客都曾留下过精美的诗章，毛泽东同志在翻越六盘山时，为了抒发"长缨在手"定当"缚住苍龙"的革命豪情，作了一首词《清平乐·六盘山》，词中写道："不到长城非好汉，屈指行程二万。"这反映了中华民族的一种精神气魄、一种积极向上的奋斗精神。可见，长城文化已根深蒂固，深深地融化在了每个炎黄子孙的血脉中！

首联是对秦始皇的评价，自秦亡后直到今天，仍然是一个众说纷纭的问题。有人盛赞他为"千古一帝"（李贽《藏书·卷二目录》）；有人歌颂秦始皇的统一事业："秦主扫六合，虎视何雄哉！"（李白《秦王扫六合》）他们都高度评价秦始皇的功绩，肯定其对历史的作用，是一个伟大的历史人物。另一些人则咒骂秦始皇"怀贪鄙之心，行自奋之智""以暴虐为天下始"（贾谊《新书·过秦论》），"始皇暴虐，至子而亡"（《贞观政要》卷八），他们都指斥秦始皇统治的残酷，是暴君。这些看法都有一定的道理，但由于评论者的立场和出发点不同，也都有其局限性。本诗作者就万古长城之事对秦始皇的历史地位进行了肯定。毋庸置疑，修城御敌并不是秦始皇的首创，但把它连成万里长城，秦始皇确实是功不可没，为后人留下了一笔精神财富，世界财富。

颔联，诗人通过绘声绘色地描写"劲草、悬崖、秋色、疾风、雾、雁"这些醒目的意象，既告诉我们作者的所见所闻，又带给我们千百年来长城的几分庄严、几分沧桑、几分悲壮！

颈联，随即诗人通过身临其境的景色，开始思潮翻滚，回想起在长城上发生的战事，"山河"为清，即引申出袁崇焕这个人物，袁崇焕于万历四十七年（1619）中进士，后通过自荐的方式在边关任职，得到孙承宗的器重镇守宁远。在抗击清军（后金）的战争中先后取得宁远大捷、宁锦大捷，但因为不得魏忠贤欢心辞官回乡。明思宗朱由检即位后，袁崇焕得以重新起用，并声称自己可以5年复辽，赴任后持尚方宝剑将东江毛文龙设计杀害。袁崇焕于崇祯二年（1629）击退皇太极，解了京都之围后，魏忠贤余党以"擅杀岛帅""与清廷议和""市米资敌"等罪名弹劾袁崇焕，皇太极又趁机实施反间计，袁崇焕最终被皇帝朱由检以通敌叛国罪处以凌迟。袁崇焕作为抗清名将，是一位争议较大的人物，被处死后明朝百姓争相抢食他的肉，而到了清乾隆时期，又受到了乾隆皇帝的赞赏。对袁崇焕的个人评价也褒贬不一。再看下联"谁惹红颜日月悲"，那么，这"红颜"又是谁呢？不言而喻，日月为"明"，即是明朝发生的故事，可想而知这里的红颜一定是明末"秦淮八艳"之一的陈圆圆，她一生多坎坷，崇祯末年被田畹锁掳，后被转送吴三桂为妾。相传李自成攻破北京后，其手下刘宗敏掳走陈圆圆，吴三桂遂引清军入关。这样的故事，谁来到长城，不也得悲吟不止吗？

尾联是全诗的主旨，诗人通过望长城、到长城、抒长城、讲长城……最后议论风生，真知灼见，那些栋梁之材，往往都会驻守边疆，一身正胆，凛然正气，抛头颅，洒热血，为国捐躯，在最危难的时刻，那些帝王之师又在何方呢？可谓一语双关、蕴含深刻，秉笔直书。

一位真正的诗人在创作中不会简单地只有个人思想，在遣词造句时也会埋下诸多伏笔，往往意味深长，好诗就是让每个人读了后有不同的理解和感受。这首七律文思跌宕，抒怀有致、博览古今。在引经据典时出神入化，在风骨上格高意远、雄健有力，可谓荡气回肠。（成吉思爽）

丙申年生辰酬答众诗友

莫叹北漂知己少，诗坛唱和显情真。
四方相聚百家论，一夜花开万里春。
子美欢颜曾有梦，谪仙浪漫最无尘。
共看沧海风云路，把酒高歌泣鬼神。

2016年7月

鉴赏　此作是一首生日抒怀兼答谢诗友之作，表现了诗友的深情厚谊和作者的豁达心态。

首联统摄全篇,点题定调,化用唐代诗人高适《别董大》"莫愁前路无知己,天下谁人不识君"诗句的内蕴,抒写了清雅超脱的诗情和诚挚平淡的友谊。北漂的人谁不曾经历困顿不达、百无聊赖的境遇呢?诗人也不例外。往事如烟,剪不断,理还乱,或许如今想起,心中还别有一番滋味在心头吧。但诗友之间的创作交流,唱和与慰藉,却让诗人忘却烦忧,心气平和,不再沉浸于往事的慨叹。

颔联承首联二句突出唱和、交流的浓烈氛围和融洽场面。群贤毕至,少长咸集。会桃花之芳园,叙天伦之乐事。仰观宇宙之大,俯察品类之盛。幽赏未已,高谈转清。开琼筵以坐花,飞羽觞而醉月。无有佳咏,何伸雅怀?虽无丝竹管弦之盛,一觞一咏,亦足以畅叙幽情。信可乐也。此刻,诗人的心中是充满着喜悦和感动的,忽如一夜春风来,千树万树梨花开!

颈联借诗圣杜甫在艰难岁月中渴望"大庇天下寒士俱欢颜"的典故,抒发了诗人忧国忧民的情怀,表现了诗人推己及人的博大胸襟和崇高理想。谪仙李白其诗浪漫绚丽,其人飘逸如仙,这也是诗人赞美和追求的。两种不同风格的诗人放在一起,对比鲜明,给读者带来了心灵上的震撼和景仰。

尾联呼应首联,以想象和夸张的手法,写出了诗人豪放旷达的心态,以及与诗友携手前行,风雨同舟,不问功名利禄,只注诗心,把酒吟啸,惊天地,泣鬼神的壮举。诗人像是矗立在人世间最隐蔽的那块岩石,只让身边的松涛和灵魂的放纵,伸展柔软的藤须,不想让太多规矩和道理抹杀流畅的性灵。

全诗一气呵成,典故信手拈来,格律工整,收结到位,是一首优秀的酬答之作。(谢永旭)

丙申年生辰感怀

为梦求真万里寻,青衫破履作龙吟。
太行雪阻黄河漫,蜀道山高冷雨侵。
盘古哪知今日事,明朝何苦女娲心。
经年才过三旬后,白发催生夜抚琴。

2016 年 7 月

注释 履:鞋的意思。经年:若干年。三旬后:三十多岁。

鉴赏 此诗写于丙申生辰,是一首意味深长的感怀身世、寄寓藏幽之作。诗人兴罢而发,抚今追昔,个中感慨,让人凄恻怃然,若右军《兰亭集序》所言"取诸怀抱,悟言一室之内;因寄所托,放浪形骸之外"。全诗意脉清晰渐进,情脉伏隐深含,语脉通畅自然,先叙事后抒情,技法娴熟,灵动有致。二、三联对仗精巧,首尾联真切感人。语言古朴苍劲,典雅大气,像是一气呵成。

首联以夸张的手法,叙写少年时为了追寻心中的梦想,辗转万里,作客他乡,颠沛流离,饱经忧患的心路历程。虽衣衫褴褛,食不果腹,百无聊赖,无人问津,但仍矢志不渝,坚守初衷,指点江山,激扬文字,一切的辛酸和苦难在心底化作几声高亢清越的龙吟。诗人的内心是强大而从容的,"人世几回伤往事","何妨吟啸且徐行"。

颔联寓情于景,用比喻和双关的手法,写出了自己青年时期创业打拼,写作诗词之路的曲折坎坷、举步维艰,并巧妙地化用了唐代大诗人李白《行路难》和《蜀道难》两首古风中的诗句和意象来表达世道艰难,壮志未酬,抚凌云而自惜的惆怅寂寥。当然,"有志者,事竟成;苦心人,天不负",诗人相信"长风破浪会有时,直挂云帆济沧海",对美好未来的憧憬似玉在石中,隐而不显。读者不反复琢磨,是难以解读他深蕴其中的寄寓的。

颈联是感叹当今社会,以反问的语法自问,盘古在混沌宇宙中开天辟地,有了日月星辰等,女娲造人补天有了世人,两人的初心都是那么纯真,而当今社会却是那么复杂。这一联采用了错综对,正常语序应为"盘古不知今日事,女娲何苦明朝心"。意思紧接颔联而发,盘古开天辟地也不曾料想到昔日被人嘲讽欺侮的放牛娃今日能有此成就,何况凡夫俗子呢,或许善良勇敢的女娲也不必劳神用七彩石去补天了,天补好了,洪水照样也会泛滥,神又怎么能真正改变人类的命运呢?物换星移,"数风流人物,还看今朝",人类能够用自己的聪明才智对抗地球上和人生中的一次次洪水,不需要寄希望于天地神仙。诗人苦尽甘来,用自己多年的努力和坚实的行动向世人证明了只有自己才是自己生命中的神,也只有自己才能主宰自己的命运。

尾联照应题目,抒发流年逝

绘画:方正平

水，时光飞逝，不知不觉间已经过了三十多岁，事业未竟还须拼搏，却早早有了白发的悲慨沉重。真是人生何依？尘世茫茫。四方求索，五味皆尝，早生华发！琴寄衷肠。"多少事，从来急；天地转，光阴迫。一万年太久，只争朝夕。"或许内心的那份惆恨无处排遣、无人倾诉，夜深人静之时诗人欲寄愁心与明月，独自抚琴，琴声琮琤，仿佛穿越古今，留下空寂余音。"前不见古人，后不见来者。念天地之悠悠，独怆然而涕下"，"天若有情天亦老，人间正道是沧桑"，此言得之矣……（谢永旭）

无 题

草庐献策分天下，渭水垂纶待主翁。
捻断千须得一字，推敲数遍解无穷。
欢颜藏在雾霾里，幸福存回储蓄中。
乞丐自由高唱着，灵魂捆绑却称雄。
妖魔娱乐银屏久，苏子时常蹿网红。
虚体敛财实体倒，小人得志圣人躬。
邀希仁察巡俗世，见凤凰飞入月宫。
舍去那根鸡肋骨，何如随我逐春风。

2017 年 1 月 12 日

鉴赏 这首《无题》从庙堂到庶民到隐士，从乞丐又到网络，人间百态，入木三分。此作为七言排律叙事诗，由四部分组成，典故、语言古今结合，采取比兴手法，诸多无奈呈现眼前。

第一联："草庐献策分天下，渭水垂纶待主翁。"分别引用两个典故，其意为怀才不遇、期待知音赏识而施展抱负。第一句以"三顾茅庐"抛出刘备、关羽、张飞请诸葛亮出山，诸葛亮分析局势，从此拉开了三国鼎立的局面。第二句引用姜子牙直钩钓鱼时遇到文王访贤的故事，从而奠定了周朝 800 年的江山。

第二联："捻断千须得一字，推敲数遍解无穷。"第一句引用卢延让《苦吟》"莫话诗中事，诗中难更无。吟安一个字，捻断数茎须"，以及贾岛驴背上得到的两句诗"鸟宿池边树，僧敲月下门"的"推敲"典故来阐述作诗不易，个中况味也只有自己知道罢了。这联和首联形成鲜明对比，给人思想上很大的冲击力。无论做人做事，如果我们都像古代诗人那样认真、负责，这个社会就不会有那么多不良现象了，为后面的叙述做了很好的铺垫。

第三联："欢颜藏在雾霾里，幸福存回储蓄中。"这两句写现代现象，调侃之味油然而生。第一句很容易理解，穿行在雾霾里生活，雾霾侵蚀着我们的健康，可我们还得微笑着面对。第二句按道理说，我们现在的生活真的很幸福，但是幸福不代表有安全感！我们真的幸福吗？也许我们所谓的"幸福"就像小时候把压岁钱存在储蓄罐，觉得这样有安全感。其实这两句诗人是写社会百态，列举"幸福"存在却又缥缈虚无。

第四联："乞丐自由高唱着，灵魂捆绑却称雄。"第一句正读为"乞丐高唱着自由"。乞丐如今已经是一种职业了，在神州大地到处都能见到他们的身影，有卖唱的、有强行讨要的，层出不穷。第二句"灵魂捆绑"其实不光是乞丐，现实生活中的我们其实也一样，已经没有了真正的自由，想一想，我们和乞丐相比，其实更可怜、更可悲。

第五联："妖魔娱乐银屏久，苏子时常蹿网红。""银屏"又称"荧屏"，指银幕或电视、手机、电脑等现代屏幕。"苏子"为公元前367年人，"东周欲为稻，西周不放水，东周患之"。苏子两边讨好，得到了两国的赠金。这里指当代一些不顾仁义道德，只顾中饱私囊，破坏规则的商人。"网红"指借助媒体、自身影响等在现实或者网络生活中因为某个事件或者某个行为而被网民关注从而走红的人。

第六联："虚体敛财实体倒，小人得志圣人躬。"承接第五联，继续痛斥当今现象，经济衰退，互联网产业给中国当代实体经济带来了严重的影响。

第七联："邀希仁察巡俗世，见凤凰飞入月宫。"希仁：包拯，字希仁，人称包青天，公私分明，传说其可判阴阳。这句结合前面的几句，是一个小结，俗世如此，恐也无能为力，但这是一种寄望，诗人希望世间能够公平，正义得到伸张，邪恶得到惩罚。第二句"凤凰"在这里只是个代词，或许指梦想得到实现，又或许是指嫦娥、宇宙飞船，总之寄予美好愿望。

第八联："舍去那根鸡肋骨，何如随我逐春风。"鸡肋：弃之可惜，食之无味。"鸡肋"一词出自《三国演义》，曹操进兵不取胜，进退两难之际，一日食鸡肋，谋士杨修见之，认为鸡肋食之无肉，弃之可惜。何如：不如。这一联以淡泊心态总结，不要刻意追求名利，奉劝世人抛下无谓的烦恼与忧愁，春天来临，一起去追逐春风，享受大自然，放松自己，这是多么快乐啊！

全诗叙事抒情，曲折迂回，发在首端，结在末尾，入情入理，感人至深。（江梦琪）

游三清山

开天景物乾坤炁,上有仙人下有龙。
雾绕云缠听涧濑,凰歌凤舞共岩松。
稚川求得长生法,神女修成不老容。
沧海千年今亦在,有缘莫问道行踪。

2016 年 8 月

黄莽于三清山采风

注释 三清山:三清山又名少华山、丫山,位于中国江西省上饶市玉山县与德兴市交界处。因玉京、玉虚、玉华三峰宛如道教玉清、上清、太清三位尊神列坐山巅而得名。**炁**:指先天之炁。**稚川**:葛洪(284—364),字稚川,自号抱朴子,东晋著名医药学家,晋丹阳郡(今江苏句容)人。三国方士葛玄之侄孙,世称小仙翁,在三清山炼丹修道多年,现如今还留有炼丹井等遗址。**神女**:指女神峰,在三清山南侧,面对玉京峰,高 80 余米,近观远眺,皆形似女神,披发齐肩,双手托着两棵青翠古松,正襟端坐,凝神沉思。

鉴赏 这首写景诗韵律工稳,结构紧凑,布局合理。诗人善于抓住三清山典型的自然景观与人文内涵去展现三清山的无限风光,并蕴理其间,意味深长。

首联总起全诗,点明三清山的由来,概述其总体特征。"开天景物乾坤炁"简述三清山的演变历史:三清山的第一次大海浸发生于 14 亿年前的中元古界。第二次大海浸,海水浸没达 1.6 亿年之久,一直延续到奥陶纪末期。此后,又通过新生代的变化,才造就了现今奇特的花岗岩景观和独特的生态系统。所以说,三清山确为"开天之景物",历史悠久,蕴含着乾坤之气,是大自然的造化,可谓鬼斧神工。这般的开天景物,自然"上有仙人下有龙",不愧是一座仙山。看那玉京、玉虚、玉华三峰宛如道教玉清、上清、太清三位尊神列坐山巅，仙气袅袅萦绕在山巅，宛若仙境；出海为陆的三清山，自然有神龙潜伏于山底吧！此句为下文的铺展提供了暗示。

  颔联抓住三清山上的云雾、涧水、"凤凰"、岩松等物象描摹三清山的自然风光，虚实结合，引人遐想。"雾绕云缠听涧濑"描绘了一幅缥缈朦胧的画面，"绕""缠""听"等动词虽不见奇，却很贴切地写出了云雾缭绕山峰的景象。我们可以想见到这样一幅有趣的图景：仙雾袅袅，绕着三清山，云儿宛如一条条玉带，缠着山腰，可这三清山的注意力似乎不在于此，却在侧耳倾听着山涧的泠泠之声，真可谓高山流水吟奏一曲仙乐，悠游自在，在这出尘的山中萦回……这一曲仙乐引来了"凰歌凤舞共岩松"。不是吗？只有凤凰这种神鸟，才能领会仙乐的美妙，且伴着岩松，一起歌舞。此句极富想象力，具有浪漫主义色彩。拟人手法的运用使三清山的画面一下生动起来了——云雾绕山，山听涧濑，百鸟齐鸣，松涛阵阵，摇曳多姿。"凤凰""岩松"这些不老的意象进一步说明三清山不愧为仙山，回应首联。

  颈联用典，说明三清山的人文内涵，点明这座道教名山的历史渊源及山峰意趣。"稚川求得长生法"直接写三清山的道教文化开始于晋代葛洪，葛洪字稚川。据史书记载，东晋升平年间（357—361），炼丹术士、著名医学家葛洪与李尚书上三清山结庐炼丹，著书立说，宣扬道教教义，鼓吹"人能成仙"，至今山上还留有葛洪所掘的丹井和炼丹炉的遗迹。尤其是那口丹井，历时一千余载，依然终年不涸，其水清洌味甘，被后人称为"仙井"。于是葛洪便成了三清山的"开山始祖"、三清山道教的第一位传播者。稚川为求得长生之法，给三清山染上了更为浓厚的道教文化，这也是中国古代文化的一个缩影——求得道者即成仙。作者在对句选取了女神峰进行生动的诠释：神女修成不老容。诗人巧借形似女神的女神峰双手托松、凝神沉思的不老姿态，说明神女就是这样炼成的！以点带面，从而形象地说明了三清山的仙山内涵，充满趣味。此联亦庄亦谐，既含典又形象。

  尾联照应开头，收束全篇，寓理深刻。"沧海千年今亦在"回应首句"开天景物乾坤丕"，说明三清山经过历史的沉淀与浸润，逾越沧海千年，依然昂首于此地，练就不老之容，俯瞰着历史的继续演变。三清山犹在，道教依然不老，它是中国文化的精粹。若是有缘于三清山，自然有缘于道教文化，就不必问道教之行踪了！道，何来何去并不重要，因为道在心中，是永远不会老去的！"有缘莫问道行踪。"寓理丰富，耐人寻味，确为得道之句。诗人行道，造访三清山，是道教有缘之人，寻得不老之教义，这应该是诗人神游三清山的目的吧！

  全诗首尾呼应，结构完整，用语自然，状景细致，用典贴切，是一首理趣相融、耐人寻味的作品。有缘莫问道行踪，三清山上的云雾、涧水、岩松和一座座独具妙趣的山峰会一一告诉你……（张金英）

步韵养根斋老师《新春寄语》诗

题记：幸读张老《新春寄语》唱和诗一组，吾正由京开车回皖，服务区即兴和之。

一

清晨快意过山东，佳作纷呈各不同。
北望琼花开满地，南行大路著春风。
埋头轮袖好圆梦，登月造船访太空。
吾愿和平无战火，赶超世界早成功。

二

韶华易逝水流东，律至春回意不同。
柳翠全凭风雨润，山青非赖鬼神功。
客行万里千愁锁，独守三清一念空。
俗世诸般皆忘却，凭栏欣沐小楼风。

2017 年 1 月

参加《诗词中国》有感

京城相聚华堂彩，无悔青春志不移。
曾望婵娟千滴泪，也来浊酒一行诗。
召台漠漠凤凰草，曲水悠悠楚汉棋。
宋雨唐风敲古韵，儒家道炁谱新词。

2016 年 6 月 18 日

临屏即兴和汪俊辉《丁酉春客武夷源禅云居》

春深树壮鸟寒喧,涧谷幽林闻白猿。
常伴鲜花宜养眼,偶惊露水有灵魂。
蜀僧邀酒仙听抚,陶潜望南山赶轩。
我自临风挥袖舞,心中早已种桃源。

2017 年 4 月

附:汪俊辉《丁酉春客武夷源禅云居》原玉
春林幽谷涧溪喧,远岫云生向晓猿。
少见杂花应净眼,却依乔木自迷魂。
茶为醪酒留禅客,山作堂屏画竹轩。
觅句吟风殊不倦,人间始信有桃源。

全军书法骨干诗词培训班之赠陈联合老师

独望京华夜夜沉,书窗映月冷光侵。
飘蓬欣遇青瞳眼,客路相逢雅士心。
自有丹青行古意,岂无海浪奏清音。
乘风远去玄洲坐,七彩天边君抚琴。

2013 年 10 月

注释 陈联合:字子恒,斋名积厚阁、和润轩,常以"子恒陈联合"为题款名。原海军有线电视宣传中心主任,中国书法家协会会员,中国硬笔书法协会常务理事、副秘书长,中国楹联学会理事、楹联书法艺术委员会副主任,中华诗词学会特聘研究员。

题皇藏峪

题记：2017年6月下旬初，"中国诗人宿州行"10余人从祖国四面八方聚集宿州，与当地诗词文学爱好者们交流、学习。此行得到了宿州市委、宣传部、文联、诗联学会等的支持并在其安排下，对宿州历史人文、景观采风创作。

锁龙桥上悬铜镜，拔剑泉中渌水寒。
万象乾坤寻紫气，八方世界毓青檀。
蜘蛛结网护天子，垓下围歌设祭坛。
岁岁江山尤不语，幽幽古寺却常观。

绘画：方正平

鉴赏 这是一首七律，四联皆对仗工整，以景叙事，层层递进，向我们讲述了皇藏峪的历史与风景。

皇藏峪原名黄桑峪，汉高祖刘邦称帝前，曾因避秦兵追捕而藏身于此，也有传言刘邦被项羽的士兵追捕而躲藏此处的山洞中，故改名皇藏峪。景区由瑞云寺、马趴泉、皇藏洞、千年青檀等组成。

首联"锁龙桥"位于皇藏峪最前方，是进景区必经的一座桥。传说此地要出天子，故建"锁龙桥"以镇住龙气，古人又有"铜镜"辟邪镇妖之说，所以该句对应锁龙桥传说，以风水布局而起。二句引用刘邦被秦兵追击，口干舌燥，插剑叹曰"难道天亡我也"的典故。刘邦拔剑而起，泉水顿时喷涌而出。时至今日，该泉深十几米，泉口形似宝剑，依旧泉水甘洌。位于拔剑泉下方，有一马趴泉，两泉相距五六米，终日流水淙淙。这联地名、方位词、形容词、名词相对，语句顺畅自然，在顺序安排上以景点顺序而上。

颔联颇具禅意，第一句是写瑞云寺之由来传说，瑞云寺原名登云寺，传说列国时魏人范雎避难逃往秦，更名张禄，扶秦振兴，功名赫赫，秦灭后，范雎隐于此山，放荡形骸，吟诗作赋，后人取其前半生登云之意，故将寺命名为"登云寺"。而楚汉相争时，刘邦藏身于此。刘邦的夫人吕雉，四处寻找丈夫，大家吃惊吕雉的本事了得：一个女人家竟然能够在离家一百多里的深山老林里找到刘邦！吕雉笑着告诉大家：这哪里是我的本事，实在是你们的福气呢！我是在你们住下的地方，看到天空中有五彩祥云笼罩，所以我就朝着五彩祥云的指引，一下子就找到了你们。大家听后十分愕然，且又是一阵称奇。八方：指东、西、南、北、东南、西南、西北、东北八个方向。青檀：茎皮、枝皮纤维为制造驰名国内外的书画宣纸的优质原料。在皇藏峪山中有三千多棵青檀树，分别有三千多年、两千多年、一千多年的青檀分布山中。青檀树颇具灵性，上千年青檀其外形有多重形状。这一联"万千乾坤、八方世界"极具恢宏，将佛家之语融于典故，博大且精深。

颈联以两个典故道出历史事件，语言平实。"蜘蛛结网护天子"说的是刘邦躲避皇藏峪一处山洞，有蜘蛛结网而未被发现，因此躲过一劫，此洞名为"皇藏洞"，洞口还有一转运石，如今尚在。"垓下围歌设祭坛"说的是楚汉相争后期发生在垓下之战，项羽被刘邦以封地之名调来的韩信、彭越等人的军队围困，四面楚歌，最后项羽因不肯过江东，自刎于乌江岸，自此楚汉相争结束，刘邦建立汉朝。

尾联"岁岁""幽幽"采用叠字对，增加了语气感，同时也照顾了句式上的变化需求。该联道出江山迎来多少英雄豪杰，又送走多少将相王侯。历史兴衰，江山虽不语，但多少朝代更替，都将成为历史烟云。唯有山中千年"瑞云寺"阅尽人间沧桑，默默依旧。这一联为全诗的警句，以"不语"有语，以"常观"不观而余味深长。

全诗沉稳而厚重，语言平实而灵动，意境深邃而辽阔。以"题"入诗，娓娓道来，是一首行游佳咏。（江梦琪）

附：《宿州行》组诗

谒虞姬墓

松柏长青溪水岸，满园花草吐幽香。
别姬自刎或无恨，却有来人暗自伤。

游涉故台

绿草凄凄龙树孤,古台漠漠望东隅。
时人多爱论成败,谁道封王且作奴!

咏项羽

势可扫群雄,风驱十万重。
心能擎浩宇,剑自敢屠龙。
一世威名烈,千秋大义熔。
霸王曾百战,死亦憾珠峰。

北 漂

紫陌三千朝北去,浮生一梦自南来。
命虽多舛心非死,酒入枯肠凤亦哀。
唯有吟诗怜子美,惜无少伯善求财。
风吹帘动半轮月,照得窗前梅竞开。

2017 年

注释 **紫陌**:大路的意思。**浮生**:指人生或空虚不实的人生。**凤**:雄的叫凤,雌的叫凰。这里借指自己。**子美**:唐朝诗人杜甫,字子美。**少伯**:指春秋时范蠡,字少伯。

鉴赏 当代写北漂的诗歌作品不少,2017 年上半年由中国言实出版社出版的中国文学史上第一部《北漂诗篇》选集,足见北漂一族已成为中国当代社会一个不可忽视的群体。外乡人在有政治和文化中心之称的首都打拼生存和发展壮大,一种有特定共性且相对稳定的多元文化也正随之逐

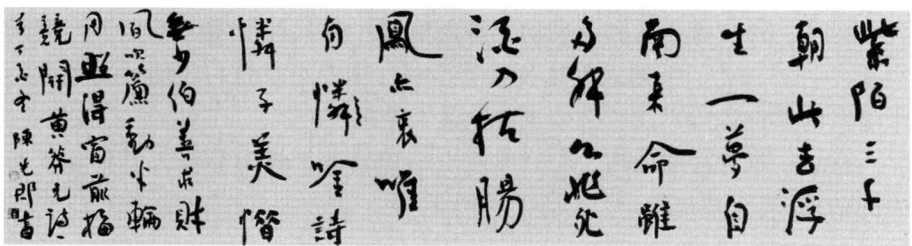

书法:陈先郡

渐合成。有乡愁，也有寄托；有追求，也有失落；有凝聚，也有分散；有艰辛，也有甜蜜；低调平和而不失优雅、奢华，这就是北漂文化。中国其他大中城市虽然也有无数的外地打工者，但却无法看到这样富有凝聚力和特定共性的复杂文化现象。

　　此律题目简洁，主题鲜明，反映的同样是北漂的复杂生活经历与感慨寄托。但体裁意境、写作技法、语言风格却与一般伤感通俗的北漂现代诗不同。作者采用的是近体诗七律的形式创作，前三联皆对仗，妙用多个典故，格调清新高雅，语言冲淡自然，意境幽深远奥，情感含蓄平和。正所谓："素处以默，涵养者深"，"饮之太和，独鹤与飞"。

　　首联写三千大道朝着北京的方向，虚无的人生我自南方而来。对仗上字句精工，当为佳联。此联化用"红尘紫陌，弱水三千"之句，熙熙攘攘复杂多变的繁华世间，作者不甘世俗的沉迷，毅然北上闯荡创业，如今时过境迁，蓦然回首，恍然若梦。

　　颔联写命运坎坷积极向上的心，酒入空肠使我感到很悲哀。因为在京打拼历经坎坷，心志始终坚定不移，想想往昔漂泊举目无亲的艰辛苦难，酒入愁肠，谁也不免生发诸多的沉重伤心，即便古人再好的文笔也书写不尽啊！

　　颈联写吟诗的我和杜甫同病相怜，没有范蠡那样会经商发财。这一联采用错综对，该联的一转，描写自己的境遇与状况，借唐朝时的杜甫和春秋时期的范蠡两个历史人物，以带有自我解嘲的意味写以诗为生、宠辱不惊、不为功名富贵羁绊的平淡生活。一"唯"一"惜"看似无奈惆怅，更多的实则是超然物外，洒脱宁静。到此全诗已境界大开，豁然开朗，令人拍案叫绝。

　　尾联写风吹动了窗帘露出一轮月，看到窗前的梅花悄悄竞开。以景结情，想象的手法写出晚风习习吹动窗帘，望见半轮明月高悬夜空，皎洁的月光如山泉般清澈，洒在窗前的梅花上，交相辉映，梅花朵朵绽放，月光万里普照，月与梅光影和谐灵动，清朗静谧，兼具浪漫主义的色彩。细细研赏，一个"竞"字耐人寻味，意蕴丰润，读者隐隐约约还能感受到末句中潜藏的那份百折不挠、自信执着的远大追求。

　　总之，本诗写法精巧，句意顺畅，衔接自然，颇耐品味，堪称北漂诗中的精品。（谢永旭）

卷四 七言绝句

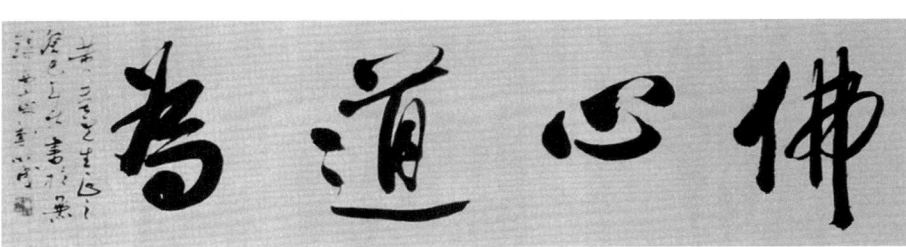

书法：郑小成

网上偶遇

相识去年此月中,今宵两地望长空。
窗纱隐约透秋冷,半点星光半点风。

2011年10月

鉴赏 此作抒写秋夜思念远方友人的惆怅之怀。从诗中"纱窗"的特殊含义揣度,应该是以前曾经相识的女友。

首句交代了"偶遇"之人不是现在,回忆起笔,看似突兀,其实为后面所抒之情设下埋伏,就是说此情非今天昨天,而是由来已久。第二句从前面的回忆回到现实,承接顺理成章,"两地"以一种强调的口气说明今日跟那人的难堪状况,紧接"望长空"表露出诗人心中的感怀之情,而此情不是单方面的,"两地"巧妙地为对方做出设想,说自己的同时也说对方跟自己一样在痴情地思念着自己,一笔管两情,可见笔意精湛!

第三句完全以自己的感受而写,补叙了时节地点,"秋冷"既是点名时令,又是写自己孤寂清

黄芬于世界公园近照

冷的现状,寂寞心境可见。结句是站在纱窗前所见夜景,借景言情,句中"半点"是缩小夸张,连用却起强调作用,似有似无的星光,若有若无的清风,正是心中那思念对方的情思,朦胧而迷离,说不清,也无须说清,想说清而又真是说不清。因此,创造了一种真幻难辨的境界,而情又是那样真挚,摸不着却又拂不去。

此作虽是传统的题材,却有很高的艺术水平。此诗的整体意境正切合"网上"这一缥缈现实。(江湖竹琴)

桃花流水

日醉和风惹素尘,桃枝摆臂展花新。
游踪绿水心菲荡,一橹欢歌五色春。

2010 年

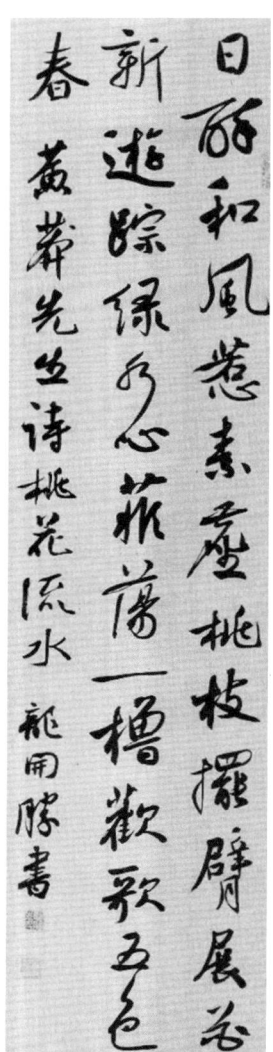

书法:龙开胜

注释 2010 年《知音》杂志论坛看图赋诗同题。**日醉**:中午的时候。**菲**:花草的香味。**橹**:拨水使船前进的工具,置于船边,比桨长,用于摇动。

鉴赏 读着这首七绝,有呼之欲出的感觉,由此使人感受到生机勃勃的盎然春色。

诗的前两句描写了桃花的迷人以表现春天美好的景致:春天到了,春光和煦,春风轻柔,诗人用"醉"这一感觉凸显了春光的特点,"和"字则写出了春风的特点。最形象的是"惹"字,这一字写出了美好的春天唤醒了大地的一切生灵。接着,诗人聚焦于桃花,"桃枝摆臂展花新",语言清新有味,用拟人化的手法表现了桃花在春天里迷人的风姿,使人仿佛看到了桃花在春天里绽放笑颜的风采。

诗的后两句由景入情,情景交融:徜徉在这美景之中,闻到花草香味和看到绿水荡漾,心儿也跟着飞扬。"一橹欢歌五色春",写出了荡舟湖上欣赏着桃花迷人的春色的喜悦心情,从而以"五色春"巧妙地赞美了万紫千红的春天。

整首小诗语言清新空灵,富有活力,毫无纤尘,令人喜之不尽。(张金英)

寄伊人

相思缕缕如垂柳，谁慰闲愁孤夜久。
剪片云霞代寄书，结成秦晋有心否。

鉴赏 伊人在哪？愿否结秦晋之好？用"垂柳""云霞"代寄思慕伊人，试探对方，表现出佳人难遇、知己难求的惆怅。《寄伊人》与《诗经·蒹葭》之情类似："蒹葭苍苍，白露为霜。所谓伊人，在水一方。溯洄从之，道阻且长。溯游从之，宛在水中央……"

伊人在哪？似隐似现，虚无缥缈。哀婉缠绵，空虚落寞，思伊人、寻知己而不得之情溢于笔端。（樊兴国）

黄　山

玉帝如来坐客松，邀来仙子浣纱峰。
人间避静黄山处，三界同游几度逢？

2009 年

绘画：王界山

鉴赏 明代旅行家、地理学家徐霞客两游黄山，赞叹说："登黄山天下无山，观止矣！"黄山更有"天下第一奇山"之称，可以说无峰不石，无石不松，无松不奇，实乃人间仙境。在这首诗里，诗人为了表现黄山神奇、秀美的景色，采取了大胆想象、大刀阔斧的写作风格，把黄山这一人间仙境表现得大气淋漓，读来令人舒畅，更加向往黄山美景，自然而然地生发出对黄山的热爱之情。"三界同游几度逢"是这首诗的概括总结，全诗围绕这一句进行抒写,写出了黄山这一人间仙境赛过天上人间的任何一处景致:黄山奇松迎来了玉帝、如来,他们安详地作客黄山,悠然地欣赏着黄山美景;云雾缭绕的山峰吸引着美丽的仙子;"人间避静黄山处"这一转句由天上转入人间,告诉读者黄山是人间美景之绝境,是人间最幽静的地方。她不受尘世的纷扰,超凡脱俗,来这里可以抛开一切,尽情享受仙人般的奇妙感觉。

品读这首诗,随着诗人插上想象的翅膀,也有一种飘飘欲仙的感觉,这种仙人合一的感觉是难以言传的。(张金英)

游黄山

梦里常游月下松,柔风涧水数山峰。
云舒雾散攀高处,欲把相思一度逢。

2009年

鉴赏　"五岳归来不看山,黄山归来不看岳。"这是对黄山奇景的最高赞誉。黄山以她独特的风姿吸引着众多游客,奇松、怪石、云海、温泉乃黄山"四绝"。在这首诗里,诗人以梦游的形式将黄山美景尽览无余。"梦里常游月下松,柔风涧水数山峰。"这仅仅14个字就将黄山的概貌描绘了出来,令人神往之。黄山无松不奇,"月下松"更是写出了黄山松的神秘美好。其二湖、三瀑、十六泉、二十四溪相映争辉。轻柔的风儿拂过,令人心旷神怡。黄山七十二峰,崔嵬雄浑,峻峭秀丽,错落有致,天然巧成,让人浮想联翩。"柔风涧水数山峰"高度概括了这些黄山景致,并将这些景致的特点描写得生动形象,这轻柔的风、清凉的水、高耸的山峰一一呈现在读者面前。诗的妙处在于后两句:"云舒雾散攀高处,欲把相思一度逢。"当登至高处云舒雾散之时,黄山美景尽收眼底,视野开阔,心境亦随之开阔。终于如愿以偿见到魂牵梦绕的黄山了,内心喜悦不言而喻,所以一定要尽情地欣赏,把对黄山的"相思"全部倾注在这次与黄山的"相逢"之中。"欲把相思一度逢"形象地传达了这层意思。并含蓄地道出了黄山的奇美令人眷恋、令人赞叹!实属点睛之笔,且耐人寻味。

(张金英)

春　柳

依山傍水待新颜，风雨相思又一年。
终日埋头梳日月，青春谁负泪涟涟。

2011 年

鉴赏　山水悟道的诗题材广泛，风格多样。他的绝句张弛有度、灵动清新、富于想象。不管是一山一水，还是一草一木，在诗人的笔下都显得富有生机、富于情感，令人遐想、引人深思。《春柳》是一首咏物诗，咏物诗往往并非只为写物，而是贵在借物的外之形态、内之神韵表现作者的思想，寄托诗人的情感，所以名为咏物，实为写人或喻理，让读者有所领悟与启发，从而受到情感的熏陶与思想的陶冶。山水悟道的这首咏物小诗就是这样一首溢满情怀的诗作，诗人匠心独运，全诗不着一"柳"字，其实处处都在写柳；也没有直接摹写柳树的外形，而是将柳树完全人格化了，赋予柳树以人的神韵与情感。

都说"无心插柳柳成荫"，其意不外乎是说明柳树的生命力强，你看，不管是高山原野，还是池畔河边，都能见到她的身姿。山锻炼了她的意志，水陶冶了她的灵性。她是山做的骨，水做的肉。她有山的情怀，又有水的温柔。"依山傍水"描写了春柳生长的地理环境，看似平常，自然而然，实则颇具匠心，春柳不屈从环境的坚毅性格已初露端倪。

柳树，喜欢美丽，追求精彩，喜欢把水面作为镜子，顾影自怜，欣赏自己那秀发飘飘的倩影。她也希望别人来欣赏她的俊俏，分享她的喜好和忧愁。切切相思点点忧愁，她在生命的历练中拼命汲取大地的营养。春去春又来，她经历了岁月风雨的无数次洗礼，她在岁月的风雨中耐心等待，她对自己的未来充满无限美好的期待。她希望春风的吹拂、春雨的滋润。她盼望自己新芽吐绿，枝条依依。经过了一个漫长的冬天的期盼和煎熬，终于有一天春风春雨来了，为她换上了美丽的容颜。这是经历了痛苦的"相思"煎熬与满怀期待所换来的"新颜"啊！但是，她不甘于此，依然在春风的吹拂、春雨的滋润下不懈努力，矢志不渝地朝着自己的目标奋进。转句"终日埋头梳日月"就形象地诠释了一个在自己的人生路标上孜孜以求、不知疲倦的追求者形象。她在蓄势待发，创造属于自己的辉煌，她要展现自身的美丽，证明自己的人生价值。此时的春柳，回首往事，百感交集，几多苦涩辛酸一齐涌上心头，那每个枝头飘落下的点点水珠，不就是她从心底流出的泪滴吗！这是复杂的泪滴，既激动又遗憾，既幸福又伤怀——感慨人生的多难；感慨生活的艰辛；感慨"相思"的痛苦；感慨青春的易逝……到底是谁负了青春？诗人问过去、问未来、问自己，甚至问读者！读到这里，春柳的形象已经跃然纸上，我们无不为春柳那丰富的内心世界和不懈追求的精神气质而感动得唏嘘不已！

春柳，是诗人的化身。春柳，让我们看到一位苦苦追求美好，不懈追求人生精彩，具有坚定的信念、不屈的意志、坚强而又脆弱的诗人形象！整首诗达到了天人合一、物我一体的艺术境界！

读罢此诗，掩卷返思，让人依然沉浸在那美好的艺术意境之中，心情不禁为诗人那丰富的情感世界和复杂的人生态度而难以平静。好诗常常让我们浮想联翩、回味无穷！这就是艺术魅力之所在！

春之声，柳之韵，让人沉思，令人感慨！（王之一）

园林一隅

小风夜雨总无期，片片飞蛾寄相思。
雅径园林日正暖，伫身欲留轻扬眉。

2009 年

注释 飞蛾：银杏的叶子又称飞蛾叶、鸭脚子。

鉴赏 江南美景无处不在，诗中仅仅是描写了江南园林中的一角，却让人感受到江南特有的轻柔、妩媚。风儿轻轻的，夜来小雨亦不期而至，飘落的银杏叶似乎在诉说着不尽的相思之情。夜雨住，暖暖的日光透进园林，优雅的小径上留下斑斑驳驳的树影。这情景，怎不令人停下观赏呢？雨后的园林美景更让人欣喜，真想将它们挽留。诗人似轻描淡写，却饱含了对这处清新淡雅的美景的喜爱之情。（张金英）

海地维和英雄

乾晖送暖醉花阴，四海扬帆浪抚琴。
几缕乡魂歌荡气，维和海地葬春心。

2010 年

鉴赏 诗中首先描绘一幅美丽的春天美景,以此美景反衬出海地大地震的惨景令人心痛。接着含蓄地写出维和警察扬着理想的风帆远征,浪涛的声音如此悦耳动听,依然在耳畔回响。在海地这片土地上,我国的维和警察谱写了一曲壮丽的生命之歌。他们英勇捐躯,一片丹心,赤胆忠魂,在国际上弘扬了中国人民的大爱与责任!如此的反差效应,让读者唱叹不已!正是风华正茂之时,他们却永远地离开了……整首诗刚柔并济,情感基调由舒缓渐入高昂,赞颂了维和人员的爱国情操和伟大的国际主义精神,不失为一篇壮美的爱国主义诗篇,读来令人心灵震撼。(张金英)

三亚风情

蓝天碧水一相逢,落日氤氲天地彤。
冲浪泛舟向远处,椰风扑面送香浓。

2009 年

注释 氤氲:烟气、烟云弥漫的样子;气或光混合动荡的样子。

鉴赏 三亚是国际旅游胜地,有"东方夏威夷"之称,她那独特的热带风情吸引了许多中外游客。想要全方位地表现三亚风情实属不易,诗人以图为基准,采取以点带面的表现手法,向读者展示了三亚迷人的热带风情。

摄影:黄 荞

这首诗选取了典型的景物去表现三亚的热带风光:蓝天、碧水、落日、浪花、小舟、椰树在诗人笔下熠熠生辉。同时,诗人似乎是一位摄影师,不断地变换摄影角度:先从大处着眼,蓝天碧水连为一体,"一相逢"巧妙地写出了水天一色的景致;落日在烟云笼罩之下别有一番风采,夕阳的余晖使得天地一片赤朱丹彤,灿烂而壮美。紧接着,诗人的视角转到海面,小舟破浪远航,驶向天边;海边椰风阵阵,香气扑面,令人神清气爽。读罢,不禁对三亚迷人的热带风情更加向往——她是那样充满热情与

活力!(张金英)

遣 怀(新韵)

豪情寄水残风柳,不惯横眉独饮酒。
白鹭飞天追彩云,悠悠落日江边走。

2010 年

鉴赏 我们读古人的诗往往要先了解其人,才能更好地理解诗所传达的情感。这首诗也一样,单从诗的表面看,起承句"豪情寄水残风柳,不惯横眉独饮酒"令人费解,诗人是不习惯横眉还是看不惯横眉?两种说法好像跟独饮酒都没多大关系。如果我们从诗人的性格来看这首诗,就不难理解,首先诗人是一个豪情万丈、讲义气、重感情的人,但在这个社会中这种人往往遭受打击,诗人看不惯那些横眉竖眼的人,对他们很反感,因而在这个群体里更显孤独。在一个落日的傍晚,独自走在江边,看见风中的残柳,感慨万千,孤零零地在思考自己的处世原则,没有人能懂,独自喝着酒,遣散自己内心的苦闷。看见夕阳西下,鸟儿归宿,想到夕阳与鸟儿都有自己的归宿,而自己孑然一身无人陪伴,无人倾听自己的心声,心中更是充满了对自由的向往之情,更加羡慕夕阳与鸟儿的自在悠闲。结句语意双关,一写落日,二写诗人走在江边,思索着自己的未来。整首诗笔调委婉含蓄,情感细腻,读来耐人寻味,足见诗人的匠心独运。(张金英)

无 题

登高俯视大江红,把酒邀霞伴老翁。
倦鸟乘风人远去,无心折路一山枫。

2010 年

鉴赏 这是一首意象丰富、情景交融的描写深秋傍晚时分的诗。诗人自上而下、由景及人、景人合一而又不着痕迹地将夕照大江这个背景之下的深秋景致形象地描绘出来,意境悠远而开阔。

"登高俯视大江红"交代了诗人在深秋时节的一个傍晚登高远眺,举目望去,不尽长江滚滚而来。广阔无垠的江面被夕阳的霞光照得一片通红,波浪翻腾着赤朱丹彤,形成了一幅波澜壮阔的美景,让观者的心胸为之激荡。面对此景,心中感慨万千。"把酒邀霞伴老翁"由景到人,过渡自然。深秋晚霞中的大江令人心境空明而开阔,不由得举杯邀请万丈霞光对饮一杯,可是,诗人笔转直下,"伴老翁"又有些沧桑落寞之感,很有些李商隐笔下的"夕阳无限好,只是近黄昏"的怅惘之情,情感丰富,耐人寻味。"倦鸟乘风人远去"指黄昏时分鸟儿飞倦了,回家休息,而诗人却想在静谧的黄昏时分远离喧嚣,远离嘈杂,让疲倦的心灵得到抚慰。大江落日霞光照,一只只倦鸟飞回窝,不由得让人想到奇才王勃《滕王阁序》里的"落霞与孤鹜齐飞,秋水共长天一色"的意境,深远悠长。"无心折路一山枫"含蓄隽永,耐人寻味。本想离去,却见满山红枫似火,红艳如血,因而流连忘返无心归家,这"山枫"是"折路"的原因,更是诗人若有若无地表现出自身陶醉在这美景之中恬淡如水的空蒙心境:看着长虹落日,漫山红遍……诗人怡然而忘归,沉醉在深秋这特有的景致当中。

整首诗的背景广阔,线条勾勒粗犷中带着细腻,景物层次分明且含意丰富,夕阳晚霞映照着大江,满山的红枫与晚霞相呼应,天是红的,江是红的,山也是红的——这红色的基调就是深秋的主色调,热烈而诱人!加之诗人将这些景物置于深秋的黄昏时分,又有些萧瑟的味道,因而诗的韵味就更浓了。(张金英)

月季醉人

玫瑰带刺乱张狂,博得情名暗自香。
月季身姿甲胄裹,花开月月斗残阳。

2010 年

鉴赏 这首诗赞美月季不慕虚荣、保持本色的品质,构思巧妙。一则采取以玫瑰作比法,二则采用景物烘托法。

"玫瑰带刺乱张狂,博得情名暗自香":玫瑰长久以来就象征着美丽和爱情。现代人都喜欢用玫瑰花去表达自己真挚纯洁的爱,并把它作为爱情的信物,是情人之间传情达意的首选花卉。带刺:玫瑰因枝干多刺,故有"刺玫花"之称,这是蔷薇科植物的一个特征,是无可厚非的。白居易就有"菡萏泥连萼,玫瑰刺绕枝"的诗句。本来嘛,玫瑰是美好的象征,但是"乱""暗自香"就会出问题了。就好比历史上的美女,天生丽质反而演变成了红颜祸水。显然,诗人的感情是很强烈的,我们也可以看出他心中的愤懑和不满。写作手法上,与李白相同,侧重点不同而已。"牡丹富贵为春晓,芍药虽盛只初夏。只有此花开不怨,一年独占四时春。"诗仙也是以牡丹、芍药来对比,反衬月季长荣不衰的美质,寄托着诗仙永葆青春的理想。

"月季身姿甲胄裹,花开月月斗残阳":月季花属于蔷薇科植物,身姿与玫瑰仿佛,不相上下。素有"花中皇后"之称,高雅典丽,被视为幸福、富贵、爱情的象征。甲胄:本义指古代作战,将士都要用盔甲裹住身体,以防御敌人的剑戟,这里形容有刺。紧接着用了一"裹"字,我认为是这首诗的"诗眼"。既照应了前面的"甲胄"又关联了后面的"斗",诗意一气贯通。更主要的是表明了月季花谦逊、务实、四海为家的态度。月季花的最大特点是四季开花,适应性强,不论江南塞北,都可以看到她的倩影。残阳:可以理解成不美好的现象。读者在这里不要匆匆而过,以景收束,诗人深谙诗家笔法也,与"大雪满弓刀"有异曲同工之妙。(袁国乾)

绝　句

古屋村居鹤自闲,丘绵雾散晚风顽。
溪潺牧笛山羊壮,老树花凋待绿颜。

2010年

鉴赏　二十八个字,用简练的白描手法,描绘出一幅春机盎然的山居图,传达出诗人热爱大自然、寄情山水的心境。

"古屋村居鹤自闲",写近景。"古屋":容易让人联想到宗族祠堂、徽派建筑、福建土楼,等等。它们大多古朴、深邃、幽暗、冬暖夏凉,承载着历史的厚重感。"鹤":亦实亦虚,品质高洁的象征,我留意了诗人经常使用这一特定的意象。"闲":历代许多文人雅士追求的目标,但对于现代快节奏的人们来说,回归大自然确实是一种奢望了。好好享受短暂的恬静,呼吸着清新的空气,在与尘嚣隔离的空寂的境地,表明了诗人主体心境的安然闲适。"丘绵雾散晚风顽",写远景。连绵不绝的丘陵,雾气被晚风吹拂,好一幅美丽的山水画卷。"顽":拟人化,风儿与诗人玩耍,可见,此时此地诗人心情无比快乐,对大自然具有浓厚的兴趣。

"溪潺牧笛山羊壮",写动感。流水声、牧童的笛声、羊的咩咩叫声,读者可以想象孩子们的笑声、犬吠声、鸟鸣声，使空寂的山村到处洋溢着生活的气息。"老树花凋待绿颜"，特写。将自己的情感浓缩于诸多意象之中，最后才以点睛之笔升华主题。诚如王国维《人间词话删稿》云："一切景语皆情语也。"

这首诗无疑受马致远《天净沙·秋思》的影响和启发，各种景物的关系以及它们各自的动态与形状，全靠读者根据意象之间的组织排列顺序以及自己的生活经验去把握。这种奇妙的用字法，与温庭筠《商山早行》中"鸡声茅店月，人迹板桥霜"相似。用字之简练已达到不能再减的程度，用最少的文字来表达丰富的情感，使得这首诗具有强大的感染力，可以引起读者的共鸣。（袁国乾）

希拉里发表涉南海言论

久欲白宫游四国，博名国内窃中华。
桃枝岂惧西方鬼，不信当年高丽邪？

2010 年

注释 希拉里发表涉南海言论：据美国媒体消息，希拉里在东盟地区论坛外长会上表示，美国深切关注中国"南海争端"的和平解决，并敦促相关国家进行谈判，以寻求解决方案。她表示，美国政府对南沙群岛和西沙群岛的"争端"表示关注，这一"争端"妨碍了海上贸易的开展，阻碍了（他人）进入该地区的国际性水域，也"违背了"国家海洋法。

鉴赏 这是一篇措辞激烈、鼓舞人心、意义深远的爱国主义诗篇，此绝写于 2010 年 7 月 23 日希拉里出席东盟地区论坛外长会议，并发表涉南海言论之后，希拉里是何许人也？律师、民主党籍政治家，第 67 任国务卿，美国第 42 任（第 52 届、第 53 届）总统比尔·克林顿的妻子，也是 2016 年美国大选的民主党候选人。

2010 年 7 月，希拉里担当国务卿之时，一贯主张对华政策强硬。此绝现在品味都让人血脉贲张、高瞻远瞩、振奋人心。上联入笔就直言不讳、鞭策有力，一个"久"字，就深刻揭露了美国对华政策的方向，干预、恐吓、威胁……的丑态，希拉里在当年的东盟外长会上，极力游说东盟四国，鼓吹中国威胁论，坐收渔翁之利，一个"窃"字，可见其阴险歹毒，一方面为了博得美国各界的呼声，另一方面扼制中国的发展，值得我们时刻警觉。

下联诗人义愤填膺、振臂高呼、叩问有声。"桃枝"代表着我们英勇无畏、凛然大气的中华民族,"高丽"就是朝鲜的别称,此处指抗美援朝的战争,从党和国家的民族利益出发,我国坚决果断地进行了抗美援朝战争,意义非凡,抗美援朝不仅给予朝鲜人民以有力的支援,而且对于保卫新中国的安全具有十分重要的意义,对于中国恢复国民经济和开展各项建设事业直接起到了保障的作用,因此下联正是给予美国的干涉以有力的打击和严重的警告。

中美关系确实是世界上最主要的双边关系之一,"太平洋足够大"完全有足够的空间让两国去发展,和则两利、斗则两伤,由此可见,诗人通过激烈的言辞、引古论今的章法、语重心长的告诫,抒发着爱国之情,深深引起国人的共鸣。(成吉思爽)

无 题

鸡鸣狗叫天微白,小路沙沙谁在行?
辗转侧翻难入梦,一弯旧月冷清清。

2010年

鉴赏 众所周知,李商隐是"无题"诗的集大成者,大都是意中所指,却不便明言。之所以无题,就是不起名字,一般被认为隐晦迷离,难以索解,辞藻绮丽,形式新颖。而这首《无题》,从本身来看,是追忆所遇见的情事,由于种种原因,很多人都是有缘无分,芸芸众生中一次邂逅,就足以让人终生难忘,这也许就是诗人用《无题》入题的初衷吧。

起句十分简洁、形象,"鸡鸣狗叫"直接点明时间,拂晓时分,金鸡刚刚报晓,大多人却还在沉睡,而诗人却似在梦中,又像在梦外,仿佛听见有人在外面的小路上慢慢地行走,会是谁呢?会是心中的那个她吗?一个"沙沙",把诗人的期待、美好、纠结……展示得惟妙惟肖、淋漓尽致,容易让人产生丰富的联想。

"辗转侧翻难入梦,一弯旧月冷清清。"转结比喻巧妙贴切,令人拍案称奇,诗人用"旧月"语意双关,既可指即将逝去的月亮,又暗指不能在一起的心中佳丽,那沙沙行走的样子,怎能不让诗人浮想联翩,辗转反侧难以入眠呀?往事如风,不该来的,依然还是不会来,能不冷清吗?

综观全诗，诗人以简约的笔法构造浓郁的意蕴，使人如身临其境、深入其中。让寄予的深情含而不露，富有朦胧婉曲之美。（成吉思爽）

李小龙

梨园子弟咏青春，跨海犹平拳道真。
一扫病夫龙骨傲，唱他万遍警来人。

2010 年

鉴赏 这是一首振奋人心、匠心独运的咏人诗，在咏人诗中堪称佼佼者，让人过目不忘，是充满了民族情结，又极具警示作用的诗篇。

李小龙，1940 年出生，原名李振藩，他是世界武道变革先驱者、武术技击家、武术哲学家、UFC 开创者、MMA 之父、武术宗师、功夫片的开创者和截拳道创始人、华人武打电影演员，中国功夫首位全球推广者、好莱坞首位华人演员。此诗开篇就铺陈有致、热情洋溢，"梨园子弟"（原指唐玄宗时梨园宫廷歌舞艺人的统称，后泛指戏曲演员）交代了李小龙的家庭背景。他的父亲李海泉作为粤剧名人，修习太极拳几十年，有很深的造诣，因此说李小龙名副其实是梨园子弟的后代，注定一生与功夫和电影为伴，虽年轻早逝，却度过了辉煌的青春。

第二句，饱蘸深情、倾情讴歌，诗人巧用白描的手法，把一代武学大师演绎得惟妙惟肖、生龙活虎、立竿见影，李小龙的一生虽然极其短暂，但他却用精湛的武艺，走南闯北、跨海游江所向披靡。三、四句，一气呵成，彰显中华民族之魂，意义深远、振奋人心，中华民族是龙的传人，可从鸦片战争以来，却被冠以"东亚病夫"，李小龙是第一位使中国武术在世界称雄之人，让"东亚病夫"这四个字彻底在中国消失了，让全世界改变了对中国人的看法，成为无数人心中的英雄，在中国创立截拳道，让"功夫"一词在外语词典中出现，在世界掀起了一股"武术潮流"，真该可歌可泣、警示世人！

此绝选材新颖，虽在歌咏人物，却又把抒发之情外延到整个中国精神，中国自古以来就是四大文明古国之一。落后就要挨打，永远要学习李小龙顽强、刻苦、创新、求实等精神，勇往直前、开拓进取，所以这首七绝别出心裁、激人奋进、格高意远。（成吉思爽）

游九龙山有感

一

静坐菩提望五洲,参禅不忘霸山头。
南朝寺庙今何在,忘本贪财万贯收。

二

广建禅房鸟兽奔,青山涧水再无魂。
我怜大地有何用,三戒修身才是根。

2010 年

注释 九龙山：在安徽金寨县南溪镇曹家畈村。三戒：不募缘,不讲经,不住名山。

鉴赏 第一首别具一格、蕴含深厚、议论风生。诗中的九龙山位于安徽省金寨县南溪镇曹家畈村,历来是道家静修、养性之处,文化底蕴丰富,每年都有大量信徒、游客来拜访、参观,人声鼎沸、络绎不绝。

开篇伊始就给我们展现了九龙山在道家的至高地位,菩提,广义而言,乃断绝世间烦恼而成就涅槃之智慧,此处可理解为修行的过程。五洲,就是世界各地,在九龙山这样山清水秀、历史悠久之处参禅、静修,远望着天下,岂不是修行的最好去处?而诗人却宕开一笔,一个"霸"字横空出世,把诗人的山水情怀抒发得淋漓尽致,让人思绪万千,这么好的自然风光、人杰地灵的九龙山,却为何有那么多的建筑物挺立在山顶?能不破坏人与自然的天人合一吗?诗人此句用得确实太有深意了,一方面铺垫得精巧,另一方面为下文埋下了伏笔,使读者迫不及待地想问个究竟。下联引经据典、主旨明朗、一览无余。九龙山道观自 2000 年正月初六开工兴建,道观占地 39.55 亩,规模宏大,诗人本是一位德高望重的悟道之人,以前真正的修行之所早已不在,那样新建的庙宇高楼又得花掉多少金银呀!又怎能是修行人的根本呢!此绝虽是一首山水诗,却一处也没有赞美大好河山的风光,而是十分动情地抒发着对道学文化的担忧和感慨,诗人不愧是一位道门修行的高人,见解独到,意义深远,值得思索。

第二首的承接再继，又把天人合一的思想进一步升华，融入了诗人多年参禅悟道的深刻体会，非常值得我们领悟与借鉴。首句就提纲挈领、意在音外，禅房，寺院建筑的一部分，僧徒尼姑的静修居住、讲经诵佛的房屋，也泛指寺院。常建《题破山寺后禅院》诗："曲径通幽处，禅房花木深。"那弯曲的小径，清幽的花木，把世外修行的禅房，衬托得多么惟妙惟肖，令人向往，而诗中广建禅房能不破坏人与自然的平衡吗？鸟兽离去，山水失魂，九龙山在恢复建设中，还能山上养心、山下养性吗？还能清净无为吗？三、四句，诗人高瞻远瞩、一语中的，使诗人的情感凝练迸发，诗人叩问自己怜惜这自然的道又是为哪般。"三戒"才是修身养性的根本。不募缘，不讲经，不住名山，此三戒意义非凡，才是诗人此次到九龙山的深刻感悟、真知灼见。

综观全诗，通篇语意浅显，却精妙传神，在山水中见挚真，在自然中见道法，在人文中见修行，情趣高雅、慧心灵性、启人心迪、除去浮躁。

（成吉思爽）

诗酒共馨梅

一遇知音三百杯，相邀醉舞赏初梅。
含苞雪压冰肌骨，缱绻吟诗傲气回。

2009 年

鉴赏 这是一首意气风发、托物言志的唱和诗。"墙角数枝梅，凌寒独自开。遥知不是雪，为有暗香来。"自古以来，就有很多文人墨客，独爱梅花，并且为梅花的独特气质所深深吸引，便留下了一首首关于梅花的优美诗章。这首七绝全篇也同样以梅的精神品质为主线，抒发了知音相会时的喜悦与情怀。

起句"一遇知音三百杯"，与"李白斗酒诗百篇"一样豪情万丈、相得益彰，众所周知，知音难遇，知音难求，古人才会有八拜之交，让我们去向往与追求，知音相遇，一见如故，推杯换盏，岂不是人生一大幸事？承句顺承上句，自然而厚重，凝练而传神，知音斗酒感悟人生，兴致勃勃，相邀而行去赏含苞欲放的梅花，梅花的坚强、忠贞、高雅，不也正是知音间生动的写照！

转句把梅花的傲雪精神刻画得惟妙惟肖、栩栩如生，肌骨，犹胸臆，常指内心深处，此处象征着梅的高洁、傲骨之风，不畏严寒、凌霜斗雪的精神，而这些梅的品质，不就是知音该追求的方向吗?！结句是全篇的诗眼，"缱绻"缠绵，形容感情深厚，白居易《寄元九》诗："岂是贪衣食，感君心缱绻。"王安石《解使事泊棠阴时三弟皆在京师》诗："久留非可意，欲去犹缱绻。"都是用来抒发朋友间情深意重的感情，此句用得也十分贴切，赏完初梅，寄托着情怀，知音间这种傲骨、高洁的品格，才是共同的精神支柱，才是感情浓厚的源泉。

全诗以知音相遇、举杯畅饮、相邀赏梅、遇梅陶醉、归来抒怀的时间顺序来巧妙布局、层层深入，把梅的品质与知音的情意有机结合，情景交融、格高意远、深入人心。（成吉思爽）

梦醒有感

昨夜梦中寻几度，醒来不见伊人诉。
网牵但愿有真情，别叫青春为此误。

2009 年

鉴赏　这是一首仄起仄收式的七言绝句，押的也是仄韵（平水韵去声七遇），诗人黄莽先生写于2009年。如果没猜错的话，诗人写这首诗的时候，正做着网管的工作。也正因如此，诗人在与网络频繁接触中，更大限度地关注那些少男少女虚幻缥缈的网络爱情故事。诗人当时也正值青春年华，也许是阅历的不同，爱情观也与一般人不同，总认为网络爱情是虚拟的，有点不切实际。这首诗就是诗人表达自己对网络爱情的真实看法。

诗人无论是写诗还是给诗命题，都精心构筑。诗人用"梦醒有感"来做这首诗的标题，就别有用意，这似乎是要告诉人们：对待网络爱情，不要像做梦一样稀里糊涂地陷进去，而要像梦醒后一样清楚，看得真真切切而又明明白白。

"昨夜梦中寻几度，醒来不见伊人诉。"首联诗人把网络爱情比作一个梦。"寻几度"就是反复地寻找了很多遍，而寻找的最终结果又是如何呢？原来也只不过是"不见伊人诉"。"伊人"一词本义是指那个人，出自《诗经·蒹葭》："……所谓伊人，在水一方。……"自此以后，"伊人"一词就成了（女性）意中人的代名词了；"诉"根据上下联来理解，应该解作"倾吐真情"。诗人根本就不相信虚拟的网络爱情有什么真情可言，辛辛苦苦地几度寻觅，恐怕到头来也只不过是白忙一场。由此看来，网络爱情不过是一枕黄粱。

"网牵但愿有真情，别叫青春为此误。"尾联在首联说明事理的基础上，诗人对那些少男少女进一步加以规劝，不要因此而误了青春。"网牵"是指男女双方通过网络的形式而产生的网络爱情；"但愿"一词只是诗人对网络爱情寄予的美好愿望。可实际情况又是怎么样的呢？这让我想起明代江南才子唐伯虎《一剪梅》有云："雨打梨花深闭门，忘了青春，误了青春。"诗人关切地提醒那些少男少女千万不要因网络爱情而误了自己的青春，更不要陷到就连后悔都来不及的地步。

这首绝句，诗人先借梦说明事理，再做规劝，有理有据，可谓循循善诱、语重心长，极富感染力和说服力。不但很好地诠释并印证了题目"梦醒有感"的蕴意，更是对少男少女们的殷切期望及对自己作为一个网管工作者的修身励志。（李善效）

夜宿大别山农家

一路春风不计舟，东家美酒醉悠悠。
桃源深处千山月，夜伴松涛枕碧流。

2011 年

鉴赏 这是一首寄景写情的佳作，看似平淡，实则有味，诗中寄寓了作者向往桃源生活的美好愿景与淡泊情怀。

"一路春风不计舟"，起句就不落窠臼。七言绝句写景抒情第一句多为写景，以景带情，从而达到情景交融的效果。这首诗首句就直抒胸臆，这种破例的写法自然是相关于当时诗人的心境的。诗友们一路洋溢着春风，不计舟车劳顿，那种喜悦的心情是可以想象的。第二句从动作上"醉悠悠"紧承第一句"不计舟"，原来是惦记着

黄莽于老君山采风

大别山的"美酒"啊!"东家美酒醉悠悠"这一句语意双关,巧妙至极。这一句于景来说是实景,但联系诗人的心情来说,更毋宁说是写意,因为诗人在大别山附近的小学扶贫救困,资助爱心活动。而作为一个诗人,"人禀七情,应物斯感;感物吟志,莫非自然"(刘勰《文心雕龙·明诗》),他应物抒情,发为诗句,"醉"也就不难理解了。

"桃源深处千山月",一轮明月把桃源深处的远近山头照得如同白昼。重峦叠嶂中,皓月当午,如皎洁的清光。"千山月"三字,给人以空旷、玲珑剔透之感。夜里静静听着风拂过松林的声音如涛声般起伏,躺在草丛中倾听着潺潺的流水声,诗人感到从未有过的轻松惬意。在如此静谧的世界中感受到返璞归真、物我交融的畅适。陶渊明曾自述闲适之趣:"尝言五六月中,北窗下卧,遇凉风暂至,自谓是羲皇上人。"(《与子俨等疏》)诗人置身于松涛、碧流中,其适意可在陶渊明之上了。

综观此诗,静景与动景互相配合,出色地构造了一个明净、透彻、幽寂、静雅的尘外世界,为人排除尘念,唤起遐思,布设了一个适宜的氛围。夜宿农家之事,在他人眼中何等平常,他却能于其中开掘出无穷诗意。通过优美的意境,我们也约略窥见了诗人旷达的胸襟与淡泊高雅的情趣。(姚育萍)

逢秋不见秋

已是金秋落叶时,满山葱绿暖风吹。
红枫遥待相思苦,无奈霜神久不知。

2010 年

鉴赏 秋天是一个富有的季节,秋风最具神奇,而那漫山的红叶硬是让历代骚人墨客冠上"红叶相思"这样既美丽动人而又让人牵肠挂肚的字符,千百年来也由此牵出了多少才子佳人缠绵悱恻的爱情故事。黄莽先生是一个情感极其丰富的诗人,当然也不能例外。春去秋来,伤春悲秋,由触景生情到以诗寄情,万千情绪都凝于笔端。绝句《逢秋不见秋》便是这其中的一首。

单就题目而言,既显而易见,是说秋天来了;可又似是而非,却说不见了秋色。这是为什么呢?似乎让人有点费解却又饱含哲理,便吸引着读者一探究竟。这也正是这首绝句的入胜之处和诗人的高明之处。

首联:"已是金秋落叶时,满山葱绿暖风吹。"重在写"逢秋不见秋"的意象。这是一个倒装句,是依照由春到夏、再由夏到秋这样季节变换的顺序来写的,意思是:满山葱蔚润润、绿茵流苏的草木,经历了一个长夏的风吹日晒和雨水的洗礼,到了秋天,叶子渐渐失去了原来的颜色而变得金黄。这时候却不料被秋风一吹,簌簌落下,显得异常萧瑟。这是写"逢秋"。诗人虽然随着季节一起进入了秋天,满眼看到的并不是遍地金黄的丽色,而是遍地败叶的哀景。由此可见,题目里的"不见秋"是指诗人没有看到秋色美丽的一面,这是悲秋。在这一联中,值得注意的有

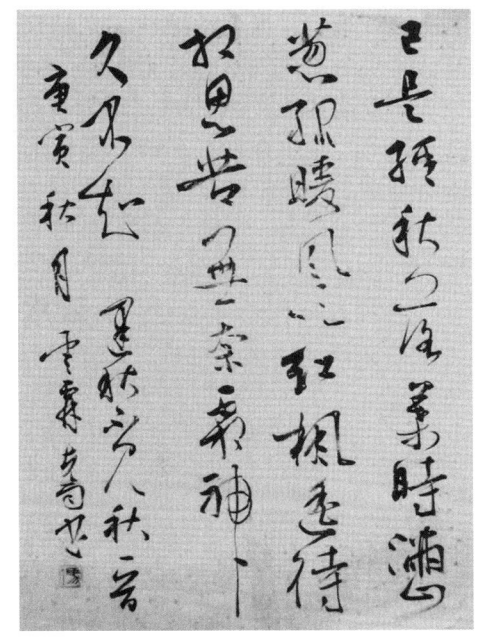

书法:冯克雨

两点:其一,诗人用"已是"一词起笔,以"秋"字统领,而"吹"字则显示"逢秋"的过程。开门见山,有点有面,叙写有致;其二,诗人采用倒装句,不仅仅是为了押韵,更重要的是为了突出渲染诗人悲秋至深。

尾联:"红枫遥待相思苦,无奈霜神久不知。"重在阐说"逢秋不见秋"是因为诗人的相思之苦所致,是写哀情。诗人在直截了当地运用了一个"苦"字的同时,还相继用"遥"(突出诗人与心爱之人相距之远)、"待"和"久"(突出诗人对心爱之人相思时间之长)、"无奈"(突出诗人无法见到心爱之人的失望之重)来辅助说明并突出这个"苦"字;而"红枫"显然有"红叶相思"的寓意;这一联里的"霜神"有多种解释,或曰秋霜,或曰掌管秋天之神的西方白帝,笔者却认为这是比喻生活中的坎坷。霜打叶落,生活的坎坷才导致诗人颠沛流离,远离亲人,两地相隔而不得相见。诗人触景生情,深深地陷入了相思的痛苦之中而不能自拔,被这种悲秋的情绪所左右,没了心情。这当然是"不见秋"了。

综上所述,以情解诗。这首诗是诗人写于事业刚刚起步的2010年深秋,其所见所感读者不难体会。诗中虽然也能体现出诗人对爱情的向往和执着追求,但更多的却是诗人对生活充满坎坷而表现出来的哀怨。由此看来,诗人以哀景写哀情也就不足为怪了。

这首绝句,虽凄清婉转、充满哀怨,却沉郁顿挫、自然流转、意境深宏,读来令人荡气回肠,正所谓:"情致之篇,感兴深厚。"

笔者读其诗,感其时,以为有相合之处,于是乎依韵草拟一诗相和,以示共鸣:漫步金秋觅小诗,形枯影瘦更相思。西风未老先萧瑟,红叶无猜两不知。(李善效)

云水禅心

风林百鸟颂山河,幽谷禅音绕柳荷。
流水三千奔大海,心灵洗尽是平和。

2011 年

鉴赏 首联写大自然的和谐,因声成韵,即色开颜,借空传翠,气韵生动,传出自然界的物象、声音、形状、流动的微妙关系,把自然界的性灵信息与个人意向融合在一起,这就是古诗中说的诗情画意了。"流水三千奔大海,心灵洗尽是平和。"这联正是山水悟道之根本,人的生命与河流一样,源头处狭小,夹在两岸之间奔腾咆哮,冲撞岩石激起水花,飞下悬崖形成瀑布,越到下游水面越宽,河水也慢慢流得平缓了,最后进入大海,与海水浑然一体。流水三千奔大海,暗示人生的过程,中游气势澎湃,正是年轻生命充满激情,到下游时渐渐平缓了,正如经历过了也认识到了,自己仅仅是一分子,最终融入了大海,经过风雨洗礼的心灵才是平和的,这首结联足见作者悟性正是:云水禅心。(包德珍)

绘画:方正平

玉 山（新韵）

野马长嘶隼猛悬，云飞绝塞陌悠闲。
昆仑苍莽八千丈，直取九天谁可攀？

2000 年

注释 玉山：天山，昆仑山。传说是神仙登天在此山中途歇脚。

鉴赏 这首诗运用了丰富的想象力，虚实结合，虚实相生，有比喻，有夸张，显示出玉山雄伟的独特风姿，反映了诗人胸襟开阔、超群脱俗的精神面貌。

昆仑山在中华民族的文化史上具有"万山之祖"的显赫地位，古人称昆仑山为中华"龙脉之祖"。在道教神仙体系中，据说，西王母，尊称天上圣母在此居住。东汉末年，道教兴起，她开始成为天上的一位帝王，人类幸福和长寿之神。

"野马长嘶隼猛悬"是一幅飘逸的边塞风景画，充满了色彩和动感，境界奇妙动人。"野马长嘶"：虚写，有资料显示，准噶尔野马，又名普氏野马，蒙古野马，原栖息于蒙古和中国准噶尔盆地，现已见不到真正的野生种群。我国为此引进了 A 普系纯种野马，建立了繁殖中心。野马素以感觉灵敏、警惕性高、奔跑能力强著称，昼夜活动，但以夜晚为多。"隼"：实写，这里是平仄上的需要。在鸟类中处于食物链的顶端，是白天活动的猛禽，且具有重要的生态意义。很多隼形目的鸟类也被人们认为具有勇猛刚毅等优良品格，成为不少国家的国鸟。野马适应性强，野性十足，"隼"搏击长空，奋发有为，以这两种动物为代表，充分展示了诗人的英勇豪迈，雷厉风行的果敢气魄。抒发诗人对祖国河山的热爱之情，同时也说明这里是野生动物的乐园。

"云飞绝塞陌悠闲"写出了玉山的气势。"绝塞"：指极远的边塞地区，天山山脉横亘于新疆中部，是西域地区的天然屏障。"陌悠闲"：拟人手法，表明此地人迹罕至，与世隔绝。这一方幽静之地，恰恰是修道成仙的绝佳之地，也是诗人神往已久的地方。诗人号"佛心道为"，到了神仙洞府，自然收获颇丰，境界上不可同日而语。众所周知，诗人也的的确确在身体力行，或许有虚竹般的奇遇。反之，从另一方面看，诗中所描绘的那种闲适逍遥自在的生活，实际上是诗人鄙视、厌恶现实生活中那种钩心斗

角的心绪的自然流露。

"昆仑苍莽八千丈,直取九天谁可攀?"容易让人联想到李白的诗句:"飞流直下三千尺,疑是银河落九天。""苍莽":意思是无边无际的,化用了毛泽东的"问苍茫大地,谁主沉浮?""横空出世,莽昆仑"。昆仑山西起帕米尔高原,横跨青海、四川、新疆、西藏四省和区,峰峦起伏,山高谷深,从横向写其幅员辽阔。"八千丈":虚写,纵向写山之高,巍巍昆仑,鬼斧神工,直插云霄。"九天":九,单数中最大的数字,所以有"极限"之意,亦指天之极高处。承接上句,形容悬崖峭壁,无比险要。通天之路谁人可以登攀?以反问作结,可见,诗人兴致很高,调侃一下,戛然而止。细心的读者还能体会到它的言外之意:历代访仙求道者,有几人能够得道成仙?隽永,耐人寻味。原来道教的真元并不在道教的文字中,而在宁静的大自然里。只要人与自然和谐相处,物我两忘,就能体悟到道教的真元。

这首诗,在结构方面,用一连三句来极力描写一种美好的境界,到第四句才来一个有力的转折,显得别致。(袁国乾)

梦李白

月照嵩山榭醉回,梦中太白又邀杯。
轻风送上梅花瓣,片片君心我作陪。

2010 年

鉴赏 这首诗通过丰富的联想手法,把自己对李白的敬仰之情写得惟妙惟肖。梦中太白邀其饮酒何等幸也,梦乃心中所思,李白之狂饮是有名的,李白晚年,政治上很不得志,他怀着愁闷的心情往返于宣城、南陵、歙县(在安徽省)、采石等地,写诗饮酒、漫游名山大川。一天清晨,李白像往日一样,在歙县城街头的一家酒店买酒,忽听隔壁的柴草行里有人在问话:"老人家,你这么一大把年纪,怎么能挑这么多柴茸,你家住哪?"回答的是一阵爽朗的大笑声。接着,便听见有人在高声吟诗:"负薪朝出卖,沽酒日西归。借问家何处?穿云入翠微!"李白听了,不觉一惊。这是谁?竟随口吟出这样动人的诗句!他问酒保,酒保告诉他:这是一位叫许宣平的老翁,他恨透了官府,看穿了世俗,隐居深山,但谁也不知道他住在哪座山里。最近,他常到这一带来游历,每天天一亮,就见他挑柴进镇,柴担上挂着花瓢和曲竹杖。卖掉柴就打酒喝,喝醉了就吟诗,一路走一路吟,过路的人还以为他是疯子哩。李白得知后找了几个月,共邀共饮共吟。黄莽这首小诗是李白邀小诗人共饮共吟,此首联是联想李白与柴翁的故事而来。第二联发挥了极大想象力,轻风送上的梅花瓣正是太白的诗句,表达了诗心诗谊,"我作陪"三个字道出自己深深的敬仰之情。

在诗词的创作中运用联想,不仅可以使描写对象更形象、生动地呈现在读者眼前,而且更容易引发读者对描写对象积极感知的心理。例如,李白在《望庐山瀑布》中有"日照香炉生紫烟"一句,诗人从香炉峰上云烟缭绕,在阳光映照下呈紫色的景象,联想到与之相似的人们熟见的庭院里、厅堂中点燃的香炉,那香烟从炉中慢慢升起散开的情景,而这种情景现在却在红日和青峰里得以极大的扩展,成为大自然中美妙的景色,并使之跃然纸上,让读者从诗句中就可以感受到香炉峰的绚丽奇观。又如,岑参《白雪歌送武判官归京》中的"忽如一夜春风来,千树万树梨花开",写塞外的一场大雪铺天盖地而来,一夜工夫所有树上的枝枝丫丫都落满了雪。抬眼看去,恍如千万株梨树经过春风的吹拂,一下子绽开满树梨花似的,把冰天雪地的北国风光写得如此新奇瑰异,全因有了丰富的联想。《梦李白》诗的结联同样采用了丰富的想象力,使作者与李白共饮而十分有情趣又十分传神。(包德珍)

遇知己

义气高歌震九天,相逢泼墨为红颜。
豪情鞍马飞云梦,竹语听涛月更圆。

2009 年

鉴赏 古往今来,描写知己的诗句不胜枚举、历历在目,"士为知己者死,女为悦己者容""酒逢知己千杯少,话不投机半句多""海内存知己,天涯若比邻",可见人生难得一知己,更何况红颜知己。这首写于 2009 年的七绝,热情奔放、洒脱自然、格高意远、富有活力。

首联高情迈俗、直抒胸臆,"义气高歌",可看出诗人是位重情重义、热血澎湃的青年,生活只要有向往,就会是动力的源泉,就值得高歌猛进,就能震撼九天,更能获得赏识的目光。在茫茫人海中,能有一位知音,像高山流水一样,岂不也是人生一大快事?众所周知,诗人的书法造诣非常深厚,与诗词齐名,这么富有朝气的青年,遇到知己必然会吟诗作赋、泼墨成章。三、四句，诗人用色彩斑斓的意象，勾勒出一幅美丽、喜悦的画卷，衬托出得一知己后的收获与珍惜。"鞍马"指骑马，三国魏阮籍《咏怀》之六四："假乘汧渭间，鞍马去行游。"与此诗中所用"鞍马"可谓异曲同工、恰到好处，且看诗人豪情满怀，骑着骏马驰骋在天地之间，任由穿梭，在月夜中，无论是有竹相伴，还是波涛相随，都是其乐融融、率真洒脱，不正是有这样一位知心朋友呀！

此绝笔墨精湛，在细微处见大气，在挚真中见友爱，在手法中见高超，能把得一知己的精髓描摹得这样富有内涵，超群不俗、难能可贵。

（成吉思爽）

岳麓书院有感

湘江滚滚欲追云，我等空留仰楚文。
岳麓山中知国事，千年一咏又谁闻。

2011 年

注释 2011年应邀参加百诗百联系列活动在岳麓书院诗友相聚时作。

鉴赏 这是百诗百联第一届大赛时，作者与文怀沙、沈鹏等作为嘉宾在湖南岳麓书院时候有感而发，岳麓书院是全国四大书院之一的"千年学府"，岳麓书院不但是程朱理学的道南正脉，更是湖湘文化形成与发展的灵山宝地。书院大门上的对联"惟楚有材，于斯为盛"，道尽了岳麓书院历史上人才辈出的事实。

首句，视野所望，是水天相连处，所以诗人便由水而天，翘首仰视天宇。滚滚湘江水，表明的是一种豪迈的气势。"湘江水"欲追"云"，一个"追"字，不仅把汹涌的波涛写"活"了，也把白云悠悠的景象表现出来了。这是一种何等的情怀?! 当然也可以理解成"长江后浪推前浪"，人才济济，新人辈出。

承句，水天空阔，景观怡人。一个"仰"字化动为静，比之别诗化静为动，可算别出心裁；而此时的诗人心中想着评审诗词一事，邀请方为了表示客气吧，让诗人浏览湖南岳麓的各处景观，"楚文"，就是楚国文化！为下文埋下伏笔。

转结二句，岳麓山中荟萃了湘楚文化的精华，名胜古迹众多，集儒释道为一体，革命圣迹遍布。山上有晋代修建的麓山寺，山下有岳麓书院。（李咸用《夏日别余秀才》诗："岳麓云深麦雨秋，满倾杯酒对湘流。"）岳麓书院是古代汉族书院建筑，属于中国历史上著名的四大书院之一。历经千年，弦歌不绝，故世称"千年学府"，现为湖南大学下属的办学机构（面向全球招生）。爱晚亭（与琵琶亭、兰亭、醉翁亭并称中国四大名亭，是革命活动圣地，为省级文物保护单位。东西两面亭棂悬以红地镏金"爱晚亭"，是由当时的湖南大学校长李达专函请毛泽东所书手迹而制。爱晚亭是革命活动圣地，毛泽东青年时代在第一师范求学，常与罗学瓒、张昆弟等人一起到岳麓书院，与蔡和森聚会爱晚亭下，纵谈时局，探求真理）、麓山寺［由敦煌菩萨笠法护的弟子笠法崇创建于西晋武帝泰始四年（268），距今已有1700多年的历史，是佛教入湘最早的遗迹，现为湖南省重点文物保护单位和湖南省佛教协会驻地］、云麓宫（属道教二十三洞真虚福地）、新民学会旧址景点等，都跟历史文化相关联。如此胜景佳地，流传千古，散发了天地的光辉，同时也开启了万世子民的智慧。时隔千年，我在此一咏，谁还会来听呢?!

本诗语言明白晓畅，优美简洁，物象的选择动静结合，明暗相衬，照应严谨，情景交融，塑造了一个幽远的"世外桃源"的艺术意境，极富韵味。（姚育萍）

题　己

红尘漫漫一人思，不问功名苦作诗。
辗转九州吟五岳，清风做伴月相随。

2012 年

鉴赏　这首诗用简练的语言表达了诗人复杂的心理，含而不露，欲说还休，艺术性很强。

面对自己时，多数文人不会像李白"我本楚狂人"那样张扬而直抒胸臆。文明古国历来讲究中庸之道，谦逊为上，取而代之的往往是"无题""自嘲"之类。拿自己开涮，调子嘛不能拔高，调侃一番，或许还掺杂着几分无病呻吟、几分自鸣得意。"题己"：标题也，这里就与众不同。"腹有诗书气自华"，诗人敢于解剖自己，淡定、从容，是自信心的表现。

"红尘漫漫一人思,不问功名苦作诗。""红尘":繁华的都市,出自班固《西都赋》,就是纷纷扰扰的世俗生活。来源于车马过后扬起的尘土,借喻名利之路,也照应了"功名"二字。"漫漫":指时间长久或空间广远的样子,出自屈原《离骚》名言:路漫漫其修远兮,吾将上下而求索。2000多年以来,许多仁人志士都把它作为自己的座右铭,这是要人们永葆一种积极上进的心态,也可以说是工作、事业、理想和信念,不管遇到什么艰难险阻,都要一直走下去,永不退缩。一人:令人扼腕叹息!诗人十几岁就出来打工,流浪、茫然、无助、形影相吊、寂寞环绕,一切为生存而战!何谈"功名"?一路走来,遭遇白眼、冷嘲、热讽是必然的,确确实实演绎了黄荞版的《苦难辉煌》。这种境况,超出了多数人的想象。诚如鲁迅感慨的:沉默啊,沉默啊!不在沉默中爆发,就在沉默中灭亡。思:总领全诗。回顾过去,"痛定思痛,痛何如哉"应该是诗人写作这首诗的初衷吧。但诗人不是抱怨,而是像刘珂矣《泼茶香》唱出的:"微笑过往,只道是平常。"可见,诗人内心无比强大。他用诗记录下自己的心路历程,明天又将翻开新的一页。

"辗转九州吟五岳。""九州":《尚书·禹贡》作:冀、兖、青、徐、扬、荆、豫、梁、雍,这里泛指天下,全中国。"五岳":泰山、华山、衡山、恒山、嵩山,泛指名山大川。"读万卷书,行万里路",既欣赏了自然风光,又了解了各地风土人情,这些游历和见闻,开阔了诗人的视野,赋予诗人以灵感。常言道"纸上得来终觉浅,绝知此事要躬行",也正是这个道理!"清风做伴月相随":在与大自然的交流中,将个体的生命融入大自然之中。《前赤壁赋》苏子曰:"惟江上之清风,与山间之明月,耳得之而为声,目遇之而成色,取之无尽,用之不竭,是造物者之无尽藏也,而吾与子之所共适。"以清风明月作结,具有脱胎换骨、超然物外之韵味。

(袁国乾、陈友云)

题诗人

乐水乐山平仄兮,青春五岳九州题。
今看太白吟诗处,又有来人月下迷。

2012年3月

鉴赏 这是一首送给诗人的七绝，综观全诗，既指出诗人吟诗作赋的范畴，又点明诗的精髓与意蕴，写好诗词绝不是一日之功、一朝之计。诗人，通常是指写诗的人，通过诗词创作、抒发激情，通过诗词讴歌祖国的大好河山，通过诗词传颂人间的悲欢离合……而作者笔下的诗人却传达更深层次的内涵，脉络清晰、虚实相生、令人深思。起承两句，直接切题，开宗明义，不论是平水韵、词林正韵还是中华诗韵，诗人每天都在"平仄"中穿梭，乐此不疲，山水风光、青春激情、爱国情怀……更是写不尽的诗章，诉不完的主题。

转合"今看太白吟诗处，又有来人月下迷"真是出尘之想、神来之笔，"太白"就是诗仙李白，李白的诗在我国享有极为崇高的地位，诗中常将想象、夸张、比喻、拟人等手法综合运用，从而造成神奇异彩、瑰丽动人的意境，豪迈奔放，清新飘逸，立意清晰。李白的诗歌对后代也产生了极为深远的影响。作者在此处用"太白"来转结，可谓语意双关、语重心长，多少人能有李白的成就，大多数人写诗也只是爱好，根本登不上大雅之堂，更别说名垂千古了，岂不就是"月下迷"。另外，众所周知，李白的吟月诗，真可谓不同凡响、语出惊人。《静夜思》："床前明月光，疑是地上霜。"《月下独酌》："花间一壶酒，独酌无相亲。举杯邀明月，对影成三人……"《把酒问月》："青天有月来几时，我今停杯一问之：人攀明月不可得，月行却与人相随？"不胜枚举、高屋建瓴、无人能及，谁来到太白吟诗处，能不为诗仙写出这样的诗句而拍案叫绝呢！想必这才应该是作者笔下的诗人吧。

品评完此绝，深感作者用心良苦，一面自己钟爱着诗词，一面谆谆告诫，不禁为全诗的构思所折服，更为通篇的主旨所吸引，称得上章法灵活、引经据典、扣人心弦、值得借鉴。（成吉思爽）

无 题

北国甘霖细数风，春光无限却匆匆。
谁能料得皇家事，一觉醒来还梦中。

2012 年 4 月 16 日

鉴赏 此诗古"韵"（韵味）新"声"情致，融历史与人生、咏古咏史诗与义山的无题诗于一体。首句以白描的方式写风写雨，作者漂在北京，而北京雨水很少，用"甘霖"来写这难得的春雨；"细数"写出了一种闲适淡然，第二句总写春光的美好无限，含有自然与人生的实虚两面，一个"却"字笔锋陡转，情感随之改变，"匆匆"的叹惋之情跃然纸上。第三句承第二句"却"字直言历代王朝之事，境界突开，以设问的形式提出一个扑朔迷离、让人遐想亦感慨的问题，但第四句并不做具体而正面的回答，而是给人一个似真似幻、虚实相生的梦境。笔法灵活，暗切典故，境界空灵。（谢永旭）

荷塘月色

闪闪鄰光扰玉姬，千年一梦待君知。
相思泪水怕吹落，怎奈秋风月下驰。

2012 年

鉴赏 此作选四支上平运用宫音，声沉重而尊。"在声为歌，在志为思。""扰""待""怕"三个动词相扣，以"驰"作结，四个动词为诗的字眼所在。表达了玉姬对爱情的向往及痴情。转句拟人，怕泪水掉下来，却偏偏掉下来，看似表面，实则是对内心活动的刻画。结句道出原因，并与起句相呼应。（江梦琪）

无 题

银河万丈渡无涯，幻境空灵生彩霞。
世上何人来对句，桂香携手浣溪沙。

2016 年

鉴赏 这首七言绝句以"无题"命名，而《无题》诗古往今来大多比较含蓄、内敛，如李商隐的无题诗，欲盖弥彰又或是难以启齿，把生活、情感、仕途很多情感都夹杂其中，五味杂陈、难以名状。作者这首《无题》诗起承句空灵缥缈，转句设问，结句明朗，冠以《无题》应是唱和之作，又或是某些情感难以表达，再者就是作者先有诗，而没有适合的题目。

起句一叹，使人联想到牛郎织女的传说，在那宽广无边的银河中无舟可渡，相思难却，唯见繁星点点，正是人间的对应。每个人的行为一定与思维是密切相联的，所以起句交代行为，思维便是顺势而为。

承句是作者之浮想，这是一种寂寞、孤独的消遣，然内心是极其美好的。正如老子倚门，孔子曰其孤独。然老子说："你不知，我正美着呢！"由此可见"幻镜空灵生彩霞"是如梦似幻的，仿佛诗人在银河中看见了披着霞光的女子站在云端之上。还是诗人感叹知音难觅而又心中隐隐期待有一位红颜知己能走入自己心中，这些都不影响诗人沉浸其中。

转句设问，简单易懂，经过这么巧妙的一转，即刻让中心明朗，也使得尾句完美地阐释出作者心中最希冀的愿景。结句通过桂花交代了时令，八月是诗人期望，小舟浣沙，相携徜徉。而《浣溪沙》词牌为婉约、豪放两派词人所常用，如晏殊的《一曲新词酒一杯》、苏轼的《照日深红暖见鱼》、秦观的《漠漠轻寒上小楼》、辛弃疾的《常山道中即事》、吴文英的《门隔花深梦旧游》、纳兰性德的《谁念西风独自凉》等，大多以伤感、怀念为主，同时又不失美好。

整首诗抒发了作者在一个晴夜独处时观星象而生出的感叹，形单影只寂寥时，希冀有一位红颜知己携手人生。然愿景是美好，又喟叹高处知音难觅的矛盾心情。七绝的起承转合娴熟自如，诗中意境亦向往美好，正是人之常情，非常之贴合生活。（王如玉）

习琴曲《秋风词》作

抚琴忘问春风意，柳絮飘飞入室来。
同样相思无处达，诗仙邀我共瑶台。

2016 年 4 月 9 日

鉴赏 此绝是作者 2016 年 4 月 9 日于北京丰台科技园区习琴曲《秋风词》而作，那天柳絮漫天飞舞，诗人一边抚琴，一边吟唱，完全沉浸在《秋风词》的旋律中不能自拔，陶醉不已！

《秋风词》是唐代大诗人李白所作的一首词，全词为："秋风清，秋月明,落叶聚还散,寒鸦栖复惊。相思相见知何日?此时此夜难为情!入我相思门,知我相思苦,长相思兮长相忆,短相思兮无穷极,早知如此绊人心,何如当初莫相识。"这首词是典型的悲秋之作,秋风、秋月、落月、寒鸦,烘托出悲凉的氛围,加上诗人奇丽的想象和对自己内心的完美刻画使整首诗显得凄婉动人。在这深秋的月夜,诗人望着高悬天空的明月,看着栖息在已经落完叶子的树上的寒鸦,不禁黯然神伤。曾经的点点滴滴,像放电影一样,在脑子里回放着。此情此景不禁让诗人悲伤和无奈。这存留于心底的不可割舍,那段情感和思念反而让诗人后悔当初的相识。

  这样的曲调,诗人一遍又一遍地吟唱,虽然此时不是悲秋季节,但作者早已深深地融入李白的相思之情、相思之苦、相思之切……

  起句"抚琴忘问春风意",此时在北京正是春风得意、姹紫嫣红、万物复苏的季节,作者抚着琴正投入思潮翻滚的哀怨、无助、幽思等之中,又怎么会注意到春风扑面而来,更不可能去寻问、去叩问、去追问。

  承句"柳絮飘飞入室来",正是承接起句,柳絮正漫天飞舞、无拘无束、无牵无绊悄悄地飘入室中,而诗人却还是浑然不知,刻画得可谓栩栩如生、意韵悠长、津津有味!

  转句"同样相思无处达",一个"无处达",更是精准到位,作者和李白虽然生活在两个时代,但他们通过曲调的吟咏,真是惺惺相惜、心心相通、心心相懂!这种相思无法淋漓尽致地表达,被渲染得神思飘逸、沁人心脾、回味无穷。

  结句"诗仙邀我共瑶台",瑶台是神话传说中神仙所居之地,作者通过新奇的想象、美好的憧憬,幻想诗仙正在瑶台上举杯邀知己呢!这样一位深知诗仙的作者,能不得到李白的爱戴吗?

  综观此诗,构思巧妙清幽,结构深思缜密,音律婉转和谐,语言圆润浑厚,意境相得益彰。(成吉思爽)

题楠溪江

  题记:乙未年夏与师兄黎尚谷道长、常高禄道长,徐川有、徐海斌等友人游楠溪江作。

    山泉汇聚一江春,向海奔流不染尘。
    天地有灵尊大道,风平浪静谢诸神。

2015 年 7 月 25 日

鉴赏 这首诗言辞恳切，言尽而意无穷。才力致真诣，取道于深蕴，因情境而随物境赋诸神形悉为兼备。循律行气脉则圆通声律，遵格燮意脉则方正韵格。语序流畅，句拍抑扬，道法自然，可谓度以山架为格，揽以水条为律。小诗大义，言有物而韵有格，言有情而声有律，知音韵而得情景。（恒源茗客）

乙未年秋谒娲皇宫

题记：清漳河畔，先天之炁，聚气而生。大地之母，抟土造人，补天救世。社稷福神，女皇之治，制乐立媒。先灵圣贤，德泽千古，精神长存。上古之神，时时可见。深山隐伏，常驻吾心。

清漳环绕炁盈冲，大道娲皇万世功。
上古神明时可见，深山隐伏意幽穷。

2015年9月24日

注释 **娲皇宫**：是为祭祀中国古代神话传说中著名的女娲而修建的。闻名遐迩！**清漳**：水名。漳河上流。源出于山西省平定县南大黾谷。**炁**：古通"气"。**娲皇**：女娲氏。**幽穷**：谓幽僻之至。唐代韩愈《送文畅师北游》诗："幽穷共谁语，思想甚含哕。"

鉴赏 这首诗表达了诗人对娲皇的无限崇尚之情，上善若水，大道其行，恒生万物，造化生灵，是山可隐，是水盈情，幽幽万象，集于其中。于情于理，发于心而形于外，浑然而就。全诗脉络清晰，层次分明，意境幽深。诗人因拜访娲皇宫而感此幽静，及对上古神明的兴致，表现了诗人对大自然的热爱和对幽意馨香的爱好，都有很深厚的内涵，是和诗人的品格紧密相连的。精美的意象和余韵悠长的诗意，可谓景情相济，具有很强的艺术感染力。（江梦琪）

中国责任

导弹飞船陆海空，吴钩汉月大唐风。
如今崛起承民意，亮剑我为天下公。

2015年6月8日

鉴赏 不管进行什么体裁的创作，题目范围太大，则难以下笔，往往无从表达。山水悟道的这首七绝题目确实很宽泛，且力拨千钧，用简洁的七绝体进行创作，是很难写出"中国责任"来的。然山水悟道以较为娴熟的表达技巧、跳跃性的语言将中国责任诠释得甚为到位，并恰如其分地将个人的责任与中国的命运联系起来，爱国热情尽在其中。全诗刚劲有力，积极向上，一股英雄之气流溢于字里行间，充满着正能量，鼓舞人心。

起承两句采用列锦的艺术手法，完全罗列客观事物，经过选择组合，巧妙地排列在一起，构成生动可感的画面。此种写法类似于马致远《天净沙·秋思》的前三句，如果说马致远之《秋思》是以客观景物渲染一种悲凉的气氛，而这首七绝则是将客观事物连缀起来，展现中国上下五千年的历史文化与民族精神。王夫之《萱斋诗话》曰："情景名为二，而实不可离。神于诗者，妙合无垠。"此论精辟地阐述了诗歌的奇妙组合是没有边际的，通过奇妙的组合，或虚或实，组合出丰富的意象，从而表达意蕴深远的内涵。此诗在这方面做得甚好，作者跨越历史时空，追根溯源，从当今发达的海陆空现代武器——导弹、飞船写起，展现当今科技的发达，显示国力的雄厚，从而表现祖国的繁荣昌盛，说明祖国具有无比强大的力量。承句追溯历史上兴盛的几个典型朝代，诗人依然以典型的事物来表现祖国的强盛：春秋时期的吴钩，是当时流行的一种弯刀，它以青铜铸成，是冷兵器里的典范，充满传奇色彩，后又被历代文人写入诗篇，成为驰骋疆场、励志报国的精神象征。在众多文学作品中，吴国的利器已经超越刀剑本身，上升为一种骁勇善战、刚毅顽强的精神符号。历代诗篇均有引用"吴钩"一词抒情达意，如李贺："男儿何不带吴钩，收取关山五十州。请君暂上凌烟阁，若个书生万户侯？"——《南园十三首·其五》。杜甫："少年别有赠，含笑看吴钩。"——《后出塞五首》。李白："赵客缦胡缨，吴钩霜雪明。"——《侠客行》。"汉月"本义指汉家或汉朝时的明月，如南朝（陈）张正见《明君词》："寒树暗胡尘，霜栖明汉月。"李贺《金铜仙人辞汉歌》："空将汉月出宫门，忆君清泪如铅水。"亦借指祖国或故乡。

如杜甫《前出塞》诗之七:"已去汉月远,何时筑城还?"范摅《云溪友议》卷九:"万里隔关山,一心思汉月。""大唐"即历史上最强盛的王朝——唐朝,唐朝疆域辽阔,是版图最大的中原王朝,亦是唯一未修建长城的大一统中原王朝。不管是国力还是文化,唐朝均走在当时世界的前列。"吴钩汉月大唐风"这种组合,有力地展示了历代中国的强盛。所以,起承句着力表现了祖国的版图辽阔、文化灿烂,最关键的是写出了祖国军事力量的强大,内蕴着强大的民族精神,凌然不可侵犯,为转结做足铺垫,蓄足力量。

转句顺势转入国民的责任,即诗人认为担当的历史重任,这种重任神圣而又艰巨,以至于诗人上升到一种历史使命,这种使命感似乎与生俱来,之所以这样,那是诗人骨子里的爱国精神,这种精神是自身责任意识的驱动力。正可谓"天下兴亡,匹夫有责",无论何时,国家的命运与每一个国人都息息相关。"如今崛起承民意"说明了当今中国的雄起,势在必然,因为顺应了民意,一切以民为主,自然会得到人民的拥护,民意是测量国运的唯一标尺!只有倾听人民的心声,了解人民群众共同的思想和意愿,才能更好地治理国家,国家也才能兴盛强大。此句饱含着诗人掩饰不住的喜悦,这种喜悦正是与国同呼吸共命运的体现。如果说范公"先天下之忧而忧",那么诗人则是"先天下之乐而乐"了。这有何不可呢?既然祖国给我们带来了幸福的生活,那么作为祖国这个大家庭的一员,就应该处处以主人翁的姿态去爱护她,更有责任保护她不受侵犯!结句"亮剑我为天下公"直扣主题,石破天惊,将中国的责任化为自身的责任,且义不容辞,这种凛然的英雄气概触动人心。读罢,仿若见到一位准备出征、箭在弦上,誓死护卫祖国的英雄形象。诗人已然将祖国的利益放在第一,为了祖国,可以在所不惜。亮剑出征,必然所向披靡,无敌于天下。这是一种超越一切的精神,更是一种义不容辞的责任,与其说诗人是在写自己,不如说欲将这种责任意识浸入每一个国人心中。如果每一个国人都具有中国责任,国家势必永远屹立于世界的东方,成就不败的景观!

全诗起承转合衔接自然紧密,在表达上有别于一般的爱国作品。诗人不是着眼于大敌当前、英勇赴难的立意,而是着眼于祖国有史以来的昌盛,从而生发出要自觉护卫祖国荣耀的英雄豪气,给人振奋,亦含有"居安思危"之意,而这种意识,更体现一个国人爱国的情感。在写法上,新词旧语交替使用,不仅具有时代特色,而且具有一定的历史厚度,并未产生"不伦不类"的感觉。从一个意义上说,我们不仅要保留历史精华,也要与时俱进,跟上潮流,艺术才会具有一定的生命力,而这种融合,有待于我们每一个诗者思考与尝试。(张金英)

琼中行

曾经沧海起琼州,黎母布施还解忧。
漫步街头风雅颂,吾来星夜月如钩。

2015 年 3 月 3 日

鉴赏 这首诗写诗人应邀去琼州采风所见所感,琼中行只是一层,还有更深的一层,需要细心领略,到大自然怀抱中缓解精神压力的生活写照。曾经沧海起琼州,化句而来,沧海变迁,才有了海南。第二句突出海南的琼中县,写出了这里的特点、人物风情和传说(黎母的故事)。

诗人说这首作品在转句本来写的是"眼下城中风雅颂",而在其写书法的时候却误写成"漫步街头风雅颂"。两者意思略有不同,但都不影响整体的意境。转句赞美琼中,体现了琼中民风淳朴的特点,结句优美,意境绵绵,宛如一幅图画或者一幅晚归又或者是流星赶月的画面,星光闪闪,一弯玄月挂天边,很有古意。

这首小诗情景相生,思与境谐,正由于诗人有较高的思想境界和较深的生活体验,才显示出一种风韵天成、淡中有味、含而不露,表面平淡而内蕴却深厚的艺术美。(大雅)

无 题

姑且聊斋言水浒,或为三国续红楼。
人生况味琵琶语,但请君知恨不休。

2015 年 5 月 17 日

鉴赏 这首诗平白如话,自然流畅,含蓄隽永,寓意深刻,耐人寻味。可以看作诗人创作经验的感悟,博采众长,融会贯通,去实现以诗为生的远大目标。

诗以"无题"命篇,源自唐代诗人李商隐。这类诗作其内容或因不便明言,或因难用一个恰当的题目表现,所以命为"无题"。其中有的可能别有寄寓,也可能有恋爱本事以为依托,主要以诗歌形象所构成的意境为依据，把它们作为一般爱情诗对待，也并不妨碍认识它们的艺术价值。可谓仁者见仁，智者见智。

"姑且聊斋言水浒，或为三国续红楼。"一般来说，我国古典小说四大名著指的是《西游记》《水浒传》《三国演义》和《红楼梦》。估计《西游记》纯属神话小说，所以诗人抛开了。首先点了《聊斋志异》，这里没有主次之分，完全是平仄押韵的搭配。蒲松龄收集整理的《聊斋志异》给人的印象是鬼话连篇，正如《聊斋》电视主题曲中：牛鬼蛇神它倒比真人君子更可爱！几分庄严，几分诙谐，几分玩笑，几分感慨。此中滋味，谁能解得开？

《水浒传》的艺术成就，最突出的显示在英雄人物的塑造上。施耐庵善于把人物置身于真实环境中，紧扣人物的身份、经历、遭遇，成功地塑造了一二十个个性鲜明的典型形象，这些形象有血有肉，栩栩如生，跃然纸上。《水浒传》的语言，在群众口语基础上经过加工提炼，保存了群众口语的优点，具有洗练、明快、生动、色彩浓烈、造型力强的特色，是作品具有光辉艺术生命的重要因素。

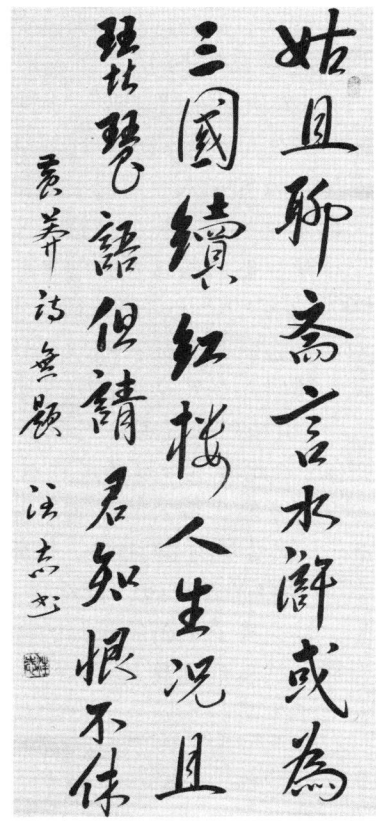

书法：汪　志

《三国演义》描写了从东汉末年到西晋初年之间近105年的历史风云，在广阔的背景上，上演了一幕幕气势磅礴的战争场面。罗贯中写出了三国时代各类社会斗争与矛盾的转化，并概括了这一时代的历史巨变，塑造了一批叱咤风云的三国英雄人物。小说表现的历史空间和地理地域相当广袤而丰富，故事在不同的空间结构中产生、发展、渐变、突转、结局，理应为小说展开多幅富于审美惊异和快感的故事场景。

《红楼梦》是一本百科全书。曹雪芹创作十年，五次增删修改，为此付出了毕生的心血。赢得了"开卷不读红楼梦，读尽诗书尽枉然"的赞誉。诚如鲁迅所说，"一部红楼梦，道学家看到了淫，经学家看到了易，才子佳人看到了缠绵，革命家看到了排满，流言家看到了宫闱秘事"。显然，经学家与才子佳人的见解是不同的，甚至不同于横看成岭侧成峰。可见，任何一部传世的作品，都有着极为深刻的道理，这些大作，是可以放之四海而皆准的。作为后来者，只要达到了真正理解的程度，是可以随心所欲地取其精华的。

"人生况味琵琶语"，况味：《辞源》解释为境况和情味。这里用况味来形容生活的心路历程比较准确，如林语堂先生的《秋天的况味》就有此意境：或如文人已摆脱下笔惊人的格调，而渐趋纯熟练达，宏毅坚实，其文读来有深长意味。这就是庄子所谓"正得秋而万宝成"结实的意义，人生最享乐的就是这一类的事。琵琶语：琵琶，是东亚传统弹拨乐器，已有2000多年的历史。唐代诗人白居易在他的著名诗篇《琵琶行》中非常形象地对琵琶演奏及其音响效果这样描述："大弦嘈嘈如急雨，小弦切切如私语。嘈嘈切切错杂弹，大珠小珠落玉盘。"

"但请君知恨不休"：这句点睛之笔发人沉醉，韵味悠长。与诗人交流得知："此诗主旨是通过几本著作讲述诗人的无奈情绪。"但这与笔者的诠释并不矛盾。曹公的"满纸荒唐言，一把心酸泪。都言作者痴，谁解其中味"，就是最好的注解。探索—困惑—升华，如此反复，即"诗穷而后工"。"穷而通天地，自然之理"，正是因为"穷"，才使得创作者对于人生、社会有了全新的深刻的体验。穷困之后，文人首先体验到的是自己的遭遇，然后推己及人，体悟到人生的遭遇，最后感悟了天地的真诚，从而领会了生活的本质。（袁国乾、陈友云）

寄　情

那年十月牵君手，枫叶飘飘似尔走。
相会时光琴瑟和，别离唯有把梦守。

2015 年 1 月 18 日

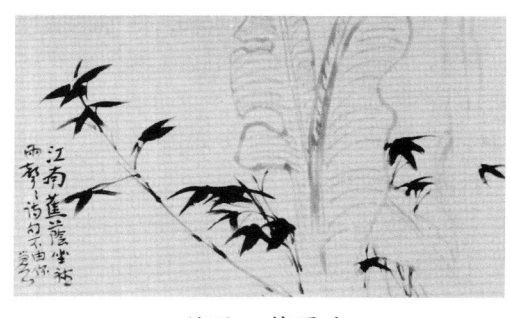

绘画：梅墨生

鉴赏　"问世间情为何物，直教人生死相许"，情是一种执着，一种追求，心相近，息相通，若得参透，便是明心。金秋的十月是收获的季节，也是迷人的季节，执子之手，与子偕老，经霜枫叶也是浓情，但是经不起严寒雨雪敲打，只能是化为无影无踪，这份时光是令人陶醉的，那琴弹瑟奏的和鸣之声，仿佛还在耳际，"梦"平声 méng，音蒙。《潘岳·哀永逝文》："既遇目兮无兆，曾寤寐兮弗梦。爰顾瞻兮家道，长寄心兮尔躬。"一个"梦"字使人婉恻，一个"守"字使人感到情真。全诗读来使人悱恻，凄惶缠绵，言尽情生！（渡航）

无　题

放眼高山飘白雪，手心紧握美人钗。
谁为不悔容颜老，阵阵松风冷入怀。

2015 年 4 月 7 日

【鉴赏】 起语铺以洁白之境为承句"手心紧握美人钗"而明旨，作者对爱之坚贞与对情之守候倍感至真。转语暗透凄楚之惜痕，结拍以景束情来点题，一颗充满渴望之心若然。

"放眼、紧握、不悔、冷入"，作者用深意识的流动，从直觉到想象的一个过程中，表达了一种对美好的寄望，成功地运用托物寄意，以物传情的过程。（耕云斋主、渡航）

遣　怀

夜读唐诗知古人，抚琴邀月桂华新。
苍苍四野渐生露，谁惹秋风莫问因。

2014 年 8 月 27 日

【鉴赏】 这首诗里有禅静的意境！而这种静是作者有意识地用这样的思维压迫内心的浮躁、痛苦、欲望！所提出的问题非常深刻！最后的答案也不和你说，把所有的思维空间留给读者去想象。古人云：闻风伤感，问花落泪，还是什么都不问的好。（立马昆仑）

无 题

写尽相思无处寄,缘来缘去不留人。
封情笑对凡花浪,从此天涯孤独身。

2014 年 7 月 13 日

鉴赏 如此简短的一首小诗,竟有如此繁复交错的思想感情,的确令人赞叹。诗人对感情刻画得细腻准确,对深层心理的挖掘吐露,给读者留下鲜明的印象,用字精练、寓意深峭。有对人生的执着,也有孤苦的寂寥,又有高自期许的慰勉!有韩愈、孟郊精髓之诗风。(静雅)

卢沟桥二首

宛平城

石板油光车马喧,两旁商铺大红门。
城墙屹立人非昨,历史沧桑问弹痕。

2014 年 6 月 11 日

鉴赏 全诗意境广阔且不乏厚重,紧扣时代的脉搏,且内涵蕴藉。诗人好像一位高明的电影师,把摄影机对准景物推、拉、摇、跟,一个画面接着一个画面在读者眼前放映出来,展示出一种极富层次感的动态美,同时亦使诗篇遂生波澜,开合动荡,将诗情推向更深远的境界。作者通过一幕幕场景、尾句画龙点睛的笔法,使诗意表现得更有深度、更为曲折,自可领略到诗中历史的韵味和不尽的意蕴。(耕云斋主)

卢沟桥

晓月穿云勾往事,群狮镇守看今朝。
新人新梦飞天镜,将士亡灵听我聊。

鉴赏 起语以虚实意境婉曲传出无端之怅惘，承、转据实化意，使无形之情在其收语中因之可悟可见，由此无情之意境皆因之而可思。（耕云斋主）

中国梦·昭苏军马场

万马奔腾山坐阵，铁蹄踏处梦飞扬。
千年积雪春风起，飘落草原送吉祥。

2014 年 5 月 26 日

注释 昭苏军马场：位于天山脚下。

鉴赏 全诗浅显易懂，诗人运用了朴实的语言，表现了新疆昭苏的天山、草原和骏马飞奔的视象。让人联想到惠及民生的小梦，彰显出中国之大梦，是多么令人震撼，广袤的天山牧场，万马腾欢，皑皑的雪色高原，熠熠闪光，春风起，草儿青，马儿壮，一片祥和安康。

起句交代了天山为阵，万马奔腾，诗人所看到的宏阔场景，如同行军布阵。承句交代缘由，飞奔的马蹄奋勇直前，寓意人们朝着梦想前进和积极向上的精神风貌，这个"梦"让人遐思。天山终年白雪皑皑，用"积雪"代表过去陈旧的思想和落后，用"春风"代表党的指导方针，送去温暖，滋润着草原万物。转结句以景寄情，寓意美好，余味深长。

题图之诗，贵在补充图中未表达意象，让读者去联想，该诗从图中得到灵感，用"梦"字让读者思考，图之主题从诗中得到引申，相得益彰，起承转合顺应自然，整诗气势恢宏、流畅得体。（江梦琪）

赠姬旭弟

题记：甲午春，姬旭弟从琉璃厂荣宝斋买笔纸而归，发图于网，见之临屏寄之，望弟诗书合璧。

抱得斋中纸笔归，挥毫泼墨为了谁。
一横两画春风起，五岳三江好赋诗。

2014 年 3 月 15 日

鉴赏　一首好诗主要是看其诗心，其次是看其诗情，整体布局是否合理，得自然之法于无穷意境之中。

本诗作者以纸笔、挥写、赋诗为线索拓展开来，用抱、归、挥、泼、起、赋这几个动词，将一幅画勾勒在我们面前，用斋中、一横、两画、春风、五岳、三江这几个名词，把地点、作为、情怀、豪气挥洒淋漓，丰盈了诗的内容，运用"得""为了"这两个虚词，表示动作趋向结果，"谁"这个疑问词，留墨之处，既是问也是目的，最后用"好"这个副词，起到画龙点睛的作用。

诗以"抱"字开端，抱的最终目的是诗，在这个过程中，"挥"与"泼"表达了诗人这种娴熟自如、驾驭诗笔的能力，"一横两画"，看似简单而干净利落，更凸显出诗人的磅礴气概，以及创作技巧，这如春风再起，景色盎然，一派生机，"五岳三江"画面开阔，可以想象到五岳三江春潮涌动，正因如此，可描绘出最新最美的图画，可写最新最美的篇章。

"斋"字可以得到深解，斋中的纸笔，与从商店来的很不同。"斋"从表面可解释成商店名，但这个字的本身是有禅意的。这是一种典型的意象双关。"挥毫泼墨为了谁"问句本身很直白，它的意义在于凝聚焦点和思维方向。"一横两画春风起，五岳三江好赋诗。"尾联句子应用了修辞，由两个自偶句再形成一次对偶，做得比较灵巧，增加了美感和律动，其节奏感就很强。

"挥毫泼墨为了谁？"这个答案最后聚焦到"诗"。但这个"诗"并不是指表面的意涵，如果把它理解成具体的诗词，那就错了，那样就没有意境了，就成了个死结。这个"诗"，是理想和激情以及创业的总和。是青年人奋斗的蓝图。至于人物本身或正好是诗人或画家，抑或是业余爱好，这只能算作与诗的意境是一种契合。而诗的意境本身不仅仅在这个层面上。换句话说，诗的可解性要远远大于文字的表面。在评价一首诗时，并不在乎作者想得多深，而是在乎诗留给了读者多大的解读空间。从意境分析可知，"诗"字下那个"诗"才是真正要表达的东西。字面的这个"诗"字，只是指向月亮的手，把读者带到这里，能不能得其深意，就看读者有没有那个情怀了。读不到这一层，这首诗就如白开水，索然无趣。读诗如同解谜。诗一旦写出来，作者与读者就一样了，作者也仅是自己的一种解释，或愿望。读者如何解都可以，作者无权否定其对错。

全诗最大特点，笔法自然、老到，纵横捭阖，豪情勃发，气势如虹，有上天揽月下海捉蛟之气概。真是诗中有画，画中有诗。

（渡航、楼外居士）

游长沙抒怀（新韵）

题记： 与全军书法骨干诗词班李翔、陈联合、吴震启、王界山、李有来、龙开胜等20多位诗书画友采风作。

桂香柳暮菊花怒，橘子洲头谁等闲。
雁过山风呼万岁，客来湘水荡云天。

2013年10月29日

鉴赏 此绝起句以香桂之秋中的垂垂哀柳与怒放之菊构成一幅对比强烈的色调反差图，为承转句做足了渲染与铺垫，"橘子洲头谁等闲"，诗人登临橘子洲头，浮想联翩，伟人当年"指点江山，激扬文字，粪土当年万户侯"那气吞山河之概至今犹使来者动怀不已。转语"雁过山风呼万岁"诗言寓以时代史迹，"呼万岁"三字借雁过之风以时空穿透力，可谓此绝之诗眼也。结句直抒作者心潮与湘江之澎拜而云天激越，其豪放之情性如见。

全诗构思独特，虚实间张弛有度，尤以转句造语突兀而深邃耐品，堪为当代记游之佳制也。（耕云斋主）

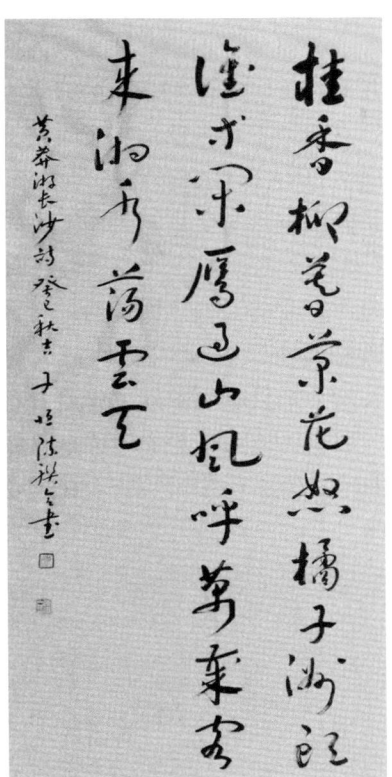

书法：陈联合

甲午年春记事

病在京城何所依,文章稿费细微微。
抬头不见家乡月,云作雾霾迎面飞。

2014 年 2 月 22 日

鉴赏 在诗人笔下,明月是个永恒的主题。只要提到明月,人们就会自然而然地想起李白那首脍炙人口的《静夜思》:"床前明月光,疑是地上霜。举头望明月,低头思故乡。"这首诗乍看起来明白如话,细品之则含蕴无穷。也正因如此,令人叹为观止,历来广为传诵。因而,一首好诗并不在于它有没有华丽的外表,而全在于它是否具有丰富的内涵。

我带着这种认识来赏读诗人黄莽先生的《甲午年春记事》。这首绝句写于2014年2月。这一年,诗人北漂事业才短短三年,每每拼尽全力,所获甚微,再加上京城消费高,诗人简直到了入不敷出的艰难地步。而时至2月,又正是大红灯笼高高挂的时候,家家团圆,人人享受温馨,到处洋溢着春节的喜气。而此时的诗人呢?不巧的是"屋漏偏逢连阴雨,船迟又遇打头风"。疾病缠身使诗人更显得孤苦无助。每当夜幕降临的时候,诗人抬头举目春雨隙间的朦胧月色而不见了月亮,一阵辛酸,思乡之情便油然而生。诗人试想着家人或许正在紧锣密鼓地忙着过节的准备,等着游子归来,恨不得穿过雾霾、跨越千里去和家人团聚。而此时此地,诗人面临的只有冷冰冰的月色和无边的雾霾,心中有股说不出的凄楚。

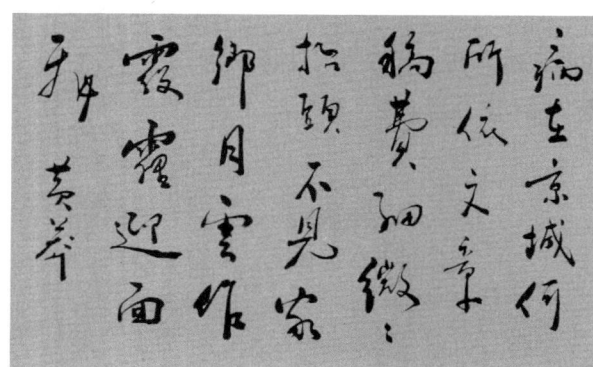

书法:黄 莽

这首绝句,可以分两部分来理解。第一部分即首联:"病在京城何所依,文章稿费细微微。"重在铺垫。这一联诗人通过白描的手法,写了两件事:一是收入低微;二是疾病缠身。看似两不相干,其实因果相关。诗人层层深入，层层渲染，烘托了与春节喜气极不相符的凄凉环境，招人怜悯，引发共鸣。第二部分即尾联："抬头不见家乡月，云作雾霾迎面飞。"重在抒情。在首联极力铺垫的基础上，诗人通过联想，创设了由昏暗的春夜和朦胧的月色组成的一个特定的意象，来抒发思乡之情。在这一联中，诗人无形地蕴含了大诗人李白《静夜思》的含蓄意蕴和表现手法，令人爱不释手。最值得咀嚼的是"云作雾霾迎面飞"一句，它在这首诗中最具内涵。其中的"雾霾"有两层意思：既指京城多雾霾，以现实衬托诗人所处之境；也比作北漂多艰辛。这句与唐代诗人张若虚《春江花月夜》中的"空里流霜不觉飞"虽异曲同工，却一反常态，不写空明清澈的月光，而写朦胧冷漠的月色。这是为何呢？综观全诗，诗人的意图不言而喻。读者从中也不仅能体会出诗人思乡的急切心情，更能感悟到诗人当时的糟糕心境和打拼之路的艰辛。

全诗四句，自然质朴，平中见奇，含蓄耐品。而且起承转合井然有序，浑然天成。内容看似易于理解，深究起来体悟不尽，真正体现了"无意于工而无不工"的妙境。为浅解其诗意，并表以敬意，特附和诗一首：京城漂泊独依依，相顾形容日渐微。每每情思寄乡远，随风化作雪花飞。

（李善效）

李 白

五岳吟诗邀皓月，清风自古喜寒家。
酒中得道何人及，独舞花丛到海涯。

2014年2月19日

鉴赏　在中国，凡是咿呀学语的孩童都会"床前明月光，疑是地上霜"的诗句，凡是读诗的人都知道"举杯邀明月，对影成三人"。无论是在寂静的月夜思念家乡的感受，还是伴着明月、清影，把这份孤独、冷清的惆怅心情，趁此美景良辰，沉醉到再也找不到的踪影。这"月"与诗也结下了不解之缘！

"五岳吟诗邀皓月。"李白一生游遍了祖国的三山五岳，留下许多吟月的诗篇，无论是小时的"小时不识月，呼作白玉盘"，还是梦境中的"我欲因之梦吴越，一夜飞度镜湖月。湖月照我影，送我至剡溪"；无论是想攀明月,向往光明的"俱怀逸兴壮思飞,欲上青天揽明月,还是明月可以带着他的愁思"我寄愁心与明月,随君直到夜郎西",李白总是以奇特的构思、浪漫的想象,深刻地表现出诗人的独斟独酌及举目无知音的孤独之情。李白有抱负,有才能,想做一番事业,但是既得不到统治者的赏识和支持,也找不到多少知音和朋友。所以他常常陷入孤独的包围之中,感到苦闷、彷徨。从他的笔下,读者可以听到一个孤独的灵魂的呼喊,这喊声里有对那个不合理的社会的抗议,也有对自由与解放的渴望,那股不可遏制的力量,是足以"惊风雨"而"泣鬼神"的。

"清风自古喜寒家。"应月而生,云淡风轻,月光清朗,远山朦胧,寒风清壁。"自古英雄出在寒家",李白从小就饱受饥寒,即使在朝廷中也是两袖清风。清风,是比喻高洁的品格。刘勰《文心雕龙·诔碑》"标序盛德,必见清风之华",杜甫《四松》诗"清风为我起,洒面若微霜",一轮皓月,与先生结下了一生的尾缘。

"酒中得道何人及。"诗酒常为伴,世人皆醉我独醒。因此就有了众孤独到邀月,与影相随这还不算,"我外之我"的影子及月亮一同畅饮的情景,甚至于以后的岁月,也休想找到共饮之人,所以只能与月光身影永远结游,并且相约在那邈远的上天仙境再见。与月同怀,参悟人生之理。

"独舞花丛到海涯。"繁花似锦,独与月共舞,表现出一种由独而不独,由不独而独,再由独而不独的复杂情感。表面看来,真能自得其乐,可是背后却有无限的凄凉,也给人留下无限思考和丰富的想象。结尾突出了一个"独"字,刻画了李白想攀明月,又想揽明月,都表现了他对于光明的向往。正因为他厌恶社会的黑暗与污浊,追求光明与纯洁,所以才对明月寄托了那么深厚的感情,以致连他的死也有传说,说他是醉后入水中捉月而死的。明月又常常使李白回忆起他的故乡。李白从小就与之结为伴侣,象征着光明、纯洁,常常使李白思念起故乡的月亮,是值得李白对她一往情深的。孤高、桀骜而又天真的伟大诗人李白,也完全配得上做明月的朋友。

全诗妙在把李白的"月""酒""清风""寒家"几个特写镜头串在一起,突出了"独"的情愫,起到了形散而神不散的功效,而又无矫揉造作之词,层层递进,随词造境,境起情生!作者运用丰富的想象,知道了明月对李白有这样多的意义,也寄予明月这样深厚的情谊。"永结无情游,相期邈云汉",也是作者诗心所在,同时也隐约地见到了作者的"慎独"之情操!(渡航)

癸巳杂诗三首

梅花今夜发春枝,泼墨千寻觅雅知。
碧水嵩山悬古月,琴弦拨弄慰相思。

冬日斜阳缕缕真,兰花幽谷似伊人。
闲来凝望禅心远,闭目犹闻万里春。

寒夜孤灯独守楼,隔窗风紧送离秋。
小诗写下与君往,微信传来碧水流。

2013 年 11 月 22 日

鉴赏 这三首杂诗是诗人黄莽先生写于 2013 年 11 月,即农历癸巳年十月。虽曰杂诗,其实一点也不杂,都是七言绝句,也都是寄怀之作。前两首是借物寄怀,后一首是借景寄怀。

第一首,梅花。在诗人眼里,梅花清香俏丽、铁骨冰魂、凌寒高洁,历代骚人墨客争相吟诵,或托梅花以言志,或借梅花来抒怀。宋代大家王安石有诗云:"墙角数枝梅,凌寒独自开。"就是借梅花来赞誉像梅花那样不流于世俗、不畏于炎凉、孤傲高洁的品格。黄莽先生此诗用意也正是如此。首联"梅花今夜发春枝,泼墨千寻觅雅知"一语双关。既叹志同道合

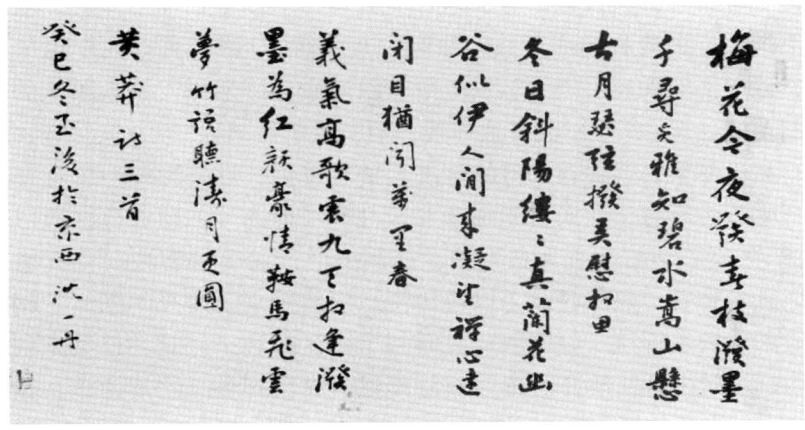

书法:沈一丹

的知音难觅,须千呼万唤、冬去春来方才获得;又暗示这诗中悟道亦如"宝剑锋从磨砺出,梅花香自苦寒来"。这其间的韵味正如唐代诗人卢仝所云的那样:"相思一夜梅花发,忽到窗前疑是君。"由此可见,诗人黄莽先生对梅花一样的知音和诗道真谛的痴迷追求如此用心良苦。尾联"碧水嵩山悬古月,琴弦拨弄慰相思。"诗人黄莽先生在此联中直截了当地运用了"高山流水"的典故来表达自己对知音的相思之苦,同时也表明自己对知音的渴求与期盼,以求从相识相知中得到几分慰藉。

  第二首,冬兰。古人认为,兰花具有香美、花美、叶美和气清、色清、神清、韵清的特点,历来被誉为"王者之香",是理想之美、万花之神奇。其香远益清、超凡脱俗的品格既像翩翩君子,也像俊俏佳人。冬兰更不惧严寒,其品质尤胜。"冬日斜阳缕缕真,兰花幽谷似伊人。"首联写冬兰无论生存环境怎样,皆能散发出缕缕馥郁纯真的香气,犹如在水一方的伊人,亦如冬日里的缕缕阳光,沁人心脾,亮人眼眸,给人温暖。这一联诗人运用比喻手法,形象地显示出了冬兰的气清(前句)和色清(后句)。如果了解诗人阅历的话,这难道不是诗人自己的真实写照吗?"闲来凝望禅心远,闭目犹闻万里春。"此联中的"万里春"有两种解释:一意是指广阔无边的浓浓春意,是概指;一意是指北宋著名词人周邦彦《万里春》一词,是词牌名。无论何意,尾联都表达了诗人黄莽先生参禅悟道的深邃高远而悠然自得。诗人从"凝望禅心远"到"犹闻万里春",便是经历了由韵清到神清、再由神清到韵清的往复升华过程,以通达高深玄妙的境界。正如苏东坡庐山诗偈所云的一样富于禅理:"庐山烟雨浙江潮,未到千般恨不消。到得原来无别事,庐山烟雨浙江潮。"

  第三首,离秋。曾有人写下这样一首诗:"万里长夜一孤灯,断章残月五更风。心事浩渺连广宇,天涯何人共此情?"诗人黄莽先生也采用了和这首诗一样的表现手法,触景生情,以鸿雁传诗来抒发诗人离秋的孤独和对朋友的挂念。"寒夜孤灯独守楼,隔窗风紧送离秋。"首联笔调比较低沉。写秋去冬来,诗人在寒冷的冬夜,独自夜读,灯孤影绰。窗外寒风萧瑟,送来阵阵寒意,让人备感孤独和凄楚。"小诗写下与君往,微信传来碧水流。"尾联转结一改离愁别绪,笔调由低沉而变得明快。诗人想到了千里之外的诗友,隔屏呼唤,以诗传情。果然传来了诗友的问候,顿时如大地春归、碧水回流。好像朋友又回到了自己身边,或是自己又来到了朋友当中,一如往日,敞开心扉,吟诗作赋,纵情抒怀。此情此景,亦幻亦真,诗人所有的愁绪都烟消云散。这一联,不仅表达了诗人对朋友的挂念,同时也体现出诗人渴望以诗会友的崇高情操。(李善效)

拜玉台

大别山中独弈棋,清风瘦影月悬枝。
江湖九转无逢处,摘朵云儿系上诗。

2013 年 10 月 1 日

注释 玉台:传说中天帝居住的地方。《楚辞章句》作者王逸,《九思·伤时》:"缘天梯兮北上,登太一兮玉台。"《汉书》卷二十二《礼乐志》:"天马徕,龙之媒,游阊阖,观玉台。"

鉴赏 这是一首投递诗或称自荐信,以此希望得到赏识自己的伯乐或者高人指点。这首作品作者并没有指向某一个固定的人,不卑不亢,作者像是"摆起八卦阵",又像是"渭河钓鱼",很是自信,与李白《与韩荆州书》有天壤之别。

第一句交代诗人的家乡大别山(安徽金寨),一个"独"字表明一个人在下着棋。杜荀鹤《观棋》诗:"有时逢敌手,对局到深更。"人家是棋逢对手到深夜;可这里作者与自己博弈,诗的深层含义暗寓了作者的心境。

第二句清风习习,在月光下树枝落下斑驳的树影与诗人消瘦的影子,营造出一种幽静、清雅的气氛。诗人寥寥数笔,使得瘦影、悬枝,充盈着动态之美,随风轻曳的树枝,依月移动的影子,都给人以赏心悦目、悠然自得之感。胡适先生曾说"一切语言文字的作用在于达意表情;达意达得妙,表情表得好,便是文学",刘勰《文心雕龙》:"惟人参之,性灵所钟,是谓三才。为五行之秀,实天地之心。心生而言立,言立而文明,自然之道也。"将作者的理念推广到万事万物,就连这些没有心智的事物都有文采,何况是那些有心智的人!

第三句忽然宕开。诗人的视线从大别山移开,转写大江南北到了多处,武当山、嵩山、云台山、天山……数十座名山都没寻到高人或伯乐。这是一种怎样的心境呢?!让我想到王国维《人间词话》古今成就大事业、大学问的人,无不经过三种境界:"昨夜西风凋碧树,独上高楼,望尽天涯路。"这是第一个境界。眼光远大,目标坚定。寻不着,并不因此而气馁。为下句抒情做了铺垫。然后就有了浪漫的奇思,希望云儿能带去诗人的这首诗!这就给读者以引申发挥的自由。

综观此七绝,毫不逊色于唐人,诗人善写静景,而且与王维、孟浩然一样,总是清而不冷,静而不寂。尾句感发联想,人各不同,往往导致诗的多义性,这正是小诗耐人咀嚼的地方,也是一种很高的艺术境界。

(姚育萍)

新 茶

寒冬难令早莺啼,岭上梅花正放诗。
掬得香魂君不在,新茶一片煮相思。

2013 年

鉴赏 这首咏物抒情诗,所咏的是新茶。我想所谓"新茶",必须具备两个要素:早、香。这首诗采用的是象征手法,诗人用优美而蓬勃的想象写出了新茶的形象,极富浪漫主义色彩。

"寒冬难令早莺啼"表面上是说寒冬季节难以听到黄莺的鸣叫。其实"寒冬"一词在这里的作用是界定春天的上限。很明显,寒冬过后,即是早春,自然给人的印象是一个"早"字。春天来了,万物开始复苏,生机盎然:小草破土而出,茶树的嫩芽也不知不觉地冒尖了,黄莺在歌唱,茶农们开始忙碌。

"岭上梅花正放诗"紧承首句,写高山上梅花还在绽放,时间上再次印证了"早"字。空间上却来了大挪移,看似无理,其实确实存在。白居易"人间四月芳菲尽,山寺桃花始盛开"就是最好的例证。常识告诉我们,在山地地区,气温是随着地势的高度的上升而相应递减的。加上植物对气温的适应能力不同,这样,处于不同高度地段的植物景观必然就会出现差异。

"掬得香魂君不在"也许是诗人采取高山上梅花上的雪花,因为煮茶有三种水:雪水、泉水、溪水,我们知道,唐宋时期上至皇帝,下至达官贵人、文人雅士、贩夫走卒饮茶是时尚。对天下第几泉的考评完全是依据泉水煮茶的优劣来确定的。

"新茶一片煮相思。"最后亮出底牌,呼应主题,是全诗的重点。读者恍然大悟,原来前面的铺述都是为了结尾交代的相思情。至于是什么样的相思情让诗人匠心独运,我想可以理解成友人间的想念之情,或是恋人之间的相思之情,或者其余的什么情都顺理成章。

总之,整首诗剪裁精妙,既写了黄莺的鸣叫,又写了梅花的开放,还写了诗人的相思情意。语言质朴淡雅,诗意浓厚而自然。所谓咏物抒怀,景中有情,是也!(袁国乾)

怒放的生命

谁遣秋风入我怀,潇潇夜雨洗尘埃。
山坡野陌菊花笑,疑是春光又复来。

2013 年 7 月 17 日

鉴赏 作者这首七绝,不免使人想到"自古逢秋悲寂寥"的情景,那种"浔阳江头夜送客,枫叶荻花秋瑟瑟"浮现人们眼前,瑟瑟的秋风从江面掠过,江边的枫叶和荻花在秋风中微微颤抖的秋天世界,这是白居易在《琵琶行》中描写的 1000 多年前在浔阳江头送客的一幕。"秋风入我怀,忧思独哀哀",以及《古歌》"秋风萧萧愁杀人。出亦愁,入亦愁。座中何人谁不怀忧?令我白头"。

作者下笔"谁遣秋风入我怀,潇潇夜雨洗尘埃"的一种悲凉氛围荡然无存。作者写的秋风是经过一夜潇潇秋雨洗涤,空气是那么清新,使人惬意,这样的秋风谁不喜欢呢?有一种"我言今日胜春朝"的感受吧,你看那漫山遍野的菊花笑了,这是诗人思维的升华,一个"笑"字承上启下,为什么"笑"呢?因为"我花开后百花杀",在这百花凋落的时候,只有"遍地黄花分外香",同时这"笑"是怒放出来的生命,接着用一个"疑"字,表达了菊花在经过霜风秋雨催逼下,仍能像春天的百花一样争奇斗艳,道出菊花傲霜斗寒的品质,也道出诗人的气质与情怀。

本诗从"遣""洗""笑""疑"一问一转,整个小绝浑然一体,使人感到佳绝天成。(渡航)

绘画:石义友

题铜鼓仙人现掌峰

亿万年前沧海涌,腾空出世一孤峰。
丹霞壁上金刚掌,不是如来不是侬。

2013 年 4 月 16 日

鉴赏 这是一首游记诗,作者于 2013 年在江西铜鼓县采风,与友人谢寿全、傅占魁导师等游历后写的一首作品。起承句作者以世间穿梭为主笔,从眼前看到的景象联想到亿万年前的一片汪洋大海,经过沧海桑田的变动,地球发生变化,在刹那间腾空出世一座孤峰。一、二句主要交代"仙人现掌峰"形成的原因。转句"丹霞"是指这里的地理风貌而在绝壁上形成的掌印,结句写此壁上的掌印不是如来留下的,也不是你留下的,难道是传说中的仙人留下的,还是作者留下的?寓意深刻,值得回味。

(江梦琪)

应胡盼盼之邀游皖西茶园

日出云佳登古道,茶香四野农家早。
偷闲一醉忘尘烟,喜看皖西三月好。

山壮水清风暖暖,茶歌欢唱步从容。
登临此地心潮起,饮过方知情义浓。

2016 年

鉴赏 第一首随吟作品,欢快轻松,突出了一种闲适的心态。皖西位于安徽省大别山,这里自古是兵家必争之地,也是瓜片主产区。诗人通过首句和承句做地理、物产交代。转结句以所见突出忘记俗尘纷扰之事,沉浸在山水之中。第二首情景交融,交代了三月春风暖,愉悦之情无以言表,而以春茶为引,寄以情;以茶做媒,情与景贯穿其中,吟来顺畅毫无造作之态,自然清新。(江梦琪)

游青海湖

丽日蓝天青海湖,远山雪影画中图。
侠踪仗剑三千里,为约神仙酒一壶。

2015年8月

鉴赏 青海湖位于青海省西北部的青海湖盆地内,是中国最大的内陆湖泊,以秀丽明快的景色不知倾倒了多少历代游人。诗人此次应友人相邀去青海湖采风,不免见景生情,写下了这首小诗。

首句,"丽日蓝天青海湖",开句便点染出一个"蓝"字。浩渺如镜的青海湖与远处的蓝天,形成了水天一色,碧波万顷。境界阔大,气象雄浑,极目远眺,精神为之一振。

承句作者将视线从湖中转到湖岸交接处,"影"字写出了远山顶上白雪余留的神韵,使静景平添动感,湛蓝的青海湖和雪峰群山在水中的倒影相映成辉,形成了一幅绝妙的画中图,并为下句视角的转换起到了巧妙的过渡作用。

转句是作者从青海湖水天一色引发出的意中之景。"三千"未必是确数,只是形容青海湖之大。作者懂得如何去制造气氛,去渲染更大更动人的效应,于是,想象武侠小说里的仗剑英雄侠士,纵横天地间,那股气势,怎能不让人为之心动,面对广阔无边,波澜一层跟着一层的气势,使你仿佛身临其境,在如此既幽雅又壮观的环境里,不容你不为之感动与感染。

结句,"为约神仙酒一壶"。夸张的写法,何来神仙?袁枚曾说:"诗有正喻夹写,似是而非之语,最妙。"(《随园诗话》卷十二)那么此诗的立意,不仅描摹这青海湖,青海湖只是诗人兴会的触发机制。赋诗最怕雷同,拾人牙慧。诗人不为所囿,独抒性灵。赋诗作文,自写胸襟,能冲破束缚,专求个性,其才力又相符。于是让读者自然想到诗人著书作诗颇多,常能驱遣万物于笔下,这大概也是他行侠仗义、扶贫救困于"江湖"的另一面吧。

综观此绝,相对于前两句而言,诗的后两句的"喻"更加明显。前两句的字面是写湖,后两句则在因湖而发奇想,巧做文章。湖的实质在这里则是次要的了,这青海湖在这里只是一个湖。通过此湖诗人成了仗剑侠士。通过这一移花接木的手法,诗的真正用意——提倡写诗要有独抒性灵,诗人天性淡逸、超然物外的风采也就很轻巧自然地表现出来了。

(姚育萍)

秋

拥山吻水忘何日,忽起西风雁远征。
《霜月》吟来都不见,邀谁共我吐心声。

2016 年

鉴赏 这首七绝作品是作者丙申年游历之作,语言清新自然,古朴淡雅,意境冷寂凄迷,低婉奇美,既有婉约之美,又有豪放之气。细品,有"诗出于心,吟来忘我;平中见奇,淡中显真"的境界。

起句写作者近来畅游祖国各地风景名胜,亲近自然,不知年月,完全沉浸在其中的惬意旅程,以"拥""吻"二字生动形象地表达了诗人忘记了尘世间的各种烦恼,寄情于山水,放怀乎天地,平静而悠然的情怀;承句诗意突转,以"西风雁远征"交代了季节变化,并点题呼应。炎威渐退,玉露生凉,雁阵惊寒,不觉秋至,这突起的"西风"和"南飞的大雁"引起了作者对秋天的关注,由此感叹秋风萧瑟,草木摇落,时光飞逝,日月如梭。当然,雁还有另外所指,或是诗人自比,"还顾望旧乡,长路漫浩浩",淡淡的归思之情隐寓其中。

转承句化用李商隐诗《霜月》"初闻征雁已无蝉,百尺楼高水接天。青女素娥俱耐冷,月中霜里斗婵娟"中的意味,秋空明净,月色澄清,四野静寂,廓然无人,此时作者却独自行咏,仿佛物我两忘,遐想和现实交织在一起而构成相互交融的完美整体。"霜月"在这里可谓一语双关,虚指实指均可,借李商隐的诗来表达心语,继而感叹咏秋咏月之人而今都不在,剩下孤单的作者伤感无处寄达。尾句惆怅自问,无奈落寞,略带些许悲凉之味。

此作诗风冲淡洗练,用典无痕,笔力老到,非饱学之士难有如此谈吐。(谢永旭)

重游悬剑山

雪覆仙山鸟迹无,枝头剔透待春苏。
重游景色不同往,过半人生酒一壶。

2017 年 2 月 2 日

鉴赏　这首七绝是诗人重游故乡悬剑山之作,不过季节有所不同,往昔名作五律《清晨登悬剑山》大概写于夏季,此作则写于冬天。比较而言,昔作《悬剑山》"云雾苍山掩,悠然野径寻。悬崖垂白练,飞鸟入幽林。谁得真经去?空留宝剑吟。登高方识远,天地纳于心"。全诗八句是先写景再议论,寓理于景,写景较为丰富突出,风格俊朗飘逸,给予读者的是一种辽远深邃的人生思考和哲悟境界。今作在写景上却只侧重于雪,一、二句写景,点面结合。

黄莽于悬剑山采风

首句写悬剑山冬雪之大,天地苍茫一片而不见飞鸟踪迹,让人自然地联想到柳宗元《江雪》中的名句"千山鸟飞绝,万径人踪灭"。次句写行走在树林间看到枝头上挂着晶莹剔透的雪球或雪条,同时也暗示"冬天来了,春天还会远吗?"的深沉寄托。

三、四句议论抒情,先议论后抒情。第三句对今日游览所见与往昔进行比照,相对前次登山来说,重游一路显得空旷寂寥,心中不免生发失落和惆怅,由此而转入抒情。尾句承上文抒写此时诗人又想到自己将近不惑,更是增添了些许伤感落寞,但他一向性格洒脱旷达,从不为世事观景羁绊,一壶酒下肚早已烟消云散了。"酌酒以自宽",这是何等的放怀超然!(谢永旭)

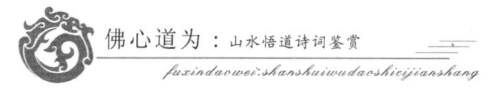

重游长安

钟响千年鼓作陪,晨迎旭日暮惊雷。
长安又见愁依旧,独向京城酒一杯。

2017 年

注释 西安钟鼓楼是西安钟楼和西安鼓楼的合称,位于西安市中心,是西安的标志性建筑物,两座明代建筑遥相呼应,蔚为壮观。**京城**:指首都北京。

鉴赏 长安是中国十三朝古都,拥有着7000多年文明史、3100多年建城史和1200多年(不计陪都)的建都史,也是中国历史上建都朝代最多,建都时间最长,影响力最大的皇城,居中国四大古都之首,同时还是迄今为止唯一被联合国教科文组织确定为世界历史名城的中国城市,与雅典、罗马、开罗并称世界四大文明古都。"九天阊阖开宫殿,万国衣冠拜冕旒",足见其当时的规模与影响。

作为文人墨客们历来向往和吟咏之地,古都长安产生了许多不朽的诗文。自古及今,写长安的诗词就有数千首,"春风得意马蹄疾,一日看尽长安花""桐叶晨飘蛩夜语。旅思秋光,黯黯长安路""炙手炎来,掉头冷去,无限长安客",名句自然也不胜枚举。可以说,长安成就了文人,文人也成就了长安。

绘画:梅墨生

本诗题为"重游长安",重点在于一个"重"字,所见与所感许是不同于前次了。起句运用拟人的修辞,以钟鼓千年,相伴永远,响声依旧,写出古城长安的悠久历史。承句略平,似是对起句的注解,早上起来迎着旭日听到传来的钟声,傍晚又听到鼓声如雷声响起,晨钟暮鼓,日复一日,朝复一朝,时光飞逝,转眼却是数千年。正是:"今人不见古时月,今月曾经照古人。"春秋迭易,岁月轮回,"暗淡了刀光剑影,远去了鼓角争鸣",轮去了多少,迎来了多少,长安始终在见证着。一、二句相依相衬,也为后文抒情做铺垫。第三句在结构上与诗题呼应,体现为"又"与"重"二字,并抒发愁情依旧。品到此处,读者不禁会问,这愁从何来?其实,就是从起承句中而来,这是一种历史的深沉感慨,穿越古今。世事沧桑,物是人非,"寄蜉蝣于天地,渺沧海之一粟,哀吾生之须臾,羡长江之无穷",试问何人不愁?每游一次愁一次,一次更比一次愁!相信能够引起读者的广泛共鸣。深入赏析,作者也像在写"一座城,一首诗,一个人"。这种旷古的孤独感和漂泊感仿佛从岁月的深处喷发而出,于是结句中"独向京城酒一杯"之"独"和"酒一杯"便顺"意"成章,不难理解了。否则,便会"低头独长叹,此叹无人喻",此"愁"、此"独"皆无解。

这首诗以写古代都城长安表达作者北漂的心境,看似平淡,实则深沉。唯其深入,方见大妙。(谢永旭)

戊戌春日所见

昨夜狂风寒雨顾,今晨飞雪看花愁。
可怜万物刚开始,却见桃红白了头。

2018 年 4 月 4 日

鉴赏 写诗是讲意境的,意境从什么地方来?意境从作者的胸器中来,从学养中来,从字词的虚实相生中来。什么是实?写景、状物、记事是实;什么是虚,从"实"出发,以"实"为根基,抒发作者情感是"虚",是看不见的摸不着的,让这无形的情清晰起来,"有形"起来,活起来,走近读者的心里,于是便有了意境。写实是写作手段,写虚是写作目的。虚实结合恰到好处,诗句就显得疏朗而灵动,一味描述,过实了,诗句就显得呆板涩滞,过虚了,读者往往不知所云,要把握虚实的结合点、平衡点。诗要抒发自己的感情,也要给读者留下想象的空间。

这首《戊戌春日所见》是首虚实相生的绝句作品。正如著名诗人傅占魁评此诗"绝句贵在结得意韵含蓄,神光远射。出语混茫,结得机警,富于哲理让人沉思!新事物,有生命力,但还脆弱,易遭摧残;美好的事物,易被污浊浸染。所谓翘翘者易折,皎皎者易污,人世中许多大真大善大美的人与事不是常常被大伪大恶大奸搅弄得奇冤千古么!可悲的是现实的混沌污浊仍在不断重演!寒气未随梅蕊尽,春风才上柳芽尖的一点生命之绿,仅仅开始,就被倒春的寒潮恶雪却狠狠地压白了头啊!一句可怜,我们可以感受到诗人泣血的呼喊!这就告诉我们:只有用心和血去写的诗,才使诗呈现出美的至境!"

如果说昨夜的狂风冷雨只是一个过去的铺垫甚至诗人一丝丝苦涩的文字表象的凄切,不足以动人,那今晨的飞雪在春日里弥足惊心了,愁者非花,是人,花冷人愁,人借花而发语。春日飞雪亦不足奇,春色烂漫,春花初放时节的飞雪亦不足奇,奇在狂风寒雨后,飞雪下楚楚红花。飞雪下楚楚红花亦不足奇,不过是一个冷冷春日的一道风景,谁都可见,谁都可写,唐代诗僧皎然说,诗有二十式,七曰逢时,此诗人逢时,故出肺腑。

白乐天论格律诗说,诗有三本,一曰有窍。二曰有骨。三曰有髓。以声律为窍;以物象为骨;以意格为体。凡为诗须具此三者。《戊戌春日所见》三本齐备焉,声律不消说,诗人所取物象:春日、风雨、飞雪、桃花;意格者,意境与格调,诗人以"惜春"为意,以戊戌(2018年)春季某一天的狂风寒雨飞雪为境,以"悲天悯人之赤子之心"为格,故诗中怜而不伤。

狂风寒雨方过,劈面飞雪已来,春日不暖,万物"心寒",况人乎?况诗人乎!"万物刚开始",平常语罢了,"白了头"三字,亦随处可见,不过却因风雨飞雪后显得"情不可抑制"了,白头的何止是桃红?是"春色春光"里的人惊风霜雨雪而白头,如姜白石言"人所易言,我寡言之,人所难言,我易言之,自不俗。"读至此,诸君竟不惜春!白石又说"小诗精深,短章蕴藉……乃妙。"今人作诗,顾忌较之古人尤多,鲜有意格骨肉俱存者,存则雅章耳。(集梧)

卷五 古风系列

书法：汪承兴

铜鼓行

隐士访桃源，郁郁断了魂。
骚客谈桃源，千年意犹存。
今复长啸鲲鹏去，早接陶公梦里言。
夜辞京城雾霾兮，朝饮玉露桃花村。
四面群山八叠岭，三都六里七重门。
东西南北入云霄，锁住丹霞种玉盆。
潘周过化大明风，邓笑汉将力道穷。
天柱峰上摘星斗，龙岩腹下参禅宗。
真君剑劈铜鼓石，金鸡慧眼识孽龙。
大銮起义昙花现，福地奏响东方红。
王子山歌妙生花，玄澹三姐盘歌夸。
烟雨小庐烹白茶，定江两岸望客家。
不为时利长寿乡，山前屋后瓜果茄。
幸识三老知野史，闲暇三友话桑麻。
迩来桃源争不休，待字闺中使人愁。
闻尔不开颜，小子泪双流。
囊中空瑟瑟，名不盖九州。
感恩允忘年，无为运何筹？
游龙随我身，操起高歌为尔留。
时不利兮泛孤舟，一生何曾做名游！
惯看鄱阳鱼逆流，方入此地索缘由。
樱桃花满山，风吹花满沟。
山中缘几日，复出如三秋。
道不得兮食无味，思不寝兮月难寐。
古今"记"之兮，信而无伪。
世人寻寻不见兮，陶令又复指。
春笋应雨急，新城拔地起。
紫杉迎客舞，远古风不止。

铜鼓声彻彻,直冲九天瑶池水。
翻起滚滚仙乐鸣,王母置酒银河羹。
复劝醉看白霓裳,翩翩花香影轻盈。
丝弦大音唏嘘兮,划破天际旭日迎。

2013 年 4 月 22 日

绘画:杨明臣

注释 **铜鼓行**:别名桃源行。**隐士**:指南阳刘子骥。**陶公**:陶渊明。**雾霾**:2013 年北京连续雾霾天气,能见度低,呼吸困难。**潘周过化**:铜鼓石刻,含意为"江西巡抚潘季驯和巡道周思敬二人,派邓子龙来此镇压李大銮农民起义之后,铜鼓地方才复归王化",为明朝邓子龙所题。**邓**:指邓子龙。邓子龙诗刻于铜鼓石上曰:"定江巨石当路傍,有人疑是南山虎。笑汉将军只没羽,乃不贯之何足数。又云此石名铜鼓,上应北辰开帅府。英雄一剑破中坚,撑拄乾坤镇吴楚。"**汉将**:指汉朝将军李广。**力道穷**:没有力道。穷:没有。**真君**:为晋代道士许逊,字敬之,南昌(今属江西)人。传说他曾镇孽龙斩妖蛇,为民除害,道法高妙,闻名遐迩,时求为弟子者甚多,被尊为净明忠孝教教祖。**大銮**:原名李大銮,明万历年间率领贫苦纸槽工起义,影响深远。后起义失败,慷慨就义。也有史料载为李大鸾。**王子**:指叶大中。**玄澹**:指清高淡泊。**三姐**:指刘三姐。**盘歌**:当地的一种山歌,形式上属于两人一唱一答。**小庐**:指煮湖寮,依山而建立的仿古小房子。**定江**:《铜鼓地名志》云:"《义宁州志》,称此水为武宁乡水。"**白茶**:当地的一种绿茶称呼。**三老**:指当地学者蔡柏如、黄彧清、赖文峰。**三友**:指当地谢寿全、李恭仁、林兰修三人,又号称桃源三友。**迩来**:近来、最近;从某时以来,从那以来。**允忘年**:年纪小的称呼年纪大的为"允我忘年",年纪大的称呼年纪小的为忘年交。**游龙**:诗人的瑶琴名。**名游**:意思是一生没有去名山大刹旅游过。**惯看**：经常的意思。**此地**：指铜鼓县。**道不得**：不可说，无法说。《桃花源记》"不足与外人道也"表现了古人重承诺，守信誉。古今"记"之分，信而无伪。意思是古往今来凡是带"记"字的文章都有出处，如《徐霞客游记》《醉翁亭记》等。这里本意为《桃花源记》是有真实性的，所记载的是有原型地可考的。**紫杉**：原名红豆杉，又叫赤柏松，是世界上公认的濒临灭绝的天然珍稀抗癌植物，是经过了第四纪冰川遗留下来的古老树种，已有250万年的历史。

鉴赏　《铜鼓行》别名《桃源行》，是著名青年诗人黄莽到铜鼓考察桃花源原型地纪行述感之作。行，是古诗的一种体裁，乐府也称"行"。它容量大，句数没有限制，以七言为主，间以杂言。同其他古体诗相比，更富于音乐性。与排律相比，没有那么多的限制，用韵上，可以一韵到底，也可转韵。《铜鼓行》这首诗，以七言为主，杂以五言。除古体诗法外，还参用了骚体，用了六个"兮"字。全诗转韵七次，有平韵，也有仄韵。用韵的形式，与诗的内容、感情密切相关。全诗章法整齐，气势磅礴，才气奔放，也不乏柔情，兴到笔随，不受体律的拘束。

全诗可分为四段。从开头至"种玉盆"为第一段。写诗人依陶公"梦里言"，造访桃源。开篇就直接用《桃花源记》"南阳刘子骥，高尚士也，闻之，欣然规往。未果。寻病终"的文意，接着，写"骚客谈桃源，千年意犹存"。可见，千百年来，人们向往桃源、谈论桃源、寻找桃源。桃源之所以有如此大的魅力，是因为渊明以纪实的方式，描绘了一个闭塞安宁、平等自由、和睦温馨、勤劳富足的社会环境，寄托了渊明的人生态度和社会理想，深受人们的爱慕和向往。但"灵境"在哪儿？千百年来，寻找者虽多，却无定论。诗人"接陶公梦里言"，来寻找真正的桃源。乘"鲲鹏"，"夜辞京城"，"朝饮玉露桃花村"几句，道出了诗人行色匆匆、兴致勃勃之态，也表现了诗人锲而不舍的执着精神。诗人似乎没提到桃源所在地铜鼓，不然。"四面群山八叠岭，三都六里七重门"，十四字中连用"八叠岭""三都""七重门"三个铜鼓地名，不仅对仗工稳，而且暗示了铜鼓，兼写了景点，用笔巧妙。"入云霄"，用夸张的手法，写崇山峻岭，"玉盆"喻肥沃的盆地。一个"锁"字，把铜鼓四周被高山环绕，林海茫茫，中间是个肥沃盆地的地理特点描绘得形象生动。正如《桃花源记》所描述的："芳草鲜美，落英缤纷"，"土地平旷，屋舍俨然，有良田、美池、桑竹之属，阡陌交通，鸡犬相闻"，是个能够丰衣足食的好地方。这一段，虚中有实，既写梦托，又绘地形山景。

从"潘周过化"至"福地奏响东方红"为第二段。前四句，用平声东韵,选取铜鼓石、天柱峰、大莲山、毛泽东化险福地等胜景,许真君斩孽龙的传说、李大銮领导造纸工人起义的史实,赞扬铜鼓有悠久的历史文化,铜鼓人民有改造自然、反抗压迫的优良传统,为中华人民共和国的成立,做出了巨大的牺牲和贡献。铜鼓石,在离县城一公里的定江河北岸,县治以此命名。这里有一片石刻群,是李大銮起义被镇压后,明代守备邓子龙等的手书、题字和诗句。天柱峰,海拔1045米,光秃陡峭,雄伟壮观。传说此峰"有灵",能自动增大升高,峰下有佛殿,故又名灵石庵。大莲山,在三都镇,形似莲花,马祖道一曾在这里参禅。传说孽龙要把铜鼓一带挖空为海,许真君追斩孽龙,路过铜鼓石,听到石里有响声,以为孽龙躲在里面,一剑将石劈成两半,飞出两只金鸡,故铜鼓石又名试剑石。明万历年间,李大銮领导贫苦造纸工人起义,史称棚民起义,虽遭镇压,但影响深远。毛泽东化险福地,在排埠镇。1927年9月7日,毛泽东为领导秋收起义,从浏阳步行来铜鼓,途中被反动派追捕,他巧甩追兵,机智、勇敢地躲到月形的一处水沟里,化险为夷,胜利地领导了秋收起义,创立了新中国,故诗人说:"福地奏响东方红。"这四句,一口气列出众多的史实与传说,却毫无板滞之病,这是因为句式富于变化。如"潘周过化大明风,邓笑汉将力道穷"以简练之笔传达出石刻的内容。又如,"天柱峰上摘星斗,龙岩腹下参禅宗",用工整精巧的对仗,增添了诗味。后四句,由叙历史、传说转而叙今天的人事,换用麻韵,赞扬铜鼓客家人山歌动听、勤劳、乐观、好客,是江西第一个长寿之乡。这一段,全是实写,即写所见所闻。

  从"迩来"至"信而无伪"为第三段,这一段是诗的中心,写铜鼓就是桃花源的原型地。先从桃源原型鲜为人知,至今仍争论不休,使人犯愁写起。诗人也为朋友的"不开颜"而"泪双流",足见诗人珍重友情,想朋友之所想,急朋友之所急,以悠悠的琴声表达自己的深情和对桃源原型的思索:渊明贫困潦倒,为养家糊口,以捕鱼增加点收入。"惯看鄱湖鱼逆流,方入此地索缘由。""此地",即铜鼓。铜鼓定江河,古称武乡水,是修河的源头,经修水、武宁、永修入鄱阳湖,再流入长江。鄱阳湖的鱼群常逆流而上到定江,渊明是因捕鱼才发现桃花源,并受到桃源人热情接待,根据这一见闻,写成《桃花源记》这篇千古名文。"山中缘几日,复出如三秋",即《桃花源记》的"停数日,辞去"。既写捕鱼人对桃源人的思念,也是诗人对铜鼓人民的思念。"三秋",化用《诗经》"一日不见,如三秋"的诗意,极写思念的深沉,以致食不甘味,寝不思眠。诗人因感"古之'记'之兮,信而无伪",而又兴奋起来。《桃花源记》是写实,并非全是虚构,它的原型就是当时铜鼓的一角。这一段,以抒情为主,间以议论,其感情的波澜,随文势而起伏。比如,初为原型鲜为人知而"双泪流"。接着,抚琴高歌,慰藉朋友,并设想渊明写作《桃花源记》的情景,最后做出"古今'记'之信而无伪"的结论。令人兴奋不已。感情的变化极有次第,也合情合理。

从"世人"至结尾为第四段。写找到真实桃源的欢欣场面。"陶令又复指",与首段"早接陶公梦里言",遥相呼应。今日的铜鼓远非昔日所能比拟,"春笋应雨急,新城拔地起。"社会环境、自然环境虽已改变,但有活化石之称的千年"紫杉"仍在"迎客舞",她可以做证;桃源人勤劳好客、纯朴敦厚的"远古"遗风仍在。诗人热情满怀,驰骋想象,以浪漫的手法,描摹找到真实的桃花源后的欢欣场面:铜鼓声彻九霄,仙乐齐鸣,王母设宴,霓裳翩翩,天上人间,一片欢腾。这时,旭日冉冉东升,划破夜空,给大地带来一片光明;结句一语双关,将写景融入叙事中,融入了诗人的兴奋和愉快的情感以及寄意美好未来。

总之,这首诗以"托言"为线索,前后呼应,一气贯通。虚写梦境,实写铜鼓的地理特点、历史传说、革命传统和古朴的民风。因"托言"而来,因来而有见闻,因见闻而深悟"此地即真实的桃花源"。虽借用梦境和神话,却十分符合逻辑。全诗境界阔大,想象神奇丰富,情致曲折,热情洋溢,是首佳作。(蔡柏如)

行路难

昨日双飞燕,小桥垂柳诺缠绵。
今日难再聚,天涯海角恨无眠。
短信游来伊人泪,一江秋水一山寒。
思念遥望今夜月,月里嫦娥可思还?
沽酒难饮长江水,却把相思写满天。
蜀道何其难!尚有栈道悬。
九天何其难!尚有太空船。
盘古开天四万八千岁,而今功名利禄人难全。
琴弦断,雁悲鸣。
影消瘦,他乡行。
朝饮玉露暮观星,天下浑浑是太平。

道非道！人非人！昆仑脚下太白来相迎。
喏个天下，与我乘风遨太清。
琼楼歌舞宴，玉帝谈渭泾。
瑶池会众仙，舞剑共泠泠。

2011年11月

注释 双飞燕：形容形影不离。短信：发来的信息，特指手机短信。游：同"发"。沽酒：从市上买来的酒；买酒。蜀道：蜀，今四川，李白有句"蜀道难，难于上青天"。栈道：在悬崖绝壁上凿孔架木而成的窄路。九天：传说天有九层。浑浑：浑浑又同"混混""滚滚"，意为混浊、大等。这里指阴阳二气混沌未分、纯朴未散的状态。昆仑：昆仑山，传说仙人还想上天，这是绝妙的歇脚之处。太白：李白。喏（rě）：古代表示敬意的呼喊：唱喏（对人作揖，同时出声致敬）。渭泾：泾河水清，渭河水浊。泠泠：形容声音清越、悠扬。

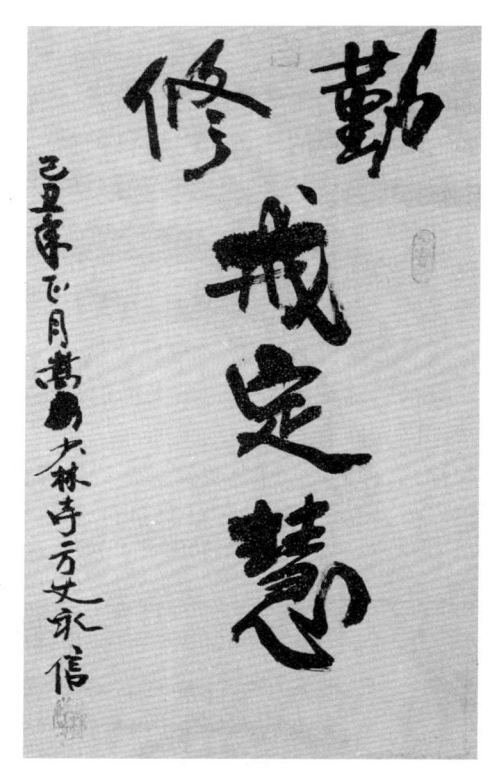

书法：释永信

鉴赏 《行路难》是乐府旧题，很多诗人均用过此题，其中最著名的是李白的《行路难》三首，抒写了诗人在政治道路上遭遇艰难后的感慨，诗中跌宕起伏的感情、跳跃式的思维，以及高昂的气势，具有独特的艺术魅力，成为后人称颂的千古名篇。山水悟道的这首《行路难》在行文风格上很得太白风骨，将自身的情感与追求、社会的繁杂与艰险高度融合在一起，读来令人感慨万千。诗人既感慨自身立世的孤独凄凉，又感慨行世的沉重艰难，对世事的无奈之感力透纸背，进而寄情于仙界以抛开世间纷扰，向往着仙界的太平。整首诗思绪纵横，大开大合，笔触上天入地，想象丰富奇特，大气深沉而不失细腻委婉。

作者先以自身情感遭遇入诗，凄清的意境、凄美的故事都让人感怀唏嘘。"昨日双飞燕，小桥垂柳诺缠绵。今日难再聚，天涯海角恨无眠。"今昔对比，想到往日的甜蜜与缠绵，再看今天的劳燕分飞之凄凉，个中滋味只有自己知晓。作者用"小桥垂柳"喻缠绵爱恋，很容易让人想象到依依难舍的一对恋人如小桥垂柳一般相偎相依，爱的誓言犹在耳畔；再用"天涯海角"喻两人已是分飞两地，只能相望而不能相拥。往日的缠绵不再有，只能两地相思，空留遗恨，满怀愁绪弥漫在漫漫长夜里，愁思百结难以入眠，这是最让人伤怀无奈的情愫。紧接着，作者笔锋一转："短信游来伊人泪，一江秋水一山寒。思念遥望今夜月，月里嫦娥可思还？沽酒难饮长江水，却把相思写满天。"由一条短信再次引发不忍触碰的情感——作者遣词造句十分灵活，巧用"伊人泪"表现伊人现在生活的痛苦，以动词"游"写出了来自异地的哭诉，更增加了一份惆怅与伤感。这滴滴"伊人泪"滴在作者的心上，揉碎了诗人的情怀，即使望断秋水又能如何？重山阻隔，阻挡了互相凝视的双眸，"一江秋水一山寒"抒发了相恋之人不能相拥的孤寂与凄清，作者借用山水之寒表现内心之冷，从而凸显出漫漫长夜的无尽思念之苦楚。思念着昔日女友，遥望着天上的月亮，不知道月里的嫦娥可曾想过回到后羿的身边。作者巧借嫦娥、后羿的神话传说表现目前的情感状态，后羿自指，以嫦娥喻昔日女友，道尽了无法释怀的心锁。想忘却这段情是那么困难，买酒痛饮，想以此来抚平这种纷乱的思绪，真个是"剪不断、理还乱"，不可抑止的思念却如长江之水滔滔而来，脑海里全是她的影子，天空中写满了"我"的思念。"相思写满天"将这种痛彻心扉的思念之情表现得淋漓尽致，就连空气中都有"我"的思念，足见作者用情之深！作者融情于景，痴情伤怀，一个凄怆悲凉的爱情故事令人唏嘘不已。

自身不幸的情感遭遇让作者感慨万分，作者愤而写道："蜀道何其难！尚有栈道悬。九天何其难！尚有太空船。盘古开天四万八千岁，而今功名利禄人难全。琴弦断，雁悲鸣。影消瘦，他乡行。"这段文字充满着悲怆之声，行世之艰难尽展无遗，充溢着沉重愤懑之气。是啊，蜀道虽然难，但还有通过的道路。上天虽然难，但还有宇宙飞船。盘古开天辟地如今已经有四万八千年了，而世俗的功名利禄使多少真心相爱的人不能在一起，现实生活中追求自己想要的情感比登天还难！当今社会科技发达，蜀道可达，青天可登，唯"人难全难圆"也——这都因了世俗的阻碍太多，让人瞻前顾后、顾虑重重。作者善用对比手法，突出情路之难，表达了对世俗间功名利禄的愤恨，抒发了无奈痛楚的情感。"我"歌我情，抚琴泄情，痛到深处琴弦断,南去的大雁也为"我"凄厉悲鸣。思念着心上人,"我"已是形容枯槁,却在他乡独自漂泊。这种行世的艰难不禁让人对科技发达的当代社会质疑:根深蒂固的世俗观念埋葬了多少爱情?爱情在当代社会里用什么来衡量?科技解决了多少疑难,却无法给人们的思想情感一个自由、纯净的空间,这是多么悲哀啊!禁锢已久的思想何时才能得到解放?

无可置疑,作者是孤独的!充满世俗之气的社会与"我"似乎格格不入。清晨喝着露水,夜晚观天上的星星,"我"陷入了深深的思考之中,思考着当今天下之形势。"朝饮玉露暮观星,天下浑浑是太平"实乃巧妙的过渡,为主题的升华做好铺垫。"道非道!人非人!"充分体现了当今社会道德失常,人与人之间失去信用,充满狡诈与欺骗的现象,实在令人失望和痛心。世界之大,似乎没有"我"的落脚之处,"我"欲寻求一方净土——昆仑脚下,太白前来相迎。喜逢知音,抛却红尘,畅游仙界:"喏个天下,与我乘风遨太清。琼楼歌舞宴,玉帝谈渭泾。瑶池会众仙,舞剑共泠泠。"表现了仙界的和谐美好——这么大个天下,李白与我乘风遨游宇宙。天上歌舞升平,在宴席之上"我"与玉皇大帝高谈阔论世间现象。在王母娘娘的瑶池蟠桃宴上与众仙家一起,边舞剑边听着天上的清越、悠扬之声音。这天之"泠泠"清音萦绕在整个天际,直沁入"我"的心田,这正是"我"想要的。作者写仙界之美好,实乃反衬出人世之无奈与悲哀,一股慷慨悲凉之气溢于字里行间,沉郁浩宕,想象超凡,真有谪仙风神。

全诗工稳流丽,大气而不乏细腻。对仗错落交割而起,相思之情,怀味之景,次第扑面而来。由月而江,由江而天,由天翻出行路难。行路虽难,然有器物相借,唯思绪难连。后多惆怅无因,求醉不能,泠泠一片出尘,大有郁郁之寡气,且做不平之声。整首诗既有杜甫的沉郁苍劲,又有白居易的自然明丽,更有李白之想象丰富,行笔大开大合,意境清新而独特,措辞遒劲,情深意浓,读来舒畅。(胡剑胜、张金英、江湖竹琴)

行路难

莫说流水逝流年,谁悲谪仙空对月?
慢调宫商游龙啸,摘下桃花染鬓发。
谁把节操碎一地,青春几文埋玉骨?
轻摇纸扇借春风,浅吟低唱问秋冬。

心事诉与谁人听，谁又高楼叹飞鸿。
幽兰独兮在深山，莲清泥浊不相关。
何事教眉舒，三生不与还。
莫叫俗世染指，待尔清闲。
与这风儿，一醉越千山。

2013年5月20日

绘画：杨明臣

注释 谪仙：李白。游龙：琴名。

鉴赏 品读此诗，即刻为整首诗弥漫的古韵新风交织孕育出的丰富性所摄魄，久久回味着如清风般的诗人情怀与超脱。首句即以"莫说流水逝流年，谁悲谪仙空对月"破空而问，夺人眼球，给人以无尽思索。"流水"与"流年"的对应立即让人想到流水与流年的不断流逝，而天地间却不知换了多少代人了！对宇宙、对人生的困惑使作者立即得出充满心结与矛盾的诗句。接着，作者一声长叹：谁悲谪仙空对月？此句很有些凄怆的味道，试问当代有几人能真正理解太白的千古之悲？那"举杯邀明月，对影成三人"的千年孤寂，谁能明了？而"月"不能赴约，也只能徒劳地"空对月"了，这种深深的无奈与长长的孤寂谁个能体会？谁又会为他凄然伤心呢？此问巧妙地设置悬念，于是下面就展开了回肠荡气的曲直层面。

"慢调宫商游龙啸，摘下桃花染鬓发。"这两句是说作者开始弹琴，连他的游龙似乎也知道了自己的心境而大声地颤抖震荡起来！如滚滚江河乱石穿空，激越着作者不平的心境。诗人摘下桃花放在自己苍老萧疏的鬓发上面，想着桃花落了依旧凄美，而自己的青春却像流水般一去不返。人生的命运就是这么悲怆！至此，作者依然没有告诉读者自己真正想说的是什么，于是作者又是一声破空而问："谁把节操碎一地，青春几文埋玉骨？"更是对当今社会的批判，作者不相信眼前的一切，是谁这么不珍惜自己，不留住春天，美好的青春仅仅用几文钱来埋葬自己的玉骨？从不奢望自己拥有多少，也从不羡慕别人所拥有的一切，在"我"的青春岁月里，"轻摇纸扇借春风，浅吟低唱问秋冬。心事诉与谁人听，谁又高楼叹飞鸿？"——这就是作者的心结！作为诗人的一种孤独心境的表白！大丈夫功名年少，不但不能一展抱负，反而壮志难酬，满腔悲切。即便有这样的心境，又有谁愿意听呢？试想当下人人充当粉丝、玉米追星捧日，崇洋媚外。一些国人奴气十足，在纸醉金迷的生活中挥霍无度的时候，谁会去细想一个流浪诗人的悲苦心境？回答可能是让人失望的！也许一条宠物京巴狗死了，主人也会为之而垂泪；而当下若是一个诗人饿死在街头，恐怕也没几个人去悲伤吧！除了诗人和患难的诗友，谁又会为诗人而垂泪？就像当年的李商隐在牛李党的夹缝里呻吟的时候，谁会想是义山的错，还是牛李本身的错？谁又能说得清楚？这也许就是今天诗人的宿命吧？谁又会为这些深思？众人皆醉我独醒，举世皆浊我独清。诗人高昂起头颅，怒视着这个混浊的世相，大声地道出了"幽兰独兮在深山，莲清泥浊不相关"的惊人诗句。作者以幽兰孤独之心境自居深山，心想自己宁可饿死也绝不和污浊的世相混为一谈，更不会向那些贪官污吏卑躬屈膝。是的！中华民族的千古诗人向来都挺立着铮铮傲骨，刚正不阿！他们不但是这个伟大民族的精神脊梁，更是具有黄河泰山般气魄的英雄儿女！岂是那些世俗混浊的庸人可比的？

作者并没有让自己的情绪沉迷低落，而是将自己的满腔悲愤情怀化成浪漫主义的思绪又一次破空而问："何事教眉舒，三生不与还？"作者自问到底该怎样去做，到底有什么样的事能够使自己的愁眉展开呢？使自己三生三世不愿回到这令人失望的现实生活中来。

最后，作者顺着时代的风帆，昂然高标，超然于世："莫教俗世染指，待尔清闲。与这风儿，一醉越千山。"是啊，在人间，现实的生活有时确实让人无奈，但品德高尚的诗人又不愿与那些戴着变色眼镜看人的庸夫俗子同流合污。还是回到自己的精神世界，享受精神世界带给自己的高雅慰藉吧！给自己留一片绿色的芳草地，给心灵种一朵圣洁的莲花。诗人的天堂，诗人的归宿，诗人的梦乡，就像风儿飘过，让人忘记一切烦恼；像喝醉酒一样飘逸，跨越千山，跨越时空，自由地与古人对话，在梦乡里和先贤哭诉。只有他们，才是作者的知音！

综观这首诗，让人几欲拍案而起，几欲泪雨滂沱。全诗一唱三叹，九曲回肠，深入浅出，道出心中的委屈和幽幽的哀怨。作者用浪漫主义的笔法循着李白的神思潇洒地下笔，推波助澜地吟唱，痛快淋漓地咏叹！读来如龚自珍的《西郊落花诗》那样凄美流畅，充满神奇的想象。层层细品，感受着作者语言魅力所渗透出的高洁情怀与心境。同时，作者语言紧跟着时代的步伐，将新诗和古风融为一体，这是一种大胆的尝试。没有伟大的心胸，就没有卓越的眼光！没有人生的血泪，就没有千古的绝唱！作者以自身独特的眼光透视世态，以自身高洁的情怀挑战世态，给人以无尽的思索。（戎劲松、张金英）

桃源慢

昔有桃源梦里兮，桃源时下网中迷。
桃花朵朵君何往，早把丹心化作泥。
隐士曾寻不归意，谪仙几度邀月题。
今宵明月赛梨花，一片相思一层纱。
纱有千重似银汉，付与流水到天涯。
天涯流水又何处？坐起玄洲舞彩霞。

2013年4月22日

注释 玄洲：是虚构的仙境之地。出自汉东方朔撰的《十洲记》（全称《海内十洲记》）。

鉴赏 这首七言古诗《桃源慢》清新雅致，格调不凡，艺术手法上也进行了较为大胆的创新，表现技巧灵活丰富，转韵自然，融合了东晋陶潜《桃花源记》和清代纳兰性德《忆桃源慢》的理想寻求与情思意境。

一、二句即点题，采用虚实结合、今昔对比的写法，表达了诗人过去梦中寻求，今朝网中迷恋，对宁静神秘、超越世俗、自由祥和的世外桃源生活的热爱向往与无奈惆怅。

三句写朵朵桃花盛开，娇媚鲜艳，自己却似乎不知何去何从，令读者不由自主地联想到陶渊明笔下"夹岸数百步，中无杂树，芳草鲜美，落英缤纷"的桃花林，或许内中还有一片崔护《题都城南庄》"去年今日此门中，人面桃花相映红。人面不知何处去，桃花依旧笑春风"的特别情怀，四句言诗人心随所属，暗许它早已化作泥土，以更好地护卫那片纯净美丽的桃花。

五、六句写后代隐士曾求索前贤放浪不归之意，唐代谪仙李白也因惆怅失落而几度"对酒当歌，人生几何"，吟唱出"举杯邀明月，对影成三人"的千古名句。"今人不见古时月，今月曾经照古人"啊！

七句承上文六句中的月，自然而然地写到今夜月光之明净皎洁，赛过光冷似雪的梨花，巧妙地再现了宋代婉约词人晏殊的《寓意》"梨花院落溶溶月，柳絮池塘淡淡风"的意境，渲染了一种凄清冷寂的氛围，为后文抒情做铺垫，并在此句换韵。八句为此笔锋一转，抒写别后的相思之情，似真亦幻，朦胧如纱。

九句采用顶真与夸张的修辞手法，极力铺陈此情的悠远寂寞，无处倾泻，十句顺势接龙一般，写此情脉脉谁解？只能是付与流水东逝罢了，如屈子所云："捐余袂兮江中，遗余褋兮澧浦。时不可兮骤得，聊逍遥兮容与。"

十一句依旧采用顶真的手法，同时又辅以设问，更进一步地追问就算随水东流至天涯又怎样呢？苏子曰："人有悲欢离合，月有阴晴圆缺，此事古难全！"我们仿佛听到了诗人的喃喃自语，"五花马，千金裘，呼儿将出换美酒，与尔同销万古愁"……十二句独具匠心，耐人寻味，诗人没有直接回答水流至天涯是"愁更愁"的最终情形，而是以"行到水穷处，坐看云起时"，"起舞弄清影，何似在人间"这种超然物外的释怀从容来作结。（谢永旭）

扬州行

缘得一丝梦，一段相思一段愁。
少年悲秋生白发，一琴一剑过江州。
不见三月风，十月下扬州。
二十四桥明月夜，直把西湖瘦。
何园深深寻不进，几根紫藤越墙头。
沿路新楼耸，顺江残柳怄。
八怪在野史，今呼网上友、七子俱风流。
饮酒上高楼，莫道酒浅莫道愁。
菊借北风艳，诗与君子传。
龙吟山川凤鸣天，泠泠之声汪明谦。
席间《酒狂》助豪兴，席罢《流水》谢知音。

无意引来俩仙女,托琴向党校。
操吟《行路难》,千山自有万水绕。
船上婵娟笑,岸上桃花俏。
万水竞流风鼓帆,千山自有千山道。

2011 年

绘画:李 翔

注释 **西湖瘦:** 指扬州的瘦西湖。**何园:** 坐落于江苏省扬州市的徐凝门街66号,是全国重点文物保护单位,何园又名"寄啸山庄",由清光绪年间何芷舠所造。何园原址,为乾隆年间古园,名双槐园。**紫藤:** 属豆科紫藤属,是一种落叶攀缘缠绕性大藤本植物。干皮深灰色,不裂;花紫色或深紫色,十分美丽。**怄:** 怄气;使不愉快。**八怪:** 指清朝扬州八怪,据李玉棻《瓯钵罗室书画过目考》中的"八怪"为罗聘、李方膺、李鱓、金农、黄慎、郑燮、高翔和汪士慎。然扬州八怪又不是实指八人,是指明清时期居住在扬州的一群画家,他们有的是扬州人,有的不是扬州人。**七子:** 子小的意思,小人物。指当代扬州几名琴棋书画爱好者,分别是:小古岩(季淮)、纪先进、姜向群、汪桂祥、邗江七子(佘明祥)、汪明谦。**龙吟山川凤鸣天:** 七弦琴底部有龙沼凤池,音从这两处发出。**泠泠:** 美丽悦耳的声音。**汪明谦:** 扬州研琴师。**《酒狂》:** 中国古代琴曲,是晋代竹林七贤阮籍所作。阮籍通过描绘混沌的情态,发泄内心积郁的不平之气,音乐内在含蓄,寓意深刻。**《流水》:**《高山流水》曲其中的一曲,今人大多把《高山》《流水》合并,为中国十大古曲之一。**党校:** 扬州市委党校演出大厅。**托琴:** 又为请琴,在操琴的时候有童子或者童女双手托起把琴放在琴桌之上。**操吟:** 边弹琴边吟唱。**《行路难》:** 辛卯年10月作,有句:"蜀道何其难,尚有栈道悬。九天何其难,尚有太空船。"**婵娟:** 形容姿态曼妙优雅;美女、美人。**岸上桃花俏:** 辛卯年10月底11月初江南有桃花开放。

鉴赏 该诗是一首游历叙述之作,开头六句,说明此行的缘由,先行抵达江州。以琴会友,切磋琴技。"梦、相思、愁、少年、悲秋、白发、琴、剑、江州、三月"诸多元素在人们的脑海中如同琴弦上发出的音符跳跃着,在心灵中缓缓地流淌。不必在意某个字词所蕴含的意义,因为,笔者开始试图依照这样的思路进行诠释,反而说不清道不明了。究其原因,是因为诗人是按照琴韵的节奏来表达自己的心情及感悟的,既抽象又具体,亦实亦虚。所以,现在我们读着诗句,耳边仿佛有琴声在倾诉,沉浸在扬州的美景中如痴如醉。

"二十四桥明月夜"是写扬州的名句,历来为人们所传诵,出自唐代杜牧《寄扬州韩绰判官》。江南的诸多景致留给杜牧最深的是二十四桥上观赏明月。徐凝在《忆扬州》中写道:"天下三分明月夜,二分无赖是扬州。"可见,扬州的明月之夜是何等迷人。联想到杜牧另一名句:"十年一觉扬州梦,赢得青楼薄幸名。"不由得心中有一疑问:开篇第一句"缘得一丝梦",或许与此有关吧?"直把西湖瘦",此西湖非彼西湖也。西湖瘦即瘦西湖,诗人因为韵的需要,用了倒装句。瘦西湖是扬州的又一著名景点,它的特点是湖面瘦长,蜿蜒曲折,"十余家之园亭合而为一,联络至山,气势俱贯"。

"何园深深寻不进,几根紫藤越墙头。沿路新楼耸,顺江残柳怄。"何园原址为乾隆年间古园,名双槐园。江南园林讲究布局,园艺师仿佛要纳须弥于芥子。尺幅间变化多端,形成幽深的立体感。这里,诗人或许只是路过,从外面可以看见紫藤布满墙头,似乎在注视着世界各地到来的形形色色的游人。

"八怪在野史,今呼网上友、七子俱风流。饮酒上高楼,莫道酒浅莫道愁。菊借北风艳,诗与君子传。龙吟山川凤鸣天,泠泠之声汪明谦。席间《酒狂》助豪兴,席罢《流水》谢知音。"以"扬州八怪"为代表的一批具有创新精神的群体不入正统的行列。八怪本身,经历坎坷,他们有着不平之气,有无限激愤,对贫民阶层深表同情。他们凭着知识分子的敏锐洞察力和善良的同情心,对丑恶的事物和人加以抨击,或著于诗文,或表诸书画。这类事在中国历史上并不少见。徐悲鸿曾在郑燮的一幅《兰竹》画上题云:"板桥先生为中国近三百年最卓绝的人物之一。其思想奇,文奇,书画尤奇。观其诗文及书画,不但想见高致,而其寓仁悲于奇妙,尤为古今天才之难得者。"要有真性情,就要有真才华;有了真才华,才有真性情。这两者之间是相辅相成的,我想,竹林七贤如此,"扬州八怪"也是一样。现今的七子互相学习,各具特色,真所谓君子和而不同!

"无意引来俩仙女,托琴向党校。操吟《行路难》,千山自有万水绕。船上婵娟笑,岸上桃花俏。万水竞流风鼓帆,千山自有千山道。"悠扬的古琴声引来仙女的青睐,她们双手托起把琴放在琴桌之上。地点转变到党校,不知不觉中换仄声韵了。让人感觉仙女来到是为了换韵的巧妙安排。《行路难》乐府旧题也,李白曾经有三首传世。"行路难,行路难,多歧路,今安在?"表达了由现实阻遏理想实现而引起的强烈苦闷和愤懑,以及追求理想实现的执着和自信。

全诗多用典故,有的直接援引诗句,显得语言雅致、深沉。富有真情实感,朋友情谊,诗人慨叹、豪情,当然也免不了掺杂着些许不平之气。但总体上是欢快的,名胜、琴曲名、活动、情绪,非常自然地融合其中,充满着和谐的气氛,良多趣味,令人意往神驰。(袁国乾)

天堂寨

吴头楚尾霸争雄,几番兵戈夕阳红。
孙武横扫到楚寨,吴王冶剑铸青铜。
屈原出齐吟天问,一关可锁东南风。
杜鹃吐蕊鸟兽飞,怪石云集夺天工。
五龙瀑布相连接,喷珠溅玉卷深潭。
奇花异草原始木,直取苍天九重门。
嵩山托起瑶池水,南泻长江北入淮。
百处瀑布抖玉带,潺潺龙溪大鲵欢。
多云山中云绕山,日出云海争奇观。
疑是蓬莱氤氲气,仙人乘鹤问桃源。
皋陶部落聚居地,霞光万道白马鞍。
羽封英布九江王,高祖排异又狼烟。
明祖缅怀天完帝,衡山更名天堂寨。
古今兵家必争地,刘邓大军御强敌。
嗟吁嘻!巍巍大别山,苍苍天堂寨。
积天地之精华,甲于天下,风光绚丽。
忆往昔,文人骚客留佳句,英雄尽作青山碧水魂。
天堂寨中人间天堂,嗟吁嘻!飞禽走兽有灵,草木含情。

飞瀑与清泉奏乐，云海与彩霞伴舞。
珍稀植物连香木，千姿百态混交林。
今逢盛世欣甚慰，度假充氧乐休闲。
唐宋有诗赞不完，黄峨岱庐一山观。

2009 年

注释 天堂寨：古称"衡山""多云山"，元后改称"天堂寨"。位于安徽省金寨县的西南部，与湖北省的罗田县、英山县相毗邻。汉武帝南巡，流连忘返，于是下诏，此山为衡山。武帝乘兴登到绝顶，极目楚天，见昔日英布叛乱留下的断垣残壁，感慨万千，遂向苍天祈祷："六地平安，永不反叛。""六安"之名自此始。孙武在此攻打楚国五战五捷。天堂寨古称"吴楚东南第一关"，气势雄伟壮观。华东最后一片原始森林，也是圣水的世界。唐朝诗人李颀"秦淮奉使千余里，敢告云山从此始"、晚唐杜牧"东望云山日夕佳"、北宋诗人张一"朝发云山近岐亭"等诗句中的"云山"均系指此山。屈原出使齐国，翻越大别山取道寿春，一路上忧国忧民，在途经天堂寨时，心事浩茫，写下著名诗篇《天问》。

鉴赏 天堂寨古称衡山，又名多云山，是大别山脉第二高峰。它雄踞于皖鄂大别山主峰，自古为兵家必争之处，帝王巡幸之所，名人登临之境。这首诗全面表现了天堂寨的自然风光与人文历史，表达了诗人对天堂寨的赞美之情，字里行间流露出对家乡的无比热爱与自豪感。

全诗可分为三部分：第一部分从开篇至"一关可锁东南风"；第二部分从"杜鹃吐蕊鸟兽飞"至"刘邓大军御强敌"；第三部分从"嗟吁嘻！"至末句。

第一部分交代天堂寨的历史渊源，说明天堂寨地理位置的重要性。"吴头楚尾霸争雄，几番兵戈夕阳红。"即写出天堂寨自古以来就是兵家争霸之地。春秋时期，五霸争雄，皖西处于"吴头楚尾"之地，天堂寨号称"吴楚东南第一关"。据查证，天堂寨的第一座屯兵大寨、第一座烽火台为楚国所建。吴楚江淮之战近百年，有史料记载的大仗就有二十余次。诗人巧以"夕阳红"这一景象营造"残阳如血"之意境，让人想象历史上刀戈相向的悲壮场面。"孙武横扫到楚寨，吴王冶剑铸青铜。屈原出齐吟天问，一关可锁东南风。"列举典故：公元前506年，大军事家孙武率吴军横扫皖西，天堂寨上狼烟四起。吴国五战五捷，统治皖西33年。吴三在此用青铜制戈、冶剑。天堂寨至今尚存"剑劈石""舞剑锋"。屈原翻越大别山取道寿春,一路上忧国忧民,在途经天堂寨时,心事浩茫,写下著名诗篇《天问》。这是一篇言天体天庭、江山社稷的奇文,将宇宙间万物的发展变化以天道天理论之,在中国文学史上树起一块不朽的丰碑。"一关可锁东南风"形象地写出了天堂寨不愧号称"吴楚东南第一关","锁"字用得精简入味,锁住东南风,说明天堂寨是吴楚东南文化的一个缩影,在这里,上演了多少历史故事,有着丰富而深厚的历史人文内蕴。第一部分总起全诗,引出下文。

第二部分对天堂寨的自然风光和历史内蕴展开具体的描绘与叙述。"杜鹃吐蕊鸟兽飞"仿若让我们看见了杜鹃花盛开的烂漫景象,汇成一片花海;这里鸟儿翩飞,走兽无数。天堂寨不愧是"花的海洋,动植物的天堂"。"怪石云集夺天工"写出了天堂寨怪石之多,巧夺天工,极具趣味。"踏遍黄峨岱与庐,唯有天堂水最佳。"飞瀑龙潭是天堂寨的中心景观,诗人以"五龙瀑布相连接,喷珠溅玉卷深潭"写出了这一水景,尤以"卷"字用得形象,写出了瀑布飞流直下的壮观气势:水势凌空而下,潭内雾气腾腾,瀑声轰鸣,远观似千军万马滚滚而来。瀑岩呈淡紫色,略倾斜且岩面凸凹参差不齐,水流其上似滚珠泻玉独特壮观,瀑布下滑跌落在石坪上,可谓"清泉石上流"。瀑布周围绿树陡峰,景色怡人。"奇花异草原始木,直取苍天九重门"写了天堂寨丰富的植物资源,天堂寨不仅奇花异草繁多,而且原始树木高大挺拔,直冲云霄。诗人想象丰富,以"直取苍天九重门"形象地写出了原始树木的高大。"嵩山托起瑶池水,南泻长江北入淮。百处瀑布抖玉带,潺潺龙溪大鲵欢。"虚实结合,写出了天堂寨灵水的源头:海拔1729米的天堂顶有一口天塘,塘水不溢不涸,俗称"瑶池"。天堂寨的水景主要表现在瀑布与溪水潭池上,共有大、小瀑布100多道,清灵圣洁的山水形成巨大的水帘,飞流直下,溅玉飞珠。诗人以"抖玉带"这一形象的比喻凸显了瀑布的圣洁与美丽,动感十足。由于水源丰富,水质优良,大小鲵等珍稀动物在龙溪里自由生活。"多云山中云绕山,日出云海争奇观"写出了山以云为衣,云以山为体,烟云缭绕,气象万千的景观。日出云海,更是天堂寨一大奇观,真是名副其实的"多云山"!这不禁让人怀疑是蓬莱仙境的氤氲之气,似乎有仙人乘鹤来此桃源。"疑是蓬莱氤氲气,仙人乘鹤问桃源"由所见到的云绕山之景自然联想到蓬莱仙境,自然贴切。接着,诗人的笔触投向历史时空,"皋陶部落聚居地,霞光万道白马鞍。羽封英布九江王,高祖排异又狼烟。明祖缅怀天完帝,衡山更名天堂寨。古今兵家必争地,刘邓大军御强敌"详述了天堂寨的历史演变:这里曾是皋陶部落聚居之地,有着上古的文明历史。皋陶是与尧、舜、禹齐名的"上古四圣"之一,封地在今安徽六安,被奉为中国司法鼻祖,是古六安国始祖,其后裔聚集于此。英布是皋陶后裔,乃皋陶五十九世孙,是秦代的六县(今安徽省六安市)人,他的一生可谓潮起潮落,造反却似一条主线一样贯穿了他的一生:最初受刑修陵,为一盗贼;而后随项羽反秦,项羽封英布为九江王;后来背楚投汉,刘邦封英布为淮南王;最终叛乱,被汉高祖刘邦所诛。天完帝指的是著名的农民革命领袖徐寿辉。元末,当地布贩徐寿辉、江西僧人彭莹玉、麻城铁匠邹普胜共商反元起义,推徐主盟,并于1351年重建天堂寨,聚众数万揭竿而起,号称"红巾军"。同年8月,取罗田,克浠水,称帝于清泉寺,国号"天完",建元"治平"。声势浩大,席卷东南数省,割据一方,称帝11年。天堂寨古称"衡山""多云山",元后改称"天堂寨"。许是拒绝战争,还此地本来面目吧!由此可见,天堂寨是古今兵家必争之地,1947年,刘邓大军南下,挺进大别山,抵御强敌,平息战火,天堂寨终于回到了人民的怀抱。蓬莱仙境天堂寨,在历史的长河中,经过了多少风风雨雨,刀光剑影刺痛了桃源的心怀,鲜血染红了杜鹃的脸庞,烽烟缭绕的背后,难道不是因为天堂寨这座人间天堂绝尘的魅力吗?饱经风霜的天堂寨需要修复,回到过去的美好,现在的天堂寨已成为国家森林公园,重点风景名胜区。

  第三部分抒发了作者对天堂寨的赞叹之情。巍巍大别山,苍苍天堂寨,集天地之精华,甲于天下,风光绚丽。古往今来,多少文人骚客在天堂寨留下好诗佳句,无不为天堂寨的美丽所折服。"昔日此处最多云,今日欣看云雾生。眼底群山忽不见,直疑凫在小蓬莱"等诗句写尽了这座多云山仙境般的美景。刘禹锡有诗:"东望云山日夕佳。"写出了云海的壮观。更有清代诗人赞美说:"山到多云弯复弯,最多云处众山环。长官也爱多云住,不是多云不住还。"文人若此,武将亦然,多少英雄豪杰,为了天堂寨互相争斗,最终魂卧青山,长眠在天堂寨,与天堂寨融为一体,看日出,观云海,听鸟鸣,真是"英雄尽作青山碧水魂"啊!人间天堂天堂寨,飞禽走兽有灵性,草木多情,人人向往。飞瀑与清泉奏出人间美妙的乐曲,涤荡红尘;云海与彩霞伴舞,绚丽多姿;"珍稀植物连香木,千姿百态混交林"进一步表现天堂寨不愧为一座植物王国,许多稀缺的植物,都可以在这儿见到踪影,确为"华东最后一片原始森林"。在浩瀚的林海中,既有珍稀植物连香木,又有天堂寨独有的草本植物白马鼠尾草,真可谓千姿百态。今逢盛世,令人欣慰,天堂寨成为人们度假休闲的最佳选择。天堂寨美丽的自然风光和丰富的人文内蕴,唐诗宋词赞也赞不完。"踏遍黄峨岱与庐,只有天堂景最佳!"真是一山可观万山景啊!天堂寨,不愧是植物的王国,动物的乐园,圣水的世界,避暑的圣地,杜鹃花的领地,娃娃鱼的故乡。"地分吴楚成佳境,极目河山纵大观。"随着天堂寨森林资源的全面开发,这颗皖西绿色明珠将会绽放出更灿烂的光华。

整首诗结构井然,全面描摹了天堂寨的旖旎风光,用语贴切,似随性而为,却丝丝入扣,将天堂寨这座富有的人间天堂呈现在读者面前。诗人的笔墨穿越时空,一个个活动于天堂寨的历史人物棱角分明、生动鲜活,给天堂寨染上了浓厚的人文色彩。全诗虚实结合,尤为真切可爱。

(张金英)

人言海水深

人言海水深,不及相思心。
天地无涯角,芳踪何处寻。

2009 年

绘画:杨明臣

鉴赏 爱情是诗词创作的永恒主题,古来吟唱不休,尤以刻骨的相思之情最是动人心魄。况周颐的"他生莫作有情痴,人间无地著相思"以反语道出相思之苦;张仲素的"相思一夜情多少,地角天涯未是长"写出思念之深,即使相隔久远,两颗相爱的心也紧紧相连,纵然天涯海角也无法阻隔相思之情;晏殊的"天涯地角有穷时,只有相思无尽处"更是有道不尽的缕缕相思。此作通俗易懂,主题鲜明,既道出了相思之苦,又写出了相思之深,更有深深的惆怅况味流溢诗间。

前两句议论起笔,采用烘托、对比、夸张的艺术手法写出相思之深。这两句诗很容易让我们联想到白居易《浪淘沙·借问江潮与海水》中的"相思始觉海非深"这句诗。如果说白诗重在表现闺怨多情女子相思之情的炽烈,深沉如大海,那么,平白如话的"人言海水深,不及相思心"则写出了一个痴情男子对远方情人的思恋之深,以海水之深衬托出相思之深,相比之下,相思更胜一筹,如此夸张,却非常真实地表现出相思心的深沉与炽热。此写法类似于李白的"桃花潭水深千尺,不及汪伦送我情"。潭水算什么?海水较之潭水可谓深不可测,以海水言相思之心,更凸显出相思的深度与厚度,同时亦将相思这种无形的情感转化为可感的海水,形象生动,很有质感。

既有相思,自然止不住内心的渴望去追寻,方解相思之苦。后两句重在写作者的寻觅,情感复杂。茫茫人海,天地悠悠,没有尽头,"我"到哪里去寻找她的芳踪呢?一种落寞伴着深深的苦楚,萦绕在心头,更有不尽的遗憾和无奈。真是天地无情人有情,这才是最大的痛苦啊!思念着自己的心上人,却无从寻觅,相思的苦楚更增失望——这是一场无望的爱情!可怜"我"的思念,无从寄托,心上的人儿,你在何方?思念而不得,芳踪无处觅。我们仿佛看到一位痴情的男子在苦苦地追寻,追寻日思夜想的梦中人,不由得为之一叹——千万里我追寻着你,可是你在何方?

全诗语浅情深,自然流畅,毫无雕琢。李白的"相思相见知何日?此时此夜难为情"是此诗最好的诠释:想念伊人,相见无期,满怀愁绪,情何以堪?(张金英)

春游老虎山作

半雾半云两茫茫,欢歌寻径险崖慌。
风如龙吟叶如箭,绝顶高呼万谷响。

1991年

注释 老虎山:位于安徽省金寨县南溪镇南塘村和扶岭村交界处。

鉴赏 这首诗是诗人11岁春游即兴之作。前两句"半雾半云两茫茫,欢歌寻径险崖慌"的意思是:在高耸入云的老虎山上,云雾缭绕,一片茫茫,是云是雾难以分辨。这些云雾给山峦增加了神秘色彩,使人感觉好像进入了一个扑朔迷离的神仙世界。诗人在云山雾罩之中,一边唱着歌谣,一边寻找山间小径,循径登山。由于山崖陡峭,下临无地,小径曲折,又被云雾笼罩,不经意间,走到悬崖边上,吓出一身冷汗,诗人心慌意乱,心如脱兔,跳个不停;停住脚步,好长时间,心情才平静下来。这两句主要写了老虎山的险峻,以及在云雾中登山时的感受。主要运用了描写和叙述的表达方式。

后两句"风如龙吟叶如箭,绝顶高呼万谷响"的意思是:突然之间,山间起风了。山风猛烈,掠过树丛,呼呼作响,犹如龙吟虎啸一般;树枝猛烈晃动,树叶被风吹起,疾如利箭一般,瞬间远去,早无踪影。经过一段时间的攀登,诗人终于站在了老虎山山巅,凭高临远,一声长啸,万谷传响,萦绕迂回,良久乃绝。这两句主要描写了山间风起时的情景和登临绝顶时的感受。这两句运用了比喻和夸张的艺术手法。主题:本诗通过对老虎山险峻形势的描写,表达了诗人登山时的紧张和凌绝顶后的高兴心情。

本诗写于诗人 11 岁时,诗作文从字顺,朗朗上口,描写生动形象,使人如闻其声,如临其境。全诗波澜起伏,气势非凡。小小年纪能写出这样大气磅礴的诗句确实不易,从字里行间隐隐透出一股英俊之气。(王海栓)

毛主席诞辰 120 年有感

题记:2013 年跟随全军骨干书法诗词班韶山瞻仰毛爷爷,在参观中更深层次地了解了伟人,联想当下习总书记提出的"中国梦"赋之。

旭日腾腾万国明,翻身引得五洲惊。
三才谈笑无匹敌,千古风流写盛名。
如今安在群山花烂漫,日月明了这一生。
试问谁擎燎原火,宇宙浑浑再长征。
烈马天山瑶池宴,夔鼓震海缚巨鲸。
君不见浴血夕阳洒,万里河山筑忠诚。
君不见登月览胜兮,嫦娥折桂置酒迎。
青山言不老,流水奏琴筝。
谁道中国梦,雄关漫道踏征程。

2013 年 11 月 5 日

鉴赏 这首杂言古风以倒叙的方式写尽了毛泽东的丰功伟绩,塑造了一位伟大的无产阶级革命家、战略家和理论家的光辉形象。集领袖、诗人、书法家于一身的毛主席在诗人的笔下器宇轩昂、潇洒飘逸，指点江山从容自若，个性鲜明生动，读来如见其人。

此作可分为三部分。前六句为第一部分，写毛泽东领导的中国革命取得了胜利，成立了中华人民共和国，载入史册，永留盛名；七至十句为第二部分，列举毛泽东的丰功伟绩；后八句为第三部分，赞叹毛泽东的精神，并表达对一代伟人的崇敬之情。

开首两句即写中国获得了解放，人民翻身做主人。作者以景入题，"旭日腾腾万国明"展现了一幅光明灿烂之景：旭日东升，其腾腾之势富有朝气，举国上下一片光明。此句化用宋太祖诗句而来——宋太祖赵匡胤以武将身份发动陈桥兵变，黄袍加身，代周称帝，建立宋朝，结束了"安史之乱"以来长达200年的诸侯割据局面，开创了中国的文治盛世。现存《咏日》诗一首，如下："欲出未出光辣达，千山万山如火发。须臾走向天上来，逐却残星赶却月。"这首咏物诗描绘日出景象，将自己比喻为一轮喷薄而出的红日，衬托出作者高居万人之上的壮志豪情。赵匡胤另有残句"未离海底千山黑，才到天中万国明"，也与这首《咏日》诗有着异曲同工之妙。作者匠心独运，描摹特定场景，比喻形象生动。毛泽东就像是东升的太阳，照亮了祖国大地，为人民谋幸福。在他的带领下，人民翻身得解放。这个伟大的举动，惊动了全世界！"翻身引得五洲惊"恰如其分地写出了中国革命取得胜利的国际影响，从而衬托出毛泽东的伟大功绩。这种间接表现的烘托手法用得恰到好处，且诗语自然浅显。

第一部分的中间两句紧承上文，着力表现毛主席的思想与风采。"三才谈笑无匹敌"极具表现力：毛泽东是一位伟大的思想家、革命家和书法家，此为毛主席的"三才"。他富有文韬武略，在险恶的历史背景之下，从容自若，运用高超的文武智慧与策略，团结群众，无敌于天下。思想意识是行动的指南，毛泽东思想是革命实践的基础，此句塑造了一代伟人的神韵与风采，尤以"谈笑"一词最能体现毛主席的伟人风范。在毛泽东思想的正确指引下，中国革命取得了巨大的胜利，"千古风流写盛名"进一步表现了一位激扬文字、指点江山的领袖形象，他的名字绽放着光芒，就如同他的思想一样璀璨无比，永留于世。毛泽东在《沁园春·雪》的结拍中写道："俱往矣，数风流人物，还看今朝。"这句惊天之语言有尽而意无穷，真可谓豪情万丈，傲视古今。可以说，他是用笔杆子加枪杆子打碎了旧世界。事实证明，毛主席确实是中国历史长河中的顶尖风流人物，历代帝王根本无法与他相提并论，他很客观地评价历代帝王："惜秦皇汉武，略输文采；唐宗宋祖，稍逊风骚。一代天骄，成吉思汗，只识弯弓射大雕。"

第一部分的后两句对毛主席的一生做了形象的评价。毛泽东在《卜算子·咏梅》的结拍也写道："待到山花烂漫时,她在丛中笑。"梅花,在毛泽东眼中是一名战士,它与严寒搏斗,只为了赢得春天,通报春天的来临,然后退去,并不强夺春天的美景,这一形象是大公无私、默默奉献的形象。毛主席,也是报春的梅花,他为中国赢来了美好的春天,山花见证,日月见证,是毛泽东拯救了水深火热的中国,迎来了祖国烂漫的春天。

　　第二部分选择中国革命中的几个典型事件,叙述毛泽东在革命中发挥的巨大作用。"试问谁擎燎原火?"作者以反问句式加强语气,突出毛泽东在中国革命关键时刻所起的作用。《星星之火,可以燎原》原题为《时局估量和红军行动问题》,是1930年1月5日毛泽东给林彪的一封信,是为答复林彪散发的一封对红军前途究竟应该如何估计的征求意见的信。红军在长征路上的经历是悲惨的,但他们的超凡毅力和精神却是悲壮的。身后有飞机大炮追着,还要空着肚子、光着脚走过没有路的"路"……这些看来是"不可能完成的任务",红军却圆满完成了。从1934年开始到1936年结束的长征,是人类历史上的奇迹。在整整两年的时间里,红军辗转十四省,突破几十万敌军的包围封锁,唱响战略转移的凯歌,是人类近现代战争史上,凡人谱写的英雄史诗。作者以"宇宙浑浑再长征"讲述了长征的历史意义和影响,凸显毛泽东在长征中的决定性作用。毛泽东的《长征》一诗更是对长征做了很好的描述,表现出红军大无畏的革命乐观主义精神。接着,作者以两个典故"烈马天山瑶池宴,鼙鼓震海缚巨鲸"加强语势,并化毛泽东《清平乐·六盘山》一词中"何时缚住苍龙"之句,赞扬了毛主席无往不胜的气势和广阔的胸怀,表达了革命取得胜利的无比欢欣。此两句富于想象,以浪漫之笔调描绘了一幅胜利的画卷。作者采用虚实结合的手法,表现出一代伟人运筹帷幄、无往不胜的气魄!

　　第三部分赞扬毛主席高尚的情怀与品格,抒发豪情壮志。"君不见浴血夕阳洒,万里河山筑忠诚"写毛主席带领的革命队伍浴血奋战,换来了今日的和平。夕阳如血,洒遍江山,这绚丽的江山是用献血染成的,对革命、对祖国、对人民的忠诚,铸就了祖国江山。"君不见登月览胜兮,嫦娥折桂置酒迎"进一步歌颂毛主席领导的中国革命取得了决定性的胜利。作者想象绮丽,以嫦娥折桂置酒相迎写出了毛主席带领中国人民取得胜利后的祥和与欢欣,举国上下一片欢腾。"青山言不老,流水奏琴筝"以拟人的手法渲染气氛,烘托出人物的光辉形象,毛主席的思想与人格魅力永远长青。"谁道中国梦,雄关漫道踏征程"将时空顺势拉到眼前:因作者于2013年随着全军创作团去湖南韶山,恰逢习主席提出"中国梦"的伟大构想，故有此结。此句恰如其分地总结了全诗，说明了实现中国梦是新时代的长征。我们应该发扬长征精神，克服梦想之路上的种种艰难困苦，向中国梦进发！从这个角度来说，此诗具有很强的现实意义。

全诗以引用、比拟、用典、烘托等手法，将毛泽东这位千古风流人物刻画得生动传神，并表达了对一代伟人的敬仰之情。（张金英）

南游归来

题记：甲午年春由京出发，游历浙江、江西，福建归来作。

君不见四月芬芳怒，踏春万里行。
君不见沐浴江南雨，驾舟水盈盈。
君不见樱花铺满地，柳丝随风鸣。
烟雨楼上望烟雨，淅淅沥沥似琴声。
湖中小岛惠风绕，花草深处啼黄莺。
晓来乌镇访灯华，又见两岸青砖人家。
石板青痕笛声悠，携手游来腮飞霞。
单车尾后佳人笑，环湖一周赏百花。
断桥千年等一回，多少情人隔天涯。
雷峰塔影千帆过，灵隐寺中一杯茶。
人若无情空为人，人若多情雾中纱。
多情不如付花草，花草有情骚客夸。
帝王将相在何处，都葬青山天外语。
还我河山未酬志，仗剑云游无头绪。
地下长河气呵霜，诸葛村落隐世长。
兰江灯火十里街，滔滔江水雨敲窗。
三炷清香三生缘，三清山上夜未央。
陪君一程下梅村，龙井高天共翱翔。
爱到深处是别离，情到深处独舔伤。
归来红颜离人妆，抚一曲、暗夜把酒狂。

2014年4月28日

绘画：杨明臣

注释 下梅村：位于福建武夷山。龙井：指福建龙井山。

鉴赏 这是一首诗人南游归来而作的诗，作者将一路游历的所见所感赋于笔端，集各地的风土人情与自我感怀于一体，自然潇洒，随性而为，寓理于景，情感真挚。

全诗采用四种声韵，切换自然，且裁剪得当，详略分明，尤以浙江行为全诗重点，把读者带进江南水乡的诗情画意之中，并伴随着作者生发出一缕缕复杂的情愫。

从开篇至"花草深处啼黄莺"采用下平八庚韵。诗人以抒情起笔，三个"君不见"句总领全诗，点明游历的时间和地点，并总体描绘江南景致。"四月芬芳怒，踏春万里行"极富浪漫色彩，"怒"字形象地写出四月的烂漫之气象，"万里行"这一虚笔写出了踏春的路程，言语间流露出欢欣之情。"沐浴江南雨，驾舟水盈盈"形象地道出踏春的目的地——江南水乡。此句以极具代表性的"江南雨"概括江南特色，"驾舟"进一步道出江南特有的习俗，"水盈盈"则展现了江南不愧为水乡的美丽。"樱花铺满地，柳丝随风鸣"一句抓住"樱花"和"柳丝"这两种物象去加以表现江南风光，尤以对句十分形象，诗人运用通感之手法，调动感官，似乎听到风拂柳丝之声，笔法细腻。"烟雨楼上望烟雨，淅淅沥沥似琴声。"视觉、听觉交汇，展现一派迷蒙的江南烟雨图，极富诗情画意。此淅淅沥沥的烟雨，在诗人听来，犹如美妙的琴声，似乎在倾诉着什么。随着视线的迁移，诗人的观察点转向了湖中的小岛："湖中小岛惠风绕，花草深处啼黄莺。"小岛绿意盎然，清风徐徐，花草深处隐隐有黄莺的啼叫声。此句依然是视听结合，展现湖中小岛的特有景致，"啼黄莺"为"黄莺啼"之倒装。这是诗人南游的第一站——嘉兴南湖。

"晓来乌镇访灯华"至"花草有情骚客夸"采用下平六麻韵，描绘了一幅江南风俗画。"晓来乌镇访灯华，又见两岸青砖人家。"乌镇具有典型的江南水乡特征，完整地保存着原有晚清和民国时期水乡古镇的风貌和格局。以河成街，街桥相连，依河筑屋，水镇一体，组织起水阁、桥梁、石板巷、茅盾故居等独具江南韵味的建筑因素，体现了中国古典民居"以和为美"的人文思想，以其自然环境和人文环境和谐相处的整体美，呈现江南水乡古镇的空间魅力。诗人天明时分到了乌镇，等待着造访夜晚乌镇华灯初上的美丽光景，又见到了沿河两岸的青砖人家。此句写出了乌镇独有的景观，表现了乌镇的古典美。"石板青痕笛声悠，携手游来腮飞霞"描绘了一幅生动的游春图：那石板上的青痕依稀可见，笛声悠扬由远而近；携手游玩回来的情侣，带着春天的气息，佳人脸颊飞上了红晕。"单车尾后佳人笑，环湖一周赏百花。"诗人载着幸福，带着佳人，由乌镇转至西湖，佳人的笑声萦绕在西湖四周，看尽春花，享受快乐的光景。以下八句由叙转议："断桥千年等一回，多少情人隔天涯。雷峰塔影千帆过，灵隐寺中一杯茶"是此诗的分水岭，提起断桥和雷峰塔，自然会联想到中国民间爱情传说《白蛇传》中缠绵悲怆的爱情故事。白娘子与许仙相识在此，同舟归城，借伞定情；后又在此邂逅，言归于好。越剧《白蛇传》中白娘子唱道："西湖山水还依旧……看到断桥桥未断，我寸肠断，一片深情付东流！"历来催人泪下，给每个游览断桥的游客以无尽追思。法海和尚骗许仙至金山寺，白娘子水漫金山寺救许仙，被法海镇在雷峰塔下。后小青苦练法力，终于打败了法海，雷峰塔倒塌，白娘子才获救了。千年等一回的隔世情缘，演绎出一场感天动地的爱情悲剧，多少相爱的人儿远隔天涯，难以相聚。诗人借此影射自身，为下文的抒情埋下伏笔。"雷峰塔影千帆过，灵隐寺中一杯茶"以景蕴情，以景寓理，巧借西湖著名景点雷峰塔与灵隐寺，抒发人生感慨——雷峰塔下，千帆经过，来来往往，殊不知一切的一切，尽在灵隐寺中的一杯茶里，甘苦自知。不是吗？"人若无情空为人，人若多情雾中纱。多情不如付花草，花草有情骚客夸"深化议论，语浅意深。人若无情枉为人，若是多情，则如雾中纱一般朦胧，很多事物都分辨不清，正如"用情太深，智商低下"是也。所以，如果多情，还不如付之花草，起码花草不至于伤了自身的情感付出，因为花草亦是有情有义的，君不见古往今来的骚客们无时不在夸赞花草、付情于花草吗？此为诗人情感的过渡。

"帝王将相在何处"至"仗剑云游无头绪"采用六御韵，换为仄韵，情感变为激昂。一阵阵的怅然失落感不由得使诗人想到古来帝王将相的归处：都葬青山天外语。这更增加了一层历史的沧桑感——帝王将相又如何？最终的归宿都是一样的。"西湖三杰"——岳飞、于谦、张苍水等都葬在西湖这一带，使西湖染上了深厚的人文底蕴和历史内蕴。诗人以时空的转换，影射自身："还我河山未酬志，仗剑云游无头绪。"古来多少志士壮志未酬，仗剑走天涯，却是了无头绪，一场空悲切！"怒发冲冠，凭栏处、潇潇雨歇"之铿锵音韵犹在耳畔，激越的背后往往是一股苍凉，一言难尽。

"地下长河气呵霜"至末句采用下平七阳韵，夹叙夹议，寄情于景。诗人选取了南游的几处景点加以描摹绘景，文笔自然："地下长河气呵霜"写出了兰溪六洞山地下长河的特点——被誉为"海内一绝"的地下长河全长 2500 米，面积 25000 多平方米，分涌雪洞、时间隧道、玉露洞三段。涌雪洞中一条长逾千米的地下暗河贯穿始终，源头至今还未探明，洞内气温常年保持在 18 摄氏度，冬暖夏凉，舟行其中，宛若置身仙境。故有此句。"诸葛村落隐世长"则写出了江南古村落的特色——浙江省兰溪市诸葛村是三国时期蜀汉名相诸葛亮后裔的聚居地，坐落在兰溪市高隆之西。诸葛村现居有诸葛亮后裔近 4000 人，为全国诸葛亮后裔最大聚居地。这个诸葛八卦村是按照传统风水学建成的。这个小村，不仅使诸葛亮的后人几世避免战乱，而且成为中国聚落文化的"活化石"。陶渊明在《桃花源记》中的描写与诸葛八卦村极其相似。诸葛八卦村静静地躲在丛山之间，不仅保留下百年建筑古风，更道尽江南村落的婉约风情。"兰江灯火十里街，滔滔江水雨敲窗"写出了兰江夜晚风情——兰江，是兰溪的母亲河。入夜，依江亭欣赏倒映在江水中的兰城万家灯火，犹如千万条金鲤窜江，千万支烛光摇曳，使人流连，乐而忘归，独具吴越风情。"三炷清香三生缘，三清山上夜未央"由浙江景点转入江西上饶的三清山——三清山，因玉京、玉虚、玉华三峰宛如道教玉清、上清、太清三位尊神列坐山巅而得名。三清山的兴衰沉浮，始终与道教的兴衰有密切的关系。三清山道教文化开始于晋代葛洪，葛洪在三清山拥有特殊地位。他与李尚书上三清山结庐炼丹，著书立说，宣扬道教教义，鼓吹"人能成仙"。诗人巧嵌"三清"入句，表达"三生缘"的美好愿望，为下文的顿逆埋下伏笔。"陪君一程下梅村，龙井高天共翱翔"则由江西转入福建，诗人陪着佳人一起造访武夷山市的下梅村与龙井山。下梅村村落生态环境好，具有独特的风水意象。山护村落，水养邑人，山环水抱营造了一个封闭安宁的村落。两人尽兴游玩，情意绵绵。"爱到深处是别离，情到深处独舐伤"由叙转议，扣人心扉。别离方知情意浓，爱到深处伤别离。陪君千里，终有一别。都说"情到深处是孤独"，爱得越深，伤得越深，且把伤痛留给自己，独个儿咀嚼着分离的痛苦。"独舐伤"最是贴切出味，舐伤实为自疗，可是越是舐伤，伤越深越痛，伤口难以愈合。这种感受有谁明了？因为"归来红颜离人妆"，南游归来，一切也就结束了。南游就如一场梦，梦醒了，人已离去！

诗人只有"抚一曲、暗夜把酒狂"。让一曲琴音、一杯酒成为知己红颜,抚慰自己严重受伤的心。

全诗以南游为主线,或描写,或叙事,或抒情,或议论,交织在一起,表达了复杂的情怀,似乎悲欢离合尽在这一场如梦的南游之中。诗人的情感跌宕起伏,如缥缈的云雾——纵然诗人希望这是"千年等一回"的爱恋,希望三生有缘,可最终的结局依然逃不过分离的宿命。短暂的南游,是幸福的,更是给诗人带来了无尽的爱情后遗症——无法愈合的伤痛!一种"物是人非"之感顿时袭上心头,令人忍不住替诗人唏嘘一番。

(张金英)

赠计建清大师

悬剑天堂八大刚,齐云十寨杜鹃香。
豪情写景生机趣,远道观峰负画囊。
但取青天摘日月,素心耿骨斗风霜。
挥毫绘就神州色,绿水悠悠万里长。
独坐小楼闲不住,推窗东望待君觞。
桃花召饮传千古,流水交心论楚冈。
野岭连霄飞鸟逐,清泉洗足放眼量。
半山半水宜风物,异草奇珍奉计郎。

2010年

注释 计建清:1962年出生于浙江省桐乡市,汉族,专职画家。**悬剑**:悬剑山。**天堂**:天堂寨。**八大刚**:金刚台。均在安徽金寨县境内。**十寨**:古战场。**计郎**:指画家计建清。

鉴赏 这是一首召饮诗。取意新奇,手法藏巧。起首写计大师画艺精湛,诗人非常敬慕。随即表达了诗人欲结交画师之诚心,不卑不亢,并借唐人汪伦邀李白桃花潭宴饮之佳话,

绘画:计建清

进行烘托,意幽味长。结笔更是灵动,浓墨重彩地描写了家乡的风物之美,期许计大师来游之场景,令人叹服。此诗写景、叙事清晰明畅,转结自如,充分显示了作者不凡的才情。(彭瑛)

思佳人

曾闻花有语,落笔雁声声。
江水无穷尽,登楼夜三更。
断信绝音何处觅,狂歌痛饮待来生。

2015年6月9日

绘画:石义友

鉴赏 这是一首简短的杂言古风,题目《思佳人》已点明了内容。无须过多的写作技巧,用心之作自然能以情感人,引起共鸣。

前两句叙议结合,写景渲情,借花语和雁声表达自身的愁绪。"曾闻花有语"议论起笔,花有语言吗?诗人也只是听说,其实是人们根据某种花卉的特性,认定不同的寓意,借以表达人的情感和愿望。有的人不善辞令,或不便用语言表达,常以花含蓄示意。到底是什么心里话要借助什么样的花来表达呢?作者在此埋下一处伏笔。"落笔雁声声"承接上句之意,说明内心的思绪无法排遣,有口难言,且将满腔心绪落于笔端吧!耳边又响起大雁声声,原来是秋天到了。这恼人的秋天,更是让人平添几许愁绪;这大雁声声,叫得人心碎不已。它是否知道"我"的情怀,是否能将"我"的心里话捎给她呢?此句以景衬情,渲染凄凉之景,定下感情基调。

中间两句运用比兴之手法，写景叙事，进一步表达内心的思念之情。"江水无穷尽"一句借无穷无尽的江水比喻自身的思念，自然贴切。这正是"思伊心似西江水，日夜东流无歇时"啊！"我"的思念如江水般炽热翻腾，亦如江水般绵延不绝，思念成江，夜已三更，依然难以安寝，于是登楼眺远，排遣愁绪。

登楼是否能将愁绪排空呢？非也！这思念就像一团乱麻，剪不断理还乱，唯有佳人始终在心头。后两句将这种思念推向高潮："断信绝音何处觅，狂歌痛饮待来生。""曾闻花有语"，而今，"我"的花儿为何无语？又在哪里呢？音信全无，"我"到何处去寻找？真个是问天不语问地不应。此花，既是"我"的心语，又可代指佳人。"花"无信无音，"我"欲寄相思无处寄，落魄的情感如断线的风筝在空中飘。"断信绝音"呼应上文"花有语"，更增凄凉。断了音信，也断了"我"与佳人在一起的念想，我与佳人怕是无缘于今生了。罢罢罢，且狂歌痛饮去，忘了痛苦，只待来生与佳人在一起。虽然断了和佳人在一起的念想，却依然无法断了思念，"明月楼高休独倚，酒入愁肠，化作相思泪"。酒入愁肠，泪眼问花，佳人的形象永远定格在"我"的心里，挥之不去，今生不能待来生，执念沉沉，不改初衷，这种痴情令人感动。

此作的相思之情层层递进，愈演愈浓，痛入心扉，扣人心弦。作者善于移情入境，很好地抒发了内心情怀。（张金英）

寻女友不遇

题记：甲午年秋冬之际，夜宿香港南洋酒店作。

孤月消瘦星暗淡，霜风浓烈江水流。
馆中锦瑟有人哭，一分半句是离愁。

2014年10月25日

鉴赏 起承句交代时间，以景抒情，悲怆、黯然销魂。"消瘦、暗淡、霜风"深刻描写了环境所带来的凄凉氛围和内心情感世界。"月有阴晴圆缺"，此月缺诗人拟人化而作"消瘦"之笔，咏物喻人。"星暗淡"表达内心世界孤苦伶仃，秋末寒风瑟瑟，远望香江，情思绵绵，无限寄托。

转句写寻而不见，痛及心扉，然伤而不恨，愁而不怨，也许这就是传说中为喜欢的人做喜欢的事情而无怨无悔吧！转句诗人借唐朝诗人李商隐代表作《锦瑟》写难言之痛，至苦之情，郁结中怀，发为诗句，往复低回。如谓《锦瑟》之诗中有生离死别之恨，恐怕也并非臆断。诗人追忆了自己的青春年华，伤感自己不幸的遭遇，寄托了悲慨、愤懑的心情。

结句写情到深处是离别，此时此景，一时竟不知从何说起，"一分半句是离愁"浸透了诗人全部丰富深挚的感情。诗人没有说出的已经比说出的要丰富得多，只是一刹那的情景，却蕴含极其丰富的一刹那。此诗描写的是一种潜意识的最有普遍性的寻而不见，独自离别，它没有特殊的背景，而自有深挚的惜别之情。

全诗运用比兴，善用典故，含蓄深沉，情真意切，感人至深。（吴成立）

绘画：李　翔

咏青钱柳神茶

君不见，载册神仙七十一，无为无相道可传。
　　君不见，洪州分宁有神木，危乎高兮不可攀。
　　拔地参乾十余丈，数丁合抱亦觉难。
　　蓁蓁柳叶嫩欲滴，铜钱花开果不凡。
　　亭亭如盖空林立，冰河劫外植中仙。
　　天生芳质少人懂，悠悠万载藏深山。
　　神农不曾识此物，陆羽驻足幕阜前。
　　好了歌中谁曾醒，大风歌里起狼烟。

明月有星不寂寞，始皇寻药水云间。
三星堆里摇钱树，昆仑路上心怡然。
一朝托梦蓬莱客，从此琼枝尘界宣。
奇珍与时放光彩，黎庶皆称尔灵丹。
云遮雾掩终有日，华夏思懿举旗幡。
呈葛洪，告山谷，滋神茶，共续缘。
抚琴歌一曲，五洲四洋听我言。
筠焙熟香甘民食，金盏云液煮百川。
古今药典之瑰宝，居家饮品为首先。
九州佳域皆毓秀，罕物功效说不全。
一瓣晶莹口中嚼，青钱消渴味清甜。
富智强身促代谢，延庚益寿体康安。
三高何惧今有法，饮此神茶乐百年。

2018 年 2 月

绘画：文　燕

注释　**青钱柳**：别名摇钱树，麻柳、青钱李、山麻柳、山化树、神茶等。**载册神仙七十一**：葛洪著《抱朴子·列仙传》记载有名有姓神仙有71位。**无为无相**："无为"出自老子《道德经》。"无相"最早写作无象，中国最早的道教理念，远比佛教的"无相"之说早两个多世纪。指没有形迹，没有具体形象、概念，原为道家形容道玄虚无形之语后亦泛指诸种义理的玄微难测或玄微难测的义理。语出《老子》："绳绳兮不可名复归于无物。是谓无状之状无象之象是谓忽恍。"**洪州分宁**：指今天的江西修水，洪州即今天的南昌，在宋代分宁县属于洪州管辖。**蓁蓁**：形容草木茂盛的样子或荆棘丛生的样子，《诗经·周南·桃夭》有云："桃之夭夭，其叶蓁蓁。"
神农：指炎帝，是中国上古时期姜姓部落的首领尊称，号神农氏，他看到人们得病，因誓言要尝遍所有的草，最后因尝断肠草而逝世。**陆羽：**(733—804)，字鸿渐，复州竟陵（今湖北天门）人，又号"茶山御史"。是唐代著名的茶学家，被誉为"茶仙"，尊为"茶圣"。**幕阜：**指修水幕阜山，幕阜山古称道教第二十五洞天，古称天岳山，其主峰位于湖南省平江县南江镇东面，海拔1596米，为湘、鄂、赣三省边界最高峰，东接江西修水县，西南踞湖南，北临湖北通城县。**好了歌：**指中国著名古典章回体小说《红楼梦》中经典诗词，小说中为跛足道人所做，甄士隐彻悟后进行进一步注解，表现了作者现实主义和宗教思想。**大风歌：**指汉太祖高帝刘邦创作的一首诗歌，"大风起兮云飞扬。威加海内兮归故乡。安得猛士兮守四方！"**始皇寻药水云间：**指秦始皇曾派徐福寻找不老仙药。**三星堆里摇钱树，昆仑路上心怡然：**三星堆古遗址位于四川省广汉市西北的鸭子河南岸，距今已有5000至3000年历史，出土了高达3.95米的青铜神树。在中国神话里，昆仑山是连接仙人登天的地方。**思懿：**原名文燕，字思懿，祖籍广西桂林，1999年从事修水青钱柳神茶的推广，于2005年收购了原国有企业（修水神茶集团）后更名为江西省修水神茶实业有限公司。**葛洪：**（公元284—364年）为东晋道教学者、著名炼丹家、医药学家。字稚川，自号抱朴子。**山谷：**指黄庭坚(1045.8.9—1105.5.24)，字鲁直，号山谷道人，晚号涪翁，洪州分宁（今江西省九江市修水县）人，北宋著名文学家、书法家。**五洲四洋：**指世界各地，"五洲"指亚洲、欧洲、非洲、美洲，"四洋"指太平洋、印度洋、大西洋、北冰洋。**筠焙熟香甘民食，金盏云液煮百川：**化黄庭坚诗句，黄庭坚曾吟此茶，并写下了《寄新茶与南禅师》："筠焙熟香

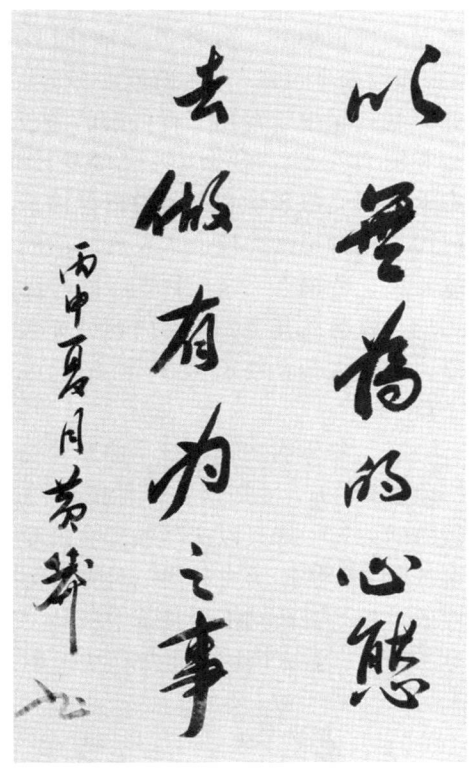

书法：黄　荞

茶，能医病眼花。因甘野夫食，聊寄法王家。石钵收云液，铜铫煮露华。一瓯资舌本，吾欲问三车。"**青钱消渴**：青钱柳的一种产品名。**三高**：是高血脂、高血压、高血糖的总称。**神茶**：学名叫青钱柳，指江西省修水神茶实业有限公司研发的青钱柳神茶系列产品。

鉴赏　此诗为诗人最近会友品茶的感兴之作。全诗一气呵成，长短句结合，整散错落，一韵到底，承转自然灵活，典故和传说运用丰富，兼有想象、联想、对偶，比喻等表现手法，以古风的形式歌咏江西省修水地区神茶青钱柳的古老高大、远离尘世、琼花玉叶与神奇药效，笔法格调上颇具大唐诗仙之范，语言雅俗共赏。

全诗可分两个部分。第一部分从起句至"共续缘"。开篇两个"君不见"引用《将进酒》中的起句"君不见"召唤读者置身诗境，同时融入自己的佛道思想，并还灵巧地化用了《蜀道难》中的句式"危乎高哉"、"畏途巉岩不可攀"，可谓匠心独运。而后从"拔地参乾十余丈"到"悠悠万载藏深山"写出了青钱柳的秀茂高顾、苍翠欲滴、花果不凡、时代久远和鲜为人知，还引用《红楼梦》中的《好了歌》和刘邦的《大风歌》奉劝世人莫争名夺利，要爱惜身体，从容处世，注重健康。第三层以一个传说道出青钱柳终被世人发现，治病功效显著，自此广为流传，在人间绽放光彩，造福天下黎民百姓。同时也将当代思懿（文燕）女士对青钱柳做出的贡献蕴寓其中。这部内容分亦包含一定的理趣——人生如茶，历经沉浮，大彻大悟，终必放清香于世，前后给人一种强烈的对比，读来琅琅上口。

第二部分从"抚琴歌一曲"至诗尾，作者深情饱满，抚琴高歌，与第一段遥相呼应。"筠焙熟香甘民食，金盏云液煮百川"化用黄庭坚赞美青钱柳的诗句，诗人以抚琴歌言的角度言简意赅地向我们讲述了古代对青钱柳的探寻、饮用历史和当下对青钱柳茶的认识开发以及青钱柳的各种神奇疗效，神茶青钱柳不愧是茶中极品，国中瑰宝。此茶之文化亦当在海内外推广传承，载入中国和世界药史，享誉全球。（谢永旭）

书法：黄　荞

卷六 填词

书法：伍世平

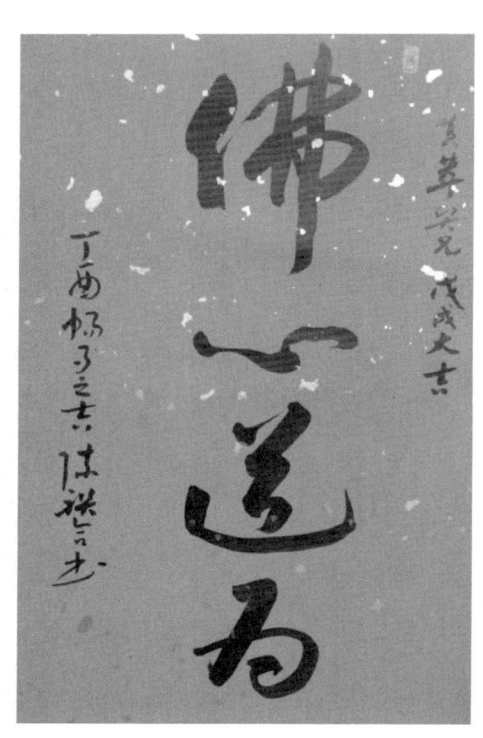

书法：陈联合

清平乐·游扬州

桃花依旧,畅饮壶中酒。楼下春波连玉柳,独自凭栏影瘦。江舟可载心愁?乘风故地云游。谁解痴情一片?抚琴碧水悠悠。

2010 年

鉴赏 这首词写作者重游扬州的孤独感受。起拍点明时令、景致,又带出惆怅情绪,"畅饮"合题面"游"字。"楼下"推开春波之景,接下来以"独""瘦"烘托出伶仃凄凉的情绪,心潮波动,思绪翻飞,为下阕的抒怀蓄势。

上阕结片"凭栏"抒怀,一问带出相思离愁。"可载心愁"化自李清照"只恐双溪舴艋舟,载不动,许多愁"。虽"乘风"去"故地"追忆那段刻骨铭心的曾经,却举步彷徨,黯然心伤。结拍"谁解"再问,却问而不答,伤情至极,作者面对悠悠碧水抚琴一曲,排遣内心惆怅,结得含蓄耐品。

整首词气脉流畅,笔触幽婉,用典无痕。

(张沁)

书法:卢中南

水调歌头·风

吾乃逍遥客,月下笑穹苍。何曾愧对谁否?起舞便飞扬。不管征途险恶,五岳随心谱曲,四海任翱翔。快意人间醉,不惧夜茫茫。　领四季,携细雨,带云狂。温柔些许,看我乾坤巧梳妆。时也推波戏浪,抚慰天涯芳草,胜却九天堂。纵有不公事,横扫弄秋霜。

2011 年

书法：龙开胜

鉴赏 这是一首托物言志之作，文笔采用拟人手法，词文借物表达自己的志趣，展示胸襟，寄予抱负，在表达主观志向及情操的过程中，把"志"作为风的性情，从而用来抒发自己不畏艰辛而保持高傲品行的标的物。其意缘物而生，其感缘情而发。词语富有朝气，英发豪迈，通感性极强，故读来令人感快悦性。

上片巧借风物的特点与个性，突出描绘一种率性乐观、意气洒脱、自由自在、不受拘束、悠哉自得的神形；着意表现人物胸襟豁达与志向不移的坚毅精神。

开篇直面，气韵潇洒，文笔临风。"吾乃逍遥客，月下笑穹苍。"读之一豪爽之风飘空而来，顿时给人以风流倜傥、英气多金、雅量高致之象，笔起秀出神态，亮洒豪性，月下疏达审视，数点岁月苍星。词语意境多关，非常有可读性，易于传颂引用。至于多关他何，须由读者心境而异，难以妙释。"何曾愧对谁否？起舞便飞扬。"词者勒马收缰，缓步前行，突然拟设反问，悬疑布局，使得意境曲折跌宕，显得蕴藉奇迷，意在表现任何事物发展都不会一帆风顺。"何曾"句，不知何故，却遭菲薄之，我非愧对他也。吾乃问心无愧，胸怀坦荡风清。"起舞"即起身，也就是说对其他菲薄不屑一顾，我照常飞身而去。风本身就是起舞，就是飞扬，把风的物状神态写得灵动，慧性翩然。"不管征途险恶，五岳随心谱曲，四海任翱翔。"词笔撒缰摇辔，一展豪兴气度。说其气度，突出表现在"不管"一词上，不管即不顾，不被相反的力量所阻止，尽管征途遥远，其至充满凶险也毫不畏惧。说其气度，这里还表现在"随"与"任"字上，与开篇的"逍遥"相拥展性，随心而动，任意飞扬。"五岳"与"四海"不能单独理解固有的含义，应广义其境方能释放胸怀。词语的"心"字最有灵魂，它不仅展示了诗人的心胸，更彰显出诗人用心悟道、用心做事、用心修身立德的高贵品质,何以言表,因为诗人是"五岳随心谱曲",可见心境也。"快意人间醉,不惧夜茫茫。"游历了三山五岳,仆旅了五湖四海,用心谱曲,实现一个偌大的心愿该是多么快意。"快意",诗人恣意所欲之情显得愉快轻畅。此处的"醉"字非常有神韵,此醉非醉也,他是对自己行为的肯定,他是对成功的认知,他是对美好事物的赞许,故,又何惧那夜色茫茫呢。

下片续演风华,浪漫意境。写意有声有色,重点表现大有作为之势,突出事件具体,展示内容生动,句不空洞,意不漂浮,展示出侠义仁德之风,施张出正义公道的力量。

再承上启下,气正捭阖。"领四季,携细雨,带云狂。""领、携、带"一连串动词,写出了风物潇洒自如的仪表,展示出流畅的情调,彰显出帅才的风范,有一种引领风骚的气势,描写风神灵动。寥寥几笔,其势已拔,其情已傲,虽是笔墨点染,却已表现得淋漓尽致,如张如是。四季分明,细雨蒙蒙,白云上下翻飞,远近徘徊,意识所向,思绪无边。如此张扬,加强了诗句的流动感,故显得气韵跌宕。"温柔些许,看我乾坤巧梳妆。"一路狂奔之后,情绪温柔些许了。此刻,诗者提笔问路,静心一望,天地明朗,是谁梳理得气象万千?至此,似感到诗人在回味古人"万古骚人呕肺肝,乾坤清气得来难"的诗句。故发出感慨:"看我乾坤巧梳妆。"这里是"看我"非是我看,着意突出的是我,人生都有自己的命运、自己的前程,要靠自己来把握、自己来梳妆,蕴藉极为深邃。"时也推波戏浪,抚慰天涯芳草,胜却九天堂。"所以,除了做好自己的事情以外,不时也要做更多的公益事业。这就是词语的委婉含蓄,用风吹水浪、抚慰芳草的物象动感来表现个人的善举行为。时也,意为命也,运也。故亦可理解为:我命就是来帮助他人的。从物象来看,意境是非常优美的,风吹涟漪,抚爱寂寞的小草,胜过在天堂之乐。这就是前面提到的作为,试问:庸碌者能作为吗?腐朽者能作为吗?因此说:词意含蓄曲折神秘,递进抒怀曼妙,悬念扣人心弦。如梦似幻,文笔惠景徘徊,境界高妙,高旷洒脱,绝去尘俗,境界流进心底,美到无言,潜到性情,张到景物。"纵有不公事,横扫弄秋霜。"收笔振拔,把意境推向高峰,"纵有不公事",一方面写人的意识行为,另一方面写风的萧瑟,"横扫弄秋霜"。

综观全词,气韵豪兴,情感侠气,蓬勃爽朗,用语直言清刚,抒兴卒章显志,意境气势朝歌,词语双关多意,积极向上,善为宗旨。(陶永德)

菩萨蛮·倚梅听雨

江边山色桥横锁,聆听风雨梅花堕。闲看两茫茫,怎知无奈长。　　寻春花几朵,饮酒倚梅坐。愁绪任风吹,相思一地诗。

2009 年

书法:汤晓燕

鉴赏　这首词,写初春风雨交加之梅花,全词都浸染在一种愁情离绪之中。情景交织,句与句之间紧密相扣,各句间含意也相互交织,创造了一个浑然天成的意境。

《菩萨蛮》,本唐教坊曲。唐宣宗大中年间,女蛮国派遣使者进贡,她们身上披挂着珠宝,头上戴着金冠,梳着高高的发髻,让人感觉宛如菩萨,当时教坊就因此制成《菩萨蛮曲》,于是后来《菩萨蛮》成了词牌名。此调用韵两句一换,凡四易韵,平仄递转,以繁音促节表现深沉而起伏的情感,历来名作最多。如《菩萨蛮·平林漠漠烟如织》是唐五代词中最为脍炙人口的作品之一,相传为李白所作。此词与《忆秦娥·箫声咽》一起被誉为"百代词曲之祖"。

首句"江边山色桥横锁",江边水汽多,春寒料峭的早晨,就是晴天也极容易形成雾气,更何况雨天。雾蒙蒙的,只见桥横躺在江面上像一把大锁,把江边的诸多景色联系在一起。锁:名词,这里做动词用。历来让人们津津乐道的诗眼、词眼往往就是这样产生的。白居易描写天柱山的名句:"天柱一峰擎日月,洞门千仞锁云雷。"南唐李煜《乌夜啼》:"寂寞梧桐深院锁清秋。"无疑,景由心生,词人的愁绪也像这弥天大雾,笼罩在心头,剪不断,理还乱。

"聆听风雨梅花堕"融合了李清照《声声慢》和陆游的《卜算子·咏梅》:"梧桐更兼细雨,到黄昏,点点滴滴。这次第,怎一个愁字了得!""已是黄昏独自愁,更著风和雨。"此情此景,花自飘零水自流,无穷无尽皆是愁。词人心中丝毫没有李白"相看两不厌,只有敬亭山"的闲适情怀。自然是:"相看两茫茫,怎知无奈长。"梅,岁寒三友之一,铮铮铁骨,凌霜傲雪,越是环境恶劣越精神。"梅花香自苦寒来!"激励着自强不息的人们。可再坚强也经不起风雨的摧残,一片一片地坠落。词人年届三十,而立之年,必然会考虑未来,大到国家的发展,小到个人的出路。只留下"知我者谓我心忧,不知我者谓我何求"的那份无奈,想必,读者也为之浩叹吧。感慨之余,还应注意到词人蓄足了态势,为下阕生发打下了基础,深谙词家笔法也。

下阕,词人想把失去的找回来,以排遣空虚怅惘、迷茫失落的抑郁。只见疏枝上仅有梅花几朵,就更加珍惜了,一边饮酒,一边欣赏。与梅为友,与梅同醉,亦梅亦人已分不清了,确也是一桩美事。愁绪也随风而去,散落在地上的花瓣也化成美丽的诗句。以景收束,升华,出人意表,戛然而止,令人回味。

此词情景交融,意味深厚,含蓄委婉,疏隽典雅。化典做到羚羊挂角,了无痕迹,是词人作品中一篇颇为别致的小词。(袁国乾)

菩萨蛮·红枫

晨钟唤醒房檐雀,秋风不止裳轻落。犹似泪人瞳,缕香肠断衷。 紫烟枫醉郭,心郁寻依托。踏至一园红,敞怀相伴枫。

2009 年

鉴赏 这是一篇写景咏物之作,诗笔采取拟人手法,以苍美凄婉的笔触,以忧伤凄楚的情调,以忧愁咽意的文字,伤秋苦景,凄冷萧疏。读来使人犹感:"文穷凄酹酒,草木暗悲残,寂寞何时了,秋深色更寒。"

上片景意连动,韵酹声情,古象悠然,意贯时空。"晨钟唤醒房檐雀,秋风不止裳轻落。"开篇笔敲晨钟,墨旋秋风,古老的钟楼,苍年的屋宇,萧瑟的秋风,勤快的燕雀,在晨幕中一跃而出。燕雀在吊角楼的房檐下被晨钟唤醒,枫叶在萧瑟苍凉的晨光里飘零,秋霜在金红的枫林里凝结渐浪,通过作者简单的描写,诗韵浓郁着阵阵秋凉,裹挟着苍黄与落寞,使人感到秋的凄凉,尤感寂寞与惆怅。秋天万物凋零,总是给人带来伤悲的愁绪,自古诗人多悲秋的情景犹在眼前。晨与秋转换时空,钟声惊燕雀,秋风舞霓裳,寥寥十几字就勾勒出了声色兼具、动静交织的画面,用燕雀醒晨,托意出万类迎朝之象。"晨钟"虚为写实,指寺庙早晚晨钟暮鼓,现代社会有很多高楼大厦也镶装时钟。有光阴流逝之感,亦有警醒之意。诗笔正是寓意两种意境,借用晨光很快过去,时不我待,进而铺垫出后续情感意境,借以引发后续的惆怅。"晨钟常醒世,明月总关情。若是知音意,高怀不止行。""不止"一词表象传神,一是表现不停止,二是超过范围。这里不是秋风不停地刮,而是在演变,推动光景与事物的变幻。秋风是自然力量,实际上世上还有更多的力量,推动着由绿到青、由黄到红的沧桑变化,寓意相当深刻。"犹似泪人瞳,缕香肠断衷。"诗笔一抖,从晨钟促醒激发中感悟时光易逝而感伤。那秋风中瑟立的红枫树,剪落晨光,滴落秋霜,犹似佳人孤伤泪涌,缘景咏意,状物传神,切入心境,感人肺腑。诗笔性情,喻拟极度。由此,似乎感到诗人在吟咏白居易的《长恨歌》:"行宫见月伤心色,夜雨闻铃肠断声。"正是:秋风又卷沧桑色,叶落犹闻肠断声。

下片接前续后,丰神逸宕,笔采紫烟,墨染园红。"紫烟枫醉郭,心郁寻依托。"晨上高旭,秋色斑斓。城关野岭,枫林一片姹紫嫣红。紫烟,尤为绚丽的色彩。千古诗人为你陶醉,听李白吟:"日照香炉生紫烟,遥看瀑布挂前川。"想南朝梁武帝:"长途弘翠微,香阁间紫烟。"看晋郭璞:"赤松临上游,驾鸿乘紫烟。"又有范仲淹:"冉冉去红尘,飘飘凌紫烟。"诗人被这姹紫嫣红醉得不能自拔,欲找一个依托,仗赖其天。郭,即城墙,引申为一个范畴,或为物体外框。如此一个"郭"字,凝聚着秋色,拘泥关锁着诗人的情绪,集结拢敛着诗人的视野,使之心境更加沉郁。"踏至一园红,敞怀相伴枫。"诗人凭依的不是挂杖,而是一种精神,一种信仰,一种期冀,一种悟道的力量踏至枫林,敞怀于枫林。"一园红"笔墨绚丽,秀出一片天地,走出困惑,摆脱惆怅,坚信自己的追求。

此词总体读来,情感绵密,意境凄美,气韵婉约。情节感人,语境伤动。词句生动精准,展示曼妙绮丽,蕴藉通感性强,艺术表现手法新颖,暗含古意之多,难能确说裁典,主要掌握了婉约派风格,故读之有味,余意无穷,意韵绵长。(陶永德)

长相思

琴声悠,笛声悠。楼内佳人含面羞,思君花落忧! 风声悠,云儿悠。落叶纷纷寄与秋,叶飞君可收?

2009 年

鉴赏 这是一首情词。它描摹了一个女子对心中所爱之人的相思之重。

此词上片写得新颖、曲折,风格清奇,语言轻巧,诗味隽永。它赋予抽象的楼内佳人以具体的特征。诗人以琴、笛的悠悠声,来衬托害羞的面庞,因思念而忧愁,通过诗人的主观感受,反映出楼内佳人可爱娇羞、患得患失的心理特征,给读者以强烈的感染力。

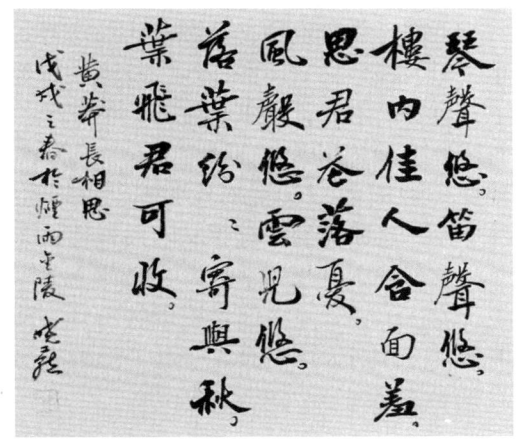

书法:汤晓燕

下片高妙处在于它用曲笔渲染,跌宕起伏,饶有变化。好像荡秋千,既跌得深、猛,又荡得高、远。在风悠、云悠的状态下,再是一转,落叶纷纷,相思之重寄给谁呢,有谁知道秋的踪迹?这样,诗人又跌入幻觉的艺术境界里去了。这种奇想,表现出诗人对美好事物的执着和追求。

像这样一首短词,几经曲折,含蕴着一层深似一层的感情,诗人从佳人娇羞到思君,从追寻到希冀,终于怀着无可倾诉的心情,言尽而意不尽,寄托落叶能为她带去相思之情了。(姚育萍)

菩萨蛮

溪中水暖鸳鸯戏,天边霁后彩虹恣。夏日沐清风,花香醉饮中。 水清鱼恋藻,我舞伊人恼。伫立影双长,红尘缱绻藏。

2011 年

鉴赏 这阕词是写夏天山中雨后天晴风光，以及人与自然和谐共享，表达了雨后见彩虹的缱绻之情。全词熟练运用《菩萨蛮》中吕调，犹如"人中吕布，马中赤兔"，给人一种豪放而又超逸的感觉。

上阕：以景做铺垫，山溪水在欢快地弹奏，鸳鸯在凫水而乐，雨后天空彩霞万朵，山清水暖，一幅美好的人间仙境的图画，令人如醉如痴。清风爽爽，花香四溢，陶冶在这优美的环境中，神情怡然，美在其中。怪不得古人说：仁者乐山，智者乐水。山水之乐与人之乐，乐在其中，醉在其中。

下阕：借景生情，鱼恋藻，鸟恋林。如果上文表达一种狂欢，奔放不止，伊人还是喜欢陶醉在一个静谧的世界里，双影相欢，沉浸在这幸福之中，愿青山不老，细水长流，一个"长"字表达出天长地久，在一片安静的环境中，长相厮守。缱绻：《诗·大雅》"无纵诡随，以谨缱绻"；《红楼梦》第93回"以后对饮对唱，缠绵缱绻"。一遍又一遍，不能停歇。仿佛一停，这面前的幸福感又随风飘逸，无处寻觅。

全词采用烘托的手法，在音律上采取了奔如脱兔，静如藏龙，一动一静，表达了作者一种超世脱俗的情怀，陶冶在爱情的幸福之中。把音律和谐与自然和谐天然组合在一起，形成人与自然和谐的交响乐！（吴成立）

如梦令

常忆家乡风景，泉水叮咚孤岭。月过粉荷香，玉露怎输春杏。湖静，湖静，又是鸟飞残影。

2009年

鉴赏 本小令用追述的笔调描述往事，是一篇回忆之作。从其明快的色彩和欢乐的格调中，托起对家乡的无限思念之情。

"常忆"明确表示追述，对家乡风景的回忆，孤峰、泉水，叮咚作响，明唐寅《绮疏遗恨·砧杵》诗："忍抛砧杵谢芳菲，敲断叮咚梦不归。"时间是夏天夜晚，月是故乡圆，是中国人传统笔法，表达对家乡或故人的思念。荷塘月色，一片寂静，田田的叶子，飘逸的荷香，甚是袭人。"过"字却表露了作者心底的流连，"玉露"表述夜已至深，荷叶上几滴玉露晶莹夺目。谢朓《泛水曲》："玉露沾翠叶，金风鸣素枝。""怎输"流露出作者依依不舍的情致，看起来，这是一次给作者留下了深刻印象的十分愉

绘画：方正平

快的游赏。比那春杏更惹人迷恋，就把这种情境递进了一层，兴欲尽而意不止。行文流畅自然，毫无斧凿痕迹，同前面的"泉水叮咚"相呼应，显示了作者的忘情心态。盛放的荷花，不逊那春杏娇艳，这样的美景，一下子跃然纸上，呼之欲出。

一连两个"湖静"，表达了作者急于从迷茫中静静地思考，正是由于"湖静"，所以"又是鸟飞残影"，与上文"孤"字相呼应，这种情感反复杂糅在一起，词戛然而止，言尽而意未尽，耐人寻味。

这首小令用词简练，只选取了几个片段，把移动着的风景和作者怡然的心情融合在一起，写出了对作者家乡春花秋月的一种回忆，让人不由得走出那"沉醉不归"的境地，正所谓"帘外银河淡，琴边玉露清"。这首词不事雕琢，富有一种自然超脱之美。（渡航）

捣练子·写真

星眸醉，露华浓。一把蛮腰蕴楚风。爱蹙弯眉凝远睇，云裳妙韵若无穷。

2010 年

鉴赏 写真：画人的肖像或如实描绘事物。星眸醉，露华浓。眼若星光闪烁，如清冷的月光从碧空一泻而下。一开一合秋波荡漾。水袖挥若香不已，星眸回似笑迷离。蛮腰蕴楚风。纤细灵活如杨柳轻拂，楚楚动人。典出"楚王好细腰"，称为"小蛮腰"。"爱蹙弯眉凝远睇，云裳妙韵若无穷。"蹙：指收缩。睇：斜着眼看。云裳：指仙人的衣服或仙人以云为衣。妙韵：形容婉转清扬。眼若星光闪烁，如皓月清辉洒泻。一开一合若秋波荡漾，有水袖挥若香不已，星眸回似笑迷离的娇媚。腰肢纤细灵活如杨柳轻拂，楚楚动人。两道弯弯秀丽的眉如远黛，婉转飘扬，斜眼相看，身着云彩般的衣装恰如其分，令人如醉如痴。

小令以写真命题,抓住"眸醉、华浓"这一形象的物象,用拟人的手法吸引读者即入情境。简约笔调勾勒出一美女骨架娇态,继而恰如其分地描绘眉腰衣饰,典雅通俗,匀净流利,章法相生。一个天姿国色、美若仙姬、楚楚动人的美女栩栩如生地浮现在人眼前。节奏流畅,语言清新飘逸,含蕴蕴藉,笔法娴熟,细腻逼真。(肖木公,博名开心)

清平乐·问山

琼廊驻杖,远处谁清唱?野岭红花云卷浪,身在林中却忘。红岩墨崖分明,风雕似鬼神形。两岸青山鸟语,汇于涧水欢鸣。

2010 年

注释 琼:海南的简称。

鹧鸪天·女人如烟

夜守晖楼吐紫烟,小池映月四更天。杯中折射相思泪,乐里高飞爱意弦。　　心已醉,恨无眠,娇颜空对怅风前。柔情可换君来伴?抛却荣华共采莲。

2009 年

江城子·辛卯年哭紫衣

菊花凋落恨秋凉。晚风怅,独相望。梦里无期,酹酒向东方。倘若有知应告我,黄泉路,有多长?　　一身病痛助人强!夜茫茫,费思量。良语千言,却是旧时藏。何处再寻师似姐,从此后,共谁商?

2011 年

注释 叶紫衣:祖籍安徽,后居江苏,从事教育,当选过优秀党员教师、优秀少先队辅导员,获得过县区政府嘉奖……荣获多项殊荣。一生被病痛折磨的她,从来不向人道说,默默承受直到春蚕丝尽。**酹酒**:把酒倒在地上向东面祭奠。

采桑子·春日

清风霁雨连山翠,千里潇湘,水绿情长,更有桃花点点香。
倚窗远望西边日,意气飞扬,却道无常,天上乌云又过堂。

2011年

鉴赏 这是一首歌咏春天的词篇,但它不是一般的春天的赞歌,词人在歌咏阳春胜景的同时,还抒写了心中的所思,在较深层次上,还包含着对人生无常的喟叹。

此《采桑子·春日》共八句。"山翠""潇湘"二句正面交代了春天的形象与人物、地点。从结构上看,第一、二句是起句,一"实"或一"虚"写形,一实指山形,一虚则是指那个叫"潇湘"的女子,或理解成地址,词无达诂;第三、四句是接句,写其貌、其情与其境,桃花芳菲烂漫,妩媚鲜丽,与碧绿的水光相映衬,清风拂水,荡起波光漪涟,形成了片片芳菲入水流,清风、桃红、幽香构成一幅春日丽景,使人不禁想到《诗经·国风·周南·桃夭》:"桃之夭夭,灼灼其华。"牵引着无限思念的心灵,以景色之优美,反衬诗人之孤寂。

下片则抒写倚窗远望西边落日,意气风发,抒写诗人的感受,憧憬美好的未来,性灵流露,雅而不俗,深沉执着。然而人生有这么顺利吗?!结尾两句,以一句人生哲理句"人生无常"来道出当前情事,意旨深远,笔锋直入人物感情深处,用最平白浅显的语言,表达了最深厚的情感。似乎耳边响起了音乐"醒来":"从生到死有多远,呼吸之间;从迷到悟有多远,一念之间;从爱到恨有多远,无常之间;从古到今有多远,笑谈之间;从你到我有多远,善解之间;从心到心有多远,天地之间。当欢场变成荒台,当新欢笑着旧爱,当记忆飘落尘埃,当一切不可得空白,人生是多么无常的醒来!"乌云暗指伤春之情,以淡景写浓愁,以倚窗远望反衬孤寂无侣的惆怅,运密入疏,寓浓于淡,这种艺术手法颇耐寻味。

全词造句自然,意不晦涩,语不雕琢,随手写来,妥帖停匀,有情景相符的画面,有沉着爽豁的性情,读起来使人感到清新明快,与一般伤春

之作不同,可见作者其学识之厚、感情之富。(姚育萍)

浪淘沙·学诗

莫负少年时,谁料霜催。江湖惆怅窃神医。一本天书吟昼夜,平仄相随。　　山水最多诗,欲把心知。邻家子弟笑余痴。漫道沧桑应壮志,不屑横眉。

2009年

鉴赏　词人少年失意,遭遇酸辛,在2009年年底小有成绩,《梅花吟》诗集初落成,闲暇之余写下了这首词。

开首三句,直道词人失意时的情况。给人印象最深的是第三句的构思,前二句铺陈有序,第三句"江湖惆怅窃神医",神医可以窃吗?相当新奇,附说明一下,1993—2009年词人在浙江嘉兴桐乡打工,然后辗转于江西、浙江、上海、广东、深圳等20多个省市,先后干过油漆工、木工、饭店服务员、酒店门童、广告业务员、网管、理发师、保险推销员等。在如此颠簸不定的境况下,还能静下心来学习诗词,着实不易。那何来"神医"呢?!接下来两句,用了"迂回曲折,曲线救国"的手法,来辅助说明,读到此处,想必读者明白了几分窃神医之意。心病要有心灵医生来医,心态调整好了,一切皆好!看来词人当时运气不佳,即使是有经天纬地之才的英雄豪杰,也只能被埋没了。那么不如平仄相随,一门心思读点有益于自己的天书(古诗词)来修心养性,加强自身建设了。"路漫漫其修远兮,吾将上下而求索。"

下片开头句"山水最多诗",是承接上片结尾二句之意境而来的。一个"最"字,紧紧扣住"天书",正因为喜爱,才不会在乎别人的嗤笑,那谁又能相知理解呢?唯有把心事付诸唐诗宋词中,明代陈继儒著《小窗幽记》有句云:"天薄我福,吾厚吾德以迓之;天劳我形,吾逸吾心以补之;天厄我遇,吾亨吾道以通之。"命运让我的福分浅薄,我靠增加自己的德行来面对它;命运让我的筋骨劳累,我便放松自己的心情来弥补;命运让我的际遇窘迫,我便加强自己的德行来让它通达。此语有异曲同工之妙,来诠释这首词的末二句正是恰如其分。

在读惯了那些浓重得发腻的学诗困难词后,读一读这首颇有民歌风味的通俗词,感觉有点吃惯了鱼腥虾蟹之后尝到山果野蕨那样,很富有新鲜的感觉,给现代年轻人做了一个励志的榜样。(大雅)

西江月·离别的秋天

瑟瑟红枫坠落,潺潺溪水东流。风中细雨恋人愁?听取雁鸣心碎。　　霏雾模糊你我,玉盘照亮沙洲。椅长影叠恨何求?相忆今生无悔。

2010 年

鉴赏　这首词是伤高怀远之作。这首词安得上"清丽婉曲"这个评语。词中以悲喜交杂、委婉曲折而又缠绵含蓄的手法写昔日雨夜的别情。

词作以红枫坠落、溪水东流的景物描写开头,把"诗人"的主观感受注入客观事物中,使客观事物也染上了诗人的主观色彩。这种移情入景的手法,前人常常使用。如"幽兰泣露新香死,画图浅缥松溪水"(李商隐《河阳诗》),本词的首二句,即用这种手法刻画出一个凄清的环境,表现了主人公不可排解的愁闷和伤感。"风中"两句,回过头来写离愁,始点出愁苦之因。前面的一切都是因离愁所致,正是"多情自古伤离别,更那堪冷落清秋节"(柳永《雨霖铃》)。这里是更那堪"雁鸣心碎",大雁在鸣叫,可有昔人再现?正是其为离恨折磨、痛苦至极的心理反映。柳永《玉蝴蝶》中说"念双燕,难凭远信"与此意同。"风中"二句可谓之含蓄蕴藏则过之。

下片前二句写远望的所见所感。犹记当年两人相依而坐,薄雾消散,星月交辉、玉盘高悬,流连徜徉。于是紧接着便有:"椅长影叠恨何求?相忆今生无悔",这两句绝妙好词含有玩不尽之情、味不尽之意,一是说:"来日方长,精神相随,知音唯尔,你安好我便开心,无怨无悔,夫复何求?!"二是说:"因相识而理解,你是寂寞的也是高洁的,你的灵魂、你的诗文将如明月一样在人世漫长的夜空中长照高悬。爱一个人并非一定要拥有,只求对方安好幸福,我便无悔。"何等崇高的心态,真爱便是如此吧!即使不相见,也足以使人泪下而不能自止,暗示出曲终人不见、回忆望远、怀人伤神到今生无悔的内心感情变化,以悬念方式道出对伊人的情之深、思之切。

言有尽而意无穷,言简约而意丰盈。此乃诗词之高格,艺术之高致。

(大雅)

江神子

春花又是漫天飞。问归期,道无期。柳下花丛,绿瘦倚红肥。燕子堂前呢细语,风正好,日斜晖。　　这般心思可知情?念平平,忆平平。那人谁是?却唤那人名。蝴蝶飞来添苦乐,花醉了,爱无声。

2014 年 2 月 21 日

鹊桥仙

秋风啸傲,繁星闪烁,银汉千年依旧。牛郎织女恨无舟,七夕近、相思影瘦。　　彩云环绕,鹊桥相会,相见不能相守。丝丝却却又分离,真道是、难逃法手。

2011 年

鉴赏 牛郎织女是中国最有名的一个民间传说,是中国民间最早关于星的故事。南北朝时代任昉的《述异记》里有这么一段:"大河之东,有美女丽人,乃天帝之子,机杼女工,年年劳役,织成云雾绢缣之衣,辛苦殊无欢悦,容貌不暇整理,天帝怜其独处,嫁与河西牵牛为妻,自此即废织纴之功,贪欢不归。帝怒,责归河东,一年一度相会。"它是千古流传的爱情故事,是中国四大民间爱情传说之

绘画:杨明臣

一。《古诗十九首》之一《迢迢牵牛星》:"迢迢牵牛星,皎皎河汉女。纤纤擢素手,札札弄机杼。终日不成章,泣涕零如雨。河汉清且浅,相去复几许?盈盈一水间,脉脉不得语。"将相爱却不能相守的牵牛、织女这对夫妇的情感与命运表现得凄美感人,传诵至今。如此美丽动人、扣人心弦的爱情故事怎不令人心潮起伏、唏嘘不已呢?

山水悟道的《鹊桥仙》以不事雕琢的清新笔调同样叙写了牛郎、织女的爱情故事,通俗易懂,无须多言。所不同的是,词的中心揭示了造成牛郎、织女爱情悲剧的根本原因,读来令人深思。

词的上阕由景入情,情景交融:瑟瑟秋风已然四处凌乱地呼啸,如此的桀骜不驯,全然不理会入秋时黯然而生的悲凉之情。天上繁星点点,闪耀着晶莹的星光。那阻隔了牛郎和织女的银河依旧存在,横跨在牛郎、织女之间,硬生生阻隔了一对相爱的夫妇。望着宽阔的银河,牛郎、织女只能默默凝视,只恨没有小舟让他们相聚。又是七夕临近,长久的相思煎熬,使他们形容憔悴,真个是"人比黄花瘦",可这又有什么办法呢?在这里,作者描摹事物简洁而准确,第一句抓住了"秋风""繁星""银河"这三个意象向读者呈现了一幅凄清的画面,营造了幽冷的意境,自然而然地为下文表现人物的思想感情做好了铺垫。第二句的"恨"字虽平常,但极准确而传神地刻画了这一对相爱夫妇的心理,让人一读,心里生痛!作者巧妙地以"影瘦"写出夫妇俩的相思之苦,由外而内,由"影瘦"窥探出主人公的内心煎熬,令人掬一把同情之泪,从而打动了读者。

词的下阕由事引议,结尾点题。"彩云环绕,鹊桥相会,相见不能相守"道出了牛郎、织女的命运。虽然他们每年七月初七在彩云环绕的鹊桥相会一次,但相见却不能相守,这种相见更是使人痛不欲生!"相见时难别亦难"可以说是对相爱的人无法在一起的形象描绘,真是"相见不如不见,不见却又思念"!这种撕心裂肺的痛苦与彩云环绕的鹊桥形成鲜明的对比——"喜鹊"纵有良好的意愿,搭起鹊桥让牛郎、织女相会,但相会的快乐是短暂的,留下的是长久的思念与痛苦。造成牛郎、织女的悲惨命运之原因何在?作者在最后一句"丝丝却却又分离,真道是、难逃法手"恰如其分地点明了原因:鹊桥相会,缠绵如丝,未尽缠绵却又分离,这全是狠心的王母娘娘造成的啊!她拔下头上的金簪划出的天河硬是将这对相爱的夫妇活生生地拆开,难道不像如来佛之手吗?作者用"法手"巧妙地写出了专横的王母娘娘是不可抗拒的,更是让牛郎、织女的命运镀上了凄惨的色彩,读来令人心酸不已!其实,现实生活中又何尝不是如此呢?这"法手"象征现实社会中阻挡恋人的因素,有多少恋人就是在许多客观或主观原因中被拆散!尤其是现在的物质社会,"物质至上"的观念亦为"法手",让美好的恋情"日趋脆弱",甚至"丧生",所以,这阕词的亮点就在于此。牛郎、织女的故事经久不衰,就是因为故事内涵诠释了爱情的全部悲剧!

整阕词言浅意深,弥漫着凄清、幽美的意境。作者巧妙运用写景、叙事、抒情、议论等表达方式,有章有法,表现了牛郎、织女的爱情故事,揭示了爱情悲剧的某些根源,值得一品。(张金英)

蝶恋花·忆

　　三月春风花正好,斜倚窗台、陌上青青草。细柳枝头双燕闹,邻家小女邀明早。　　一里村头溪水绕,笑语缠绵、羞煞鸳鸯了。缱绻方知思念恼,而今长对清辉晓。

2011 年

鉴赏　这是一阕爱情词章。诗笔以清丽甜蜜的情调,以炙热欢愉的笔触,以思恋缠绵的字句,立春舒芳,倚窗思念,无限美好如春绽丽,锦绣华章。

　　上片语出典意联袂,意象婵娟,物境关情于思,景象婉丽于意。"三月春风花正好"笔起双典合境,一语芳春。如春风流翠,似花吐蕾。想必诗人眼前一定浮现出贺知章的诗句"碧玉妆成一树高,万条垂下绿丝绦。不知细叶谁裁出,二月春风似剪刀"这样的情景,一诗吟罢,又想起吴潜的"柳初眠,花正好。又被雨催风恼。红满地,绿垂堤。杜鹃和恨啼。对残春,消永昼。乍暖乍寒时候。人独自,倚危楼,夕阳多少愁"一词巧妙对接,使绮丽的春色即现眼前。诗人胸怀诗典万千,运来自如巧妙,无痕无迹,更将风光隽永,秀逸出春情一片。"斜倚窗台"诗笔敛墨折锋,一句转折,将词中主人推出镜头,顿时一位风度翩翩的诗郎出现在眼前。诗人倚靠在窗台前,临窗推望:"陌上青青草。"远陌一派青绿,草色悠悠,是谁身着红裙,在陌上晨霞里起舞。我道:"诗人意在话相逢,草色迷川陌上红。昨夜谁邀晨共影,襟临窗畔揽春风。"词埋伏笔,不露声色。"细柳枝头双燕闹"诗笔典象连篇,意境优美。苏东坡有诗句曰:"清风扶细柳,淡月失梅花。"清风扶细柳,双燕闹枝头。"双燕"暗示情侣,曼妙传神,语境绮丽。艺术表现手法含蓄婉丽,展示浪漫情怀。"邻家小女邀明早。"诗笔圆回开篇,回答斜倚窗台句,为什么要临窗?是应邻家小女的邀请,明天早一点出来,一起踏陌采青披霞,多么浪漫,多么惬意愉悦。邻家有女初长成,从此诗郎早临屏。

　　下片再起,情意缠绵,依恋芳华,咏怀缱绻,对月相思。"一里村头溪水绕"诗笔含蓄,暗藏蜜意,隐象迷恋。似感觉一对青年,并肩晨行,绕村头溪水,采田野风光。携侣游村陌,情绵挽野风。相依人共影,话誓写天穹。"笑语缠绵、羞煞鸳鸯了。"一句华丽的转折,给人以甜蜜愉悦之感。情感已被依恋牢牢缠住，相拥不愿解脱，浪漫的绵密，羞煞了鸳鸯。上片以双燕作比，下片以鸳鸯衬美，显得依恋牢结，不弃不离，情谊深厚，非常富有浪漫华美之象，艺术感染力极强。"缱绻方知思念恼。"以情收结，更显绵长。缱绻，纠缠萦绕、固结不解之意。往事令人怀想，思来令人苦闷，幽怨伤怀。这是两人分离太久所产生的情愫。"而今长对清辉晓。"现而今一人千里孤独窗前，看月影晨辉。诗人此刻想起张九龄的诗句："自君之出矣，不复理残机。思君如满月，夜夜减清辉。"

总体读来，诗笔委婉含蓄，情感缱绻绵长。往事悠怀，思恋锥心。文辞虽无生陌绮丽，但表现尤为隽永醉意，巧借物景寓意浪漫，留下余味无穷。（陶永德）

虞美人

京城三月无青草，雨水年年少。风沙漫宇夜难熬，马路谁家公子在招摇。　　红楼绿酒挥金土，自有名爹护。北漂已是三年闻，若得青锋定斩暗风云。

2012年

鉴赏 这是一篇托物言志之作。词中之物乃是物境与社会现象，诗笔如锋，直击龌龊之丑态。读之气势振拔，意感痛快淋漓。古来诗赏常曰"诗言志"之说，那么如何理解，又如何表现诗者情感之志呢？众知在心为志，发言为诗。诗者就是将平生际遇、思想意识，面对现实，愤懑而发，即形成了这首愤腐之作。

上片着意展示现象，剥腐挖朽，通过自然现象的悲戚，使人感到哀痛与忧伤，再揭示腐败行径，使人有一个清醒的认识，从而促使形成正义的感知力量。

"京城三月无青草，雨水年年少。"诗笔从节气切入，点明地点与时间，京城三月本是万类青葱时节，然而，无青草，雨水年年少，顿感气象失色。读之有一种凄凉苍悲之感，又给人以郁闷无奈之状，此处"无"字，表现干脆，明确展示诗人直率性情。"少"字尤为展托，一字双关，既表现事物的变化日趋低下之象，又表现忧郁苦闷与无奈之情。"无"与"少"，运字精准，蕴意深厚，富有呼唤与感召的力量。品读之时，不由得想起白居易"三月无雨旱风起，麦苗不秀多黄死"的诗句。说的是春旱，不得收成之悲状。千古诗人都是直抒胸臆，语气强烈，表现出激愤的感情。

"风沙漫宇夜难熬"词句情景交织，象不虚拟，意不浮乱。文笔白描，叙事惊心，风飙沙厉，尘埃澌荡，气煞漫宇横行，叫人夜不能寐。诗笔取势风沙，显示气象干涸，然意感不足为烈，一个"漫"字，更显风沙的张狂，它不仅在北京地区如此张扬，正在蔓延扩展范围，危机辐射天宇。"漫"字意境到位，已成害势。

"马路谁家公子在招摇。"面对如此恶劣的环境，然纨绔子弟，却悠哉招摇。一句叩问，势如提刀见肘，直切主旨中要，纨绔之少招摇过市，多少振聋发聩的答案，就是部分先富起来无教养的父子所为。"招摇"一词写出骄横满路之情形，写出富贵淫威之野性。

下片转向议论。诗人将主观情感融入意境，表现出毫无顾忌的愤懑情绪，英气清刚耿烈，敢向腐朽亮剑，使人看到一位反腐斗士的英雄形象。

"红楼绿酒挥金土，自有名爹护。"诗笔揭示丑陋，犀利贬伪，敝屣某些权贵，痛斥其不仁。诗为时而著，为事而作，为义而发。纨绔子弟挥金如土，不但没有社会责任感，做了坏事，竟敢在法律面前、在道义面前彪名爹，彪权势，彪霸道。忘记了"富贵不能淫"的古训，失去了做人的基本原则。

"北漂已是三年闻，若得青锋定斩暗风云。"诗笔意识锋回，志向高天，义兼天下而为，气横风云而道。三年北漂，休得一个"闻"字，磨砺锋志，凝聚义向，寒情悟道。面向腐朽所闻，此刻鲁迅的诗意在心潮涌动，横眉冷对，忍看怒向，积郁胸膛。他日若得青锋剑，对于暗风云，定斩不饶。"暗风云"意境暗表，意境多关，既可圆融自然现象，亦可痛斥腐朽现象，可谓借甲说乙，自由读者去理解。

总体读来，旨在透过现象看本质，英气振厉，言辞犀利，义豪正道，思想志在扬善，端在高怀，行在德品，气势不凡，一代英风可见。

（陶永德）

虞美人

断桥追忆那时月，流水高山阙。今宵望月月无忧，独自抚琴谁解一丝愁。　　天涯梦里青纱帐，直教君难忘。潇潇风雨泣梧桐，两地落花春水却从容。

2012年4月

鉴赏 这是一篇借景思人之作,诗笔将感情定位在月色景象之中。忆旧伤情,朦胧月色,迷蒙着离别的愁绪,抚琴一曲,犹如高山流水倾吐着别恨离愁。诗笔缠绵于月色,绵密于细雨,细微于琴弦。读来使人情感煎熬,心意揉搓,诗韵横泪。

上片文笔细腻,情含月意,意动流水,月朦离愁,悬念紧绷。笔起情浪扑面,气韵袭人,悬势突峭,直上心头。"断桥追忆那时月。"诗笔直切,断桥望月,顿时引出万千情思。开笔浓缩意境,文意涉猎内容丰富,极具诗意。断桥,蕴含古意,是西湖断桥,还是驿外断桥?虽不是,但取其意,张其性,感其怀。我道:闲游信步断桥头,意感无穷月色稠。逝水犹能弹缱绻,眷怀最是旧风流。追忆,意表来过此桥,就在此桥,有过多少曾经,"那"字表现内心感受尤为甜蜜,极富浪漫情调。究竟是哪样啊!难以表述出情景柔珠润翠之美,其韵真是妙不可言。那时月,乃那时情,那时意,那时美好也。美好得就像月色明媚而又朦胧。"那时"一词写醉了诗句,写醉了意境。"流水高山阙。"也为高山流水。指美妙的曲子,借指知音之意。(典众知略)诗人断桥望月,听高山流水忆知音,故感"今宵望月月无忧"。开篇以月为主象,其主旨从月延展开来,诗人在写意,不是在咏月,故用无忧表现月无情,也无辜,对月的多情,是向意中思恋之人的倾诉,月无忧,拟人之态,表现得毫不在意。枉然也,故发出感叹的语境,"独自抚琴谁解一丝愁"月亮无忧,不能替我排遣离别的忧愁,我只能独自释放了。"独自"一词上承得尤为凄清,使人顿生怜意,"独自"一词亦彰显出执着真挚的品道。月无忧,月亮不解,谁解?唯有独自去承诺,去兑现,去践行自己的执着。这不仅是自我排遣,而且是自我的笃信,为情的付出,为爱的承担,这就是独自彰显出的自信与坚毅。诗笔在惆怅中显得炙热,在苦闷中显得开朗。因为抚琴一曲高山流水,知音慰矣。

下片概意前番,续演深推。再起叠意连绵,曲径通幽。"天涯梦里青纱帐。"诗笔如梦如幻,如醉如痴。知音在哪里?友人在哪里?尽管你在天涯海角,你在田间原野,依然全在我的梦里。词句遥对开篇"断桥追忆那时月""天涯梦里青纱帐",这两句达到了艺术高度,表现出诗意应具有的艺术魅力,因为它朦胧,意涵丰富,意境叠加,可让你从多角度、多视野去理解,它不仅表现本词的原意,还含蓄秀逸着其他意境,故此,具有可读性,更有可颂性,易于传唱与引用。"直教君难忘"一句总结,把前番所述追忆与回味的内容,一言永记。"直教"一词,写得透肝入肺,难以自拔。此刻，怎能不使人想起元好问的诗句："问世间情为何物，直教生死相许。天南地北双飞客，老翅几回寒暑。""天涯梦里青纱帐，直教君难忘。"

曾欢乐，离别苦，渺天涯青纱，立断桥明月，弹流水高山一曲，释一怀愁绪，忆几年离索。"潇潇风雨泣梧桐"词句凄美流畅，景象景语交织，吐露内心情感世界，显得如此愁绵不断，雨沥梧桐，淅淅如泣，如此可见心情是何等凄楚。"两地落花春水却从容。"面对眼前如此惆怅的景象，"两地"一词圆融全篇，人在两地，相思追忆，人在两地，天涯梦里。在结尾时重新点明季节时空跨越真快。落花是表示秋季，春水又是雪化时节，不觉离别一年了，时光从容地过去了，叫人怎能不惆怅。

综观全词，笔墨多情细腻，意境凄婉，物语缠绵，寓意伤感，词语精准隽永，表现到位，读之回味空间多象，产生很多共鸣意感。（陶永德）

破阵子（变格体）

夜里看书论道，而今怒海难平。九万里田园诗酒，五千年历史功名。谁人来取经。　　犬作狼嚎烟起，君如菩萨自鸣。可恨江湖言不得，唯寄清辉慰此生。天亮又无声。

2012年4月25日

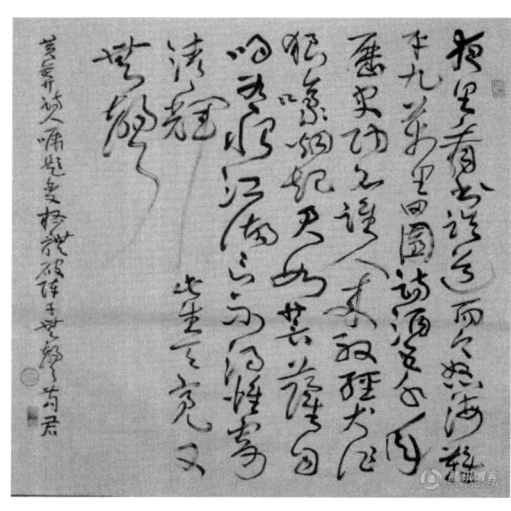

书法：苟　君

鉴赏　夜里看书论道，"论道"是自言自语，领海波涛暗涌，危机四伏，"怒海难平"既是写景也是写内心活动。九万里河山如诗如酒，突出描写家园美好，"五千年历史功名"与"九万里田园诗酒"接"夜里看书"而来，这句主要写五千年来有多少人青史留名、千秋传颂。"谁人来取经"主要是针砭当今社会时弊。下片首句为倒装句，"君如菩萨自鸣"意思是我们像大慈大悲的观世音菩萨救苦救难,而那些摇着尾巴的狗吃饱喝足了却像狼一样要反咬我们。江湖风波,有多少事不能言,而诗人认为只有一轮明月与之心灵相通。结片写到"天亮又无声","天亮"是写心声也是寄意,一语双关,首尾呼应,表达了作者强烈的爱国情怀和寄托。整首词变格而不失音律和谐,抑扬顿挫,铿锵有力。

(江梦琪)

步韵李清照《点绛唇》闺思

明月风清,琴弦慢拨思千缕。葬花人去,独对相思雨。鸿雁南飞,可代侬心绪。香江处,繁华灯火,可记京城路?

2014年6月4日

鉴赏 这首词属于婉约风格,韵致流畅。因情设景,借景抒情。

上片"明月风清,琴弦慢拨思千缕",明月清风,再加上琴声,确实会撩人心绪。"葬花人去,独对相思雨。"引用黛玉葬花典故,可以自喻。下片"鸿雁南飞,可代侬心绪",鸿雁传情,情有所寄。"香江处,繁华灯火,可记京城路?"此句耐人寻味,好像是问鸿雁,也许是问远方人,两个地点,香江处也许正是诗人牵挂的地方。下片巧妙地和李清照对话,穿越时光,真情重现,可谓李清照的蓝颜。

整体读后觉得起句、过片、下结处理得都很好,唯有上结似还可精进。

八声甘州·归去来兮

问时光几许,到今朝,千年越三唐。探星言风月,瑶池神聚,轻舞霓裳。洒落琼浆玉液,大地变汪洋。谁把方舟渡,北客无疆。

云锁都城沉醉,四海风浪涌,赠尔姜汤。慰中华儿女,驱鬼射天狼。待归来,田园诗酒,未应侯,莫叹少年郎。银河畔,抚琴长啸,秋月春光。

2012年

注释 三唐：前唐、中唐、晚唐。**方舟**：诺亚方舟。**北客**：这里特指那些救人的外来民工英雄。**无疆**：不分地域。**姜汤**：有发汗、解疲、清醒之功效。**未**：不、没有。**应**：答应，接受的意思。**莫**：不，不要的意思。

鉴赏 《八声甘州》系慢调长词，亦称《甘州》《宴瑶池》《潇潇雨》，是从唐教坊大曲《甘州》截取一段改制的，既为词牌也是曲牌。因全词上下阕共八韵，故名八声。曲牌《八声甘州》属仙吕宫，南北曲均有。诗人通音律，善奏瑶琴，故创作本词时，在音律的把握上也很有分寸，高低起伏，轻重缓急，千回百转，皆能得心应手。似飞瀑湍流，激越奔放；如玉泉清濑，恬静悠然。

本词作于2012年北京大雨之后，是诗人的得意之作。意境开阔雄浑，想象力极为丰富，或古或今，或天上或人间，时空变化，如行云流水般自然顺畅，兼具豪放派词风和田园诗风，乃一首将关心时事民生、忧国忧民的情感和个人的山水田园志趣融为一体的优秀慢词。在词中，我们既能领略到那风狂雨暴、浊浪排空的磅礴壮阔的气势，亦能感受到诗人那深切的爱国济民和淡泊名利的情怀。

词的上阕起句以问为先导，追溯历史，回到今朝，今昔对比，以唐朝为代表，盛赞当今繁荣强大的新中国在各方面都超越了过去的任何一个王朝，感情豪迈奔放。接着却笔锋陡转，心骛八极而神游万仞，描写起天上的神仙欢聚饮酒来，地上水灾像是他们在宴会上洒落的酒水（此句也许另有所指）。大地变得一片汪洋，洪水肆虐，多少人房毁物失而无家可归？苍生惨遭水害，谁用诺亚方舟将我们搭救？那些北漂打工的外地民工，大爱无疆救人无数，让诗人心中有股莫名的感动，赞美敬佩之情顿生。下阕承上，仍以描写水灾相衔接，"云锁都城沉醉"，呼应上阕二、三句神仙聚会饮酒作乐的内容，"都城沉醉"寓意丰富深刻，似乎在针砭时政，别有所指。还有那四海风浪向京都涌来，内忧外患。用"都城沉醉"带出"赠尔姜汤"，大有世人皆醉我独醒的意味，同时也表现了词人的一种对时政的忧患意识。姜汤有驱寒清醒之功效，众多国人的爱国意识不强，麻木心冷，需要一味神汤来灌醒，从而将那些欲分裂我国疆土，时常骚扰我海疆的侵略者、豺狼虎豹驱逐。"待归来，田园诗酒"，与词题"归去来兮"相照应，不愿做官。苏轼当年也曾叫子女不再为官，所以在此词人连用了两个否定词"未"与"莫"字来加强语气，深化主旨——不应官，不叹息。毕竟，去也终须去！最后，诗人精心描绘了一幅清夜对着银河抚琴长啸，惯看秋月春光的闲适恬淡的隐居生活图画,展示在我们每个人的眼前。这是何等的自由自在,无拘无束,超越尘俗!这一路写来,海阔天空,跌宕起伏,虚实相衬,真可谓"寂然凝虑,思接千载;悄焉动容,视通万里"。

通观全词,既有诗仙李白的浪漫夸张,又有诗圣杜甫的悲天怜悯,还有陶渊明的隐逸超然,词人驾驭三者之间,游刃有余。整首词也多处化用前人诗词典故,信手拈来,尽得风流。例如,"三唐"指唐朝三个时期;"云锁京都沉醉"暗合宋代吴文英词"宫里吴王沉醉"之语;"射天狼"语出屈原《九歌·东君》"举长矢兮射天狼",明代李梦阳《秋望》亦有"将军玅箭射天狼",苏轼《江城子·密州出猎》有"会挽雕弓如满月,西北望,射天狼",陆游诗有"帐前羽箭射天狼",这都表达了对祖国河山的热爱和赤诚的报国之心。(谢永旭)

龙吟曲·钓鱼岛之歌

拍栏遥望神州,山河锦绣风云里。滔滔海浪,声声呼唤,隋炀大帝。我系渔舟,采珠集药,南塘巡视。海岛顺风著,中华寸土,丹青上、鲲鹏志。　　美日轻狂约纵,又重来、五更三计。马关不等,西洋无义,不曾忘记。两岸连横,夔皮战鼓,英雄弹指。乾坤阴霾扫,巡游四海,丈量天际。

2012 年 9 月

注释　隋朝时期20岁的杨广完成了中国的统一大业,结束了上百年来中国分裂的局面,也结束了中国三四百年的战乱时代。关于钓鱼岛最早记载是隋朝隋炀帝杨广派使臣朱宽召琉球国归顺,又曾派陈棱、周镇州等率军攻打,途中经过钓鱼岛。明朝永乐元年(1403)的《顺风相送》记载,中国人杨载在1372年首先驻足钓鱼岛。其间明人在台湾辖区钓鱼岛采珠集药、捕鱼开发从未间断。南塘:指戚继光。明朝中叶,戚继光等抗击倭寇时,就以钓鱼岛为战略防线。《山海经·大荒经》记载:"东海中有流波山,入海七千里。其上有兽,状如牛,苍身而无角,一足,出入水则必风雨,其光如日月,其声如雷,其名曰夔。黄帝得之,以其皮为鼓,橛以雷兽之骨,声闻五百里,以威天下。"

鹧鸪天·游黄浦江

　　两岸天街灯火明，龙船划过九天惊。银河翻起滔滔浪，黄叶飘来浩浩行。　　今万里，夜三更，出舱拍照看潮生。江风又过明珠塔，月下飞来大雁鸣。

2013年

鉴赏　这是一篇借景抒情之作，此文观物视野宏阔，把豪放的情感投射到景物之上，使之情景双重骈俪婵媚，意境大气释怀；把感性认识融入气韵之中，使之思想观念借物飞跃升华，悟理得道舒性。

　　上片写游历感受，重墨渲染黄浦江景物壮美，既看到时代的风采，又感悟到滔滔而去的光阴，既领略风物的奇丽，又感视到浩浩变迁的影迹。

　　笔起，揽象张势，意妙高天。若问何言此说，且看"两岸天街灯火明"，读之立觉奇妙。诗人傍晚登上游轮，两岸灯火通明，这是都能感受到的自然景观，那么妙在何处？一个"天"字，意境奇丽顿生，这里不是京城，不是帝都，没有天街，诗人用一个"天"字，将城市景象推向神奇，托向仙境。诗人乘坐游轮，似在银河游弋，上海外滩，南京路，陆家嘴霓虹闪烁，高楼大厦灯火迷离，如同繁星璀璨，珊火弥天。

　　承接，造势写意，象不离奇。"龙船划过九天惊。"龙船作为旅游画船实为常见，那九天惊就不常见了，若问何来此意呢？黄浦江水面宽阔，烟波浩渺，一碧蔚蓝夜空倒映江底，龙船划过岂不划破天碧吗？词语在承接前番之时，又顺势宕开，上意是行驶在银河里，此刻龙船划过，九天惊矣。

　　"银河翻起滔滔浪，黄叶飘来浩浩行。"此联意写沧桑，涛横不待，时光荏苒，峥嵘今朝。一联工美的对意，蕴藉时空，暗渡沧桑。黄浦江多少凄美的故事，多少昏暗的过去。此刻，诗人读浪涛翻，看波逝水，往事过眼滔滔，倏然而逝。看江岸枫叶黄红变幻，似彩如虹，真是如梦如幻，在演绎着今天的故事。黄叶飘来落在江中，在江涛中翻滚，黄叶滞留在树上，在霓虹中闪烁，它是为我而来，送我而行。词境蕴涵深厚，诗语流畅韵美，具有可读性和可颂性。

　　下片从上番阔达之境转向情致，意在审美，听潮思悠，悟意慧性，写出了兴雅情绵的艺术境界。

再起，气韵温柔，意境连绵。"今万里，夜三更，出舱拍照看潮生。"如何理解"今万里"？本是几小时游江，怎么有万里之遥呢？首先来说只是夸张，但必有意境所在，前面所述天街，又有银河，这不就是船行万里了吗？还有那滔滔流逝的岁月，从诗意上讲是意识所向。伟人毛泽东有诗曰："坐地日行八万里，巡天遥看一千河。"一个坐地不动，地球自转就是八万里。一个坐在船上，"今万里，夜三更"。这是一个意境清幽、情致缠绵的境界，有一种浪漫的感受和温馨的感视氛围。这是虚写，词中还蕴藉实象，就是在毛泽东诞辰120周年之际，与全军书法骨干诗词创作采风团一行三十余人，由南向北，再向东，跨过三山两江一湖行程万余里，于时间不清抵达上海，一路写下许多脍炙人口的篇章。欣赏一首《临别有感》："诗词作橹共行舟，不负春光不负秋。临别千言嫌语浅，何时把酒再重游。"万里行余后，夜游黄浦江。夜半写于上海武警总队，如此理解今万里就更觉诗味浓郁，既有生活气息，又有遐思浪漫。诗人触景生情，情思悠悠，再"出舱拍照看潮生"。诗笔再将无形的心思情语，化作景语描述内心情感。高妙之处在于，不着一字，却尽得风流。意游是自然的洒脱，感受着怅然的美好，情感融入岁月的瞬间，霎时渴望着永恒。特别是有一种摆脱世俗负担的轻松快感，在心中怦然一亮。故感词意游趣横生，文笔高妙，描写细腻，慧质心灵。

"江风又过明珠塔，月下飞来大雁鸣。"读罢此句，不由得想起李白的诗句："两岸猿声啼不住，轻舟已过万重山。"千古诗人，江上意境，景不相同，意识相生。这一联前番写实，收尾写意，动静结合，动在江风，静在塔巍，远近相间，月高雁近，声色相宜，雁声潮声，灯影霓虹。意境极具动感，形象鲜明，表现逼真，具有情景交融、物我浑成的境界美，把风叶塔影、明月雁影那种不请自来之神态，描写得惟妙惟肖，意境万分传神。如此似感受到一颗悟道的心灵，在无声地徘徊，游弋在物景之中，艺术手法尤为神妙。

情景交融，表现壮观，夸张浪漫，象不离奇，气韵流畅，词语灵秀，通俗易懂，妙尽无穷。（陶永德）

青衫湿·异地恋

　　佳人愁绪眉头锁,我伴尔三更。爱你如酒,春风尤绿,柳上黄莺。　　曾经月下,而今海角,不负君情。网中相会,甘甜如蜜,也算温馨。

绘画:杨明臣

[注释] **愁绪**:指忧愁的思绪;忧虑发愁的心情。**尔**:这里指你。**尤**:表示更加,格外。

[鉴赏] 这是一阕写异地恋的小令,它表达了分离、相思、眼泪、孤单、寂寞、无奈……在浓缩的48字中描述了这种令人感动的心情。

　　"佳人愁绪眉头锁,我伴尔三更。"想起李白的诗《怨情》:"美人卷珠帘,深坐蹙蛾眉。但见泪痕湿,不知心恨谁?"此处有异曲同工之妙,开句作者便给我们展开一幅清晰的闺怨画面,将悬念高高挂起,那么怎么样呢?显然诗人是不忍美人这样忧郁的,接着来了一句"我伴尔三更",多么有情有意,既温暖了美人也慰了读者被揪起的心。

　　"爱你如酒,春风尤绿,柳上黄莺。"这三句是全词的重点,爱你如酒,请看这是怎样的爱?众所周知,酒是浓烈、醇厚的象征。自古又有"借酒消愁愁更愁"句,而偏偏这爱如酒!接着"春风尤绿":化用北宋诗人王安石的名句"春风又绿江南岸,明月何时照我还"。如果说王安石的"春风又绿江南岸",重点不是绿而是"又"字,那么在这里我同样要把"尤"放在重点,还要突出一个"绿"字。因为这个绿,作者下得很重,它不但是要给读者一种感观意象,更是要告诉我们此时此刻作者无处安放的心情。

　　为什么这样说?请看下句"柳上黄莺",柳在古诗词中是离别的代称,亦有留意,因柳、留是谐音。翻开唐诗宋词,最明显地表示春色,除了绿,最牵惹人心的莫过于杨柳,自来为引人感伤的名物。且想,作者面对佳人，万般愁绪正笼罩心头，偏这春风格外的绿，其情何以堪?!

"柳上黄莺"有两解。一解化用唐代诗人杜甫的名句"两个黄鹂鸣翠柳，一行白鹭上青天"。是希望像黄鹂一样，成双成对地在天空自由飞翔，有"在天愿作比翼鸟，在地愿做连理枝"之深意。二解则化用了佛陀释迦牟尼《法华经》偈中"春至百花开，黄莺啼柳上"。因为花鸟和人是一样的，相爱聚少离多，就像是那柔软柳枝上的黄莺动荡不定。一是希望留住这美好的相聚时刻，二是惧怕离别变动之苦，这里应是一语双关，可谓此时无声胜有声。

曾经月下，而今海角，不负君情。此刻不禁想起宋代李之仪的《卜算子》："我住长江头，君住长江尾；日日思君不见君，共饮长江水。此水几时休？此恨何时已？只愿君心似我心，定不负相思意。"这里，自感自叹，刚刚还在悱恻缠绵、患得患失的情感中徘徊，而这三句已然释怀。是的，美人犹在，也没负我一片深情，我还有什么不开心的……

"网中相会，甘甜如蜜，也算温馨。"这三句下得好！作者进一步在原有的自感自叹中，将心境再开阔，似在宽慰自己也似在宽慰美人。可这里并没有完，只能说是语尽，因结句"也算"二字，作者留下了无限遐想的空间，是不是既有"两情若在久长时，又岂在朝朝暮暮"之自感，更有"万般无奈，欲罢不能"之自叹?!

这阕小令无论是从词牌的选择和定题立意上都可以看出作者笔法之老到，意境思维之开阔，用情之深，就像是看了一部活生生的异地恋爱情剧。全词构思巧妙，铺陈有序。上阕寓情于景，句句紧扣，下阕几乎全是直白话，而直白话能出境界才是高手中之高手。读之何止是泪湿青衫？这里我借用苏轼《水调歌头》里的一句作为我此析文的结句，那便是"但愿人长久，千里共婵娟"！（安之若素）

长相思慢

夜雨敲窗，梧桐落叶，西风渐上眉头。花儿老去，水作春回，依稀梦里清幽。共渡瓜洲。不忘山盟誓，却写悲秋。只坐望高楼。叹光阴、谁把她留。　　漫抚五弦琴，檀香缥缈，曲中撮叹何求？恨知音不在，忆相逢、脉脉含羞。借得风流。怀里是、残书半篓。壮年兮、秋来打趣，与君携手同游。

2015 年

绘画：杨明臣

鉴赏 这是一篇爱情类词章。词语以凄凉的笔调，景喻以伤感的意境，倾诉以哀婉的音韵，戚奈离合，眷顾难为，缱绻徘徊，读之凄然感释，潸然惋叹。

上片气象凄清，情景沉闷，给人以孤怜之感，寂寞空苍，写出许多人生短促，相思悲戚，痛肠之感喟。

"夜雨敲窗，梧桐落叶，西风渐上眉头。"笔起意境凄凉，墨染秋雨，毫敛落叶，一派肃杀逼人，凄厉秋风暗卷秋雨，裹挟落叶，敲打着窗棂，不觉苍凉已经敛过眉头，令人凄然。读之百感顿生，不由得想起白居易的《夜雨》："我有所念人，隔在远远乡。我有所感事，结在深深肠。乡远去不得，无日不瞻望。肠深解不得，无夕不思量。况此残灯夜，独宿在空堂。秋天殊未晓，风雨正苍苍。……"想必诗人此情此景一定有所感触，今古诗人同夜雨，各自动衷肠。通过丰富的想象，暗淡而凄清的画面，浓烈而忧伤的情调，展示出诗人在凄寒的境地中，把冷酷写在眉头，把凄楚凝在心灵，真乃愁绪满怀，青灯照壁，冷雨敲窗，叶逆梧桐。这一节写得情酣物景，气闷秋空。"花儿老去，水作春回，依稀梦里清幽。共渡瓜洲。"文笔回顾芳华，叹息光阴，惋惜岁月。诗人的文笔浓郁着古典的意境，古词古象信妙于笔，词语散发着古雅的情调。周邦彦有词曰："水驿春回，望寄我，江南梅萼，拼今生，对花对酒，为伊泪落。"诗人文笔轻盈，岁月如流。从梧桐落叶，再看花儿老去，如同从春流到夏，从夏流到秋。真乃依稀采菱歌，仿佛含中颦容，诗人沉浸在清丽而幽静的回忆之中。此处的瓜洲并非古诗中的瓜洲镇，那清幽的瓜洲，是曾经相会的地方。王安石有诗曰："京口瓜洲一水间，钟山只隔数重山。春风又绿江南岸，明月何时照我还。"词乃借意也，起到词美、景美之审美感的作用。"不忘山盟誓，却写悲秋。只坐望高楼。叹光阴、谁把她留。"诗人依然沉浸在回忆之中，既表现出很多曾经与美好，又表现出一怀忠贞与挚爱，如今只能自己独自悲秋。"叹光阴、谁把她留。"思绪回笔折锋，敦默寡言，问之无语，叹之长吁，无奈与空。

下片再起心性，抚琴酣意，逸宕开来。从沉闷寂寞气氛中拔势而慨，感念骞腾。

"漫抚五弦琴，檀香缥缈，曲中撮叹何求？"诗人从秋夜困闷中振立而起，走进琴台，抚琴而歌。这是情绪转换，意承脉续，释放低沉，排遣凄迷。读之，已感香风缥缈来，原是琴音气韵开。"撮叹"词语新颖，表现趣妙，撮捻着胡须，控制着声色，显现出斯雅之神态，沉湎思问。"恨知音不在，忆相逢、脉脉含羞。借得风流。"

为之何求？原眷顾难为，缱绻悠悠，思想起来，依感"脉脉含羞"。"借得风流"，含蓄不敢直面，倜傥男儿在爱情到来时，还感羞涩。"怀里是、残书半篓。"然而在词人的感情世界和情怀里都是诗书。残书，未读完的书，翻破了的书，可见读书之多。陆游在《病中作》诗曰："一病二十日，直愁难自还。残书不成读，长夜只供闲。"宋刘克庄有诗曰："握笔临池惯，残书映雪勤。"千古诗人都是爱书的，无论是在病中，还是在寒雪之天，都很勤勉。诗人表现有自谦之态，几本残书，不过半篓，意表很少。"壮年兮、秋来打趣，与君携手同游。"诗笔一宕，一股豪迈之气，顿感风雅。今壮年美哉，与君携手，圆融前番共渡瓜洲，共游秋趣。

思绪翩翩，情感释然。精神寄托于秋色，主要通过秋夜之雨，暗表凄凉之感，引起相思与回忆，巧借物象烘托出心灵世界。表现出凄美心志，故在用词上，剪取古意不为苛求典故，如夜雨、西风、水作春回、瓜洲等一些形容词和名词用得活跃，又如动词依稀、叹光阴、撮叹何求、壮年兮等表现生动，读之感人，使人回味不已。（陶永德）

多丽·关岛伊人

算今朝，分分秒秒飘摇。乘飞机、日行万里，东方落日妖娆。叹云飞、不知归路，观潮起、忘了良宵。病痛难言，情深劳苦，奔波万里意迢迢。恨相识、满天星斗，谁使鹊成桥？尘缘事、谁能预料，且把琴调。　　忆相逢，去年南苑，秋风迎面身娇。赛易安、恰如黛玉，言怯怯、挥手相招。予以山盟，允之海誓，痴情不惧浪滔滔。可谁想、落花潸泪，初恋爱难消。空余恨、凤凰台上，只剩歌谣。

2014 年

注释 **关岛**：位于西太平洋的岛屿，美国海外属地。**南苑**：北京南苑军用机场。**易安**：李清照。**黛玉**：林黛玉。

鉴赏 这是一首长调词，以追忆而铺开，题目中的关岛指美国度假胜地。上片以写伊人去关岛治疗，交代原因，这段情在风雨中飘摇，而恋人也许因某种原因离开作者。下片以回忆为主，南苑指北京南苑机场，写初次相见和海誓山盟，但由于种种原因，最终还是分手，读来使人悲叹。

（江梦琪）

雨霖铃·伊人说

春寒行切，望都城外，冷雨枯雪。桃花点点深处，谁知苦恋，犹存心悦。万里飞来为他，又还语高洁。意切切、流月飞舫，错把真情写啼血。　　情深莫道伤离别，更何堪、携手情人节。烟花绽放遥想，星旷野、九天清澈。自有人言，纵把、银河美景磨灭。也不过、秋月春光，空负伊人说。

鉴赏 这是一篇叙述爱情之作。诗笔以凄婉的情调，以伤感的笔触，诉说离情之苦，倾吐相见之难，全篇无一"愁"字，但总给人以牵肠挂肚之惆怅，全篇不着一个"忧"字，但总给人以离别难咽之感受。诗笔多以议论发起，无更多景象，在夹叙夹议中，尽得风流。

"春寒行切，望都城外，冷雨枯雪。"上阕开篇情急意迫，气势紧促，悬念突起，绷扣心弦。诗笔点破时空，时感春寒料峭。行切，急匆匆之神态，乃为情绪使然，欲出行去寻找心上人，其逻辑渐进客观，表现神态可掬。望，一字独领，迫不及待地向城外望去，顿感雨冷雪枯。雪枯，表示残雪消融之景状。此节，没写情没写意，然，情境潸然，意境震颤，扣心弦而紧动，凝情绪而紧视。"桃花点点深处，谁知苦恋，犹存心悦。"远处，桃花点点，稀疏可见。一句叩问，谁知离别之苦，犹存在胸，犹感历目，犹悦性情。真是："望处无穷意在焉，焦心紧锁一春烟。桃花不晓离情苦，乱我相思艳锦川。"伊人欲乘春寒急切出行，眼前点点桃花，又引起无限的苦恋，勾忆起多少令人心悦的往事。"万里飞来为他，又还语高洁。"诗笔扬鞭跃马，气势骞腾而起，直抒胸臆，情感不吐不快。"意切切、流月飞舫，错把真情写啼血。"诗笔到此收缰勒马，缓步前行，此为长调艺术章法节奏要求。就像唱歌一样，此处到了抒情阶段。诗笔开始回忆与讲述："意切切"三字领切切叠意不尽，缠绵万千。"流月飞觞"，显得岁月流逝直快，时光就像举杯之间，一挥而过，相识的岁月都是美好的一瞬，使人追忆无穷，又怀想起恋人在一起秋月春光的岁月、一起推杯换盏之情景。"错把真情写啼血。"那种真挚，就像杜鹃一样啼血。上片"切"字的复现，前番表现急切，后者表现意浓。"飞"字复现，前番表现渴望与追寻，后者表现时光短暂。行、望、飞、流，一连串的动词，写得急切渴望，写得真切情挚，写得如醉如痴，令人感叹。

"情深莫道伤离别，更何堪、携手情人节。"下片情浓肺腑，意挽亲倾。回忆曾经，"莫道"即不要说，那些离别的时候，那些难以忘怀的事情，即从前番侧面、旁面做出姿态，加以翻腾，然感不够，点到本题，立即刹住。故以"更何堪"一句转折，把意境推向另一番，使其意其事更加进一步得到展示。"携手情人节。"更要倾诉的就是记得在情人节时，我们曾携手走过。"烟花绽放遥想，星旷野、九天清澈。"就是在那样的节日里，是谁燃放了烟花，为我们放飞了梦想，看星垂大野，天地清澈。"自有人言，纵把、银河美景磨灭。"更有人豪情万丈，纵放一把爱情的火焰，欲与银河星光同灿，一直消失在无际的光天。"也不过、秋月春光，空负伊人说。"诗人腕笔折锋，墨浪拍岸，气韵涌胸，一语惊空。纵有万丈豪言也抵不过时空的磨砺，岁月的蹉跎。秋月春光。一是代表爱意的浪漫与美好，像秋月一样温情明媚，像春光一样温暖灿烂。二是表示春秋时换，逐渐远去，空负了当时的海誓山盟，空负对伊人的表白。意境气荡回环，情感连绵不断，气韵跌宕起伏，摄人心魄，锥人肺腑。

文笔婉丽，情感缠绵，景为情秀，象为意牵，字不虚行，语境婵娟。特别是在动词的使用上，至诚亲同，在形容词的使用上，恰比形象，尤其是在转折处，艺术表现柔丽适度，婉转高妙传神。（陶永德）

仿写《钗头凤》步陆游韵

牵君手，相知酒，又闻桥下鸳鸯柳。冬风恶，情缘薄。十年愁绪，一生求索。错？错？错？　　心依旧，人消瘦，泪如泉水谁看透？梅花落，琴台阁。气息犹在，相思难托。莫！莫！莫！

佛心道为：山水悟道诗词鉴赏

绘画：杨明臣

鉴赏 这首词，上片由追昔到抚今，而以"冬风恶"转捩；过片回到现实，以"梅花落，琴台阁"与上片"冬风恶"句相照应，把同一空间不同时间的情事和场景历历如绘地叠映出来。

开始，笔者认为很有必要了解一下陆游写《钗头凤》的"故事"。这对于这首词诠释是大有裨益的，可以毫不夸张地说能够起到事半功倍的效果：《钗头凤》的故事最早见于南宋陈鹄的《耆旧续闻》卷十："余弱冠客会稽，游许氏园，见壁间有陆放翁题词，笔势飘逸，书于沈氏园。辛未（1151）三月题。放翁先室内琴瑟甚和，然不当母夫人意，因出之。夫妇之情，实不忍离。后适南班士名某，家有园馆之胜。务观一日至园中，去妇闻之，遣遗黄封酒果馔，通殷勤。公感其情，为赋此词。其妇见而和之，有'世情薄，人情恶'之句，惜不得其全阕。未几，怏怏而卒。闻者为之怆然。此园后更许氏。淳熙间，其壁犹存，好事者以竹木来护之。今不复有矣。"陆游所经历的爱情婚姻悲剧，对当今熟悉琼瑶剧的人们算不得什么了。但在八百多年的南宋确实是破天荒的，以至于被编成戏剧、写成唱词，广泛流传在民间。究其原因不是陆游使用了洪荒之力，而是陆游亲身经历，是真挚的内心呐喊。抒发了他怨恨愁苦而又难以言状的凄楚痴情，是一首别开生面、催人泪下的作品。爱情、婚姻、家庭，正如列夫·托尔斯泰《复活》中名言：幸福的家庭是相似的，不幸的家庭各有各的不幸。动人一曲钗头凤，岂独伤心有陆郎！

再看看题目吧，也是有讲究的，通常只要标上"《钗头凤》步陆游韵"即可。如今加上"仿写"二字，这对于惜字如金的词人来说，颇值得玩味。词人是北漂中一员，艰难苦涩诚不足以为外人道也。只能如此这般地借他人的苦酒来消自己胸中的块垒，通俗地说也就是"借酒消愁愁更愁"的意思。这自然是达不到消愁目的的，但不如此，憋在心头那团火难以熄灭。宣泄一下苦闷也是好的，不然会使人发疯的。

写作手法上，读者可以数一数，六十字中除了韵脚，腾挪的空间十分有限。如何创设情境且有别于原词，就变得尤为重要了，否则，就算不得另一首词了。平心而论，我现在写鉴赏也在尽可能避免入了前人的套路，避免抄袭之嫌。"牵君手，相知酒，又闻桥下鸳鸯柳。"前三句，写出了恋爱过程，逐步升级：由牵手—相知—鸳鸯，多么美好的回忆，此情此景历历在目。柳——美好的时光应该在春天，万物复苏，柳枝发芽。"冬风恶"数句突然一转，所谓缘分薄，只是自己为自己开脱的托词，很有点吃不到葡萄说葡萄酸的意味；洒脱的理由，可以说：退一步海阔天空。"冬风恶"三字，一语双关，含蕴很丰富，是全词的关键所在，也是造成词人爱情悲剧的症结所在，指撕裂甜蜜爱情的"恶"势力。下面一连三句，又进一步把词人怨恨"冬风"的心理抒写了出来，并补足一个"恶"字："情缘薄。十年愁绪，一生求索。"十年来的愁绪萦绕在心头，这可是一生追求的理想。这正如烂漫的梅花被无情的冬风所摧残而凋谢飘零。一连三个"错"字，荡气回肠，大有顿足捶胸之感。

经过"冬风"的无情摧残，憔悴消瘦，但心依然如故。事已至此，那这个"瘦"就是白白为相思而折磨自己。着此一字，就把词人那种怜惜之情、抚慰之意、痛伤之感等，全都表现了出来。而一个"透"字，不仅见其流泪之多，亦见其伤心之甚。"梅花落"两句与上片的"冬风恶"句前后照应词人自己的心境，也像"琴台阁"一样凄寂冷落了。一笔而兼有两意，很巧妙，也很自然。下面又转入直接赋情："气息犹在，相思难托。"这两句虽只寥寥八字，却很能表现出词人自己内心的痛苦之情。一种难以名状的悲哀，再一次冲胸破喉而出："莫，莫，莫！"事已至此，再也无可补救、无法挽回了！！！读者心里自然明白，真的就这样结束了吗？正如《酒干倘卖无》唱的："多么熟悉的声音，陪我多少年风和雨。从来不需要想起，永运也不会忘记……"

最后，谈一谈用韵的情况。《钗头凤》又名《折红英》。龙榆生《唐宋词格律》注明："六十字，上下片各七仄韵，两叠韵，两部递换。声情凄紧。"仔细分析就是：上下用四个三言短句，两个四言偶句，一个七言句，一个叠字句，每句用仄声收脚。上阕，以上换入；下阕，以去换入。构成整体的拗怒音节，显示一种情急调苦的姿态，恰恰能表达此时此地的痛苦心情。（袁国乾）

游龙凤鸣

山寂寂，夜悠悠。尔谓我友，吾为君酬。奔驰座驾，皮帽貂裘。换取美酒，饮尽离愁。　　明日难辞歧路，今宵几处相逢？操琴、暴雨狂风，宇宙吹来万壑松。

2013 年

鉴赏　这首《游龙凤鸣》的词，是一首自度词。《游龙凤鸣》为琴名，一曰"游龙"，二曰"凤鸣"，音律变化多端，共 55 字。全词分上、下两片，上片四平韵，下片换三平韵。上片一二、三四句对仗，五六、七八句可对可不对，三、四句前二字可平可仄。下片一、二句宜对仗，三句为逗字句。此词牌因被百度百科收录，因此有不少诗人词家，按照此词牌填词，听说还有填来参加"百诗百联"比赛的。这在今人的自度词中，是十分少见的。

此词颇具音乐性，以优美见长。据我所知，词人十分喜欢古琴，时常一个人边弹边演唱自己的诗词。曾经看过他操琴演唱自己的诗词，看他那陶醉的样子，好像十分享受。

此词以"山寂寂，夜悠悠"二句起，营造出操琴的幽寂环境。而在这幽寂的夜晚，词人似乎是孤独的。在此孤独之中，却又似乎很享受这样孤独的生活。接下来的几句，"尔谓我友，吾为君酬。纵有宝马，皮帽貂裘。换取美酒，饮尽离愁"，似词人的想象，也似词人的感叹，或许词人是和知音在一起操琴。在这幽寂的夜晚，你可算得上我的朋友，我也为你而酬。或

绘画：方正平

许，这琴，是为你而弹吧！因为，你是我的知音，你是我的朋友。因为你是知音，我不用时时抚乱弦，更不盼周郎顾。而此中的你，似有似无，似真似假，亦有亦无，亦真亦假。我想，真正的知音，是能产生心灵感应的吧！我相信，词人也应该相信吧！孤寂中，因为有所思，并不觉得寂寞。因为是知己，是知音。有知己，有知音。因此，词人便大方起来，纵使把宝马，甚至衣服、帽子都换取美酒，也要醉上一场。是何等的豪情啊。有知音在，词人不顾一切，只为醉上一场，甚至卖了衣服。读到此，不由得让人想起太白"五花马，千金裘，呼儿将出换美酒，与尔同销万古愁"的洒脱。从"离愁"二字来看，词人是怕失去这样的知音、这样的朋友的，因此才"愁"。此愁，是不舍的"愁"，是担心离去的"愁"。

  词的下片"明日难辞歧路，今宵几处相逢"，更是证明了上片为词人的想象。"明日难辞歧路"，不曾相逢，何谈辞呢？今宵都没有相逢，又何来明日的辞别呢？今宵的相逢，是在意识中，在幻想中。似相逢，又没有相逢。是梦，是幻，如梦，如幻。因此，这所有的一切，都是词人在想，在期望。词人所思恋的这个人，是词人的朋友，是词人的知音。罢了！罢了！本就如梦如幻，非梦非幻。词人突然间似乎明白了什么，因此一下把词情拨到了高潮："操琴、暴雨狂风，宇宙吹来万壑松。"是希望，是无望。是希望之望，也是无望之望。似陶醉，似潇洒，抑或自作陶醉，自作潇洒吧。

  全词似梦似幻，如梦如幻，似真似假，不真不假，正像操琴者的心一样，像词人的心一样。

  此词的起和结，安排得很好。幽寂而起，奠定了词的格调，戛然而结，更是余音袅袅。而上片，当作词人的想象来看，更加合理。不曾见，因此才寂。不曾见，想象中有人陪伴。是梦，是幻。此梦，此幻，更显出词人的孤寂。词正如题，如龙之游，时隐时现，如凤之鸣，清音绕梁。是词心，也是琴心；是词心，也是人心。孤寂中，有几分清高，也似乎有几分无奈。词句多从太白诗句化来，却十分自然，读来是一种享受，可从词中体会到音乐的美、琴声的美。（郑万才）

游龙凤鸣

星闪闪，月清清。风儿伴我，泉水叮咛。千金散去，万古兰亭。今生知己，前世飘零。　　共许琴心谱就，相逢一醉今宵。嵩山、涧水微调，归去来兮在灞桥。

绘画：杨明臣

鉴赏　这是一首自度词。在艺术上，描写细腻，善于用典，想象丰富，韵律悠长。"星、月、风、泉水、兰亭、一醉、嵩山、涧水、灞桥"等诸多元素在人们的脑海中如同琴弦上发出的音符跳跃着，在心灵中缓缓地流淌。诗人是按照琴韵的节奏来表达自己的心情及感悟的，既抽象又具体，亦实亦虚。所以，现在我们读着词句，琴声在倾诉，好像正在享受这如诗如画的美景和这如痴如醉的古琴韵味。

词的上阕写流泉的自然声响，及其所产生的感人效果。"星闪闪，月清清。风儿伴我，泉水叮咛"营造出幽寂、高雅、超然物外的环境。词中写鸣泉及其和声，能将无形之声写得真实可感，表现出了词人对自然之美的深切感受。而在这美好的夜晚，联想到诗人李白《将进酒》中的名句"天生我材必有用，千金散尽还复来"。一方面对自己充满自信，孤高自傲；另一方面在前途命运出现波折后，又流露出纵情享乐之情。兰亭，闻名于世的莫过于王羲之在酒醉的状态下挥毫书写的"天下第一行书"的《兰亭序》。两个典故都离不开酒，为下阕的"一醉"埋下了伏笔。再超越联想到前世、今生，这里既是对仗的需要，也是互文形式，强调今生知己。也仿佛是琴韵的主旋律的循环反复,为下阕蓄足气势。

下阕写与知音谱写琴曲。"共许琴心谱就,相逢一醉今宵。"天地之间自然生成的绝妙琴曲,极少数人能够品赏其妙趣。唯有词人能于醉中得之,亦能理解其天然妙趣。嵩山、涧水微调,即高山流水遇知音也。"归去来兮"典故出自陶渊明,有傲骨——不为五斗米折腰,向往田园生活。陶渊明田园之乐也离不开酒,"何以称我情,浊酒且自陶"。"灞桥"——在长安成为汉唐京都的漫长岁月里,灞桥是众多外放官员离京饯别的理想之处,同样少不了送行酒。"阳关三叠"中"劝君更尽一杯酒,西出阳关无故人"成为唐诗绝句之冠。但外放毕竟蕴含着屈辱、辛酸和无奈。"送君灞陵亭,灞水流浩浩,上有无花之古树,下有伤心之春草。"折柳相送,本是中国人最古老的一个离别风俗。从《诗经》时起,古人就喜欢将离别同杨柳联系起来,"昔我往矣,杨柳依依"。"柳"和"留"异字同音,柳丝摇曳,总给人以招手挽留的想象。

自度曲:通晓音律的词人,自摆歌词,又能自己谱写新的曲调,这叫作自度曲。此语最早见于《汉书·元帝纪赞》:"元帝多材艺,善史书,鼓琴瑟,吹洞箫,自度曲,被歌声。"应劭注曰:"自隐度作新曲,因持新曲以为歌诗声也。"苟悦注曰:"被声,能播乐也。"刀臣瓒注曰:"度曲,谓歌终更援其次,谓之度曲。"清徐釚《词苑丛谈·体制·白石词》:"夔喜自度曲,吹洞箫,小红辄歌而和之。"姜夔:"辛亥之冬,予载雪诣石湖。止既月,授简索句,且征新声,作此两曲。石湖把玩不已,使工伎肄习之,音节谐婉,乃名之曰《暗香》《疏影》。"中国诗歌自《诗经》问世,随时代的变迁而不断地发展。离骚、楚辞、汉赋、古风、律诗、词、曲、白话诗等都是经历从无到有的历程。正如鲁迅的名言:"其实地上本没有路,走的人多了,也便成了路。"(袁国乾)

清平乐·游新汴河景观带有感

美人纤瘦,堪比秋胡妇。纵是霸王无左右,不惧汉兵来斗。琼花玉树迎风,河边隋柳空蒙。千里云舟争渡,何言炀帝无功?

注释　汴河:古又称汳水,隋炀帝时,发河南淮北诸郡民众,开掘了名为通济渠的大运河。故运河主干在汴水一段,习惯上称之为汴河。汴河发于河南，经安徽，流向江苏后汇于淮河转都宫东归大海，横穿43个州县，全长1300余里。**新汴河**：1966年冬至1970年春，经国家批准，安徽宿县开挖的一条大型人工河道，因河线基本平行于早已湮废的古汴河，故命名新汴河。新汴河景观带由景点四面楚歌，雕塑项羽、虞姬、刘邦等组成。**美人**：指虞姬。**秋胡妇**：节义烈女的典型。典出刘向《列女传》卷五《节义传·鲁秋洁妇》。秋胡之妻。**隋柳**：指汴河两岸遍植百步杨柳，名曰："隋堤烟柳。"**空蒙**：指缥缈貌。**炀帝**：指隋炀帝。

鉴赏 这是诗人《宿州行》组诗中的一阕词，全篇贯穿题目中的"景观"而铺开历史画面，以所见之景抒发对历史的感想。

起片由所见景点入笔，歌颂了秦朝末年楚汉相争的著名女性人物虞姬。在垓下之战中，项羽被刘邦以封地之名调来的韩信、彭越等人的军队围困，项羽知败局已定，于是唱道"虞兮虞兮奈若何"，虞姬听后，明白项羽担心其落入刘邦之手而遭羞辱，于是自刎而死，后被历代喻为贞洁烈女的代表人物之一。结片写景观带布置的项羽与刘邦的场景。纵是：即使、即便之意。三四句写出项羽在虞姬自刎后，心无顾及、一人面对刘邦大军，更加无所畏惧，人物鲜活，突出了西楚霸王的英雄之气。

下片起句以新汴河岸种植的奇花异草、珍贵树木入笔；继而拉开历史场景，汴河两岸百步杨柳，在隋堤上缥缈的美景；第三句写汴河千里，碧水波光粼粼，舟船如梭，白帆点点，一片繁忙景象。前三句都以景铺垫，为结片隋炀帝修大运河历史蓄力，反问读者，让人思考。

这首词写出了汴河在历史沉寂下，再一次散发出繁荣的景象，呈现了一幅美丽的江北画卷。同时通过场景的描写，让人了解当地厚重的历史人文。（江梦琪）

玉楼春

题记：旅居北京，逢雪记之。

醒来午日惊云卷，青女因何今不见？多情三月若逢君，决意下凡陶柳赞。　城中寒气春风乱，城外山村鹅雪漫。桃花正是宠争时，哪料红尘深与浅。

2017年3月24日

注释 **午日**：指中午。**青女**：中国古代神话传说中的霜雪之神。**陶柳**：晋代诗人陶潜和唐代文学家柳宗元的并称。**鹅雪**：指鹅毛大雪。

鉴赏 这首玉楼春，是词人看见下雪，触景生情，有怀而作。

起句道明是中午醒来，惊奇地发现天气的变化——"惊云卷"。此惊，也为雪的出场做了铺垫。第二句的"青女"，词人有注，为霜雪之神。接下来的两句，把雪拟人化。此君之美，能引"陶柳"之赞。似物似人，直接让人怀疑词中之青女，是词人曾经的女神。从结拍来看，这样理解是通的。词人在此未写容颜，未写才华，却让人脑海中似乎出现了某年某月某日，词人邂逅的此女。

下片写雪，是一场春雪。尤着一个"寒"字，此寒，与其说是雪的寒，不如说是人心的冷，是词人的心境。本是春天，该是桃李争芳的时节，却下起了鹅毛般的大雪。因此，词人发出感叹："哪料红尘深与浅。"此结，此叹，让全词增色不少。

综观全词，是一首触景生情、见雪而怀、言外有意的作品。尤其结拍，言尽而意未尽，是为可赞之笔。（郑万才）

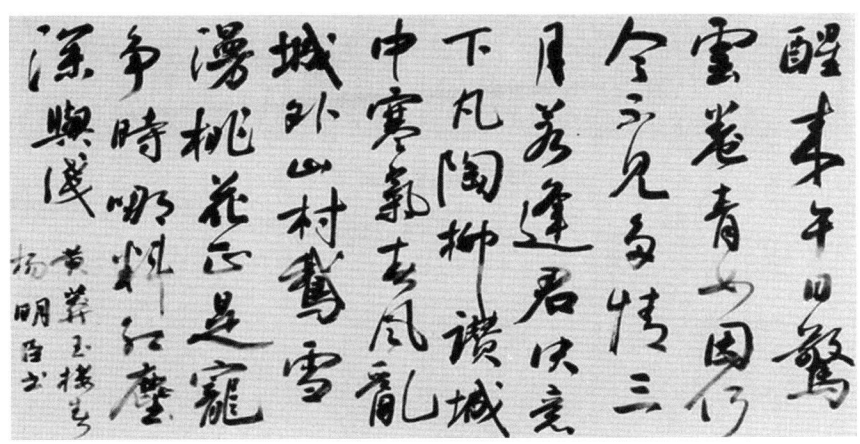

书法：杨明臣

黄莽于河北保定古莲花书院

卷七 现代诗文

书法：蒋有泉

书法：徐 涂

写在"新月社"重启时

那一年
他（她）们在新月社相聚
小小的四合院
燃起了炙热的光芒

那些年
他（她）们是新文学的风向标
从这里走向世界
在这里迎来泰戈尔

今夜
月依然柔和
风依然清丽
诗意，依然肆意舞动
诗歌，依然散发炙热的光芒

今夜
我们相聚在这里
打开新的起点
沿着"一带一路"，继续走向世界

你是今时的人间四月天

四月　芳菲未尽
云悠闲　风轻柔
与你相遇时
阳光恰好明媚
从此

抚琴山水　赋诗千寻

四月　柳上莺语
烟波浩　芳草萋
与你相对时
星月闪闪奕奕
从此
琼楼雀台　万古长青

　　　　　　　2017 年 5 月 18 日

断　章

我使劲敲下键盘
泪流两行
一行是思念
一行是孤独

　　　　　　　2014 年 9 月 4 日

与君书

功名利禄兮皆可抛
唯君不可弃兮恋之如糖
思之哭兮不见君
爱之狂兮不见人
独守小楼兮寒月光
独漫于庭兮身浸霜
独抚琴兮更彷徨
独吟歌兮更心伤
终日不见兮思之如狂
思之如狂

　　　　　　　2014 年 11 月 4 日

北京的雨

北京的雨
不像南方隔三岔五地就来
更不像南方说来就来
北京的雨
弥足珍贵
她不像南方的姑娘哭哭啼啼
她像一位坚强的男人泪水在诉说着不幸
北京的雨
又像个害羞的大家闺秀羞羞答答
总是姗姗来迟

每逢雨来
我都要站在雨里淋一会儿
我喜欢雨中的空气是那么的清新
我喜欢雨点敲打在身上
点点滴滴　急急缓缓　缓缓急急
她像一首首乐章是那么的美妙
我喜欢站在雨里
闭上双眼
感受雨儿的诉说
我从大海来
我从云中来
我从九天瑶池来
我从银河来
落入凡间
滋润着万物
我晶莹剔透的身子
谁在乎

我的到来

雨来了
一个清新纯净的世界
一场雨
给树木花草洗了个澡　化了个妆
给满是灰尘的建筑物做了个清洗
她点点滴滴汇聚成小溪　小河
冲刷满是污垢的大地
北京　雨来了
雨来了　北京

我就这样站在雨里
任雨水洗刷俗世之身
任世俗的目光把我鄙视
北京下雨了
雨来了　北京

2014 年 5 月 1 日

江　湖

走马江湖
忘了我是谁
刀光剑影
是夜空划过的流星

剑光寒冷
目光向远方
热血沸腾
勇闯天涯血路挥洒

一琴一剑
抚琴杀一片
剑气千重
笑傲江湖谁与争锋
      2015 年 8 月 2 日

无题四首选二

一

上帝的眼泪掉下来
没有人会明白
我的博爱
拯救不了世俗的无奈
滚滚红尘
不愿被掩埋
大漠的风沙
草原的云彩
站在泰山顶上
天地一指间
某些人的气节
早已化为文化的幌子
在大街小巷招摇撞骗

二

在旭日的清晨
有谁还在寻找光明
在黑夜里
有谁宁愿不要烛光
我不愿看见
也不愿听到

却时时感受到
这黑夜是黎明
黎明是黑夜

2011 年

名利客

捞来地沟油
抹在身上
渗透到血液里

2012 年 4 月 7 日

乡 愁

乡愁
是一杯浓浓的咖啡
乡愁
是一杯醇香的酒
乡愁
是一轮悬挂的明月
无论走到哪里
最难忘的永远是故乡的山山水水
一草一木
一缕缕清风
池塘莲藕
小河垂柳
牧牛笛音

乡愁
日夜萦绕心头
挥之不去

踏上回家的和谐号
心和车一样在空气中飞驰
近了　近了
看到了
终于看到了
看到久别的故乡
在夕阳下依旧那么淡雅
恬静

2000 年

离　别

离别时
杨柳依依
燕子双飞
月隐东山
花落无声
溪水断肠
只听那
心儿默默
恨相聚匆匆

离别后
琴闲酌酒
苍天垂泪
青竹消瘦
寒梅无语
云过天涯
可曾见
伊人念我
相思如这雨

2011 年

飞花流月

与君灞桥别，春风惜翠柳
鼎上铭文千古忠魂，金戈铁马不曾休
青锋剑，冷了春秋
江湖路，飞花流月独行舟
江湖路，知音何处求
丹青国里，把酒笑王侯
兰亭序，滕王阁
梅花庵，青石桥
那年桃花还依旧
梧桐雨，瑶琴奏
碎了桃花志未酬
青衣袖，舞不尽思乡的愁
断肠酒，穿不透相思的扣

2014 年

月初妆

秋风涩、衣单薄
相逢是错、别亦是错
错！错！错！这般情深是为何
不思量、浅眉低唱
秋月如花、秋风如霜
香山红叶、北海风光
这一程、瘦影冰心
京都月、悄悄落心房
君如秋水我似花
君弹瑶琴我歌唱
醉在他乡梦飞扬

今日天涯月初妆
行到深处秋色冷
魂香梦里、清婉谁怜
思念重、秋月凉
百叠心事、此与谁商
怏怏心、泪双流
一梦京都、万年离愁
情字难了、纸上清痕
我怨我忧我心殇
谁痴谁癫谁疯狂
空叹望、手捧明月光

2013 年

文学之路
——龙儿的忧伤

龙儿
你怎么了
你为何如此忧伤
是谁——把你抛弃
一个人在流浪

龙儿
你怎么了
是城市的灯火
迷失了你吗
还是内心有太多的伤

龙儿
你怎么了
你究竟怎么了

是要死了吗
心死了
剩下空壳在飘荡

龙儿
你要去哪里
哪里才是你的家
寒冷的冬天啊
享受清晨阳光射进我的租房

龙儿
你怎么了
你为何如此忧伤
是在等那千年的知己吗
春天不远了
原野的小花就要为你开放

龙儿
坚持住
再坚强一点
瞧——东边的太阳正冉冉升起
千百年后
依然会有人为你歌唱

2011年12月

关于照片和日期

有人说我穿越未来①
有人说我已经死去②
这就是我——山水悟道
忘己利他
身在红尘

道在心中

2012 年 8 月 5 日

注释 ①2011 年重游少林时，照片日期显示为 2013 年。②2012 年《环球时报》引用拙作"登高方识远，天地纳于心"，把我称为近代诗人。

致青春

希望在田野中毁灭
爱恋在岁月的长河里流失
你亲手抹杀的爱情
让我流尽最后一滴泪水

海誓山盟的诺言
在沧桑的岁月中渐渐逝去
你弃我于撒哈拉沙漠
让我流干最后一滴血

天堂的我
俯视梦幻般的星球
却寻不到你的身影

彩云朵朵
为何载不去这相思
春风天涯时节
你是否会想起
江南烟雨
塞北流霞
有你我牵手走过

2014 年

生　活

　　一直不爱长篇大论，觉得麻烦，不如诗词来得简单痛快。就连每次我的讲课也不过三两千字，为人作序多以半千而已，不善铺述，再者肚内真的没词藻堆砌，五年的墨水，早就被我用得枯竭。参禅悟道，游于山野，不修边幅放浪形骸于街头，而今只能故弄玄虚，摆摆龙门阵、斗斗地主，每天也就这么"充实"地打发了。至于琴棋书画，倒是没有荒废，因为我从来没有进步过，所以也就乐于知足。

　　看着窗外倾盆大雨，电闪雷鸣，甚是吓人，索性关闭电脑，上床蒙头睡觉，也许昨夜通宵过于劳累，这一觉，确实睡得踏实。醒来窗

绘画：梅墨生

外依旧下着雨，只不过是淅淅沥沥的雨儿，甚是温柔，宛如穿着高跟鞋的女子，滴滴答答地落在楼下的塑钢板上，倒也不失情趣。空气中的湿度让我忘了北漂的辛酸，仿佛置身于江南，闻着清风送来的泥土气息和树木花草的芬芳，精神倍增，轻触鼠标，键盘飞舞，敲下这一幕心情。

　　此时若邀三五好友，小酌小酌，不用我想，那也是真真极好的了。其实不论什么酒，我只要沾上一口，就过敏，异常难受。作为诗人，这的确是愁煞我也！在生活中，也没少落下柱背诗人之美名。这份苦恼，在应酬中自然也少了交结好友的机会，也丧失许多机遇。可我也落得个逍遥自在，少了应酬，可以盘坐冥思，

神游九天之上，丈足九州之地；与古人对话，与神仙同眠，一分心思，二分傻气，三分尘土，四分率真，岂不快哉悠哉！

　　此刻，又归于红尘，念起遥远的伊人曾于吾约，他年山林茅屋，池塘小鸭，不问尘世，抚琴歌舞。终抵不过万千尘事，想来也只是梦里绵绵，倒也幸福。

　　雨停风清，点点灯火逐渐增加，照亮了城市街道，为晚归的人们一直送到家门。天上的星星，却不能为我指引，《易经》依旧让我迷茫，《金刚经》也载不动我的躯体，《道德经》也还是让我看不透。此时此刻是否应了那句肚子的驱使是最好的借口。抓一把糙米，放几粒花生杏仁，熬一碗小粥，再配上前几日山中买回来的鸭蛋佐菜，这就是我的晚餐，虽简单、却是人间一大美味。

　　胎菊配上家乡的瓜片，美其名曰："花中瓜"，这是我的最爱。玉泉山的水，泡上一杯茶，清香微微苦，杯中瓜片隐隐约约，而菊花浮在水上盛开，自然收获一份甜美的心情。都说饭后一支烟，赛似活神仙，又据说得"非典"的吸烟人几乎为零。也就从那时起，我曰：不戒烟的理由，因为病毒太多。想来是为自己找借口，却也不失一点科学道理。除了诗词，烟是我最好的朋友了，高兴了抽一口，郁闷了抽一口，吐出的烟，随风舞动，看着燃烧的烟丝，炙热犹如我对生活的热情，可总是会被无情地熄灭，给你希望，却又让你破灭，让你破灭，再给你希望，如此反复，也许这就是生活，让你品尝人间冷暖，酸甜苦辣。在坎坎坷坷、曲曲折折的路上跌跌撞撞中成长才会更加坚强，才会更加懂得珍惜和拥有。

2014 年

附录一

写好旧体诗的几个关键

怎样才能写好诗？

首先确定一个题材，题材要新颖。然后择韵，择韵很关键，它通常会决定一首诗的优劣。起句要耳目一新，不落俗套，中间要善于铺叙，夹叙夹议，但要不露痕迹。对句工稳，张弛有度。尤其要注意的是，尾联一定要有寄意或感悟。注重结束语，历代许多大家的观点都是极一致的。那怎样才能写好诗呢？如下：

1. 意境：作者必须独立完成立意造境，意境可以采用情景双兼的手法。

2. 词采：作者必须具备丰富的语言能力、高超的想象空间，且表达自如。

3. 形象：诗应主旨分明，形象生动。言之有物，言之有据，言之有理，言之有指。

4. 寄兴：也就是寓意。古人云，诗言志。诗为心声。就是要把自己的人生观、世界观与强烈的思想感情充分地展示出来。

好诗应具备哪些特征？

1. 诗情：诗中应有的情致情调。也就是主情。它可以表现为旷达，也可以描摹成悲情，但作者一定要感情真挚。俗语说：不能感动自己，何以感动他人。

2. 诗意：诗中应表达的给人以美感的意境。也就是尚意。它的语言是优美的，它的层次是分明的，它的脉络是清晰的。它的意象是理性和有形的。

3. 诗味：它首先又牵涉到诗情，情味一定要厚重，又要自然，更要巧妙地化有形为无形。它熔情熔物于一炉，使人看不到，摸不着，但细细品味却又能领悟到。

4. 诗趣：诗人以灵动的触笔、充满个性化的色彩来表现的一种审美情趣，来塑造完美的艺术形象。

5. 诗旨：主题应鲜明，形象要生动，发言遣意必须迥异于常人，并蕴含哲理。给人以美的享受和灵魂的震撼。

6. 诗品：大凡好诗，必有风骨、格调和神韵。而俗诗几乎没有。好诗通常为人赏析，也常为诗家、诗评家品鉴。

7. 诗风：同兼几种风格的诗人基本上是不存在的。诗风反映的是作者的自身修养、精神面貌、处世态度以及蕴含的人生哲理。大致可分为旷放、豪逸、幽愤、蕴藉、冲淡、清婉等。也有的诗家诗风较平易、随机，不在此列。只要是见功力、见丰采、见骨概，都是佳章。

诗有哪几种修辞手法？

一般来说，诗有赋、比、兴等修辞。赋是陈其事而直言，就是叙述陈说。比是以彼物比此物，就是打比方。兴是先言他物做引申，就是借物或景以开头，也可用作结束。

初学诗者，苦于无人指点，又不能无师自通。我提两点经验之谈。

一是仿作，仿作就是仿前人或时贤之作，套用其韵，摹其意，再营造新的意境，然后脱体。

二是反作，也就是反古人或今人意作，反作就是内容和形式与原诗基本相同，而持的观点却截然相反。别出心裁，会令人有意想不到的效果。这些都是能迅速提高水平的良方。

作诗大概不外乎为情造文或者为文造情两种，随兴抒怀，随怀造境，意笃情真，令人咀嚼仍觉口舌留香，方是真诗、真诗人。

凡谓杰构，必有佳句、警句。佳句风雅神秀，耐人寻味，警句寓意迥远，发人深省。若无佳句、警句，虽文脉通畅，语法自然，亦空有躯壳，实无魂魄，终非大家之面目也。

诗有数忌

1. 忌一派胡言，毫无事实根据，夸大其词，狂吹乱赞。

2. 忌拾人牙慧，前修时英，用心描摹，易成画虎类犬。

3. 忌空洞无物，道理说了一大堆，仍不知所云何事何物。

4. 忌人云亦云，他人所言，不加分析，毫无主见，一味附和。

5. 忌文不对题，命题写此，着力却在写彼，条理和脉络异常混乱。

6. 忌生拼硬凑，偶见他人佳作，手就痒痒强要和之。酝酿尚不成熟，匆匆急就，自我感觉都是在凑韵。

7. 忌无病呻吟，生活优裕，偏好风雅，殊无半点诗兴，强作愁情。

8. 忌格调低下，人格龌龊卑劣，语言粗俗，又好叫嚣，此种人，此等诗最不可恕。

诗与人的品行

古人言文如其人，字如其人。这句话一点不假，我们看李白的诗，充满豪气，充满想象，可谓浪漫主义的代表，他的诗是不是和他的人一样洒脱！毛主席的诗词，写的是多么的激情与豪迈，又是多么的瑰丽，他的人是伟大的，诗词敢于创新，大气，洒脱，这就是诗如其人。

诗人需要经历生活磨炼、社会锻造，不要抱怨坎坷曲折，心胸要宽广，做人要大气，别骄别傲。庸人往往败于懒散，有才的往往败于傲。

诗是一个人的品德表现，更是一位诗人的灵魂。李白生前就很出名，在当时就流传到日本、朝鲜以及众多国家，而杜甫却死后名气越来越大，得到"诗圣"高冠。由此可见，一个人品德高尚、心灵纯真，写的东西符合时代，源于自然，真实，不矫揉造作，更不能故作高傲。

附录二

一天学会格律诗

概述

诗词是一种特殊的文学体裁，是中国几千年传统文化宝塔最璀璨的明珠，因为她外延广、内涵深，其中包含了琴棋书画：琴乃中国古代乐器之首，音律按照宫商角徵羽，对照诗词声调为阴平、阳平、上声、去声、入声来配合诗吟唱，抑扬顿挫，铿锵有力；棋乃黑白围棋，讲究布阵，金角银边中间草肚皮，对照诗就是立意出新，起结为主，充分利用每个棋子（汉字），不得浪费；书乃书法，讲究一气呵成，有天赋的笔走龙蛇，无天赋的勤学苦练"我注六经"，诗词也一样，一气呵成则气顺，加上天赋和自身的勤学自有神来之句；画乃中国的传统国画，讲究技巧、布局，密的地方密不透风，疏的地方万马奔腾，对照诗词就是写作技巧上合理安排，用字精到，语句无可挑剔，疏的地方就是不画蛇添足，所谓画留白，诗留余味是也！这也就是"六经注我"之境界。

诗人是特殊的群体，人人都是诗人，但做到真正的诗人又何其难也！单从性格来说，只有一种性格的人只能叫文人，拥有两种性格的人叫"神经"诗人，而拥有多种性格的人才是真正的"疯癫"诗人。而一位真正的诗人，不光是简单地写几首小诗，还要在各个文化层面有所研究，如医学、儒佛道、天文地理、琴棋书画皆要涉及。我们看古代的和近代当代的诗家，其性格是多样的，才学是多面的，如曹雪芹、李白、苏轼、黄庭坚、毛泽东，等等。他们除了在诗词上有一定的造诣之外，或善音律，或善国画，或善书法……因为诗词是艺术的象征，是宝塔上最耀眼的明珠，她的光辉是和以上几点密不可分的。我们无法评价或者说谁就是当代诗人，但有一点可以肯定，爱写诗之人，必是多情的，是善于捕捉的，是狂放的，是细腻的……

生活大于艺术，而艺术来源于生活，是生活的再现与浓缩，并高于生活，化繁而简，这需要很深的文学造诣和天赋。好的诗词观之见性、赏之见情、思之如泉。诗词风格反映了一位作者的个性，是浪漫如李白，还是厚重如杜甫，或恬淡似陶潜，见性见情，入哲入理都在读者的心中，希望通过此篇能给大家带来初步的认识。

初学基础知识

诗并不是深奥得不可探寻，诗有法，而也无法。从无法到有法，是不知到知的过程。从有法到无法，是一个飞跃的过程。我们不管学什么，做什么，都知道要把根基打扎实，只有根基扎实了才可以变换。诗也如此，不管你写现代诗歌、流行歌词，还是写古典诗词，必须了解它的产生和历代的演变。

每一件事情，都有它的起源始末。诗歌也不例外。众所周知，诗是一种可以歌咏的韵文。诗和其他艺术形式一样，起源于劳动。它是为协调劳动节奏而产生的。最初的诗歌，是人类集体口头创作的。

在文学史上，一般提到旧诗，都把它分为两种体裁，即"古体诗"和"近体诗"。这并不完全是以时代而划分的，那只是一种体裁的叫法。大家不要在字义上引起误解。至于新诗，即白话文的自由诗，不在旧诗之列，也不要误会它是近体诗。

所谓近体诗（又称"今体诗"），这是与古体诗相对而言的。它们从齐、梁时代的"新体诗"开始由不大讲究规律的诗格，转入极度讲究。诗人沈约在这方面建立了一套音的理论，首先就奠定了律诗的基础。初时只限于五言，七言是由唐代人所创造的。

到了唐以后，诗形成特定的格律，一首诗的构成，有韵脚、平仄、对仗等，这其中包括了音律，铿锵之音要顿挫有力，读之余味未了。到了近代，胡适提出了改革旧体诗，提倡新诗，而自己却时常写旧体诗，这说明中国的诗歌经历了几千年的文化积淀，是光辉夺目的，是抹杀不了的。在创新的过程中，当代毛主席的诗歌可谓典范，但他也是在传统上（格律不变）创新，就是现代人不要拿现代的事物和眼光看古人，也不要拿古人的东西和现代比较，唯一不变的是诗之精华凝练、含蓄。如果今人写诗词，写风花雪月我敢说没有人能超过唐宋，而如今我们不能被外来的所谓"快餐"文化所俘虏，要把国学发扬广大，必须在传统上创新，写一些现代东西（但诗之有型，我们不能抛弃格律，不然就不伦不类了）。

现在很多人都搞不清楚怎样区别平仄，因为现代汉语没有入声，把阴平、阳平、上声、去声、入声分别转变成了一、二、三、四各个声调了。大致说来，汉语的第一、二声，相当于平声，第三、四声，相当于仄声。但是，第一、二声当中，仍杂有不少的入声字，作诗的时候，仍旧要归到仄声里去的。所以我们只要把这部分入声字识别出来就可以了。如果大家实在感到太难，那就用普通话来写。基本上把一声、二声归于平音字，把三声和四声归于仄音字。韵也要采用中华新韵，不能用平水韵，因为平水韵适合写近体诗。

诗的种类

一、有四言、五言、六言、七言、八言、杂言诗。又分古体诗、入律古风、乐府、歌行、赋得、集句、联句、词曲、绝句、律诗。

二、古风用韵相对自由，可不论平仄。

三、词有词谱，平仄无拗救之说，只需要按照词谱来填即可。

四、绝句、律诗。首先是韵脚，首句可用可不用，偶数必须用韵，（韵表：平水韵，中华新韵）只要对照韵部即可，一首诗不可换韵部。（首句可压邻韵，律诗尾联也可）用韵规则，偶句用了平声韵，奇句尾字用仄，偶句用了仄韵，奇句用平声字。

五、平仄四种常规格式万变不离其宗，一、三、五不论、二、四、六分明是基本，在奇数句子上最适合。初学者不宜用三仄尾，忌三平尾。每句里面要有两个平声字相连，这样就不会出现孤平。

六、尽量避免在一首诗里出现重字。

七、绝句一般不采用对仗，也有起句不押韵，承句对仗的。律诗首尾可不对，颔、颈二联必须对仗，颔联不对首联对，称"偷春格"。基本有八种对法，初学者宽对、工对、流水对、叠字对、反对最适合。

区分入声字

一、凡b、d、g、j、zh、z六声母的第二声字（"鼻"属于去声四寘除外），都是古入声字。例如，b：拔跋白帛薄荸别蹩脖舶伯百勃渤博驳。d：答达得德笛敌嫡觌翟跌迭叠碟牒独读牍渎毒夺铎掇。g：格阁蛤胳革隔葛国虢。j：及级极吉急击棘即脊疾集籍夹嚼洁结劫杰竭截局菊掬橘决诀掘角厥橛脚镢觉爵绝。zh：札扎铡宅择翟着折蜇轴竹妯竺烛筑逐浊镯琢濯啄拙直值殖质执侄职。z：杂凿则择责贼足卒族昨。

二、凡d、t、l、z、c、s六声母跟韵母e拼合时，不论国语读何声调，都是古入声字。例如，de：得德。te：特忒慝螣。le：勒肋泐乐埒垃。ze：则择泽责啧赜笮迮窄舴贼仄昃。ce：侧测厕策筴册。se：瑟色塞啬穑濇涩圾。另外，he：大都是入声（"禾、何、河"属于上平五歌，"贺"属于去声二十一个除外）。e：大都是入声（"阿、俄、蛾、娥、鹅、讹"属于上平五歌，"饿"属于去声二十一个除外）。

三、凡k、zh、ch、sh、r五声母与韵母uo拼合时，不论国语读何声调，都是古入声字。例如，kuo：阔括廓鞟扩。zhuo：桌捉涿着酌浊镯琢啄濯擢卓焯倬踔拙斫鷟浞棁。chuo：戳绰歠啜辍醊惙龊婼。shuo：说妁朔搠槊铄硕。ruo：若鄀箬爇蒻。

四、凡b、p、m、d、t、n、l七声母跟韵母ie拼合时，无论国语读何声调，都是古入声字（只有"爹"属于上平六麻及上声二十哿咩，一时查不到古韵属于哪个韵部例外）。例如，bie：鳖憋别蹩瘪。pie：撇瞥。mie：灭蔑篾蠛。die：碟牒喋堞蹀谍鲽跌迭瓞昳垤耋絰咥叠。tie：帖贴怗铁餮。nie：捏陧聂镊臬闑镍涅糵蘖啮。lie：列冽烈裂洌猎躐捩劣。另外，jie：大都入声（"皆"

属于上平九佳，"街"属于上平九佳，"嗟"属于下平六麻除外）。qie：大都入声（"茄"属于下平六麻且属于上平六鱼及上声二十一马，"趄"属于上平六鱼除外）。xie：歇挟撷协（只有这四个是入声）。ye：大都入声（"耶"属于上平六麻，"椰"属于上平六麻，"爷"属于上平六麻，"也"属于上声二十一马，"冶"属于上声二十一马，"夜"属于去声二十二祃除外），形声字中的"液""掖""腋"三字均是入声，但"夜"字就不是，是个特殊情况。

五、凡 d、g、h、z 四声母与韵母 ei 拼合时，不论国语读何声调，都是古入声字。例如，dei：得。gei：给。hei：黑嘿。zei：贼。

六、凡声母 f 与韵母 a、o 拼合时，都是古入声字。例如，fa：法发伐砝乏阀罚发。fo：佛。

七、a 与 f、z、c、s 拼合时大都是入声（仨洒属于上声九蟹及二十一马例外）。ia 和声母 q 拼合时，都是入声。ia 和声母 x 拼合时，大都是入声（"虾""霞""暇"属于去声二十二祃、"瑕"属于下平六麻、"遐"属于上平六麻等及其形声字除外）。ia 和声母 j 拼合时，唯有"夹""甲""戛"及其形声字是入声。

八、凡读 ue 韵母的字，都是古入声字。只有"瘸"属于上平五歌 que、"靴"属于上平五歌 xue 二字除外。例如，ue：曰约哕月刖玥悦阅钺乐药耀曜跃龠钥瀹爚禴衱粤岳。nue：虐疟谑。lue：略掠。jue：噘撅决抉诀玦掘桷崛角劂蕨厥橛蹶獗噱臄谲珏孑觉爵嚼爝绝蹙攫躩屩。que：缺阙却怯确榷壳悫埆阕鹊雀碏。xue：薛穴学雪血削。

九、xi 中阳平均为入声，阴平唯"昔""夕""析""悉""息"及其形声字及"吸、翕、锡"是入声。shi 中阳平除"时"外都是，阴平唯独"湿、失、虱"是入声。

十、fu 中"复、伏、服、绂、副（含富、福、幅形声字）"及形声字是。shu 中"赎、孰、束、叔、属、蜀、术"及其形声字是入声。

十一、一字有两读，读音为开尾韵，语音读 i 或 u 韵尾的，也是古入声字。例如，读音为 e，语音为 ai 的：色册摘宅翟窄择塞。读音为 o，语音为 ai 的：白柏伯麦陌脉。读音为 o，语音为 ao 的：薄剥摸。读音为 uo，语音为 ou 的：肉粥轴舳妯熟。读音为 u，语音为 iu：六陆衄。读音为 ue，语音为 ao 的：药疟钥嚼脚角削学。

根据上面的分析，大部分的入声字，都可从国语的读音来加以辨识，能如此，则对于诗的格律，自也不会觉得有什么困难了。

九种常见对仗

一、工对：同一类词语相互对偶叫工对。古汉语名词分为若干小类，同一小类的词相对便是工对，如天文对天文，地理对地理。有些虽不是同小类但在语言中经常平列，如天地、花鸟、诗酒等也算工对。李白"月下飞天镜，云生结海楼"。月和云既是名词，又是天文类词。李商隐："晓镜但愁云鬓改，夜吟应觉月光寒。"晓和夜是名词中的时令词对时令词。

二、邻对：邻近事类词语相对叫邻对。大约可分二十类：时令与天文；天文与地理；地理与宫室；宫室与器物；器物与衣饰；器物与文具；衣饰与饮食；文具与文学；草木花果与鸟兽鱼虫；形体与人事；人伦与代名；疑问代词与"自""相"等字和副词；方位与数目；数目与颜色；人名与地名；同义与反义；同义与连绵；反义与连绵；副词与连词、介词；连词与助词。

三、宽对：不能严格区分词语类别，只按词性相同的要求构成对仗叫宽对。半对半不对也属于宽对。如"匈奴犹未灭，魏绛复从戎"中"匈奴"与"魏绛"是名词相对；"犹"与"复"是副词相对；但"未灭"与"从戎"便不对了，这联就是半对半不对，属于宽对。如元稹《早归》："饮马雨惊水，穿花露滴衣。"马、雨、水与花、露、衣。名词对名词，可称宽对。

四、借对：一个词有两个意思，诗人用的是甲意，但同时借用它的乙意来与另一词对仗，这叫借对。如"行李淹吾舅，诛茅问老翁"，"行李"的"李"并不是"桃李"的"李"意，但诗人却借着"桃李"的"李"与"茅"字对仗。有时候不是借意而是借音。如"事直皇天在，归迟白发生"，借"皇"为"黄"与"白"相对，这也是借对。"樽开柏叶酒，灯发九枝花"，借"柏"为"百"与"九"以数目词相对。还有杜甫《江南逢李龟年》"岐王宅里寻常见，崔九堂前几度闻"，寻常是平常的意思，古代八尺为寻，两寻为常，故借来对数目。还有一种借音，李商隐《锦瑟》："沧海月明珠有泪，蓝天日暖玉生烟。""沧"为"苍"与"蓝"相对。

五、流水对：对仗的一联一般是平行的各有其独立性的两句。但也有一种对仗，是一句话分为两句说，每句都没有独立性，出句和对句合起来才是一个整体。这种对仗叫流水对。如"金猴奋起千钧棒，玉宇澄清万里埃"就是流水对。

六、反对：意义相反的字互为对仗叫反对。比如"有"与"无"，"多"与"少"。以反对为优，正对（意义相同或相近）为劣。

七、错综对：是指相互对应的两组词的位置转换交叉的一种对仗。如"于今腐草无萤火，终古垂杨有暮鸦"，"萤"与"鸦"，"火"与"暮"是交叉的一种对仗。这种情况只是偶然使用。

八、扇面对：扇面对就是隔句对。如"①缥缈巫山女，②归来七八年；③殷勤湘水曲，④留在十三弦"，不是一般的①句与②句对仗、③句与④句对仗，而是①句与③句对仗、②句与④句对仗。

九、叠字对：在出句某一位置用了重叠字，在对句的相应位置也用重叠字。如"树树皆秋色，山山唯落晖"，"树树"与"山山"即是。

技巧

绝句律诗都采用起承转合，一首诗，在确定了主题（立意）并且选择好题材后，就要考虑如何组织安排这些题材来更好地表现主题。一般要求是，根据表现主题的需要，把题材主次分明，有起有结地组织成一个有机整体，从而构成一首完整的诗篇。

古人论诗的章法，多主起、承、转、合。起是发端，承是承接，转是转换，合是结束。一章之内，起结转换皆应随意而发展，不可离题过远以致脱节。切记不可脱离主题。起句：一般点题为主，有明起、暗起、陪起和反起四种。可根据自己的构思和题目来写，切不可死套。承句：接起句。要衔接得上可铺述，一般绝句的内容大都是即景抒情，故起承二句多为写景或叙事。转句：就是承笔之意转入正题之意，也可从正题上转入意境，情景上，转句非常重要。起承可直白，但转和结句（合句）一定要好好把握。打个比方，向心爱的人表白，你怎么也得斟酌用什么样的语言打动她（他）吧，诗也一样，多推敲，多修改。

初学要旨

一、贵有新意，律绝之诗切忌意杂，辞意最忌相碍与反复。

二、首先确定一个题材，题材要新颖。然后择韵，择韵很关键，它通常会决定一首诗的优劣。起句要耳目一新，不落俗套，中间要善于铺叙，夹叙夹议，但要不露痕迹。对句工稳，张弛有度。尤其要注意的是，尾联一定要有寄意或感悟。注重结束语，历代许多大家的观点都是一致的。

三、一般来说，诗有赋、比、兴等修辞。赋是陈其事而直言，就是叙述陈说。比是以彼物比此物，就是打比方。兴是先言他物做引申，就是借物或景开头，也可用作结束。

怎样修改诗

一、诗要精练，要取其精华，一首诗写好以后，如果觉得不满意，就从主题的中心思想上去修改，删除离题的词，争取每个字都能为主题服务。

二、一首诗里不要过多地使用叙述句，特别是抽象的叙述句在说明应交代的事项后，应多用形象化语言、比拟手法。

三、一首诗里不要出现雷同的词语和意思。

四、平仄不合理时：必须调平仄，方法有三。（1）换同义词或能代替的词，如中国、神州、华夏、禹甸、赤县意思一样，但平仄不同，可以根据情况选用。又如以东风、熏风表示春季；以南风、薰风表示夏季；以西风、金风表示秋季；以北风、朔风表示冬季。也可根据情况选用。（2）用倒装句，如主移谓后："沾衣欲湿杏花雨"；宾置谓前："草色遥看近却无"。（3）可用拗救法。

五、把改好的诗自己吟几遍，看顺不顺口，听其音韵是否能和诗的感情配合起来。如感觉不妥当的地方，就做进一步修改。气顺则意畅，意畅则有神来之笔。如果实在觉得不好修改，可与诗友探讨，或者放一放，等有灵感或者琢磨透了再修改。艺术是需要多去锤炼的。

细数拗救

1. 仄仄平平仄，仄平平仄平。本句自救
2. 平平仄平仄，仄仄仄平平。本句自救
3. 仄仄平仄仄，平平平仄平。大拗对句相救
4. 仄仄仄仄仄，平平平仄平。对句相救
5. 仄仄仄平仄，平平平仄平。半拗未救的
6. 仄仄仄平仄，仄平平仄平。半拗救了的
7. 平仄平仄仄，仄平仄平平。
8. 仄仄仄平仄，仄平平仄平。

备注：七言诗只要在此基础上前面延伸两字即可。

一、第一部分

1. 本句自救：

李白《夜宿山寺》

危楼高百尺，手可摘星辰。不敢高声语，恐惊天上人。

平平平仄仄，仄仄仄平平。仄仄平平仄，仄平平仄平。

对句为避免孤平本句自救，首字"恐"拗，在第三字换一个平声字"天"救。

2. 本句自救（特定格式句）：

王勃《送杜少府之任蜀州》

城阙辅三秦，风烟望五津。与君离别意，同是宦游人。

平仄仄平平，平平仄仄平。仄仄平平仄，平仄仄平平。

海内存知己，天涯若比邻。无为在歧路，儿女共沾巾。

仄仄平平仄，平平仄仄平。平平仄仄仄，仄仄仄平平。

出句是特定格式句，即出句的"在"拗，"歧"救。

3. 对句相救（出句倒数第二字拗）：

白居易《赋得古原草送别》

离离原上草，一岁一枯荣。野火烧不尽，春风吹又生。

平平平仄仄，仄仄仄平平。仄仄平仄仄，平平平仄平。

出句"不"字拗，对句"吹"字救。

远芳侵古道，晴翠接荒城。又送王孙去，萋萋满别情。

4. 对句相救（出句倒数第二、三字都拗）：

李商隐《登乐游原》

向晚意不适，驱车登古原。

仄仄仄仄仄，平平平仄平。

出句"意"和"不"都拗，对句"登"字救。

夕阳无限好，只是近黄昏。

5. 半拗未救的（出句倒数第三字拗）：

李白《送友人》

青山横北郭，白水绕东城。此地一为别，孤蓬万里征。

平平平仄仄，仄仄仄平平。仄仄仄平仄，平平仄仄平。

出句"一"字拗，对句未救。

浮云游子意，落日故人情。挥手自兹去，萧萧班马鸣。

平平平仄仄，仄仄仄平平。平仄仄平仄，平平平仄平。

出句"自"拗，对句"班"救，半拗救了的（出句倒数第三字拗）。

二、半拗救了的（出句倒数第三字拗），既本句自救又构成对句相救

1. 李白《宿五松山下荀媪家》

我宿五松下，寂寥无所欢。

仄仄仄平仄，仄平平仄平。

对句的"无"字既救了本句的"寂"字，同时也救了出句的"五"字。

2. 王维《归嵩山作》

流水如有意，暮禽相与还。

平仄平仄仄，仄平平仄平。

对句的"相"字既救了本句的"暮"字，同时也救了出句的"有"字。

3. 李白《自遣》

对酒不觉暝，落花盈我衣。

仄仄仄仄仄，仄平平仄平。

对句的"盈"字既救了本句的"落"字，同时也救了出句的"不觉"二字。

唱和

唱和：亦作"唱酬""酬唱"。谓作诗与别人相酬和。大致有以下五种。

一、和诗：只作诗酬和，不用被和诗的原韵。

二、依韵：亦称同韵，和诗与被和诗同属一个韵部，但不必用其原字。

三、用韵：用原诗的字而不必顺其次序。

四、次韵：亦称步韵，也是用得最多的一种；就是用其原韵原字，且先后次序都须相同。（备注：当代又流行一种倒韵和诗，就是用原韵，只是把顺序前后对换，就叫作倒韵和某某诗。）

五、分韵：指作诗时按照先规定若干字为韵，各人分拈韵字，依韵作诗，叫作"分韵"，也称"赋韵"。

附录三

绝句律诗常用格律

【注】⊙代表可平可仄；○代表平；●代表仄；△代表韵脚。

五绝

类型一　平起仄收式　例诗：《道》
五千言宇宙，一字著乾坤。常诵万经首，方知众妙门。
⊙○○●●，⊙●●○△。⊙●○○●，○○●●△。

类型二　平起首句入韵　例诗：《与庄子对话》
高歌君作陪，舞剑响春雷。谁惹北风急，疑为小倩来。
⊙○○●△，⊙●●○△。⊙●○○●，○○●●△。

类型三　仄起仄收式　例诗：《雨中梅花》
傲骨迎霜雪，赞余多少诗。无情风雨坠，心碎泪谁知？
⊙●○○●，⊙○○●△。⊙○○●●，⊙●●○△。

类型四　仄起入韵式　例诗：《他乡客》
何事又乡愁，琼花落满舟。佳期如蝶梦，盼得泪双流。
⊙●●○△，○○●●△。⊙○○●●，⊙●●○△。

类型五　平起仄韵　例诗：《现实里的爱情》（诗韵新编）
奈河桥上月，曾定今生约。落拓问佳人，直言门第别。
⊙○○●△，⊙●○○△。⊙●●○○，⊙○○●△。

七绝

类型一　平起、首句不押韵　例诗：《游长沙抒怀》（新韵）
桂香柳暮菊花怒，橘子洲头谁等闲。

⊙⊙●○○●●，⊙●○○○●△。
雁过山风呼万岁，客来湘水荡云天。
⊙●⊙○○●●，⊙○⊙●●○△。

类型二　平起、首句押韵　例诗：《无题》
银河万丈渡无涯，幻境空灵生彩霞。
⊙○⊙●●○△，⊙●○○○●△。
世上何人来对句，桂香携手浣溪沙。
⊙●○○○●●，⊙○○●●○△。

类型三　仄起、首句不押韵　例诗：《李白》
五岳吟诗邀皓月，清风自古喜寒家。
⊙●⊙○○●●，⊙○⊙●●○△。
酒中得道何人及，独舞花丛到海涯。
⊙○⊙●○○●，⊙●○○●●△。

类型四　仄起、首句押韵　例诗：《逢秋不见秋》
已是金秋落叶时，满山葱绿暖风吹。
⊙●○○●●△，⊙○⊙●●○△。
红枫遥待相思苦，无奈霜神久不知。
⊙○⊙●○○●，⊙●○○●●△。

五律

类型一　例诗：《送友人石静波》（新韵）
青山新雨后，一路任云闲。临水别君意，折春寄柳安。
⊙○○●●，⊙●●○△。⊙●⊙○●，○○⊙●△。
舟争行万里，日落已江南。何事再相聚？东篱把酒欢。
⊙○○●●，⊙●●○△。⊙○⊙○●，○○⊙●△。

类型二　例诗：《赠江湖竹琴诗友》
知君今日来，昨夜把诗裁。江湖行不尽，怡海筑琴台。
⊙○⊙●△，⊙●●○△。⊙○○●●，⊙●●○△。

寂月花间酒，酬风扇底杯。京城多妄事，聊寄蜀公怀。
⊙●⊙●，○○⊙●△，○○⊙●，⊙●○△。

类型三　例诗：《清晨登悬剑山》
云雾苍山掩，悠然野径寻。悬崖垂白练，飞鸟入幽林。
⊙●⊙○●，○○⊙●△，○○○●●，⊙●●○△。
谁得真经去，空留宝剑吟。登高方识远，天地纳于心。
⊙●⊙○●，○○⊙●△，⊙○○●●，⊙●●○△。

类型四　例诗：《京中》
山海锁都城，白云天外生。问君何所得，回首那堪鸣。
⊙●●○△，●○○●△。⊙○○●●，⊙●●○△。
早晚勤挥笔，春秋醉忘名。悠悠千古月，默默踏征程。
⊙●○○●，○○●●△。○○○●●，●●●○△。

类型五　平起仄韵　例诗：《灵山》
云山接海隅，石栈通星月。涧濑诉千秋，松涛歌万阕。
⊙○○●△，●●⊙○△。⊙●●○○，⊙○○●△。
佛心需道为，龙脊堪凌越。长住亦成仙，何人来访谒？
⊙○⊙●○，⊙●○○△。⊙●●○○，○○○⊙●△。

七律

类型一　例诗：《长城怀古》
始皇功德应称道，万古长城叹作奇。
⊙○⊙●●○●，⊙●○○●●△。
劲草悬崖秋色染，疾风穿雾雁来迟。
⊙●○○○●●，○○○●●○△。
哪堪战火山河破，谁惹红颜日月悲。
○○●●○○●，○●○○●●△。
多少栋梁魂在野，双眸望向帝王师。
⊙●⊙○○●●，⊙○⊙●●○△。

类型二　例诗：《金刚台》
金刚台上白云悠，撒豆成兵却落囚。
⊙○⊙●●○△，⊙○●⊙●●○△。
是否秦王鞭下赶，又疑大禹肋中留。
⊙●⊙○○●●，⊙○○●●○△。
东西望断一条路，南北连绵百座丘。
⊙○⊙●●○○●，⊙●○○●●○△。
凤去龙腾千壑响，银河抖带汇淮流。
⊙●⊙○○●●，⊙○⊙●●○△。

类型三　例诗：《丙申年生辰酬答众诗友》
莫叹北漂知己少，诗坛唱和显情真。
⊙●⊙○○●●，⊙○⊙●●○△。
四方相聚百家论，一夜花开万里春。
⊙○⊙●●○●，⊙●○○●●△。
子美欢颜曾有梦，谪仙浪漫最无尘。
⊙●⊙○○●●，⊙○⊙●●○△。
共看沧海风云路，把酒高歌泣鬼神。
⊙○⊙●●○●，⊙●○○●●△。

类型四　例诗：《丙申年寄同仁》
漂在京城年复年，为诗无悔自扬鞭。
⊙●⊙○○●△，⊙○⊙○●●△。
惯看政客风云舞，莫论佳人昼夜颠。
⊙○⊙●○○●，●○○⊙○●△。
闹市行吟花佐酒，玉盘烹饪海生烟。
⊙●⊙○○●●，⊙○○●●○△。
闲来悟道参禅久，常向蓬莱会八仙。
⊙○⊙●○●●，⊙●○○⊙●△。

附录四

平水韵表

"平水韵"由其刊行者宋末平水人刘渊而得名。平水韵依据唐人用韵情况,把汉字划分成106个韵部(其书今佚)。每个韵部包含若干字,作律绝诗用韵,其韵脚的字必须出自同一韵部,不能错用。隋朝陆法言的《切韵》分为193韵。北宋陈彭年编纂的《北宋重修广韵》(《广韵》)在《切韵》的基础上又细分为206韵,但《切韵》《广韵》的分韵都过于琐细。

唐朝有"同用"的规定,允许人们把临近的韵合起来用。到了南宋原籍山西平水人刘渊着《壬子新刊礼部韵略》就把同用的韵合并,成107韵,同期山西平水官员金人王文郁著《平水新刊韵略》为106韵,清代康熙年间编的《佩文韵府》把《平水韵》并为106个韵部,这就是后来广为流传的平水韵。

平水韵部

上平一东:东同童僮铜桐峒筒瞳中〔中间〕衷忠盅虫冲终忡崇嵩〔崧〕菘戎绒弓躬宫穹融雄熊穷冯风枫疯丰充隆窿空公功工攻蒙蒙朦瞢笼胧栊咙聋珑砻泷蓬篷洪荭红虹鸿丛翁嗡匆葱聪骢通棕烘崆

上平二冬:冬咚彤农侬宗淙锺钟龙茏舂松淞冲容榕蓉溶庸佣慵封胸凶匈汹雍邕痈浓脓重〔重复〕从〔服从〕逢缝峰锋丰蜂烽葑纵〔纵横〕踪茸蛩邛筇跫供〔供给〕蚣喁

上平三江:江缸窗邦降〔降伏〕双泷庞撞矼扛杠腔梆桩幢蛩〔冬韵同〕

上平四支:支枝肢移〔竹移〕为〔施为〕垂吹陂碑奇宜仪皮儿离施知驰池规危夷师姿迟龟眉悲之芝时诗棋旗辞词期祠基疑姬丝司葵医帷思滋持随痴维卮糜螭麾墀弥慈遗肌脂雌披嬉尸狸炊湄篱兹差〔参差〕疲茨卑亏蕤骑〔跨马〕歧岐谁斯澌私窥熙欺疵赀

羁彝髭颐资縻饥衰锥姨夔衼涯［佳、麻韵同］伊追蓍缁其箕椎罴篪萎匙脾坻嶷治［治国］骊縻怡尼漪饴而鸱推［灰韵同］陲魑锤缡璃羸帔麾芪畸羲曦欹猗崎筛狮螭绥虽粢瓷鳌痍惟唯机耆逵岜丕毗枇貔楣霉辎虫嗤媸飔坿蒔鲥鹓笞漓贻禧噫其琪祺麒栀鹂累跏琵祁骐訾咨睢馗胝鳍蛇［委蛇］陴淇丽［地名］厮氏［月氏］僖嘻琦怩熹孜罹磁痿隋透郦嵋椅［音漪，木名］

上平五微：微薇晖辉徽挥韦围帏违闱霏菲［芳菲］妃飞非扉肥威祈畿机几［微也、如见几］讥玑稀希衣［衣服］依归饥［支韵同］矶欷诽绯晞葳巍沂圻颀

上平六鱼：鱼渔初书舒居裾琚车［麻韵同］渠蕖余予［我也］誉［动词］舆胥狙锄疏蔬梳虚嘘墟徐猪闾庐驴诸储除滁蜍如畲淤妤苴菹沮咀龉茹桐于祛蘧疽蛆醵纾樗蹰［药韵同］欤据［拮据］

上平七虞：虞愚娱隅无芜巫于衢癯瞿氍儒襦濡须需朱珠株诛茱铢蛛殊俞瑜榆愉逾渝雩谀腴区躯驱岖趋扶符凫芙雏敷麸夫肤纡输枢厨俱驹模谟摹蒲逋胡湖瑚乎壶狐弧孤辜姑觚菰徒途涂荼图屠奴吾梧吴租卢鲈炉芦颅垆蚨孥帑苏酥乌污［污秽］枯粗都荼侏姝禺拘嵎蹰桴俘臾萸吁滹瓠糊醐呼沽酤泸舻轳鸬驽蒲葡铺［铺盖］菟诬呜迂盂竿跗毋孺酤鹄骷剒蛄晡蒲葫呱蝴劬狙猢鄜孚

上平八齐：齐黎犁梨妻［夫妻］萋凄堤低题提蹄啼鸡稽兮倪霓西栖犀嘶撕梯鼙赍迷泥溪蹊圭闺携畦嵇跻奚脐酰鲵蠡醍鹈奎批砒睽荑篦虀藜猊蜺羿

上平九佳：佳街鞋牌柴钗差［差使］崖涯［支麻韵同］偕阶皆谐骸排乖怀淮豺侪埋霾斋槐［灰韵同］睚崽楷秸揩挨俳

上平十灰：灰恢魁隈回徊槐［佳韵同］梅枚玫媒煤雷颓崔催摧堆陪杯醅嵬推［支韵同］诙裴培盔偎煨瑰茴追胚徘坯桅傀偎［贿韵同］莓开哀埃台苔抬该才材财裁栽哉来莱灾猜孩徕骀胎唉垓挨皑呆腮

上平十一真：真因茵辛新薪晨辰臣人仁神亲申身宾滨槟缤邻鳞麟珍瞋尘陈春津秦频苹颦濒银垠筠巾囷民岷泯［轸韵同］珉贫莼淳醇纯唇伦轮沦抡匀旬巡驯钧均榛莘遵循甄宸纶椿鹑屯呻鄰嶙辚磷呻伸绅寅姻荀询峋氤恂嫔彬皴娠闽纫湮肫逡菌臻圁

上平十二文：文闻纹蚊云分［分离］氛纷芬焚坟群裙君军勤斤筋勋熏曛醺芸耘芹欣氲荤汶汾殷雯赍纭昕熏

上平十三元：元原源沅鼋园袁猿垣烦蕃樊喧萱暄冤言轩藩媛援辕番繁翻幡璠鸳鹓蜿湲爰掀燔圈谖魂浑温孙门尊［樽］存敦墩炖暾蹲豚村屯囤［囤积］盆奔论［动词］昏痕根恩吞荪扪昆鲲坤仑婚阍髡鲲喷猻饨臀跟瘟飧楦

上平十四寒：寒韩翰［翰韵同］丹单安鞍难［艰难］餐檀坛滩弹残干肝竿阑栏澜兰看［翰韵同］刊丸完桓纨端湍酸团攒官观［观看］鸾銮峦冠［衣冠］欢宽盘蟠漫［大水貌］叹［翰韵同］邯郸摊玕拦珊狻鼾杆跚姗殚箪瘅谰獾倌棺剜潘拚［问韵同］盘般蹒瘢盘瞒谩馒鳗钻拵邗汗［可汗］

上平十五删：删潜关弯湾还环鬟寰班斑蛮颜奸攀顽山闲艰间［中间］悭患［谏韵同］孱潺擐菅般［寒韵同］颁鬘疝讪斓娴鹇鳏殷［赤黑色］纶［纶巾］

下平一先：先前千阡笺天坚肩贤弦烟燕［地名］莲怜连田填巅髯宣年颠牵妍研［研究］眠渊涓捐娟边编悬泉迁仙鲜［新鲜］钱煎然延筵毡旃蝉缠廛联篇偏绵全镌穿川缘鸢旋船涎鞭专圆员干［乾坤］虔愆权拳椽传焉嫣鞯塞搴铅舷跹鹃筌痊诠悛先遭禅婵躔颤燃涟琏便［安也］翩骈癫瑱钿［霰韵同］沿蜒胭芊鯾胼滇佃畋咽湮狷躅蔫骞膻扇棉拴荃籼砖孪儇璇卷［曲也］扁［扁舟］单［单于］溅［溅溅］鞯

下平二萧：萧箫挑貂刁凋雕迢条髫调［调和］蜩枭浇聊辽寥撩寮僚尧宵消霄绡销超朝潮嚣骄娇蕉焦椒饶硝烧［焚烧］遥徭摇瑶韶昭招镳瓢苗猫腰桥乔娆妖飘逍潇鸮骁桃鹩鹪缭獠嘹夭［夭夭］幺邀要［要求］姚樵谯憔标飚嫖漂［漂浮］剽佻韶苕岧嘹哓跷佻了［明了］魈峣描钊䪞桡铫鶔翘桴侨窑礁

下平三肴：肴巢交郊茅嘲钞包胶苞梢姣庖匏坳敲胞抛蛟崤鵁鞘抄蛰咆哮凹淆教［使也］跑艄艄爻咬铙茭炮［炮制］泡鲛刨抓

下平四豪：豪劳毫操［操持］髦绦刀萄猱褒桃槽旄袍挠［巧韵同］蒿涛皋号［号呼］陶鳌曹遭羔糕高搔毛艘滔骚韬缫膏牢醪逃濠壕饕洮淘叨嘈篙熬遨翱嗷臊嗥尻蘑螯獒牦漕嘈槽掏唠涝捞痨艽

下平五歌：歌多罗河戈阿和［和平］波科柯陀娥蛾鹅萝荷［荷花］何过［经过］磨［琢磨］螺禾珂蓑婆坡呵哥轲沱鼍拖驼跎佗［他］颇［偏颇］峨俄摩么娑莎迦疴苛蹉嵯驮箩逻锣哪挪锅诃窠蝌髁倭涡窝讹陂鄱嶓魔梭咬骡挼靴瘸搓哦瘥酡

下平六麻：麻花霞家茶华沙车［鱼韵同］牙蛇瓜斜邪芽嘉瑕纱鸦遮叉奢涯［支佳韵同］巴耶嗟遐加笳赊槎差［差错］蟆骅虾葭袈裟砂荷呀琶杷芭杈笆疤爬葩些［少也］畬鲨查楂渣爹挝咤拿椰珈跏枷迦痂茄桠丫哑划哗夸胯抓洼呱

下平七阳：阳杨扬香乡光昌堂章张王房芳长塘妆常凉霜藏场央泱鸯秧嫱床方浆舫梁娘庄黄仓皇装殇襄骧相湘箱缃创忘芒望尝偿樯枪坊囊郎唐狂强肠康冈苍匡荒遑行妨棠翔良航倡伥羌庆姜僵缰疆粮穰将墙桑刚祥详洋徉伴梁量羊伤汤魴樟彰漳璋猖商防筐煌隍凰蝗惶璜廊浪当裆珰沧纲亢吭潢钢丧盲簧忙茫傍汪臧琅当庠裳昂障糖疡锵杭邙赃滂瀼攘瓢抢螳跟眶炀闾彭蒋亡殃蔷镶孀搪彷胱磅膀螃

下平八庚：庚更［更改］羹盲横［纵横］觥彭亨英烹平枰京惊荆明盟鸣荣茔兵兄卿生甥笙牲擎鲸迎行［行走］衡耕萌甍宏闳茎罂莺樱泓橙争峥清情晴精睛菁晶旌盈楹瀛嬴赢营婴缨贞成盛［盛受］城诚呈程酲声征正［正月］轻名令［使令］并［并州］倾萦琼峥嵘撑粳坑铿璎鹦黥蘅澎膨棚浜坪苹钲伧槃嘤轰铮狰宁狞瞠绷怦璎砰泯鲭侦柽蛏莖赪蓥赓黉瞠

下平九青：青经泾形陉亭庭廷霆蜓停丁仃馨星腥醒［醉醒］惺馨灵龄玲铃伶零听［径韵同］冥溟铭瓶屏萍荧萤荥扃埛蜻硎苓聆瓴翎娉婷宁暝瞑螟猩钉疔叮厅町泠椋囹羚蛉咛型邢

下平十蒸：蒸丞承丞惩澄陵凌绫菱冰膺鹰应［应当］蝇绳升缯凭乘［驾乘，动词］胜［胜任］兴［兴起］仍兢矜征［征求］称［称赞］登灯僧憎增曾矰层能朋鹏肱薨腾藤恒罾崩滕誊崚嶒姮塍冯症簦菩凝［径韵同］棱楞

下平十一尤：尤邮优忧流旒留骝榴刘由油游猷悠攸牛修羞秋周州洲舟酬雠柔俦畴筹稠丘邱抽瘳遒收鸠搜驺愁休囚求裘仇浮谋牟眸侔矛侯喉猴讴鸥楼陬偷头投钩沟幽纠啾楸蚯踌绸惆勾娄琉疣犹邹兜呦咻貅球蜉蝣辀帱阄遛硫浏麻湫泅酋瓯啁飕鍪篌抠籀诌骰

偻沤［水泡，名词］蝼髅搂欧彪掊虬揉踩抔不［与有韵"否"通］瓿缪［绸缪］

下平十二侵：侵寻浔临林霖针箴斟沈心琴禽擒衾钦吟今襟［衿］金音阴岑簪［覃韵同］壬任［负荷］歆森禁［力所胜任］禒喑深琛涔骎参［参差］忱淋妊掺参［人参］椹郴芩檎琳蟫愔喑黔嵚沉

下平十三覃：覃潭参［参考］骖南楠男谙庵含涵函［包函］岚蚕探贪耽眈毵堪谈甘三酣柑惭蓝担簪［侵韵同］谭昙坛婪戡颔痰篮褴蚶憨泔聃邯蟫［侵韵同］

下平十四盐：盐檐廉帘嫌严占［占卜］髯谦佥纤签瞻蟾炎添兼缣沾尖潜阎镰黏淹钳甜恬拈砭詹蒹歼黔钤佥醶掩渐鹣腌襜阎

下平十五咸：咸函［书函］缄岩谗衔帆衫杉监［监察］凡馋芟搀喃嵌掺巉

仄韵

上声一董：董懂动孔总笼［东韵同］拢桶捅蓊蠓汞

上声二肿：肿种［种子］踵宠垄［陇］拥冗重［轻重］冢捧勇甬踊涌俑蛹恐拱竦悚耸巩怂奉

上声三讲：讲港棒蚌项耩

上声四纸：纸只咫是靡彼毁委诡髓累技绮觜此泚蕊徙尔弭婢俾弛豕紫旨指视美否［否泰］痞兕几姊比水轨止征市喜已纪跪妓蚁鄙晷子仔梓矢雉死履垒癸趾址以已似耔祀史驶耳使［使令］里理李起杞圯跂士仕俟始齿矣耻麂枳峙鲤迩氏玺巳［辰巳］滓苡倚匕迤逦旖旎舣觜秭芷拟你企诔捶屣棰揣豸祉恃

上声五尾：尾苇鬼岂卉几［几多］伟斐菲［菲薄］匪篚娓悱榧篚炜虺玮虮

上声六语：语［语言］圉圄吕侣旅杼伫与［给予］予［赐予］渚煮暑鼠汝茹［食也］黍杵处［居住、处理］贮女许拒炬距所楚础阻咀沮叙绪序屿墅巨去［除也］苣举讵溆浒巨醑咀诅苎抒楮

上声七麌：麌雨宇舞府鼓虎古股贾［商贾］估土吐圃庚户树［种植，动词］煦诩努辅组乳弩补鲁橹睹腐数［动词］簿竖普侮

斧聚午伍釜缕部柱矩武五苦取抚浦主杜坞祖愈堵扈父甫禹羽怒〔遇韵同〕腑拊俯罟赌卤姥鹉拄莽〔养韵同〕栩篓脯妩虎否〔是否〕麈褛篓偻酤牡谱怙肚踽虏弩诂瞽羧祜沪雇仵缶母某亩蛊琥

上声八荠：荠礼体米启陛洗邸底抵弟坻柢涕悌济〔水名〕澧醴诋眯娣棨递昵眄蠡

上声九蟹：蟹解洒楷〔佳韵同〕拐矮摆买骇

上声十贿：贿悔罪馁每块汇猥璀磊蕾傀儡腿海改采彩在宰醢铠恺待殆怠乃载〔岁也〕凯闿倍蓓迨亥

上声十一轸：轸敏允引尹尽忍准隼笋盾〔阮韵同〕闵悯菌〔真韵同〕蚓牝殒紧蠢陨哂诊疹赈肾蜃膑黾泯窘吮缜

上声十二吻：吻粉蕴愤隐谨近忿抆刎愠槿悃韫

上声十三阮：阮远〔远近〕晚苑返反饭〔动词〕偃蹇琬沅宛婉畹菀蜿绻巘挽堰混棍阃悃捆衮滚鲧稳本畚笨损忖囤遁很沌恳垦龈

上声十四旱：旱暖管管满短馆〔翰韵同〕缓盥〔翰韵同〕碗懒伞伴卵散〔散布〕伴诞罕瀚〔浣〕断〔断绝〕侃算〔动词〕款但坦袒纂缎拌憖灡莞

上声十五潸：潸眼简版板阪盏产限绾柬拣撰馔蝂皖汕铲屦见楝栈

上声十六铣：铣善〔善恶〕遣〔遣送〕浅典转〔霰韵同〕衍犬选冕辇免展茧辨篆勉剪卷显钱〔霰韵同〕践喘藓软蹇〔阮韵同〕演兖件腆跣缅缱鲜〔少也〕殄扁匾蚬岘畎燹隽鞬变泫癣阐颤膳鳝舛婉辗遭先韵同〕辫辫捻

上声十七筱：筱小表鸟了〔未了，了得〕晓少〔多少〕扰绕绍杪沼眇矫皎杳窈窕袅挑〔挑拨〕掉〔啸韵同〕肇缥纱渺淼莠赵兆缴缭〔萧韵同〕夭〔夭折〕悄窅僥蓼娆硗剿晁藐秒殍了〔了望〕

上声十八巧：巧饱卯狡爪鲍挠〔豪韵同〕搅绞拗咬炒吵佼姣〔肴韵同〕昂茆獠〔萧韵同〕

上声十九皓：皓宝藻早枣老好〔好丑〕道稻造〔造作〕脑恼岛倒〔跌到〕祷〔号韵同〕捣抱讨考燥扫〔号韵同〕嫂保鸨稿草昊浩镐杲缟槁堡皂瑙媪燠袄懊葆褓芼澡套涝蚤拷栲

上声二十哿：哿火舸觶舵我拖娜荷［负荷］可左果裹朵锁琐堕惰妥坐［坐立］裸跛颇［稍也］伙颗祸柂婀逻卵那坷爹［麻韵同］簸叵垛哆硪么［歌韵同］峨［歌韵同］

上声二十一马：马下［上下］者野雅瓦寡社写泻夏［华夏］也把厦惹冶贾［姓贾］假［真假］且玛姐舍喏赭洒葭剐打耍那

上声二十二养：养痒象像橡仰朗桨奖蒋敞氅厂枉往颡强［勉强］惘两曩丈杖仗［漾韵同］响掌党想鲞榜爽广享向飨幌莽纺长［长幼］网荡上［上升］壤赏仿罔谎倘魍魉谠蟒漭嗓盎恍脏［肮脏］吭沆慷褓镪抢肮犷

上声二十三梗：梗影景井岭领境警请饼永骋逞颖颍顷整静省幸颈郢猛丙炳杏秉耿矿冷靖哽绠荇艋蜢皿儆悻婧阱狰［庚韵同］靓惺打瘿并［合并］犷省憬鲠

上声二十四迥：迥炯茗挺艇梃醒［青韵同］酩酊并［并行，并且］等鼎顶肯拯謦到溟

上声二十五有：有酒首口母［麌韵同］妇［麌韵同］后柳友斗狗久负［麌韵同］厚手叟守否［麌韵同］右受牖偶走阜［麌韵同］九后䅆薮吼帚垢舅纽藕朽臼肘韭亩［麌韵同］剖诱牡［麌韵同］缶酉苟丑糗扣叩某莠寿绶玖授踩［尤韵同］揉［尤韵同］溲纣钮扭呕殴纠耦掊瓿拇擞绺抖陡蚪篓黝赳取麌韵同］

上声二十六寝：寝饮［饮食］锦品枕［枕衾］审甚［沁韵同］廪衽稔凛懔沈［姓氏］朕荏婶沈［沈阳］葚檩噤谂怎恁恁罱

上声二十七感：感览揽胆澹［淡，勘韵同］唊坎惨敢颔［罩韵同］撼毯糁湛菡萏罱橄喊嵌［咸韵同］橄榄

上声二十八琰：琰俭焰敛［艳韵同］险检脸染掩点簟贬冉苒陕谄俨闪剡忝［艳韵同］奄欿荠崦垫渐［盐韵同］罨捡弇崦玷

上声二十九豏：豏槛范减舰犯湛巉［咸韵同］斩黯范

去声一送：送梦凤洞众瓮贡弄冻痛栋恸仲中［击中］粽讽空［空缺］控哄赣

去声二宋：宋用颂诵统纵［放纵］讼种［种植］综俸供［供设，名词］从［仆从］缝［隙也］重［再也］共

去声三绛：绛降［升降］巷撞［江韵同］戆

去声四寘：寘置事地意志思［名词］泪吏赐自字义利器位戏

至次累［连累］伪寺瑞智记异致备肆翠骑［车骑，名词］使［使者］试类弃饵媚鼻易［容易］辔坠醉议翅避笥帜炽粹莳谊帅厕寄睡忌贰萃穗二臂嗣吹［鼓吹，名词］遂恣四骥季刺驷寐魅积［积蓄］被懿觊冀愧匮恚馈黉篑柜暨庇豉莉腻秘比［近也］鸷悬詟示嗜饲饲遗［馈遗］蕙祟值惴屣眦罯企渍譬跛挚燧隧悴尿稚雉苊悸肄泌识［记也］侍踬为［因为］

去声五未：未味气贵费沸尉畏慰蔚魏纬胃汇［字汇］谓渭卉［尾韵同］讳毅既衣［着衣，动词］蛰溉［队韵同］翡诽

去声六御：御处［处所］去虑誉［名词］署据驭曙助絮着［显着］箸豫恕与［参与］遽疏［书疏］庶预语［告也］踞倨蓣淤锯觑狙［鱼韵同］翥薯

去声七遇：遇路辂赂露鹭树［树木］度［制度］渡赋布步固素具务雾骛数［数量］怒［虞韵同］附兔故顾句墓慕暮募注住注驻炷祚裕误悟寤戍库护屦诉妒惧趣娶铸绔傅付谕喻妪芋捕哺互孺寓赴沍吐［虞韵同］污［动词］恶［憎恶］晤煦酗讣仆［偃仆］赙驸婺锢蚛飓怖铺［店铺］塑愫蠹溯镀璐雇瓠迕妇负阜副富［宥韵同］醋措

去声八霁：霁制计势世丽岁济［渡也］第艺惠慧币弟滞际涕［荠韵同］厉契［契约］敝弊毙帝蔽髻锐戾裔袂系祭卫隶闭逝缀翳替细桂税婿例誓筮蕙诣砺励瘵噬继脆睿毳曳蒂睇妻［以女妻人］递逮蓟蚋薜荔唳捩粝泥［拘泥］媲媲彗睥睨剂嚏谛缔剃屉悌俪锲贯掣羿棣螅剃娣说［游说］赘憩鳜巇吃谜挤

去声九泰：泰太带外盖大［个韵同］濑赖籁蔡害蔼艾丐奈柰汰癞霭会旆最贝沛霈绘脍荟狈侩桧蜕酹外兑

去声十卦：卦挂画［图画］懈廨邂隘卖派债怪坏诫戒界介芥械薤拜快迈败稗晒濭湃寨疥嗣簉黉喝聩块惫

去声十一队：队内辈佩退碎背袜对废悔诲晦昧配妹喙溃吠肺昧块碓刈悖焙淬敦［盘敦］塞［边塞］爱代载［载运］态菜碍戴贷黛概岱溉慨耐在［所在］霭玳再袋逮埭赍赛忾嗳咳噯眛

去声十二震：震信印进润阵镇刃顺慎鬓晋骏闰峻衅振俊舜贶吝烬讯仞迅汛趁衬仅觐蔺浚赈［轸韵同］龀认殡摈缙躏廑谆瞬韧浚殉馑

· 299 ·

去声十三问：问闻［名誉］运晕韵训粪忿［吻韵同］酝郡分［名分］紊愠近［动词］扽拚奋郓捃靳

去声十四愿：愿怨万饭［名词］献健建宪劝蔓券远［动词］偃键贩畈曼挽［挽联］瑗媛圈［猪圈］论［名词］恨寸困顿遁［阮韵同］钝闷逊嫩溷诨巽褪喷［元韵同］艮揾

去声十五翰：翰［寒韵同］瀚岸汉难［灾难］断［决断］乱叹［寒韵同］观［楼观］干［树干，干练］散［解散］旦算［名词］玩烂贯半案按炭汗赞漫［寒韵同。又副词，独用］冠［冠军］灌爨窜幔粲灿璨换焕唤涣悍弹［名词］惮段看［寒韵同］判叛绊鹳伴畔锻腕惋馆旰捍疸但罐盥婉缎缦侃蒜钻谰

去声十六谏：谏雁患涧间［间隔］宦晏慢盼篆栈［潸韵同］惯串绽幻瓣苋办谩讪［删韵同］铲绾孪篡裥扮

去声十七霰：霰殿面县变箭战扇煽膳传［传记］见砚院练链燕宴贱馔荐绢彦椽便［便利］眷倦羡奠遍恋啭眩钏倩卞汴片禅［封禅］谴溅饯善［动词］转［以力转动］卷［书卷］甸电咽茜单念［念书］昑淀靛佃钿［先韵同］碹漩楝缮现狷炫绚绽线煎选旋颤擅缘［衣饰］撰唁谚媛忭弁援研［磨研］

去声十八啸：啸笑照庙窍妙诏召邵要［重要］曜耀调［音调］钓吊叫眺少［老少］诮料疗潦掉［筱韵同］峤徼跳嘹漂镣廖尿肖鞘峭［筱韵同］峭哨俏醮燎［筱韵同］鹩鹞轿骠票铫［萧韵同］

去声十九效：效教［教训］貌校孝闹豹罩棹觉［寤也］较窖爆炮［枪炮］泡［肴韵同］刨［肴韵同］稍钞［肴韵同］拗敲［肴韵同］淖

去声二十号：号［号令］帽报导操［操行］盗噪灶奥告［告诉］诰到蹈傲暴［强暴］好［爱好］劳［慰劳］躁造［造就］冒悼倒［颠倒］燥犒靠懊瑁燠［皓韵同］耄糙套［皓韵同］纛［沃韵同］潦耗

去声二十一个：个贺佐大［泰韵同］饿过［歌韵同。又过失，独用］座和［唱和］挫课唾播破卧货簸轲［轗轲］驮髁［歌韵同］磋作做剁磨［磨盘］懦糯缚锉挼些［楚些］

去声二十二祃：祃驾夜下［降也］谢榭罢夏［春夏］霸暇灞

嫁赦籍［凭籍］假［休假］蔗化舍［庐舍］价射骂稼架诈亚麝怕借卸帕坝靶鹧贳炙嘎乍咤诧侘（罅吓娅哑讶迓华［姓华］桦话胯［遇韵同］跨衩柘

去声二十三漾：漾上［上下］望［阳韵同］相［卿相］将［将帅］状帐唱让浪［波浪］酿旷壮放向忘仗［养韵同］畅量［数量］葬匠障瘴谤尚涨饷样藏［库藏］舫访贶嶂当［适当］抗杭妄怆宕怅创酱况亮傍［依傍］丧［丧失］恙谅胀悵脏［内脏］吭砀伉圹纩桄挡旺炕亢［高亢］阆防

去声二十四敬：敬命正［正直］令［命令］证性政镜盛［茂盛］行［学行］圣咏姓庆映病柄劲竞靓净竟孟诤更［更加］并［梗韵同］聘硬炳泳进横［蛮横］摒阱檠迎郑獍

去声二十五径：径定听胜［胜败］罄磬应［答应］赠乘［名词］佞邓证秤称［相称］莹［庚韵同］孕兴［兴趣］剩凭［蒸韵同］迳甑宁胫暝［夜也］钉［动词］订钉锭謦泞瞪蹭蹬亘［亘古］镫［鞍镫］滢凳磴泾

去声二十六宥：宥候就售［尤韵同］寿［有韵同］秀绣宿［星宿］奏兽漏富［遇韵同］陋狩昼寇茂旧胄宙袖岫柚覆复［又也］救廄臭佑右囿豆馊窦瘦漱咒究疚谬皱诟嗅遘溜镂逗透骤又侑幼读［句读］堠仆副［遇韵同］锈鹫绉味灸籀酎诟蔻傲构扣购觳戊懋贸袤嗽凑鼬甃沤［动词］

去声二十七沁：沁深饮［使饮］禁［禁令］任［信任］荫浸譖谶枕［动词］噤甚［寝韵同］鸠赁暗渗窨妊

去声二十八勘：勘暗滥啖担憾暂三［再三］绀憨澹［咸韵同］瞰淡缆

去声二十九艳：艳剑念验堑赡店占［占据］敛［聚敛］厌焰［俭韵同］垫欠僭酽潋滟俺砭坫

去声三十陷：陷鉴泛梵忏赚蘸嵌站馅

入声一屋：屋木竹目服福禄谷熟肉族鹿漉腹菊陆轴逐首蓿宿［住宿］牧伏凤读［读书］犊渎牍棟黩毂复［恢复］粥肃碌骕鹭育六缩哭幅斛戮仆畜蓄叔淑俶独卜馥沐速祝麓辘镞蹙筑穆睦秃縠覆辐瀑郁［忧郁，郁郁葱葱］舳掬鞠蹴局茯袱鹏鹄髑槲扑匐簌蔟煜复［复杂］蝠菔孰塾蠹竺曝鞠嗾谡簏国［职韵同］副

入声二沃：沃俗玉足曲粟烛属录辱狱绿毒局欲束鹄蜀促触续浴酷蹋褥旭欲笃督赎渌纛碡北［职韵同］瞩嘱勖溽缛梏

入声三觉：觉［知觉］角桷榷岳乐［音乐］捉朔数［频数］卓啄琢剥驳雹璞朴壳确浊擢濯渥幄握学龌龊檠搦镯喔邈荦

入声四质：质日笔出室实疾术一乙壹吉秩率律逸佚失漆栗毕恤密蜜桔溢瑟膝匹述黜弼跸七叱卒［终也］虱悉戌嫉帅［动词］蒺佶踬怵蟋笮窒必泌荜秫栉唧袂溧谧昵轶聿诘蛰垤捽苾黼鹬窒苾

入声五物：物佛拂屈郁［馥郁，郁郁乎文哉］乞掘［月韵同］吃［口吃］讫绂弗勿迄不怫绋沸茀厥倔黻崛尉蔚契屹熨［未韵同］绂

入声六月：月骨发阙越谒没伐罚卒［士卒］竭窟笏钺歇突忽袜曰阀筏鹘［黠韵同］厥［物韵同］蹶蕨殁橛掘［物韵同］核蝎勃渤悖［队韵同］孛揭［屑韵同］碣粤樾鳜脖饽鹘捽［质韵同］猝惚兀讷［呐］羯凸咄［曷韵同］矻

入声七曷：曷达末阔钵脱夺褐割沫拔［挺拔］葛阔渴拨豁括抹遏挞跋撮泼秣掇［屑韵同］聒獭［黠韵同］剌喝磕蘖癞袜活鸹斡怛钹捋

入声八黠：黠拔［拔擢］八察杀刹轧戛瞎刮刷滑辖铩猾捌叭札扎帕茁鹘捰萨捺

入声九屑：屑节雪绝列烈结穴说血舌洁别缺裂热决铁灭折拙切悦辙诀泄锲咽［呜咽］轶噎彻澈哲鳖设啮劣玦截窃孽浙孑桔颉拮撷揭褐［曷韵同］纈碣［月韵同］挈抉襭拽［曳］爇冽瞥迭跌阅饕蛰垤捏页阒觖谲鴂撒氅篾楔惙辍啜撤绁杰桀涅霓蚬［齐，锡韵同］批［齐韵同］

入声十药：药薄恶［善恶］作乐［哀乐］落阁鹤爵弱约脚雀幕洛壑索郭错跃若酌托削铎凿箔鹊诺萼度［测度］橐钥龠瀹着著虐掠获［收获］泊搏霍嚼勺谑廓绰霍镬莫箨缚貉各略骆寞膜鄂博昨柝格拓轹铄烁灼痄蒻箬芍蹯却噱矍攫醵踱魄酪络烙珞膊粕簿柞漠摸酢怍涸郝垩谔鳄噩锷颚缴扩樗陌［陌韵同］

入声十一陌：陌石客白泽伯迹宅席策册碧籍［典籍］格役帛戟璧驿麦额柏魄积［积聚］脉夕液尺隙逆画［动词］百辟赤易［变易］革脊翮展获［猎获］适索厄隔益窄核舄掷责坼惜癖僻掖

腋释译峄择摘弈奕迫疫昔赫瘠谪亦硕貊跖鹊碛蹐只炙［动词］踯斥岁鬲骼舶珀吓磔拆喀蚱胙剧檗擘栅啧帻箦扼划蜴辟帼蝈刺崪汐藉蛰蓦撼襞虢哑［笑声］绎射［音亦］

入声十二锡：锡壁历枥击绩绩笛敌滴镝檄激寂觅溺觅狄荻幂戚鹢涤的吃沥雳惕剔砾翟裂倜析晰淅蜥劈甓嫡轹栎阅芍踢迪晳裼逖蜺阒汨［汨罗江］

入声十三职：职国德食［饮食］蚀色力翼墨极殛息熄直值得北黑侧贼饰刻则塞［闭塞］式轼域蜮殖植敕亟棘惑忒默织匿慝亿忆臆薏特勒肋幅仄昃稷识［知识］逼克即唧［质韵同］弋拭陟恻测翊洫啬穑鲫抑或匐［屋韵同］

入声十四缉：缉辑戢立集邑急入泣湿习给十拾袭及级涩楫［叶韵同］粒汁蛰执笠隰汲吸絷挹浥悒岌熠茸什苙廿揖煜［屋韵同］歙笈［叶韵同］圾褶翕

入声十五合：合塔答纳榻合杂腊匝阖蛤衲沓鸽踏拓拉盍塌呷盒卅搭褡飒磕榼遢蹋蜡溘邋趿

入声十六叶：叶帖贴喋接猎妾蝶叠箧惬涉鬣捷颊楫［缉韵同］聂摄慑镊蹑协侠荚挟铗浃睫厌餍蹀躞燮折辄婕谍堞靥馌喋碟鲽捻晔躐笈［缉韵同］

入声十七洽：洽狭峡法甲业邺匣压鸭乏怯劫胁插锸押狎夹恰挟砝掐劄祫眨胛呷歃闸霎［叶韵同］

注释：《平水韵表》资料来源于网络。

附录五

诗词音律由来对应表

1	宫	商	角	徵	羽	少宫	少商
2	土星	金星	木星	火星	水星	文星	武星
3	君	臣	民	事	物		
4	天	春	夏	秋	冬		
5	5sol 1do	61a 2re	1do 3mi	2re 5sol	3mi 61a	5sol	61a
6	C	D	F	G	A	C	D
7	中央	西方	东方	南方	北方		
8	在音为宫 在声为歌 在变动为哕 在窍为口 在味为甘 在志为思 阴平 弦用八十一丝、声沉重而尊	在音为商 在声为哭 在变动为咳 在窍为鼻 在味为辛 在志为忧 阳平 弦用七十二丝、能决断	在音为角 在声为呼 在变动为握 在窍为目 在味为酸 在志为怒 上声 弦用六十四丝、为之触地出、君臣之下为卑	在音为徵 在声为笑 在变动为忧 在窍为舌 在味为苦 在志为喜 去声 弦用五十四丝、万物成美	在音为羽 在声为呻 在变动为栗 在窍为耳 在味为咸 在志为恐 入声 弦用四十八丝、聚集清物之相	阳平阴平 弦五十四丝、乃文王之所加也	阴平阳平 弦四十八丝、乃武王之所加也
注释	1：中国古代音律　2：音律所代表的五行　3：音律所代表的关系　4：音律所代表的时令　5：中国的音律西洋演化为1234567　6：古琴音律定调，以上为古琴常用的三弦定位F音高，并以F为宫音的"正调"（又称："仲吕均""黄钟调"等）定弦　7：音律所代表的方位　8：通过所表达的意思来决定旋律							

附录六

山水悟道说诗

◎以律写诗，工稳。以典入诗，厚重。以律求诗，何苦？以辞害意，求何？以天然得诗，清雅。以常语入诗，大雅。以俗语入诗，曲优诗劣。以贱词入诗，格低。以禅入诗，大德。以道入诗，超脱。以性情赋诗，君子。以虚伪作诗，小人。以行德赋诗，真理。以居家作诗，自娱。以情趣写诗，舒心。以生活入诗，得味。以情入诗，相思。以爱入诗，多情。以愁写诗，幽怨。以恨写诗，悲愤。以艳词赋诗，风流。以风骨入诗，高贵。以情赋诗，感人。以景作诗，见画。以幻想赋诗，童趣。以浪漫赋诗，飘逸。以厚德为诗，传之千古。以浪漫为诗，千古人追。以家国为诗，万人敬仰。以求荣和诗，万人唾弃。以字凑诗，附雅。以数求诗，味苦。以酒得诗，奔放。以梦得诗，难求。以心作诗，求知。以狂妄作诗，自大。以卑微作诗，无德。以谦卑作诗，谨慎。以敬畏作诗，可泣。以浮华作诗，心躁。见诗如见人，品诗亦品德。万物可入诗，其人其心而定。胸怀天地，天地可见而诗不多见。吾辈渺若海沙。

◎淡泊名利是以一种无为的心态去做事，以一种虔诚的心态去创作。

◎我佩服的诗人：谢灵运、曹操、李白、辛弃疾、苏轼、王安石、毛泽东等这些有大理想大抱负并付之行动的人。

◎哀怨诗词多读有损精气神，特别是宋代女子作品。

◎真诗人应有侠之风骨、英雄之本色；儒家的中庸、道家的无为、佛家的思想虽不能集于一身，但历史上如谢灵运、李白、杜甫、岳飞、苏轼、龚自珍、文天祥皆是这方面的榜样人物。一位诗人，如果安于享乐，没有远大的理想，那他（她）的作品一定是花街柳巷、愤世嫉俗、哀怨忧伤的。

◎写诗的你在哪个层次？一、韵脚；二、平仄（音律）；三、意境；四、语言的推敲（炼字炼意）；五、境界（禅趣、道味、哲理）。

◎相由心生，而艺术更取决于人心。其心正也，其行自正也！

◎喜欢文学的人把文字当朋友，文字是他们的精神寄托，因为可以倾诉，无须别人懂。文字是朋友、知己，永远都不会背叛自己。

◎五律主要突出古味，七律讲究厚重和音律感。五言比七言更难写，因为要用极少的字迅速将情感扬起，然后快速跌落戛然而止，方有诗味，如若不然很容易读起来平淡。

◎善古风者乃多天赋也，善律者乃多迂腐也，善绝者乃多才气也，善词者乃多风流也，善曲者乃多市井也。善琴者乃多孤高也，善棋者乃多智能也，善书画者乃多匠气也。

◎诗词要关起门来学习，因为诗者无师。其后就要访名师，游大川，体悟世俗、感悟，如同参禅。

附录七

诗中趣事

一、丁酉夏与李树喜、李葆国、林峰等老师宿州采风，李树喜老师曰：要饭三巡后，收诗半夜时。某年，他们出去采风，临走时要交作品，某人半夜敲门，曰：吾来收尸（诗）了，吾来收尸（诗）啦……惊吓十余人。

二、有时在想，爱喝酒的人可能和喜欢抽烟的一样，好难戒掉的。一日，吾问汪俊辉先生近来可好。其曰：近日喝酒，脚痛刚刚好转，在家静养。吾再问之：还喝否？答曰：不能过量。吾戏题之：长安酒肆八仙楼，越过千年君自愁。缘是贪杯寻古意，痛风一卧七天休。

微信圈引来众人调侃，一道友曰：继续喝，每天喝，和你抽烟一样。吾曰之：长安街上酒旗飘，八仙楼上醉八仙，喝酒赋诗终南山，终南山里你喝酒来我抽烟，咱俩是神仙。道友曰：涡阳城外音韵扬，老子故里道老子，弹琴吟韵天静宫，天静宫里你弹琴来我吟韵，俺们是知音。

而由于丁酉年吾肺部感染住院，一湖南诗友吴丹经商于广东，见之以上对答，问余还抽烟否？吾曰：吴丹跳舞我抚琴，咱俩不是伴侣也有情。

三、某日夜，安徽诗友孙书中自通州来访，归途车中作诗于我，即兴回之《夜饮别后答孙书中兄》：茶趣因何禅意浓，无为行道已相溶。吟诗酌酒花间舞，更把婵娟揽入胸。

四、很多人说信仰问题，吾曰老子有言：饭足否？何信吾之。

五、不要认为我是个高傲的人，我从来不是的。至少，在老子天静宫和温州弘一法师寺院前，我是如此的谦卑。

六、某夜与诗友孙书中微信群中侃诗，吾曰：诗仙半夜高呼酒，却在九天俯视坤。其曰：玉笛横吹千古响。吾接之：惊醒三五帝王魂。丁酉年欲出诗集本想收录，然承句孤平，弃之。

七、"诗词大观"微信群中四川一老诗友代古成（思安）发一新作《竹筷》：根在青山大梦长，能伸能屈耐风霜。自从与尔成双后，苦辣酸甜共品尝。吾曰：刘邦削竹谁曾赋，今有诗人"代古成"。又对其言，君诗让我想起一则故事，亦有传说刘邦发明了筷子，突然之间才发现代古成兄您这名字是多么的霸气。

八、当今很多诗友已有几万件作品，有些一日一新作，甚一日三五作，亦有更多者，每每发于我请正。吾拜读之余，亦感惭愧，因吾十几岁开始创作，至今三十七岁诗词不过三百余首，然自认拿得出手作品不过三十来首，唯有赠曰：才思似乾隆，诗如毛泽东。能医尘世苦，每作亦非同。发于群中，亦有诗友唱和，然更多者则以贬诗和之，吾曰：不可，大浪淘沙，方有精品。应多鼓励，必有进步。

九、诗人既可僧服道袍，手甩佛尘，天地对弈。汉服而背手，骑梅花鹿，饮梅花酒，仰面朝天，穿街过市。似神仙，也不离俗体，如水镜先生，竹林七贤。

十一、一日由京去浙江桐乡，一女与我同坐一排，不与搭讪。安心看出版社一师姐临行前送我《李白传》一书，并做笔记《由京赴浙作》：昨日访师姐，投之太白书。今朝高铁上，悄然过江苏。该书一路看完，并几次使我感动流泪，有心总结，然奈何俗事缠身，只有草稿曰：侠客何曾有？十二蜀中名。常于山中道，干谒何日成。飞舟向吴楚，豪情八方惊。安陆添香袖，日日白玉羹。翘首望长安，君王抱玉环。公主何及及，道门敬亭山。待招空悠悠，帝都有八仙。

三日后返京，临时买票，车站又见来时女孩，点头微笑曰：真巧。其曰：君往何处？答曰：回京。女曰：吾亦是也。吾又问之可同一班次？真乃无巧不成书，来时同车同排同号，回去亦如此。方知其乃作家报社记者，来海盐参加一诗歌节也！后本想写一诗做个纪念，奈无灵感。

十二、网上采访邀约，烦之。一日又来，问曰：您对现代诗歌之风有什么看法？答曰：有肉无骨或以反之，华而不实或以反之。又问曰：如何去剔除这不正之风，您可有解药传授？答曰：风本无形而有循，诗歌亦然。

十三、吾 13 岁外出打工于江苏盛泽和浙江桐乡梧桐镇，遇一河南同行赠曰：江南春意方正浓，乍到梧桐初相逢。先问饥渴再问暖，虽然道同径不同。

十四、吾 16 岁时于浙江嘉兴打工曰：坎坎坷坷，曲曲折折，望红尘，有眷恋，有看透，生生死死，都无可奈，去哪里，留哪里，都不是归宿，太无奈，心儿碎，梦儿破。
又曰：春庭月，曲廊小径。借酒问花花无语，绿水粼粼似吾意。千万恨，恨及在天涯。独观钱塘江，肠断南湖亭。

十五、北漂后，有心寻一书法老师，然言：一年学费三万，加上采风吃住行一年十余万也！遂放弃，无这么多钱自学也！反正我又不想成为书法家。

十六、与阿朱曰：诗词最后的境界，也是参禅悟道，不能像杜甫那样只知道忧国忧民，却无能为力，毕竟我们要照顾好家人和解决生存之道，我尊崇"佛心道为"。阿朱曰：我看见你的签名了。吾曰：其实我还做不到，只是现在没年轻时候花心了。其抿嘴一笑曰：有几个能真正做到的？吾言：近代弘一法师。答曰：那是圣人。

十七、2014 年我住在北京科技园区恒富中街 6 号院，在我 12 岁之前，偶然打打牙祭，却连油水厚了和吃肉都严重过敏，全身起很大的板疙瘩，头皮奇痒无比，13岁外出打工以后，也许是生活相对比较稳定，又在浙江桐乡五泾镇卫生院打了几针，居然好了。终于明白杜甫为什么会在回老家河南的时候，在湖南突然吃了一顿好的却一病不起了，幸好现在不是那个年代，真是：偶来口福糊腊肉，入味渐熟好生香。兴许书中佳人伴，何曾外面戏鸳鸯。警察叩问谁放火，房东驱我拾行囊。肉没吃着锅也破，收获浓烟心更伤。

十八、刚搬到丰台科技园工作室时与阜阳李均大哥同住，腊月他早早回了老家，为了睡得柔软舒适，我把他的被子拿来垫，没想到看书时打翻了右边桌上的墨汁，他回来后找我"赔"，我说洗不掉，但我保证给你洗了。他要和我单挑摔跤，我们双手缚之不相上下，我用腿轻轻一勾他小腿，结果他单膝着地，裤子破了，要我买一条新裤子给他。后来他卖了我几本书自己去买了一条新裤子，当时我表弟林少卿在旁笑得直不起腰，如今我们偶尔聊起，也甚是有趣：北腿南拳常练气，断头十字武林风。商人老李也来斗，好似苏仙法印空。

十九、丙申夏故里友人葛静捎来金蝉花与吾调养，熬上后忘了关火，幸得邻居提醒；继而想起去年冬夜看书抚琴，打翻墨汁，弄得被子、被单染黑好几处，遂记之：晨起习书药上灶，一楼焦味隔家呼。左琴月满床边设，兴起墨翻添彩无？

二十、我接触过好几位入了魔的诗人，有为诗离婚的，有豪言是李白、李清照再生的等，其实我少年时也一样。

二十一、知君今日来，昨夜把诗裁。江湖行不尽，怡海筑琴台。寂月花间酒，酬风扇底杯。京城多妄事，聊寄蜀公怀。2017年8月18日晚老乡请吃饭，吾喝了一两白酒一杯啤酒，匆匆赶回工作室与重庆来的诗词爱好者蒋姐及唐山诗友张见秋又喝红酒，乐也雅也！后又品茶十几种，真乃：酒醉醒来茶更醉。昏昏沉沉中微信好友里一喜欢书画的女孩要我题诗，吾曰：得有灵感，一张照片一个字。其发照片几十张，真乃美也！即兴题曰：经年书画里，何事误青春？今夜秋风雨，修行自在真。

二十二、丁酉年秋上海诗友许丽莉出一本诗集，与之对话曰：如今出书越来越严格，价格也疯长。吾又曰：比结婚还严格。发给几个出版社的编辑，大家一笑置之。

二十三、丁酉年夜：国庆中秋独一人，凄风冷雨夜飘尘。温书暖酒待明日，吐雾吞云我似神。

二十四、我一直提倡当代诗人要向古人学习，不能只作诗也！君若不信请看：某女夜遇劫匪，颤抖说："大哥，我是写小说的，三十多岁了工资还不到三千，逢年过节，连一百块钱都没人给发，送礼的也木有，这是我的三级作家证。"劫匪痛哭流涕："妹子，俺也是作家，写散文的，快四十了无房无车，娶不到老婆才出来做劫匪的，你走吧，对了，边上那条路千万不要走，更凶险、全是写诗的，都穷疯了！"女的说："大哥，你打劫应该走下边那条路，全都是书法家啊！"

二十五、冯子曰：男子有德便是才，女子无才便是德。非也！其著《智囊》录古之女德不让须眉者六十余人，上至皇后下至乡野村妇，而独缺杜甫之妻杨氏，余为之不平。杨氏司农少卿之女，嫁与子美餐风露宿，饥不果腹、生儿育女、养家糊口，颠沛流离一生，无怨无悔、不离不弃，乃女德之典范也！

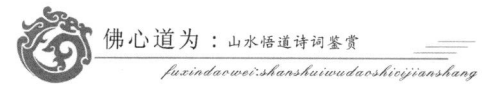

附录八

诗人的精神

若不修德,何以为诗!争名逐利,自甘堕落,又岂是诗者!诗人,苦行僧也!然为诗者,大爱于心,纯真如童。不趋趋于权势,不汲汲于富贵,不戚戚于困苦。所以诗人是人格上的"贵族",是精神上的"贵族"。

尽管诗人是"精神贵族"的化身,但是,真正具有生命力的诗是来自民间,而不是宫廷。据说,乾隆皇帝一生写了五万多首诗,堪称中国历史上写诗最多的人,可是他的诗几乎没有一首传世之作。所以他可以冠以"杰出政治家"的称号,却不能冠以"杰出诗人"的美誉。诗人是民间的"贵族",但真正的贵族不一定就能成为诗人。2013年3月我在电视栏目《读书》上说:"每个中国人都是诗人,因为诗词早已在每个中国人血液里流淌……"

中华儿女有着高贵血统,而诗人更是"贵族"的象征。可知诗人的品质是什么?诗者风骨!不是你写几句符合字数的话就是诗词,也不是你写几首诗词就是诗人。那是需要耐得住寂寞,守得住孤独,正所谓强者都是含着眼泪奔跑的,自强不息,为民为国呕心沥血……否则请别玷污"诗",更别以"诗人"自居。

穿越历史时空,我们看到了李白因贵族而变得没落;杜甫因没落而显得"贵族";孟浩然、王维、陶渊明在山水田园里拒绝了贵族;杜牧在青楼酒馆里当上了贵族;文天祥、岳飞、鉴湖女侠秋瑾都在战场上捍卫了贵族。在任何环境下,诗人不改初衷,其风可闻,其骨可见。这种高贵的品质,如兰幽香弥久,似梅傲骨迎雪、如竹虚心向上、似菊披霜绽放。他们是"贵族",精神永存,流传千古。

诗人之贵族　贵在心思晶纯

没有诗人，不爱那青山绿水的。他们痴迷流连其间，纵情赋诗其里，享受着物我两忘的至高至美至纯的精神境界。所以，有了所谓的山水田园派。不论是孟浩然《过故人庄》里的"绿树村边合，青山郭外斜"，还是王维的"明月松间照，清泉石上流"，他们在描述大自然美景的同时，都是发自内心性情的单纯与喜爱，是满满的人生大欢喜。山水田园派的诗人很多，他们创作的诗篇都是独立的自然景色，那些转瞬即逝的美被一双善于发现美的眼睛与一颗水晶般透明的心捕捉到了，也就是说，他们心无杂念，简单透明。所以，与好朋友喝一杯普通的酒，他也能写出"把酒话桑麻"这样动心动情的诗句。贵气，不是装出来的，也不是学出来的，他是与生俱来的，所以真正的诗人是天才。而只有心思简单的人，才有享受它的特权。那些心眼子一大堆、机关算尽的所谓"聪明"人，只有到了人生绝境时才能体会到这份简单所带来的快乐。很典型的一个例子，电视剧《宰相刘罗锅》里的大贪官和珅，他平日里吃的是山珍海味，喝的是琼浆玉液，但是，他什么美好的味觉都没有；直到一朝天子一朝臣，他因贪腐被嘉庆帝打入死牢的时候，刘罗锅带着家常菜去探监，这时，普通的白米饭，廉价的烧酒，他竟然吃得津津有味，觉得是人间美味。这位曾经大富大贵的权臣，在他一无所有，生命即将结束的时候，所有的一切都要放下的时候，才发现，饭很香，酒很美，才体会到了当"贵族"的滋味。不为什么，就是他心思太多太杂了。工于心计的人，算计越多，越累，越可怜。当然，他也成不了真正的诗人。

诗人之贵族　贵在大义凛然

这其中的大义，是民族气节，是忠贞不渝。苏武慨然接受了出使匈奴、促进两国和平的任务，远行之前，歉疚与不舍全部化作一篇深情的《留别妻》。后来，匈奴因内部的政变而殃及苏武，他成了被匈奴强行扣押的使节。金钱、美女、地位、声望，单于劝降的诱惑亮瞎了旁人的眼睛，可他却对这一切洞若观火，他非常清醒地认识到，什么才是他应该坚持的，什么是他必须放弃的，或者说，自打他踏入匈奴的那一刻起，他就已经做好心理准备，去承受生命不可承受之重了。那是中国历史上对"忠贞"二字所司空见惯的付出与代价，他此生最大的遗憾，就是没能够兑现对妻子"恩爱两不疑"的生死承诺，其余的，全部都是梦幻泡影，无足轻重。他的坚持收到了立竿见影的效果，单于把他流放到北海牧羊，撂下话来，说等到公羊产下羊羔时再放他回国。这一次，命运真的瞎眼了，那个地方，立个竿，也看不到本来该有的影子。可他欣然前往，他等啊等，他把自己后半生所有的时光，统统不计回报地典当给了看不到结果的等待，他要用自己的将来跟单于打一场没有硝烟的攻心之战。岁月如梭，节旄尽落，他须发皆白，但他依旧杵在那里，不离不弃。在漫长的等待里，他会为大汉的未来忧心，会因为等不到公羊产崽灰心，左手是一片苦心，右手是一颗空心，十指相扣成为一本心经，刻骨铭心的忠心，可不可以不相信，可不可以不甘心，大汉的和平，如果可以，他愿意拿自己来换它。他此生最大的愿望，就是在大汉的土地上，安安静静地当一回苏武。他是当之无愧的贵族。

诗人之贵族　贵在贫而无谄

晋代的陶渊明，他对社会人事的虚伪与黑暗有着深刻的认识，他的退隐并不是消极地逃避开现实，而是用实际行动来给这个肮脏的现实一记响亮的耳光。他的贫困，不是突如其来，而是自然而然的，而且，他的态度始终都是平静安详的，从未气急败坏过。当然，漫长贫苦的隐居生活，他也迷惑过、质疑过，但是，最终他还是在现实里挺直了腰杆，与温饱相比，他宁愿贫苦一生也要守护住自己的清节。据说，郡官曾派督邮来见他，县吏就叫他把自己好好整理一下出门迎接。他长叹道："我岂能为五斗米，向乡里小儿折腰！"从此，这个"不为五斗米折腰"的往事传为文学史上的佳话。所以，他去世之后，友人们私谥其为"靖节"，后世又称之为陶靖节。生存问题对他来说，真的是一个很恼人的事情，不只他一个人会陷在这个现实而残酷的沼泽地里，一边写着自己的诗，一边想着下一顿饭的着落在哪里。被树上的果子砸在脑袋上都能作出一篇诗歌的诗人，对这个现实问题，更多的是感叹，而不是抱怨。在他眼中，天空还是湛蓝的，风里依旧带着花香，就算生活艰苦卓绝，他还是像贵族一般生活着。他还是像往常一样，招呼三两好朋友喝酒，陶公是出名的爱喝酒，东晋这个衰败的世道，他敏锐的双眼已然看透了，刘裕篡位只是迟早的事，曾祖父陶侃的功绩再如何的光辉灿烂，也迟早会埋葬在东晋的余灰里。他很清楚地意识到，这个世界上唯一不变的就是什么都会变。而一个家族的兴衰荣辱，不过也是三十年河东、三十年河西地左右交替，这不是他所能掌控的，担心忧愁也没有用，所以，就不用替别人担心，多喝点酒是正经。酒从来都是一个好东西，何以解忧，唯有杜康，喝到尽兴处，就扯过一张纸来写诗，写好的诗稿越积越厚，就让老朋友帮忙整理抄录，一共得到20首诗，陶渊明把这一组诗题为《饮酒二十首》。序言是："余闲居寡欢，兼比夜已长，偶有名酒，无夕不饮。顾影独尽，忽然复醉。既醉之后，辄题数句自娱；纸墨遂多，辞无诠次，聊命故人书之，以为欢笑尔。"这样的生存状态让他获得了持久的快乐感。他这种生活态度，让我想到曾看过的一则木心的故事："迎面吹来一阵风，灰沙吹进了恺撒与乞丐的眼皮。如果乞丐的眼皮里的灰沙先溶化，或者先由泪水带出，他便清爽地看那恺撒苦恼地揉眼皮，拭泪水。之前，之后，且不算，单算此一刻，乞丐比恺撒如意。"而生活的困难也就像那眼睛进了灰沙的日子，磕磕绊绊的不如意十之八九，就看你能不能把瞬间的如意感转化成为长久的快乐了，很多人转化不了，但陶公他转化得非常漂亮利索，所以，他比一般人高明睿智了很多，他是人上人，是贵族。

诗人之贵族　贵在一身傲骨

　　李白的诗写得是那样的豪放多情，生生地把生活的残酷带来的消极与怨怼给消灭在了字里行间，想要不钦佩都难。李白被后世誉为"诗仙"，很明白，就说他是一个被贬谪的仙人。他也曾为过官，在唐玄宗天宝元年，供奉翰林。但是，他太过自信，以为凭借着自己出众的才能，就可以"出则以平交王侯，遁则以俯视巢许"（出自《送烟子元演隐仙城山序》）。对于那些靠着门第享受高官厚禄的权贵予以强烈的鄙视，所以，他把那只穿靴子的脚伸向了皇帝身边最红的人：高力士。他要他，为他脱靴；所以，他点名要当朝宰相杨国忠近前伺候，为自己研磨。后来，他写了一首《清平调》，里面有一句"可怜飞燕倚新装"，杨贵妃自己心虚，觉得是在讽刺她，所以，宫中没有他的容身之所了。他长叹一句"天生我材必有用，千金散尽还复来"，从此纵情于山水之间。这样看来，他天生的那一股子桀骜不驯的个性早早地注定了他此生与官场是格格不入的。在官场里混，时时要有如履薄冰的警惕性，要天天绷紧了神经，一刻也不放松，要充分地发挥不怕苦不怕累的精神与同僚们搞好关系，维护好人脉。还有，就是要保持住他自己诗中那一句"不敢高声语，恐惊天上人"的谦卑态度。而你叫他要做到这些，对于一个醉起酒来就"自称臣是酒中仙"的人来说，这违心事情做得太多了，人就快乐不起来了，所以，他觉得，与其让他做这些，还不如让他直接去死捏得了。如果，你让他再选择一次，他一定不会选择当什么翰林学士了，他宁愿捧着他的酒杯，举杯邀明月，对影成三人地埋头苦喝，这世界上真的有后悔药的，他喝到了，于是他退隐了。其实他也就是一个死心眼，爱诗爱酒如命，你一给他酒，他就能写诗，写得天南地北，什么奇葩语句都冒出来了。这是他天生的一副傲骨，也是他的致命伤。这就是真正的诗人，写诗对他们来说，就是一个简单易上手的手工活，他能把它们写成后世的标杆之作。但是，在形形色色的金银珠宝、胭脂水粉面前，它们上不了架，也卖不了满意的价钱，所以，他们只能穷困了。这是诗人的悲哀，他们伤不起。因此，他们在现实里上上下下地求索，发现路漫漫其修远兮以后，还是义无反顾地选择了诗的世界，他们就这样开窍了，允许自己不再在意别人的目光，认识到了左右逢源简直就是在糟蹋自己，诗歌与心里面想说的话如出一辙，还原了本来就属于自己的高贵气质，同时，也接受了从此没落的一辈子。但至少，不会因为一朝的不谨慎，就陷入只能傻站着等死的境地，这样的日子，还是挺具人性化的。

诗人之贵族　贵在品格清高

　　孟浩然就是一个很清高的人，溜须拍马的事情断断做不出来，王士源在《孟浩然集序》里，说他"骨貌淑清，风神散朗；救患释纷，以立义表；灌蔬艺竹，以全高尚"。统观孟浩然的一生，经历比较简单，他的诗歌里有愤世嫉俗的字眼，但更多的是自己情绪的一种抒发与表达。句中多不加粉饰，很天然的一种清新感，完全是一派怡然自乐的脱俗与潇洒。传说他与王维交情甚笃，王维曾经私自邀请他入内署，恰好唐玄宗来了，孟浩然躲到了床铺底下，王维趁机向唐玄宗举荐了他。唐玄宗很早就听说了孟浩然的才名，把他从床铺底下请了出来，要他献诗一首。这可是一个千载难逢的大好时机，可是，孟浩然偏偏作了《岁暮归南山》，诵至"不才明主弃"，玄宗很不开心，说："卿不求仕，而朕未尝弃卿，奈何诬我！"你好本事啊！自己不好好地从自身上找找原因，反而把这罪名扣在当朝天子的头上，这样的人，不要也罢！就此放归襄阳，从那以后他只负责游山玩水。像这样的例子还有很多：韩朝宗为襄州刺史，十分欣赏孟浩然的才学，于是邀请他参加饮宴，并向朝廷推荐了他，孟浩然倒好，当日与朋友喝酒喝得烂醉如泥，让韩朝宗望穿了秋水也没等来，最后气呼呼地拂袖而去，孟浩然听了也一点不可惜。张九龄为荆州长史，曾招孟浩然入幕府，但不久，孟浩然就收拾起家什，返回故居。可以说，孟浩然的一生，都在求官与归隐的矛盾之中举棋不定，直到碰了多次钉子才打消了求官的愿望。看到孟浩然这个样子，相信不只我很心疼，他的那群好朋友更心疼，他们一次次地对他伸出了援手，但，他用实际行动拒他们于千里之外，几番挫折后，他终于找到了最适合自己的人生定位，这样也好。因为，以他的品性，根本跟那群当官的不是同路人，所以，是走不到一块去的，他若是当官，结果就是一个小孩子吃话梅，吃完梅肉后，还要找块硬石头，生生地敲开果核，吃掉果仁。结果就是，他们很悲哀地发

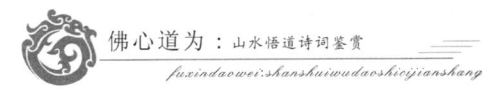

现,果核被敲开了,自己的手也裂开了,还有梅肉酸得吓人,而果仁,却是难以下咽的苦涩。官员是权贵,但不是贵族,而你孟浩然是贵族,但不适合当权贵。

诗人之贵族　贵在悲天悯人

想那杜甫,他的眼睛里,看尽了唐代由盛到衰的悲喜荣辱。因此与诗仙李白相比,杜甫更多的是对国家的忧虑及对老百姓的困难生活的同情。他原在朝中任左拾遗,因直言进谏,触怒权贵被贬,尽管个人遭遇了不幸,但杜甫初心不变。他写《为华州郭使君进灭残冠形势图状》,写《乾元元年华州试进士策问五首》,写"三吏""三别",在他最后漂泊西南的十一年间,虽过着"生涯似众人"的生活,却还写下了《茅屋为秋风所破歌》《闻官军收河南河北》等一千多首诗作,尤其是杜甫的那一句"安得广厦千万间,大庇天下寒士俱欢颜,风雨不动安如山!呜呼!何时眼前突兀见此屋,吾庐独破受冻死亦足"!真的是让我读了想哭。他自己住着破茅屋,屋顶被秋风刮走,而不懂事的小孩子还欺负他年迈无力,公然抱茅入竹去,基本的生活水准离他很远很远,贫苦疾病却离他很近很近。即使遭遇到了盗贼,他也没有对人性绝望,他的心里,装着同病相怜的天下寒士,他在极端的疲惫与煎熬中,炼就了一颗悲天悯人的心,只要天下寒士们都好好的,他的每一次辛苦、每一份祈祷,都能让他觉得得到了最好的回报。他的世界,痛苦与欣喜是混杂成一片的,等到天下寒士俱欢颜的时候,他就明白,他之前所孜孜不倦的坚持是最好最正确的一条路,除此之外,再无其他了。

诗:民族的灵魂

毛主席说:"古典诗词一万年也不会打倒。"而胡适先生提倡新诗,自己却经常写古体诗,当代提倡新韵的却写着写着用起了平水韵,这说明诗歌生生不息,绝对不会因某人某事而消失。当代主流文化由诗歌、小说、绘画、书法、散文转变成小说、散文、绘画、音乐等,诗人也随之边缘化了。说起诗人的边缘化问题,就要从20世纪七八十年代说起，当时的诗歌就处于一种濒于没落的状态，但却没有明显地体现在表象上，这得感谢以海子为代表的神性写作诗派，它与其他诗歌流派相得益彰，呈现出了美轮美奂的辉煌感。其实海子的诗歌当时并没有引起广泛的重视，他走的是一条寂寞辛苦的路，没有鲜花，也没有掌声，所以，即便他的体力再好，他也没有信心再坚持走下去，最后，他选择了自杀。这一出格的举动，使得他的诗歌有了"柳暗花明又一村"的历史性转折，他成了一个真正的诗人，他的那首《面朝大海春暖花开》转眼之间红遍了大江南北。所有的诗人都在感叹，如果海子还活着，他还依旧是一个寂寞时独自看看大海，在春暖花开的季节里独自行走的人，而成不了一个出名的诗人。

其实诗人边缘化很大一部分原因是由诗歌自身的贵族身份决定的，因为它本身就是文学体裁中的贵族，是"阳春白雪，和者寡少"的高雅文学形式，这就很难被大众化的民众认可接受。在琳琅满目的可快速读完读懂的文学作品中，在崇尚快节奏的都市生活中，它显得很不讨喜，很不合群，所以，被冷落是情理之中的事情。再加上，朦胧诗派只注重营造朦朦胧胧的感觉，有的诗人又炼字炼得过分使得整首诗歌显得矫揉造作，失掉了语出天然的美感，这样一来，被人接受的范围又小了一圈。

记得曾经有评论家批评汪国真的诗歌，说它像大白话，没有文学底蕴，对此，汪国真大大方方地表态："当初就有人说，我的诗歌三年后就没人读了，可是，现在都20年了，还是有那么多人在读。再过20年，我相信还是会有人再读。如果就依照那些评论家所认为的好的方式去写，那么，汪国真还能够脱颖而出吗？汪国真的诗歌集还能发行几千万吗？"对于当下的诗坛，汪国真很不客气地说，"现在的诗歌边缘化，用我的话来说就是自作自受，我不喜欢诗坛上的那些诗，读者都不知道作者在写什么，作者也不知道自己在写什么，类似于在跳大神。"

其次诗人边缘化主要还是在诗人自我认知上，因为像唐朝诗人张若虚那样，仅仅凭借着一首《春江花月夜》就登上诗歌高峰的人现在是不可能有了，即使你写出了他那个水平，可凭一首诗就成就一个诗人的时代也已经一去不复返了。如今,诗人已经开始怀疑自己了,他们质疑自己的作品,因为作品出来了,却没有引起应该有的注目与关怀,就像一个为了观看山顶美景的爬山者,他一路辛苦地爬到了山顶,却开始为自己的旅途后悔,因为他看到,山顶的景色没有他想象中的那么美。而且很多诗人所写的诗千篇一律,全部是在重复昨天的故事,你会觉得,自己的作品不过如此,所有的热情,所有的希望,你都会感觉到与其他人没什么两样,自己的作品虽然出了一篇又一篇,那就像是墙壁上的日历,过一天就撕一张,昨天与今天,今天与明天,都一样,日复一日,年复一年。

当代诗人的出路何在?

不要抱怨社会、父母、国家给了你什么,要问自己为这个时代做了什么。当代很多诗人缺乏担当,很多人的潜意识里严重缺乏时代的使命感,他们不想承担任何责任,他们认为,诗歌是最随性自由的情感表达,如果把责任压在诗人柔弱的肩膀上,会加重他们的心理负担,进而影响诗作创作热情与灵感的产生,从而损坏诗歌的天然美感,但是更多人认为,诗人首先是一个社会人,作

绘画:方正平

为社会的一分子,他们首先要承担社会责任,然后才是诗歌的创作,就像一个孩子要承担对父母的赡养责任,一个妻子要承担对丈夫的家庭责任,生活中你要扮演不同的角色,因而有各种各样

不同的责任需要你担当。

当代诗人的出路何在？2011年我发表过《论古典诗词的传承与发扬》就有一些不成熟的提议。个人认为写诗不能以堆砌字数、娱乐为目的，要具有开拓的精神、思想的前瞻、艺术的创新、体裁的兼容性，才能呈现出多彩多姿的世界。

精神支柱

贵族精神的三大支柱：文化教养、社会担当、自由灵魂。生命短暂，在有限的时间里以无为的心态去做有为之事。而作为诗人，命中注定了要在这简单的过程中写出不平凡的文字，首先他必须接受这个宿命。这要求他保持比平常人更细腻与敏感的情感，爱憎必须清晰而分明，他的目光必须做到万物可入诗，慧眼识得遍地金。其次，诗人要具备一颗勇敢的心，敢于走别人没走过的路，想别人没有想过的思路。20世纪80年代，英国为了抵御恐怖分子的袭击，成立了SAS特种部队，他们的口号就是"who dares wins"，翻译成中文就是勇者胜的意思，这点我们当代诗人要学。再次，他的眼光应当永远向高处看，台湾有一座很出名的101大楼，建筑师李祖原设计团队在给大楼命名的时候就是取了我们中国古话"百尺竿头更进一步"的意思，以其来勉励国人自强不息，再创辉煌。我想，这个寓意同样适合于我们当代诗人。最后，也是最关键的，诗人不能"两耳不闻窗外事，一心只读圣贤书"，应该走出去，与这个时代完全地融合在一起，为这个时代做一点有意义的事。

注释：《诗人的精神》原文章标题为《诗人是贵族》。

跋

诗道论——记当代诗词人物黄莽

　　夫诗者，心之声而形于言也，中外文学之荦荦大端也。道者，乾坤浩清之精气神也，或曰太虚万物之本源，上善至仁、大爱至美也。斯三者皆然。诗道者，吟诗之事，为诗之范而鉴诗之论也。吟诗之事，当博观而体悟，幽衷哲思深切时而欣然发尔。为诗之范，则必遵声律格调而行，然不为之所缚焉。鉴诗之论，莫非音韵、形象、文质、境界四美也。唐皎然之议诗道，"但见情性，不覩文字，盖诗道之极也"。

　　诗道与禅心，皆有道而无界者也。师法大块，接于洪荒，崒焉不群，气胜势飞。且彼方趾黄泉而登大皇，无南无北，奭然四解，沦于不测；无东无西，始于玄冥，反于大通。若清影摇风，逍遥于天地之间而心意自得；似星云拂日，飘逝乎瀚宇之际而莫知其处；亦若珠怀水底而川媚，玉蕴石中而山晖。夫子曰："兴于诗，立于礼，成于乐。"人生而无诗，余不知其可也。诗之于道，若影之乎形；道之所存，诗之所存也。诗道相合，如影随形，道之不存，诗将焉附？

　　古之圣贤，幼读诗书，少而能为诗文者多也。乐天六岁赋诗，子建七岁能吟；杜工部"七龄思即壮，开口咏凤凰"，李太白"十五观奇书，作赋凌相如"，如是者不可尽言。且夫圣贤为诗，习古爱今，不耻相师，淡乎名利，重乎艺情，通晓经史百家，觉明世相物常。非时下浪得虚名者所能望也。其积学以储宝，酌理以富才，研阅以穷照，驯致以绎辞，竟至于焚膏油以继晷，恒兀兀以穷年，发愤忘食，乐以忘忧。是以终获大成而流芳百世焉。

　　然时人作诗，不好读书学习者甚众，且常自网络参仿绝律词牌之音韵平仄而为，依样画瓢而已。乃若形象、文质、境界、杰作名集与经国治世之理，则鲜有知学者。吾国历朝诗词论著颇丰，南朝刘勰《文心雕龙》，钟嵘《诗品》，唐皎然《诗式》，司空图《二十四诗品》，宋欧阳修《六一诗话》，严羽《沧浪诗话》，僧人惠洪《冷斋夜话》，明许学夷《诗源辩体》，清王夫之《姜斋诗话》，叶燮《原诗》，袁枚《续诗品》，王国维《人间词话》，刘熙载《艺概》，而今为诗者知之甚少，研之则复加少也。夫庸知高下浅深乎？似坎井之蛙而自多自美者盈千累万。且夫《诗经》《楚辞》汉乐府诗、魏晋南北朝诗、全唐诗、全宋词、明清诗，读讫者极其寥寥。舍诗之本而抱诗之末，小学而大遗，余未见其明也。而况略有名者自持自高，仗己位尊权大，贬抑寒门或草根翘楚，以故好诗难传，劣诗广赞。由此观之，诗道之不复可知矣。

　　于是余有叹焉。古人读书作诗尚能若此，来者何以不见耶？子曰："不学诗，无以言。"余亦曰："不明诗道，难以作为。"今日之中国，虽写诗者数十万众，诗作亿有余，为诗学者亦不在少，然个中伪诗人、伪学者不可胜算。阅其诗而品其学，或流于谄谀，或止于模改，或废于名利，或荒于游乐。其诗味有乎？其诗骨在乎？其诗风清雅乎？其诗道安可见乎？乃今学院派与草根族缘诗道殊异，学识不等，相与口诛笔伐，疏冷彼此，以致水火不容，可谓烈矣。而真诗人、真学者其又几何哉？吾尝与贤弟戏云，今人学诗作诗，多半玩弄音韵生字、附庸风雅耳。此言谬也乎？嗟夫！"可怜诗道日已替，风骚委地何人收？"诗道之不传也久矣。

　　观乎泱泱中华诗史，楚有诗魂屈原，唐有诗仙太白、诗圣子美、诗魔乐天、诗鬼长吉、诗佛摩诘、诗豪梦得、诗杰子安、诗狂季真，宋有诗神务观及子瞻。今有诗神马为？未尝闻也。当世诗人黄莽，或称龙儿者，幼时命苦，少历艰辛，比长则为道而诗，因诗载道，且以诗道为己任，其博学而不穷，笃行而不倦，若是者将二十岁也。赏龙儿之诗，初觉平简索然，后始觉其性直，其心善，其意真，其情挚，其词约，其语朴。悟道乎山水之间，佳作天成；放怀于六合之垠，佛心道为。住持李福称为"诗道"，静言思之，余以为当也。"登高方识远，天地纳于心。""闹市行吟花佐酒，玉盘烹饪海生烟。闲来参禅悟道久，常向蓬莱会八仙。""侠踪仗剑三千里，为约神仙酒一壶。"此何其壮哉！

　　戢龠，诗界寂寂无名辈也。今为之论，以俟夫至人者得焉。噫，海宇之大，道同者寡，待与几人归？

戢龠作于芸梦天居
岁在丙申上秋

书法：任法融